Paixão por Chocolate

CARE SANTOS

Paixão por Chocolate

Tradução de
LUÍS CARLOS CABRAL

1ª edição

EDITORA RECORD
RIO DE JANEIRO • SÃO PAULO
2016

CIP-BRASIL. CATALOGAÇÃO NA PUBLICAÇÃO
SINDICATO NACIONAL DOS EDITORES DE LIVROS, RJ

S234p
Santos, Care, 1970-
Paixão por chocolate / Care Santos; tradução de Luís Carlos Cabral. – 1ª ed. – Rio de Janeiro: Record, 2016.

Tradução de: Desig de Xocolata
ISBN 978-85-01-10728-2

1. Romance espanhol. I. Cabral, Luís Carlos. II. Título.

15-28616
CDD: 863
CDU: 821.134.2-3

Título original: Desig de xocolata

Copyright © Care Santos, 2014

Publicado mediante acordo com Sandra Bruna Agencia Literaria, SL.

Traduzido a partir do espanhol *Deseo de Chocolate*

Texto revisado segundo o novo Acordo Ortográfico da Língua Portuguesa.

Todos os direitos reservados. Proibida a reprodução, no todo ou em parte, através de quaisquer meios. Os direitos morais da autora foram assegurados.

Direitos exclusivos de publicação em língua portuguesa somente para o Brasil adquiridos pela
EDITORA RECORD LTDA.
Rua Argentina, 171 – Rio de Janeiro, RJ – 20921-380 – Tel.: (21) 2585-2000, que se reserva a propriedade literária desta tradução.

Impresso no Brasil

ISBN 978-85-01-10728-2

Seja um leitor preferencial Record.
Cadastre-se no site record.com.br e receba informações sobre nossos lançamentos e nossas promoções.

EDITORA AFILIADA

Atendimento e venda direta ao leitor:
mdireto@record.com.br ou (21) 2585-2002.

Para Deni Olmedo,
por tudo aquilo che dirsi
mal può dalla parola.*

---

* Em italiano no original. Trecho da opera *Il trovatore*, de Verdi. (*N. do T.*)

Prelúdio
Ressurreição

D EZESSEIS PEDAÇOS DE porcelana branca de formas e tamanhos diferentes e um tubo de cola-tudo. Max se entrega ao jogo nada divertido de tentar encaixá-los, como quem monta um quebra-cabeças. Já passam das três e meia da manhã e ele deveria estar dormindo — precisa se levantar dentro de quatro horas —, mas havia prometido a Sara que faria aquilo e não quer faltar com sua palavra.

Pega os fragmentos, um a um, procurando um possível companheiro para eles. Quanto mais encontra, menos possibilidades de erro sobram na mesa. Espalha a cola sobre as laterais e faz com que combinem, pressionando um pouco para que o líquido pegajoso faça o que deve ser feito. Satisfeito, observa o resultado. Em alguns casos, consegue fazer com que a cicatriz fique quase invisível. Em outros é mais difícil, sobretudo se o corte não está muito limpo e se desfez em pequenos farelos. Apesar disso, Max, aos poucos, vai reconstruindo o que parecia perdido para sempre. Vale até a pena morrer de sono, depois de uma jornada tão longa quanto a de hoje. Sara terá uma surpresa quando entrar na cozinha de manhã e perceber que ele se deu àquela trabalheira toda.

Tinha sido uma noite magnífica. Primeiro, as confidências de dois amigos de uma vida inteira que tinham se reencontrado num bom momento. Depois Sara, tão encantadora, tão bela, tão decidida. O que acontece com as mulheres depois dos 40? Suas qualidades ficam mais ressaltadas, o que as torna mais intensas, mais inteligentes, mais serenas e mais atraentes do que 20 anos antes. Foi assim que Max viu sua mulher aquela noite, e teve orgulho dela. Orgulho porque ela era dele. Mas que sentimento mais primitivo, mais equivocado, tão impróprio de sua parte, pensa, e, no entanto, reconhece que foi isso que alegrou seu jantar.

Assim que Oriol saiu pela porta, ele e Sara começaram a recolher todas as coisas. Ele lavava os pratos, enquanto ela organizava as sobras da comida, naquela perfeita divisão de tarefas que tantas vezes tinham ensaiado. E, enquanto isso, claro, comentavam o encontro. Era bom que o amigo tivesse finalmente colocado a cabeça no lugar, mas concordavam que poderia ter procurado uma namorada que morasse mais perto.

— Quem vai longe para se casar, está enganado ou quer enganar — murmurou Sara, repetindo a ladainha de sua mãe, enquanto se esforçava para enfiar as sobras da salada num potinho de plástico transparente.

— E você acha que ele vai ser um bom pai? — perguntou Max.

— Um desastre — disse ela —, como em todo o resto.

— Em tudo não, mulher. Não seja injusta. — Eis o amigo fiel saindo em defesa. — Ele soube planejar muito bem!

Sara não respondeu. Seu olhar aparentava cansaço e ela estava um pouco triste. Doía-lhe ver a porcelana quebrada. Observou os fragmentos desolada.

— Não se preocupe, vamos colá-la — disse o marido, tentando animá-la.

— Mesmo que a cole — foi a resposta —, sempre vou saber que estava quebrada.

Em seguida, Sara empilhou os potinhos transparentes na geladeira numa ordem perfeitamente racional e perguntou:

— Você se importa se eu esperar você na cama?

Max disse que não. Pelo contrário. Sabe que Sara precisa ficar sozinha e de tempo para assimilar as coisas. Esta noite é apenas o início de um longo caminho. Talvez as cicatrizes nunca desapareçam completamente, exatamente como na superfície do objeto que começa a se recompor em suas mãos, mas será preciso aprender a encontrar um sentido para elas.

Há uma beleza esmagadora, indiscutível, naquilo que conseguimos salvar.

A inscrição em letras azuis na base, uma pena, tinha se partido ao meio. "Je suis à Madame Ad..." sobrevive na mão direita de Max e "...délaïde de France" na esquerda. Por sorte, não falta nem um milímetro de porcelana, e as duas metades se encaixam perfeitamente. A Sra. Adelaide de França, quem quer que fosse, podia respirar tranquila.

— Dentro dos objetos vivem histórias e vozes que os explicam — dizia Sara havia anos, desde que a chocolateira de porcelana branca chegou às suas mãos. — Às vezes, quando a toco, parece que as ouço.

— E são muitas? — perguntou ele, fascinado.

— Várias. Você não está vendo que é um objeto muito antigo, que passou por inúmeras mãos?

E ele, com o olhar científico de sempre, aprofundava a questão:

— Mas isso é como admitir que os objetos estão repletos de fantasmas, como as mansões dos filmes de terror.

Ela negava com a cabeça:

— Justamente, Max. As pessoas acreditam em casas encantadas, mas em geral as presenças preferem viver dentro de objetos pequenos, quase insignificantes, onde ninguém espera que elas estejam.

— Deve ser para não ter que tirar a poeira — acrescentou Max, achando engraçado.

Quando reconstrói o bico, partido em três pedaços, e o cola no corpo em forma de pera, começa a enxergar com clareza. Sobre a mesa restam apenas dois fragmentos da asa. Quando os tiver devolvido ao seu lugar e voltarem a ter aquele ar elegante, semelhante a um laço, o quebra-cabeças estará concluído. "Aqui está sua chocolateira, madame. Que Oxalá a acompanhe por muitos anos. Em poucas horas poderá estreá-la", parece lhe dizer uma voz desconhecida ao pé do ouvido, e ele sorri por um segundo diante da ideia. Cola os fragmentos, dedicando-se ao trabalho como um cirurgião que conclui uma operação delicada. Depois, com álcool e um chumaço de algodão, limpa os restos de cola que ficaram nas fendas.

A chocolateira lembra a ele um veterano de guerra que volta para casa em farrapos. Quando Sara a comprou, numa certa noite, altas horas da madrugada, já tinha a rachadura no bico e havia perdido a tampa e o moedor, mas ainda era uma peça elegante. Sua mulher nunca lhe contou se o antiquário de quem a comprou tinha lhe revelado a procedência. Ele sabia apenas que se tratava de um homem velho, tagarela e estranho, que baixou o preço ao ver que a jovem estava muito interessada. Na época, a falha se destacava e prejudicava a harmonia do conjunto. Agora, no entanto, não destoa nem um pouco. Max passa a ponta do dedo sobre a velha ferida. Tem a aspereza de barro recém-cozido, das coisas quando são vistas de dentro. A aspereza da passagem do tempo. Embora remendada de cima a baixo, a peça poderia ser usada. Nela cabem exatamente três xicrinhas de chocolate. Max não pode evitar um lamento: agora que Oriol não está mais aqui, vai sobrar uma. De fato, a partir de agora sempre sobrará uma xícara.

Quando termina, deixa tudo arrumado. Coloca a chocolateira recém-restaurada exatamente no centro da mesa. Arranca uma folha do bloco no qual ele e Sara costumam fazer a lista de compras. Escreve: "Voilà!" e a deixa diante de sua obra. Apaga a luz.

Tem medo de encontrar Sara acordada, pensando em tudo o que tinha acontecido naquele dia. Mas não: ela dorme como uma criança. Quando desliza sob os lençóis limpos, Max descobre que sua mulher está completamente nua. Sabe que isso é um convite irrecusável, mas também que não é o momento. Uma vez analisadas as causas e as consequências, avança o despertador meia hora e fecha os olhos. Seu coração bate a mil por hora.

Primeiro Ato

PIMENTA, GENGIBRE E ALFAZEMA

As feridas incuráveis do coração são o preço que pagamos pela nossa independência.

HARUKI MURAKAMI

COMPORTAMENTO DOS POLIMORFOS

As pessoas — é próprio de nossa natureza — entediam-se com tudo. Com os objetos, com a família, inclusive com elas mesmas. Não importa que tenham tudo o que desejam, que gostem da vida que escolheram ou que compartilhem seus dias com a melhor pessoa do mundo. Mais cedo ou mais tarde, todas acabam se entediando com tudo.

As coisas acontecem assim: numa noite como todas as outras de um mês qualquer, afastamos o olhar da tela da TV para observar por um instante o outro lado da sala, onde o marido se instalou, como faz toda noite entre o jantar e a hora de ir para a cama. Nada do que vemos ali nos surpreende. Sobre uma mesinha de canto, repousa aquela dúzia de livros de costume: lidos, ainda por ler ou as duas coisas ao mesmo tempo. Max está no mesmo lugar de todas as noites desde o dia em que a reforma do apartamento dúplex foi concluída: acomodado em sua poltrona de leitura (a única peça do mobiliário escolhida por ele), com as pernas sobre a banqueta, os óculos na ponta do nariz ossudo e estreito, o abajur de pé projetando sobre as páginas uma claridade de zênite como de uma estrela de variedades, e nas mãos um livro que o abstrai completamente de qualquer distração ao redor.

Max é dessas pessoas que, para ler, não precisam de silêncio, nem de qualquer coisa além do cenário que acabamos de descrever: a poltrona, a banqueta para os pés, o abajur e os óculos. E o livro, é claro. Sua presença indefectível nesse canto do aposento parece a de um animal de estimação bonachão. Não faz barulho, não incomoda ninguém, só de vez em quando deixa escapar um suspiro, muda de posição ou vira as páginas — e tudo isso indica que continua vivo e ainda está aqui. Se não estivesse, eu sentiria falta dele, pensa Sara no momento exato em que afasta os olhos da televisão e vê que o marido está onde sempre esteve, fazendo o que sempre faz. Sentiria sua falta porque se acostumou à sua presença silenciosa, da mesma forma que as pessoas se acostumam a ver os móveis onde eles sempre estão. É uma questão de segurança, de equilíbrio. Max é tudo o que Sara tem neste mundo. Mas nada disso impede que neste mesmo instante ela se pergunte: "Por que estou casada com este homem?"

É uma daquelas perguntas que a consciência dispara quando se distrai por um segundo. Logicamente, ela se sente envergonhada no ato. Essa é uma daquelas perguntas que ela nunca formularia em voz alta diante de ninguém, porque de alguma maneira ataca o que ela acreditava ser a coisa mais invulnerável de sua vida. Talvez por isso sua consciência comece a preparar uma verdadeira bateria de respostas, autênticas peças de artilharia: "Por que uma coisa dessas agora? Por acaso você não tem tudo o que alguém pode querer? Não estamos falando de coisas materiais, e sim de coisas que na verdade são difíceis de conseguir. Não foi você mesma que escolheu — com absoluta liberdade, quando teve a chance — com quem queria ficar? Você alguma vez se privou de qualquer coisa que fosse? Não se parabenizou uma porção de vezes por ter escolhido o melhor? E não está completamente segura, sem a mais leve sombra de dúvida, de que Max realmente não é só uma magnífica solução, mas a sua solução, aquela que lhe convinha, aquela que de alguma maneira estava reservada para você? Não teve dois filhos perfeitos, maravilhosos e inteligentes, que a adoram e que contam com o melhor de vocês dois? Não se sente secretamente orgulhosa pela maneira de ser dos dois ter influenciado o caráter quase perfeito de seus filhos? Por certo que sim!"

Neste momento, Max levanta os olhos do livro, tira os óculos e diz:

— Ah, mamãe, ia me esquecendo! Sabe quem me ligou? Quando contar você não vai acreditar. Pairot. Disse que está em Barcelona e que vai estar livre depois de amanhã à noite. Convidei-o para jantar. Você concorda? Não tem vontade de vê-lo? Faz tanto tempo que não nos vemos!

Max só tira os óculos quando precisa dizer alguma coisa importante. Como este é o caso, ele espera, por um instante, a reação da mulher, mas Sara não reage. O homem coloca os óculos novamente e volta a seu livro, *Frequent Risks in Polimorphic Transformations of Cocoa Butter*,* como se não tivesse falado nada de mais.

— E ele lhe disse por que não deu sinal de vida durante todo esse tempo? — pergunta ela.

— É um sujeito muito ocupado. Nós também poderíamos ter ligado para ele, ora. Quando foi a última vez que fizemos? Você se lembra? Talvez aquela noite no hotel Arts, quando lhe entregaram o prêmio?

— Sim, naquela noite.

— Quanto tempo faz? Seis ou sete anos, pelo menos.

— Nove — corrige Sara.

— Nove? Caramba. Tem certeza? Como o tempo passa rápido! Pois então, o que você quer que eu diga a ele? Não acredito que não tenha vontade de vê-lo. Você sempre gostou de ver Pairot. — Max volta a pôr os óculos e retoma a leitura de seu livro em inglês.

Sara se pergunta como é possível que seu marido seja capaz de ler um tratado sobre as propriedades físicas da manteiga de cacau com o mesmo interesse que teria se estivesse lendo um romance de

---

* *Riscos frequentes das transformações polimórficas da manteiga de cacau.* (N. da A.)

Sherlock Holmes, mas pensa duas vezes e diz a si mesma que a esta altura não deveria se surpreender com mais nada. Acha muito mais estranho o que acaba de ouvir, e por muitas razões: que Oriol esteja em Barcelona (e não em Camberra ou no Qatar ou em Xangai ou na Lituânia ou em qualquer outro lugar remoto onde seja possível abrir uma loja) e que, além disso, tenha se lembrado de que nesta pequena cidade ao oeste do mar Mediterrâneo vivem duas pessoas com as quais, há muito tempo — quando não era, nem de longe, o Oriol Pairot que anda pelo mundo batizando estabelecimentos de luxo com seu nome e que deixa seus concidadãos orgulhosos de vê-lo na televisão dia sim, o outro também —, teve uma coisinha importante em comum. Surpreende-a também que seu marido tenha falado com Oriol antes dela, normalmente a ordem das ligações seria a inversa. Mas o que na verdade a deixa sem palavras é o fato de Max não se dar conta da importância que tem a informação que acaba de dar, e que a tenha dado assim, com displicência, entre um parágrafo e outro a respeito dos problemas dos polimorfos, para em seguida voltar à sua ausência presente de todas as noites, quando se senta naquele mesmo lugar para digerir o jantar — ou talvez sua vida — e deixa que as últimas horas do dia escapem em silêncio.

Sara considera sobre o que deveria dizer agora. Poderia responder como um dos personagens da telenovela que parou de ver assim que percebeu que estava ficando viciada: "Meu Deus, Max, sabia que mais cedo ou mais tarde ele apareceria de novo." Ou poderia começar uma cena absurda de autodiscussão: "E quando você pretendia me contar, Max?" Mas descarta tudo isso antes de começar: Max não é bom de discussão e costuma lhe dar razão logo na primeira oportunidade. Discutir assim não tem a menor graça. Além do mais, hoje está muito cansada para bater pé por qualquer coisa que seja, e então decide não complicar a vida, opta pela solução mais fácil, e também a mais conservadora, a mais egoísta e também, estaria disposta a reconhecer, a mais covarde. Fugir.

— Não vamos ao Liceu?

— Não, já olhei. Será na terça-feira da semana que vem e é sagrado: *Aida*.

— Não importa. Depois de amanhã também não posso. Tenho um jantar de trabalho — dispara, com a boca franzida numa careta que pretende ser de desgosto. — Ele não pode vir outro dia?

Max volta a tirar os óculos. Os polimorfos esperam sem se alterar, como têm por hábito.

— Mulher, não perguntei a ele, mas você sabe que ele não para. Deve ter uma agenda lotada.

— Como todo mundo. Todos nós temos um monte de coisas para fazer.

— Não vou negar isso, mas ele é diferente. Passa a vida para cima e para baixo, de um aeroporto a outro, indo a países estranhíssimos. Pelo visto este ano foi a vez do Japão. Disse que precisa nos contar. Parecia muito feliz. Que sujeito! Parece um guerreiro nômade. E, enquanto isso, nós somos aqueles que o esperamos ao relento e com a mesa posta. Tem de haver alguém que prefira levar uma vida tranquila e organizada. No fundo, nós sempre fomos assim, não acha?

Tranquila, organizada, nós e *no fundo*. Quatro expressões que para Sara têm o peso de quatro pedras.

— Sinto muito, mas não poderei acompanhar vocês. Faz semanas que tenho esse jantar agendado.

Agendar, eis aí um verbo que define toda uma pauta. Sara também é uma mulher ocupada, importante, moderna, cheia de compromissos urgentes, que usa palavras horríveis inventadas para pessoas iguais a ela, que não podem perder tempo construindo circunlóquios.

— E não pode remarcar? — pergunta Max.

"E por que sou eu quem tem que adiar? O grande Oriol Pairot não pode se rebaixar e alterar nem um milímetro seus planos?"

— Impossível. É um jantar com o editor da revista — responde, taxativa.

— Ora, que azar! — Nos lábios sempre amáveis de Max surge de repente um semblante de desgosto sincero. — Posso ligar e perguntar a ele até quando vai ficar por aqui.

Sara esboça um gesto de despreocupação, que é muito natural (e é justamente o que ela pretendia).

— Não se preocupe comigo, meu amor. Chegarei na hora do café. Certamente vocês ficarão conversando até altas horas.

"Meu amor" é uma estratégia muito bem planejada para debilitar o opositor. "Meu amor", neste caso, significa um monte de coisas implícitas. Significa "está tudo bem", significa "não se preocupe". Significa "estou tranquila e faço o que quero fazer".

— Certo, então. Faremos assim — diz Max com seu sotaque quase perfeito, polido como um seixo depois de mais de vinte anos de relação e 17 de casamento, do qual se sente especialmente orgulhoso. Antes de voltar a colocar os óculos e dar o assunto por encerrado, levanta uma última questão prática: — Pomos a mesa no terraço ou é melhor aqui dentro? Você vai encomendar alguma coisa para o jantar?

— Claro que sim, papai. Como sempre.

Agora sim: Max coloca os óculos e volta, imperturbável, aos polimorfos e ao modo bem curioso que eles têm, de fazer parte deste mundo adotando diferentes formas sem deixarem de ser essencialmente eles mesmos (essencialmente significa, neste caso, "quimicamente". "Tudo é química", Max gosta de dizer, "nós somos *só* química. Tudo o que acontece com a gente, de bom ou de ruim, são só reações químicas"). Sara aproveita que o marido está distraído, como quase sempre, para organizar mentalmente o dia seguinte. Tem alguns encontros marcados na agenda, a gerente estará esperando por ela, para falarem sobre os torrones deste ano, e à tarde marcou um encontro com um jornalista de uma revista gastronômica muito famosa que está escrevendo uma matéria sobre as melhores chocolatarias de Barcelona. Certamente, a Casa Rovira ocupa um lugar privilegiado em sua lista. Mas, antes de tudo, ela anota um novo compromisso que não tinha previsto e que, de repente, é muito mais importante do que todo o resto: fazer uma visita ao apartamento vazio da vizinha ao lado. Faz dias que deveria ter feito isso e foi adiando por pura preguiça. Quer ter certeza de que é um bom lugar. Irá amanhã, no primeiro horário. É preciso preparar um bom ponto de observação.

Sara não se lembra de quando foi a primeira vez que Max a chamou de *mamãe*, em vez de chamá-la pelo nome ou por um daqueles apelidos carinhosos do início do relacionamento — *sweetheart, honey, dear...* —, mas é claro que a metonímia foi mais uma consequência do nascimento das crianças e também (e principalmente) de um descuido da parte dela. Sara sempre se culpou quanto a isso: nunca deveria ter permitido que a mulher que ela era perdesse terreno para a mãe que se tornou. Aos poucos, o efeito substituiu a causa e, com o passar dos anos, Max se esqueceu de chamá-la de *honey* e *dear* e *sweetheart* com aquele sotaque encantador de nativo norte--americano e só a chamava de *mamãe*. Já não era Sara nem mesmo em público; só muito raramente e quando a companhia não era íntima: quase sempre e diante de todos era *mamãe*, e isso lhe doía, mas não protestava mais como no princípio, quando ainda eram muitos jovens e o censurava: "Não me chame de *mamãe*. Não sou sua mãe, sou mãe dela!", e apontava para Aina, que ria, feliz ao saber que a linguagem, além de divertida, é problemática. E Max se defendia: "Mas você é a mãe desta casa! É a pessoa mais importante! E nós temos de reconhecer isso." Foi então que Sara descobriu, com um calafrio, que Max passou a considerá-la mais atraente depois do parto. Quando invadia sua poltrona de leitura (as únicas duas épocas em que Max lhe cedeu seu lugar de sempre foram na fase de amamentação de seus dois filhos, e até lhe permitiu que ocupasse a sacrossanta mesa de seus livros com objetos estranhos, como sugadores de leite, babadores e cremes protetores de mamilos) e se instalava nela com a filha nos braços e lhe dava o peito com uma santa paciência que não tinha de forma alguma, percebia Max olhando abobalhado, como se estivesse diante de um fenômeno extraordinário, e aquele olhar às vezes lhe parecia terno, mas às vezes também lhe dava um pouco de medo, porque tinha a impressão de que uma mulher estranha estava usurpando seu lugar.

Sara reconhece que, nestas questões lácteas, seu instinto materno era quase inexistente, que nunca encontrou afirmação alguma no ato de dar de mamar, muito menos na deliciosa intimidade com o bebê que as militantes da causa tanto proclamam, dizendo-se capazes de amamentar durante anos. Ela as admirava profundamente — mas, assim que pôde, pulou esta parte, por mais que Max levasse as mãos à cabeça e não a ajudasse nem um pouco a se sentir menos culpada. Comprou meia dúzia de mamadeiras e seis latas grandes do leite em pó mais caro e virou a página do capítulo "lactação materna", apenas quatro meses depois da chegada de Aina a este mundo. Os livros da poltrona de leitura serviram de suporte para mamadeiras e chupetas; Max continuava observando a cena com cara de bobo, e assim o nome dela se perdeu para sempre.

Agora, 15 anos depois, acha que dizer ao marido que não gosta que a chame de *mamãe* é um pouco ridículo. E, se aprendeu alguma em seus 44 anos, é que não convém desperdiçar energias com causas já perdidas.

Pela manhã, como faz todos os dias, Sara prepara o café na cozinha enquanto assiste ao telejornal. O que mais lhe interessa é a previsão do tempo, mas só a de curto prazo. Aí está: amanhã à noite nenhuma nuvem, temperatura agradável, ligeiramente superior à que seria de se esperar no fim de maio, com baixa umidade.

O dia não começa bem para Sara, embora a predição seja perfeita, justamente a que precisa. Max já foi para a universidade há algum tempo, depois de tomar o primeiro café do dia — que ela sempre lhe serve —, dar-lhe um beijo na testa, como todas as manhãs, e lhe desejar: "Tenha um bom dia, mamãe."

Assim que ouviu o som da porta se fechando, Sara correu para o celular. Estava há horas querendo checar suas mensagens. Faz isso conscienciosamente, uma por uma: as mensagens de texto, os e-mails, as notificações no Facebook, no Twitter e, finalmente, o correio de voz. Dos últimos três dias. É um longo percurso, que não chega a nenhum lugar. Acha muito estranho não encontrar nada de Oriol. Resolve escrever. A primeira coisa que lhe ocorre:

Quando você chegou? Onde está?

Não, não, não. É muito direto. Apaga. Tenta outra vez.

Você está bem?

Agora lhe parece muito ingênuo. Apaga. Larga o telefone, tira uma fatia de pão de um saco plástico no congelador e a enfia na torradeira. Coloca na mesa a manteiga e uma geleia de lima que compra *ex professo* de um fornecedor inglês (já que parece ser a única que a aprecia, em toda a Barcelona), volta ao telefone e tenta pela terceira vez:

Tenho muita vontade de ver você

Está prestes a enviá-la quando alguma coisa a detém. Parece-lhe uma mensagem engomada, pouco natural, como a fatia de pão que acabou de tirar do congelador. Apaga-a de novo. De tanto tentar, já começa a duvidar de tudo. Seria melhor não enviar nenhuma mensagem? Talvez o silêncio de Oriol seja premeditado.

A torrada pula, a resistência do aparelho se apaga e tudo fica em expectativa. Um prato, uma bandeja, uma faca especial para a manteiga, o celular, um guardanapo de pano bordado com seu nome e o controle remoto da TV. Senta-se apenas quando tudo está preparado sobre a mesa. Aumenta um pouco o volume da televisão e vê as notícias enquanto unta o pão com a manteiga, como faz todos os dias.

Um homem negro, com a palma de uma das mãos vertendo sangue e dois facões enormes na outra, fala com muita raiva para a câmera. Ela entende tudo sem precisar ler a legenda, embora seu inglês continue macarrônico: "Vocês nunca vão estar seguros. Derrubem seus governantes, eles estão cagando para vocês." Este homem, explica o apresentador, acaba de degolar um ex-militar inglês numa rua do sul de Londres, em plena luz do dia. Sara pensa: "Não nos resta nada para ver." E desliga a TV.

Quando acaba de tomar o café da manhã, volta à sua agonia. Precisa de mais três tentativas antes de chegar à mensagem definitiva. Escreve:

Oi

Aperta a opção "Enviar" e, nem um pouco aliviada, dá prosseguimento à agenda prevista do dia. A agenda sofre uma modificação importante quando, às oito e meia, toca o interfone. Trata-se de um portador distraído que aparece antes do horário de abertura da loja. A gerente ainda não chegou mas ela não quer correr o risco de o entregador ir embora, porque tem certeza de que ele está trazendo o chocolate que justo ontem estava faltando para completar as encomendas. Sara atende. Pelo interfone, ouve uma voz cavernosa dizendo:

— Trago trinta caixas da casa Callebaut.
— Estou descendo.

Apressadamente, Sara pega as chaves, as suas e as da casa da vizinha —, e sai para o saguão. Enquanto espera o elevador, verifica se recebeu alguma mensagem. Ajeita o cabelo vendo o próprio reflexo na porta metálica. Quando está nervosa, não consegue parar de mexer no cabelo. Embora agora não tenha motivos para estar nervosa: não há nada acontecendo, está tudo sob controle, o chocolate de que precisava acaba de chegar, a visita ao apartamento vizinho é apenas uma exploração de terreno, ainda não decidiu nada, e mais cedo ou mais tarde Oriol terá de responder, talvez ainda esteja curando o jet lag da longa viagem. Quando as portas se fecham e ela aperta o botão "Térreo", começa a descida. Não só a da caixa de metal sustentada por cabos mas também uma outra, mais íntima. Ela se lembra de que as coisas não estão absolutamente sob controle, por mais que pretenda se convencer do contrário. Como em todas as vezes que Oriol aparece, tudo está de pernas para o ar. Sara gostaria de saber por que está tão aborrecida, se ninguém fez nada a ela.

Sara despacha o portador. Abre a porta e pede que não deixe as encomendas no meio do caminho. Antes que a operação termine, a gerente chega e cuida de tudo. Sara lhe diz que precisa ir ao banco e desaparece. Nos últimos minutos consultou a tela do celular cinco vezes, mas nenhuma resposta.

O apartamento da vizinha fica exatamente no prédio ao lado. Poderia ser um irmão gêmeo de sua própria casa, se o imóvel não fosse tão antigo, tão estreito, e se tivesse sido submetido pelo menos uma vez a uma reforma integral e caríssima parecida com a que ela realizou. Como não tem elevador, é obrigada a subir os quatro andares pela escada. Não se importa com isso. Há muito tempo Sara cuida da forma física, pagando a mensalidade de uma academia exclusiva para mulheres localizada na Zona Alta. Vai até lá de vez em quando, nada um pouco nas piscinas cobertas e iluminadas, joga uma partida de *paddle* com a diretora de um hotel de luxo da Diagonal — com quem mantém uma relação que se limita às quatro paredes da quadra — e depois dá uma passada na sauna. Na verdade, o que mais lhe agrada na academia é a sauna e as banheiras jacuzzi, porque não acha que tenha perdido nada na sala de musculação.

De qualquer maneira, graças à academia — ou, pelo menos, é o que ela acha — consegue chegar ao apartamento de Raquel sem resfolegar. Arrepia-se com as condições da escada, que precisa de um pouco mais do que uma mão de tinta. Enfia a chave na fechadura, gira-a com dificuldade e entra no apartamento. Assim que atravessa o umbral, sente o cheiro da vizinha ausente, como se ela fosse aparecer para recebê-la de uma hora para outra. Só tinha estado ali uma vez, no dia em que Raquel apareceu na confeitaria e lhe perguntou se ela poderia lhe fazer um "enorme" favor, que lhe explicaria "em particular". Visitou-a naquela tarde, na hora do café. Até aquele momento, só conhecia Raquel de lhe vender croissants, pãezinhos de Viena, um pouco de *ensaimada** e muitas xícaras de chocolate. É uma mulher miúda, mais perto dos 50 que dos 60 anos, viúva há tempos e com uma filha única que vive no exterior. Explicou que a filha precisava dela e que tinha resolvido passar uma temporada com ela. Não sabia quanto tempo ficaria fora e havia pensado em "deixar as chaves com alguém de confiança para que pudesse entrar se acontecesse alguma coisa. E também queria lhe pedir, se não for muito incômodo para a senhora: caso conheça alguém que queira alugar um apartamento por aqui, sugira o meu. Eu ficaria muito agradecida, dona Sara. A senhora vê muitas pessoas todos os dias e pensei que talvez pudesse me ajudar, mas não quero dar nenhum trabalho, é que nesse momento delicado o dinheiro me viria muito bem".

Esta conversa tinha acontecido havia mais de um mês, e finalmente Sara se livrou da culpa de não ter colocado os pés ali nem

---

* Espécie de rosca de massa folheada, típica das ilhas Baleares. (N. do T.)

uma única vez, apesar de não ter passado 24 horas sem se lembrar de que deveria fazer isso. Surpreende-se com o bom estado de tudo. Raquel tinha deixado as janelas fechadas e alguns móveis cobertos com lençóis. O ambiente não cheira mal. Depois de uma olhada geral, vai diretamente ao lugar que lhe interessa. Sobe a escada em caracol até o quarto de Raquel, atravessa tateando a escuridão — as persianas da claraboia não deixam entrar nenhuma luz — e chega ao terraço.

Logo se dá conta, muito satisfeita, de que o lugar é perfeito para seus planos. A cerca de arbustos fica grudada no muro, ultrapassando um pouco sua altura. Não muito, mas o suficiente para que atrás dela possa se esconder uma pessoa da altura de Sara. Tem alguns buracos, mas são poucos e lhe serão muito úteis para olhar sem ser vista. O piso tem uma leve inclinação; precisará caminhar com cuidado para não tropeçar. De qualquer maneira, as providências que precisa tomar para que tudo corra bem são mínimas: usar roupa preta — de camuflagem —, conseguir uma cadeira confortável que não faça barulho nem esteja bamba, vestir uma jaqueta e talvez amarrar um lenço no pescoço. As noites ainda estão frescas, ainda mais com esta umidade. E, sobretudo, abaixar o volume do telefone, esta é a última coisa que pode esquecer.

Continua sem receber nenhuma mensagem, embora não tenha parado de checar a tela. Ainda fica mais um tempo em seu observatório. Olha o terraço de sua casa que, vista dali, tem certo ar aristocrático: o revestimento de madeira do piso, a mesa de teca,* a área de grama artificial — menor do que Max queria, maior do que ela teria permitido —, a cadeira de balanço de três lugares, as redes de seis posições anatômicas compradas em Vinçon, as plantas mantidas amorosamente pelo programa número três de rega

---

* Árvore com madeira de alta densidade, de grande procura para móveis de exterior e para a construção naval, devido à sua grande resistência à água. (*N. do T.*)

automática, o toldo com detector de vento que sabe quando deve se recolher por si só... Tiveram muita sorte de poder comprar os dois andares — o quarto e o quinto — do edifício onde seus pais tinham passado toda a vida, justo antes que os preços começassem a subir como um biscoito com muito fermento. Também tiveram sorte de encontrar um bom arquiteto para fazer a reforma por um preço aceitável (tudo graças a Max e ao seu sangue-frio na hora de negociar, uma coisa que a tirava do sério). E o último golpe de sorte consistiu em poder fazer tudo com calma, sem sofrer com qualquer atraso nas obras ou com algum material não previsto no orçamento inicial. Naquele mesmo ano seus pais resolveram se aposentar e passar uma temporada em Menorca. Eles se instalaram no apartamento da família enquanto duraram as reformas de seu paraíso, os três, Max, Sara e Aina, que ainda não tinha nem 1 ano. Nem tomaram conhecimento das obras.

O edifício sempre tinha sido magnífico. Bem no centro da rua Argenteria, inventariado, reformado e com elevador — coisa raríssima naquela região. Mas ficou ainda melhor depois que os condôminos, no final da década de 1980, decidiram acolher um dos planos de revitalização que a prefeitura havia empreendido naquela era pré-olímpica e reabilitou a fachada. Os valores dos apartamentos subiram imediatamente, claro, mas os preços baixaram um pouco — não muito — quando os Jogos terminaram. Max e Sara visitaram pela primeira vez aquela que seria a cobertura de sua futura residência em 1995. Quando descobriram que poderiam avistar a Igreja de Santa Maria del Mar do terraço, ele disse: "Quero jantar aqui todas as noites da minha vida."

O terraço original era pequeno, mas acharam que um arquiteto resolveria esta e outras questões. Tiveram de esperar mais três anos para reformar o quarto andar, até que morresse a velhinha que morava ali sozinha desde não se sabia quantas décadas. Eles o teriam comprado até mesmo sem ver, mas interpretaram bem seu papel. Max regateou, Sara por pouco não teve um ataque de nervos e o corretor de imóveis se fez de ofendido, mas na primeira hora do dia seguinte telefonou, aceitando sua oferta. Durante as obras, todas as partes envolvidas manifestaram um interesse extraordinário em derrubar paredes. Em consequência, se deram muito bem.

O dúplex ficou tão bonito e espaçoso que quando a Sra. Rovira subiu para vê-lo pela primeira vez seus olhos se encheram de lágrimas e lhe ocorreu dizer: "É o apartamento que vocês merecem, minha filha!" Três anos depois acabariam comprando também o segundo andar, a única parte do edifício que ainda não lhes pertencia. Por enquanto eles o usariam como depósito, oficina e vestiário para os funcionários, mas a verdadeira intenção de Sara era que o primeiro andar ficasse para Aina e o segundo para Pol. Resolver esta parte tão importante do futuro de seus filhos antes que os dois tivessem terminado o primário era um verdadeiro sinal do tipo de prosperidade que a vida lhes ofertava.

Agora Sara observa a tela do telefone pela última vez, deixa escapar um suspiro e pressiona a opção "Escrever mensagem".

Oi?

Enviar, enviando mensagem, mensagem enviada com sucesso.

Enfia o celular no bolso. Entra no quarto de Raquel e deixa tudo como estava. Desce a escada em caracol, fecha a porta do hall de entrada, pensa que uma demão de tinta ajudaria muito e daria ao local um ar distinto — e pensa também que é estranho o que está acontecendo com ela, essa coisa de querer e ao mesmo tempo não querer ver Oriol. Não querer saber dele e se sentir sem ar só porque ele não responde às mensagens. Tem sorte de poder contar com o apartamento da vizinha, uma solução perfeita. E isso porque, graças a uma daquelas coisas que você não sabe por que faz ou deixa de fazer, ainda não contou a Max que Raquel foi embora, que ela talvez demore a voltar e que, nesse meio-tempo, deixou as chaves de sua casa com ela.

Se alguém perguntasse a Sara por que ela gosta do marido, ela daria uma resposta longa e cheia de justificativas verdadeiras. Todo mundo concordaria que Max é um homem adorável. Começando pela sua aparência, que faz com que ele pareça uma espécie de eterno adolescente, com olhos claros atemporais e uma franja rebelde que era a obsessão de sua mãe. Sua aparência só se tornou um problema grave logo depois de concluir o doutorado, quando ele começou a dar aulas e descobriu que quase todos os seus alunos eram mais altos, mais fortes e mais convincentes que ele. Não foi exatamente uma estratégia o que precisou traçar para conquistar o respeito de seus alunos: precisou apenas exagerar um pouco seu caráter. Distância, rigor, exigência acadêmica e seriedade extremos — esses foram seus trunfos, pelo menos no começo, para que o levassem a sério. Constatou, surpreso, que surtia efeito tanto sobre as meninas quanto sobre os meninos, embora elas mostrassem uma tendência preocupante em se apaixonar por ele e assediá-lo com declarações bastante embaraçosas nas horas livres ou quando ele estava corrigindo provas. Max, no entanto, nunca se sentiu atraído por nenhuma daquelas ninfas universitárias, nem mesmo fisicamente. Ele as considerava superficiais, tresloucadas e, acima de tudo, incultas. Não se imaginava fazendo nada de íntimo ou transcendental com garotas que nem sequer sabiam quem tinha sido Mendeleiev.

Max tem tudo o que uma sogra incluiria no retrato falado do genro perfeito. Fala com tanto respeito que às vezes se perde num labirinto de palavras amáveis, nunca se levanta depois das sete da manhã, cumpre os horários com o rigor de um sineiro, nunca eleva a voz nem perde as estribeiras em nenhuma situação — menos ainda com sua mulher —, não tem vícios grandes, medianos ou pequenos (nem sequer um que seria elogiável, como a filatelia ou a bibliofilia), suas mãos não tremem na hora de executar tarefas domésticas (quando as crianças eram pequenas, ele se gabava de ser recordista mundial de troca de fraldas), entende a máquina de lavar muito melhor que Sara, e é ele quem se encarrega de costurar tudo o que se descostura na casa. E, como se não bastasse, não põe os pés na cozinha a menos que Sara o autorize, porque ela não suporta que ele faça isso.

É claro que, se a consciência de Sara lhe perguntasse por que Max é o tipo de homem ao lado do qual, às vezes, não gostaria de envelhecer, ela também poderia dar uma porção de respostas. A única diferença é que só ela daria estas respostas — e ainda precisaria de uma permissão especial de seu sentimento de culpa, que não é nada generoso quando se trata de abrir exceções. Ela diria, por exemplo, que Max envelheceu antes do tempo. Não que ele seja velho: está com 42 anos. É que faz uns vinte anos que é velho, e isso é o mais grave. Com ele, não dá para pensar em fazer planos para sair à noite. Ele considera seus horários matutinos sagrados — e acha que, se não descansar pelo menos oito horas, não renderá o suficiente no dia seguinte. Se alguma vez, quando ainda não havia aprendido a aceitar as coisas como elas são, ela conseguiu arrastá-lo ao teatro ou a algum concerto, acabou sendo obrigada a sofrer as consequências. Max dormiu no teatro e também no concerto. Além disso, seu marido sofre desse mal tão bem-visto socialmente, que em geral se confunde com a natureza do gênio e é tão maçante quando se tem de conviver com ele: ele se distrai com uma facilidade irritante. De fato, distrai-se tanto que às vezes é muito difícil convencê-lo a aterrissar no mundo real onde as pessoas vivem. Max faz um parêntese para voltar à realidade e jantar e, quando termina, retorna ao seu universo paralelo de onde certamente dá aulas, dita conferências e lê em sua poltrona. Por último, vem o sexo. Em algum lugar, claro, sempre está o sexo. Em que lugar (se no primeiro ou no 14º), isso depende de cada um. Nisso não se pode dizer que Max seja decepcionante. Sara não tem nenhuma queixa, mas... só em linhas gerais. Os problemas começaram a ser, de um tempo para cá, os pequenos detalhes. Ultimamente, por exemplo, Max insiste em trepar sem tirar as meias. Alega que, se as tirar, vai sentir frio nos pés. Durante os fins de semana, ignora a obrigação de se barbear e, *apesar de tudo*, pretende atacá-la sexualmente domingo à tarde. Quando ela lhe diz que, se ele não fizer a barba não haverá absolutamente nada, ele opta pelo "absolutamente nada", dando a entender que vale mais a pena andar feito um maltrapilho a transar com ela. E poderíamos continuar nessa linha, se não fosse tão desagradável falar dessas coisas.

Sempre que faz um inventário (é ainda muito jovem para fazer um balanço), Sara se dá conta de que não tem realmente motivos para estar chateada com o marido. Talvez não passe de um esnobismo, como essa moda atual de fazer bombons com coisas estranhas, como cebola ou salsicha, que são meros caprichos. Mas olha só quem está falando! Ela ocupou uma vitrine toda de sua loja com produtos da marca Oriol Pairot (com um retrato do amigo e tudo) e, sem dúvida, o item mais vendido, disparadamente, foi a famosa caixa "Triângulo de amigos muito diferentes". Gengibre, pimenta e alfazema — que coisa! Isso só poderia ocorrer a Oriol, que para isso é um gênio.

O que Sara tem mais claro a respeito de sua relação com Max é que a culpa é dela, e só dela. E sabe isso desde o dia em que eles se conheceram: ele é um ser inocente, alguém incapaz de fazer qualquer coisa que possa incomodá-la, muito menos ofendê-la, ou imaginar que complicações ou maldades ocorrem às vezes à sua mulher. Caso soubesse, o coitado não entenderia nada.

Nisso de olhá-la como um idiota, também não tinha havido novidades. Max a devora com os olhos desde aquela primeira noite do mês de abril que podemos considerar o começo da história dos dois. Ou até antes, porque aquele olhar já deixava Sara nervosa durante todo o curso de técnicas para chocolateiros em que se conheceram.

— Sejam todos bem-vindos — disse Ortega, com cerimônia, no primeiro dia —, eu me chamo Jesus, sou chocolateiro e nas próximas três semanas vou tenta fazer com que vocês também sejam. Começando por entender o que isso significa numa cidade como Barcelona, de profunda tradição chocolateira. Talvez muitos de vocês desconheçam que vivem num dos primeiros lugares onde o chocolate foi transformado em manjar da aristocracia, berço do primeiro doceiro, chamado Fernández, que se atreveu a fabricar um artefato para processar o cacau; e também do porto de onde zarpavam os navios das grandes manufaturas de chocolate do século XIX, como as dos Sampons, dos Amatller, dos Juncosa, dos Coll etc., que criaram uma tradição e, de passagem, fizeram grandes fortunas. Este é o lugar onde foram inventadas as esculturas que aqui chamamos de *monas*, e onde Joan Giner, mestre dos chocolateiros, fez desse ofício uma arte que era exposta nas vitrines da confeitaria Mora, para deleite de várias pessoas da minha geração. Claro que, quando falamos de vitrines, não podemos esquecer as de seu grande amigo, Antoni Escribà, a quem chamaram de *Mozart do chocolate*, por sua imaginação transbordante. Enfim, Barcelona ocupa por méritos próprios um lugar no mapa mundial do chocolate, e vocês precisam saber disso, se é que querem mesmo que o nome de vocês entrem na lista que acabo de mencionar. E agora vamos trabalhar, pois já está ficando tarde. Começaremos com as apresentações, para nos conhecermos um pouco.

Tudo era muito entusiasmante, mas cada vez que Sara levantava os olhos do trabalho via as pupilas azuis de Max cravadas nela. Depois vinha um sobressalto quase imperceptível, como um pássaro assustado, e os olhos de Max procuravam ao acaso alguma outra coisa em que se fixar, para tentar disfarçar, mas o rubor de suas faces semelhante ao de uma fruta madura acabava denunciando-o. Era encantador de tão desajeitado, e uma boa pessoa. E dava para perceber a quilômetros de distância que tinha se apaixonado por ela no instante que a vira. Às vezes ele se distraía de tal maneira que Ortega precisava chamar sua atenção.

— Vamos tentar nos concentrar um pouco mais, Sr. Frey, porque isso está parecendo mais uma papinha que um recheio. — E o aluno abaixava a cabeça, soprava a franja que sempre escapava do gorro de cozinheiro e, durante alguns minutos, não se atrevia a olhar para nada além da sopinha de trufado que não dava liga de jeito nenhum.

Sara se sentia lisonjeada na presença de Max. Cada vez que ele a olhava daquela forma, era como se desse corda no seu orgulho insuportável de fêmea imatura. Naquela época, porém, ela ainda era muito jovem para achar que a forma como fazem você se sentir é mérito dos outros. E, além do mais, ainda havia a admiração pessoal, pois ela era, de longe, a aluna com a melhor técnica da sala e deixava os companheiros boquiabertos diante do que sabia fazer com as mãos. Ela menosprezava o próprio mérito argumentando que era uma herança de família: tinha crescido entre chocolateiros, vendo prepararem torrones, bolos, "monas" de Páscoa e tudo o que se podia imaginar desde a época em que seu nariz ainda não chegava à altura do balcão. Pela maneira como explicava, Sara estava convencida de que carregava a confeitaria no sangue e que o talento era sua melhor herança. Seus companheiros lhe davam razão sem pestanejar.

E assim Max passou as três semanas do curso sem tirar os olhos de Sara em nenhum momento, e ela começava a se cansar de vê-lo sempre ali, com aquela cara de bobo. Se alguma coisa livrou o rapaz de ser desagradável, se ela ainda lhe dirigia a palavra e olhava para ele de vez em quando, foram razões que poderíamos chamar de estratégicas.

Naquele curso, Sara aprendeu uma porção de coisas: como preparar um bolo de viagem de chocolate branco, quais as temperaturas realmente arriscadas durante a aplicação da cobertura, por que preferia as receitas tradicionais às novas tendências ou por que, com a maior urgência possível (inclusive antes do curso acabar), queria se jogar em cima de Oriol Pairot, o melhor amigo de Max e o aluno mais excêntrico de toda a classe.

Essa última questão, nada acadêmica, foi a que mais lhe causou dores de cabeça. Ela podia organizar numa lista de dez itens (ou mais) seu interesse pela confeitaria clássica diante dos novos ingredientes exóticos que haviam invadido tudo. No entanto, era incapaz de encadear vários pensamentos lógicos que lhe permitissem compreender por que, tendo o encantador Max Frey se atirando a seus pés, desejava com todas as suas forças o amigo dele, o pavão. Talvez tudo se limitasse a isso: a atração irresistível exercida por aquilo que foge ao nosso alcance. Por cima do horizonte de chocolate a ser trabalhado, enquanto Ortega dava voltas no balcão, supervisionando o exercício, ela se fixava com dissimulação em Oriol Pairot e em seu ar diferente, semelhante ao de um patinho feio infiltrado num grupo de pavões.

O primeiro Oriol Pairot, talvez mais autêntico que o atual, tinha um ar orgulhoso e indiferente, como aqueles que se negam a saber como vai o mundo. Havia saído de casa e tentava sobreviver como podia, trabalhando como garçom ou entregador. De alguma maneira, tinha conseguido pagar o curso de técnicas de chocolate, mas já dava para ver que, por falta de recursos, seus passos seguintes no mundo da confeitaria teriam de ser como autodidata. Morava perto da estação de Sants, talvez com algum parente ou um amigo que ele nunca mencionava nas conversas. Com sorte, conseguia dormir quatro ou cinco horas à noite, por isso de manhã sempre estava com umas olheiras que davam pena. A apresentação de Oriol no primeiro dia de aula, que Sara não esqueceu, não poderia ter sido mais lacônica:

— Olá, meu nome é Pairot, sou de Reus, mas estou morando em Barcelona há dois meses. Quero ser chocolateiro, mas de um tipo diferente.

Todos ficaram esperando algo mais e observando Oriol, que olhava para o chão.

— Você poderia nos explicar o significado de *diferente*? — perguntou Ortega.

— É simples. Diferente dos outros.

— Em que sentido?

— Em todos os sentidos.

— Esse seu gosto pelo chocolate vem de algum lugar?

— De família.

— Ah. — Ortega finalmente encontrou um filão, ou pelo menos achava que havia encontrado. — Seus pais têm uma confeitaria? Talvez pudesse falar um pouco sobre isso.

Oriol se remexia, incomodado, no tamborete.

— Bem... Eu achava que tinha de falar de mim.

Ortega era um bom entendedor e, além do mais, uma boa pessoa. Passou ao aluno seguinte, que era Max.

— Meu nome é Max Frey e tenho 19 anos. Sou de Illinois, Estados Unidos, mas quando era bem pequeno, meus pais se mudaram para Nova York, que é de onde me considero realmente. Vivo em Barcelona há dois anos e estou no terceiro ano de Ciências Químicas. Também colaboro com o Grupo de Ligas Moleculares do Departamento de Cristalografia, Mineralogia e Depósitos Minerais e com uma universidade japonesa que tem um nome muito comprido, e eu não quero incomodar vocês. Se o senhor está perguntando o que estou fazendo num curso para chocolateiros, saiba que eu também me pergunto isso, até porque não tenho muita habilidade com as mãos, sou inútil, e também não acredito que consiga aprender. Isso tem a ver com o fato de que minha tese é sobre o comportamento de certos lipídios, especialmente a manteiga de cacau, diante de certas circunstâncias e a maneira como poderemos fazer com que tenham, vamos dizer, uma conduta exemplar, que neste caso equivaleria a obter um chocolate perfeito. Ou seja, sou um cientista louco infiltrado. Se tudo correr bem, defenderei minha tese dentro de oito meses. Todos vocês estão convidados, se quiserem aparecer. Perdoem a confusão, como ainda não domino as palavras com fluidez em seu idioma, escrevi ontem esse discurso e o decorei. Espero não ter sido muito chato. Obrigado por me ouvirem.

O discurso de Max despertou aplausos espontâneos que o deixaram ruborizado.

— Disse que tem 19 anos? — perguntou Ortega.
— Sim.
— Sabia que você é o mais jovem da turma?
— Sim, estou acostumado com isso. — Max abaixou os olhos.
— Estou dois anos adiantado.

Max respondeu como se tivesse vergonha. E ele realmente tinha vergonha, e não era pouca. Acontecia sempre que ele precisava dar explicações sobre seu histórico acadêmico, que mais cedo ou mais tarde acabavam mencionando sua alta capacidade intelectual e a avaliação emitida por um importante psicólogo especializado em "superdotados e talentosos" — e isso tinha sido justamente a causa da mudança de toda a família para Nova York, do começo de uma nova vida, e também do pior pesadelo escolar que um garoto de 9 anos poderia viver, ao ser colocado de repente numa turma de superdotados de 11. Um verdadeiro horror.

Naquele dia, na "aula de chocolate", Max não precisou dar tantas explicações, graças ao sexto sentido de Ortega, que adivinhou tudo, ou quase.

Era a vez de Sara.

— Meu nome é Sara Rovira, tenho 21 anos e estou acabando o curso de História. Comecei o curso porque gosto de entender as coisas e porque acho que se nós não conhecermos o passado nunca vamos descobrir quem realmente somos. É como se todos nós fôssemos apenas uma montanha de passado se acumulando, para dizer de uma forma visual. Bem, acho que estou me enrolando: a verdade é que estou estudando História, mas sei que meu destino, desde que nasci, está atrás do balcão da confeitaria dos meus pais. Meu pai abriu a loja nos anos 1950 e ela ainda vai bem, tem uma clientela boa e fiel. Meu pai quer se aposentar em dois anos, e eu sou filha única. Então já sei o que me espera, e eu gosto disso. Fico muito feliz quando penso que vou cuidar do negócio, que serei a segunda geração, que darei continuidade a uma coisa que vale a pena. Por isso estou aqui, para aprender novas técnicas que possam me ajudar, no presente e no futuro. E também... — Sorriu com astúcia, olhando para Oriol. — E também porque me interesso em saber o que os concorrentes sabem fazer.

— Este é o espírito! — exclamou o professor, que não havia captado a intenção da última frase nem lhe ocorria que seus alunos pudessem paquerar na sala de aula. — Achei muito bonito o que você disse sobre o presente e o futuro, Sara. Muito bonito!

Era difícil entender a amizade de Max e Oriol, pois aparentemente eles não tinham nada em comum. Ou talvez isso seja o melhor de uma amizade: que, ao contrário de outros relacionamentos, ela não se baseia em características em comum, nem na necessidade de criá-los, e sim em saber desfrutar as diferenças. Só de vê-los juntos, todo mundo sabia que eles não combinavam em nada. Pairot com aquele jeito meio hippie, meio roqueiro, sempre vestido rigorosamente de preto, mas com certo toque de elegância que o distinguia de qualquer tribo ou tendência. Pairot era ele mesmo e mais nada — e dificilmente poderia se parecer com qualquer coisa conhecida. Também era muito mais alto que os outros: tinha mais de 1,90m, ombros largos, embora um pouco caídos (típico de quem passa a vida conversando com pessoas mais baixas), cintura atlética e músculos definidos, semelhantes aos de uma estátua clássica. Tinha mãos ossudas, como se seu esqueleto lutasse para atravessar a pele, e o pomo de adão marcava muito o pescoço, para o qual Sara olhava disfarçando seu fascínio. Por algum motivo que não compreendia muito bem, achava essa parte da anatomia masculina mais atraente do que qualquer outra, e cada vez que Pairot engolia saliva diante dela, Sara ficava com vontade de chupar seu pescoço como se fosse um sorvete e tentar morder aquele malabarista cartilaginoso, que na verdade era apenas a laringe.

Sara sempre invejou a camaradagem masculina. Achava as reuniões de machos deliciosamente vulgares, com um toque de álcool, uma cumplicidade que beirava o tribal, e aquela leveza de quem nunca se detém para se autoanalisar nem filosofar sobre a existência — como fazem, por definição, as mulheres quando estão em grupos. E também uma certa exaltação provocada pela companhia, além (acima de tudo) desse traço exclusivo: quando os machos da tribo se reúnem para conversar, elas não são convidadas. Simples assim.

Numa sexta-feira, no fim das aulas da primeira semana do curso, depois de todos os alunos terem abandonado a sala como se estivessem correndo em meio a um incêndio, Ortega descobriu que o trio inusitado ainda perambulava por ali.

— Vocês não querem ir para casa ou o quê?

Os três, Pairot, Sara e Max Frey, responderam sem entusiasmo que não, e aquilo incentivou o professor (que estava prestes a se aposentar, e era apaixonado por seu trabalho até a medula óssea e também não estava com pressa de voltar para casa) a propor uma coisa que não teria se atrevido a sugerir a mais ninguém:

— Querem que eu ensine a vocês alguns truques muito úteis de decoração?

Os três disseram "sim" ao mesmo tempo e voltaram para procurar seus aventais, luvas e toda a parafernália, sentindo-se privilegiados. Ortega fechou a porta da sala de aula por dentro e conseguiu deixar o ambiente mais íntimo, o que favoreceu muito aquele aprendizado extra. O que veio em seguida foi um verdadeiro luxo. Um luxo de uma hora e 45 minutos na qual o expert, que acima de tudo era generoso, compartilhou com eles alguns de seus segredos profissionais.

— Ensinar a quem quer aprender é um privilégio — disse, quando terminou a aula, com os olhos brilhando de emoção por ter compartilhado um tempo com aquele sangue novo tão promissor.

Também eles, os alunos, estavam muito excitados no fim da aula, para simplesmente irem para casa.

— E aí, cara? Toma uma cervejinha? — propôs Pairot, olhando só para Max.

— *Of course*! — respondeu o americano antes de desaparecer atrás da porta do lavabo.

Pairot e Sara ficaram sozinhos. Ela, um pouco incomodada por não ter sido incluída no convite.

— Também gosto de cerveja — disse.

— Ah, desculpe. Não pensei que você quisesse ir.

— Posso?

— Não sei o que dizer. Max está exausto e precisa conversar.

— Ah. E você é o confessor dele...

— Mais ou menos. Ele está precisando de conselhos masculinos.

— Isso significa que existem problemas que as mulheres não são capazes de entender? — perguntou Sara, desafiadora.

— Não. Significa que existem problemas *com* as mulheres.

— Então vocês precisam falar de homem para homem.

— Exato.

Aquilo soava mais falso que qualquer outra coisa que Sara tivesse ouvido em toda a sua vida. Mas, como Pairot tinha começado aquele perigoso jogo de mentiras, ela resolveu não ficar para trás.

— Não se preocupe com isso. Nesse sentido, sou um dos caras.

Oriol abriu uns olhos de coruja. Isso não acontecia todos os dias, impressionar o sujeito esquisito da turma. Sara saboreou o momento como se fosse um delicioso *petit four* recém-saído do forno.

— O que você quer dizer exatamente?

— Que gosto de meninas.

Soltou aquilo assim, de repente, sem pensar nas consequências que, como era de se esperar, foram imediatas: Pairot nunca tinha conhecido uma lésbica e de repente a curiosidade falou mais alto que tudo aquilo de tão importante que ele e Max teriam para conversar de homem para homem.

— Nunca conversei sobre peitos com uma mulher! — disse, com uma emoção abobalhada.

— Pois eu, se fosse você, não deixaria a oportunidade escapar.

Quando Max saiu do banheiro, a cervejinha era tricéfala e com um toque lésbico mais do que interessante.

Aquela foi a tarde em que sua amizade triangular ganhou forma oficialmente, embora não se saiba dizer se aquele era um triângulo equilátero ou de outro tipo, mas pode-se afirmar que na base havia não uma, mas duas mentiras. É para se pensar, agora que já se passaram tantos anos.

No dia do jantar com Pairot, Max mantém suas rotinas matinais — mas Sara não. Ela não está para rotinas. Enrola na cama até as oito e meia e, assim que se levanta, toma dois comprimidos azuis para dor de cabeça. Liga para a loja e diz à gerente que cuide de tudo, porque ela precisa escrever um artigo e não descerá na parte da manhã. É sua desculpa mais verdadeira (se ela não estivesse tão alterada, não seria uma desculpa). O pessoal da revista tem muita paciência com ela: nunca lhe cobram os artigos, embora ela sempre os entregue com semanas de atraso. Apesar disso, eles publicam imediatamente e pagam com pontualidade. Muito mais do que se pode pedir nestes tempos tão complicados para a imprensa.

Sara não gosta de se ausentar da loja por um dia inteiro. Tem a impressão (uma coisa a meio caminho entre a responsabilidade e a arrogância) de que não é a mesma coisa quando ela não está ali. Os funcionários do ateliê culinário dominam de longe todas as técnicas, trabalham há anos ao seu lado e conhecem seu estilo e suas manias de cor e salteado, mas, por alguma razão que lhe escapa, falta um pouco de espírito ao que fazem, certo toque quase imaterial que ela tem e que, infelizmente, não é possível ensinar. Está há 19 anos à frente da confeitaria e pode contar nos dedos de uma das mãos os dias em que não pôs os pés ali. E as ausências foram sempre por algum motivo de força maior — como, por exemplo, estar no hospital parindo.

O evento de hoje foi declarado de força maior.

Durante algumas horas, Sara perde tempo com mil coisas. Pinta as unhas dos pés com uma cor violeta que comprou na última vez que foi a Andorra (no rótulo diz que é "cor Dominatrix") e ainda não tinha estreado. Reorganiza a gaveta de talheres. Toma três xícaras de café, a última acompanhada de outro comprimido azul para a dor de cabeça que persiste, e ela acha que está ficando viciada em codeína. Depois decide que chegou a hora de fazer alguma coisa de útil e começa a pensar no menu do jantar. Pairot é alérgico a mariscos e isso complica um pouco as coisas, mas não muito. Por sorte é quarta-feira, e na cozinha da confeitaria não há muito trabalho; pode pedir que lhe preparem algo um pouco especial sem prejudicar as encomendas. Tabule seria uma boa opção, talvez com algum peixe branco como segundo prato. O linguado com trufas cairia bem, mas o pacamã com morangos é mais exótico e, além disso, as crianças gostam muito. Mas talvez Max preferisse um prato frio, com saladas acompanhadas por sobremesas tentadoras. É difícil impressionar com inovações o homem que inventou — e vendeu a preço de ouro — um bolo de chocolate que se cheira em vez de se comer, mas em matéria de tradição não há nada a dizer: aqui ela está jogando em casa, e Oriol tem tudo contra ele. Sara tinha pensado em servir um prato de *catanias** geladas — a mais deliciosa de suas especialidades —, mas agora acha que será pouco e pensa em preparar ela mesma trufas bem amargas e bem pretas, que servirá com creme inglês leve e geleia de frutas vermelhas. Encomendará o creme inglês e a geleia aos rapazes da cozinha, mas ela fará as trufas e pensa em lhes dar a atenção que a ocasião merece. Deixará Pairot boquiaberto e dará a seu marido um bom motivo para se gabar dela.

Sara se pergunta se Max irá aprovar o menu quando o telefone toca, e é ele quem lhe pergunta se ela já pensou no que vão jantar esta noite e pede instruções. Também quer saber de outros detalhes, se jantarão do lado de fora ou na sala de jantar — ele prefere o terraço, como sempre — ou se ela já consultou a previsão do tempo. Ter os pensamentos tão bem coordenados com os do marido é uma coisa que a deixa inquieta, como se seus cérebros estivessem conectados por Bluetooth. Talvez a convivência sincronize as sinapses neuronais dos cônjuges até eles parecerem gêmeos, um fenômeno que não é menos deprimente só por ser inevitável.

— Vou pôr a mesa do lado de fora — diz —, e você vai encontrar tudo pronto. Só vai precisar retirar os guardanapos das bandejas e servir as porções. Ah, lembre-se de tirar as sobremesas da geladeira 15 minutos antes de comer. Vou colocá-las em tigelas individuais para ficar mais fácil. A previsão não indicou que não vai chover. Acho que não estou me esquecendo de nada.

— Magnífico! — Max dá pulos do outro lado. — Obrigado por pensar em tudo, menina. Sentiremos muito sua falta.

---

* Doce típico de Vilafranca del Penedés (Catalunha): amêndoa coberta com pasta de amêndoas, avelãs e cacau e empanada numa fina camada de chocolate. (*N. da A.*)

E desligam. Ao mesmo tempo.

Não há nenhuma dúvida quanto à veracidade da última frase. Mas imagina que sem ela o jantar será um verdadeiro reencontro de dois velhos amigos. Sua presença só serviria para turvar o ambiente. E, neste momento, embora tivesse prometido a si mesma que não voltaria a fazer isso, olha de novo a tela do celular para ver se chegou alguma mensagem de Oriol. E o pior é que ela já sabe — já sabia, isso é terrível! — que não chegou nem chegará.

Para as trufas, Sara aproveita um resto de chocolate com 95 por cento de cacau. É forte e amargo, com personalidade, daqueles que é uma pena servir a qualquer um. Liga para a gerente e diz que precisa ter a cozinha e os ingredientes prontos a partir das três horas, porque está pensando em fazer umas trufas para aproveitar aquela sobra que está ali há vários dias.

Durante metade da tarde ela se distrai com as trufas. Trabalha intensamente. Elas ficam no ponto de chupar os dedos, exatamente como sabia que iam ficar. Depois as leva ao apartamento, põe a mesa e recebe o entregador da loja, que traz o linguado e uma salada de trigo-selvagem, uma decisão de última hora. Decora a mesa com duas velas aromáticas, mas logo depois pensa que são uma má escolha e as retira. No lugar delas coloca uma cesta sortida com pães de diversos tipos — inclusive um de *sobrasada** — e a cobre com um guardanapo de linho branco, impecável. Dá uma última olhada e aprova tudo: a mesa, a toalha, as almofadas das cadeiras e o toldo, que protege dos olhares dos vizinhos e confere a tudo um ar mais íntimo. Então lhe ocorre uma pequena mudança na decoração da sala de jantar.

Tira da cristaleira a chocolateira de porcelana branca. Tem forma de pera e mede uns 20 centímetros. Com o tempo, ela sofreu

---

* Embutido típico das ilhas Baleares, composto de uma pasta vermelha de carne de porco picada, sal e pimentão. (*N. do T.*)

algumas perdas: não tem tampa, nem o moedor de madeira que deveria servir para remexer o conteúdo. Na base, uma inscrição em letras azuis, um pouco inclinada, recorda alguma mão distante, desconhecida: "Je suis à Madame Adélaïde de France." Ao relê-la, Sara pensa que deveria continuar com a investigação — ou o que fosse — que começou havia anos a respeito dessa mulher. A essa altura, diz a si mesma, não sabe nem mesmo onde colocou as pilhas de papéis, mas decide que vai procurá-los quando tiver oportunidade e fará alguma coisa com eles. Afinal, a Sra. Adélaïde e ela fazem parte da mesma história, que conflui neste objeto precioso e delicado que por sorte chegou às suas mãos. Acaricia-o como se fosse um bichinho, procura a aspereza da rachadura do bico e se lamenta. É curioso como as coisas fazem parte de nossa vida como se fossem seres vivos.

Sob a posse de Sara, a chocolateira só foi usada uma vez, na mesma noite que a comprou, em companhia de Oriol e de Max. Souberam assim que ela só tem capacidade para três xicrinhas de chocolate, três porções. É um número estranho esse — três —, por isso ela pensou desde o início que era coisa do destino o objeto agora ser seu. Naquela época, Sara ainda achava que as coisas sempre acontecem por algum motivo. Que ingenuidade, até parece mentira.

Como imaginava, a peça está um pouco suja. Leva-a à pia da cozinha e a lava com água e sabão, bem devagar, como se estivesse dando banho num bebê. Depois, seca com papel toalha e a devolve à sala de jantar para deixá-la ao lado da mesa, em algum lugar onde quem passe necessariamente tenha de vê-la. Quer que sua chocolateira e a pequena migalha de história comum que leva nas costas espalhe sua influência sobre o jantar, como se fosse um desses perfumes persistentes dos quais não é possível se livrar por mais que se queira. Tem certeza de que Oriol vai se lembrar assim que a vir. E, lembrando, chegará ao lugar aonde ela quer que chegue. Um lugar do qual, se dependesse de Sara, ele nunca teria saído.

Uma vez preparada a cenografia, ela se arruma como se também fosse participar do jantar. Toma muito cuidado com a maquiagem e o penteado. Pendura a bolsa no ombro e sai de casa só dez minutos depois de Max chegar com os vinhos do jantar — um branco e outro tinto, como de hábito. Dá um beijo de despedida na testa do marido e lhe deseja boa-noite.

Sara pega as chaves com dissimulação antes de chegar à rua. Não acredita que Max a esteja observando do terraço — ele nunca faz isso —, mas se assegura, por via das dúvidas. Não há perigo. Entra no edifício ao lado e escapa como uma sombra na escuridão da escada. Sente-se como uma ladra, como um marido traído que decidiu saber de tudo. Procura, tateando, o buraco da fechadura. Só relaxa depois de entrar, mas não acende a luz. Sobe ao segundo andar, abre a porta do terraço, tomando o cuidado de prendê-la para que não se feche de repente. Depois cuida da cadeira. Já localizou uma, num canto do quarto de Raquel. Leva-a até o terraço, coloca-a bem diante de um dos orifícios da cerca e tenta avistar seu alvo. É perfeito, emociona-se ao constatar.

Dali consegue ver Max espiando os pratos por baixo dos guardanapos de linho. Vê o marido furtar uma anchova do topo da salada. Observa o marido dar uma olhada complacente na mesa posta, consultar o relógio de pulso. Passam-se dois minutos. Quando a campainha toca — Pairot sempre foi de uma pontualidade que não combina com o personagem — o coração de Sara dá um pulo. Max sai de cena para abrir a porta. Sara se prepara para o momento.

"Como será voltar a ver alguém em quem pensou o tempo todo durante os últimos nove anos?" Por sorte ou por desgraça, está prestes a sabê-lo.

À SAÚDE DE MADAME ADÉLAÏDE DE FRANCE

Aquela noite de cervejas e abstratas inquietações lésbicas declarou oficialmente inaugurada sua amizade de três lados. É preciso deixar claro que, apesar de tudo o que aconteceu depois, a amizade sobreviveu. Eis aqui uma relação à prova de bombas atômicas.

Tomaram a primeira cerveja num bar de *tapas* basco da rua Montcada. Como ainda não era hora do jantar — nem mesmo para os forasteiros —, o local estava vazio e puderam ocupar os banquinhos em frente a uma parte do balcão. Brindaram por um motivo qualquer diante de uma travessa de fatias de pão cobertas com pasta de caranguejo — ou alguma coisa assim, rosada e gordurenta — e deram o primeiro gole olhando uns aos outros por cima do horizonte de espuma dos copos. A segunda cerveja afrouxou um pouco a timidez de Max, pois dava para ver a quilômetros de distância que ele ainda era virgem. Olhava para Sara ainda mais boquiaberto do que na sala de aula, e ela olhava para Oriol como se dissesse: "Veja como desperto o interesse do seu amigo." Nesta segunda rodada, ainda carregavam a inércia dos estudos em comum e a conversa girou em torno do curso e dos companheiros — os três estavam de acordo quanto a menosprezar todos eles, sustentando aquela superioridade típica dos 20 anos. Também foi o momento dos detalhes autobiográficos. Max falou de seus pais, os fazendeiros cultos de Illinois, proprietários de um montão de hectares de cultivo de soja, de usinas processadoras de soja e de uma loja especializada em produtos de soja do centro de Chicago, tão apaixonados pelo velho continente que compensavam a nostalgia de ter o filho tão longe se gabando muito dele com todos os amigos. Telefonavam para ele todos os sábados e lhe enviavam pontualmente uma contribuição financeira mais do que generosa, que Max poupava pensando no futuro, pois não conseguia compartilhar a ideia, tão arraigada em sua família, de que para ser feliz é preciso gastar dinheiro aos montes. Falava dos pais com uma mistura de respeito e admiração, e ficava muito preocupado por eles se sentirem orgulhosos dele. Por isso, nunca havia passado por sua cabeça comportar-se de modo irresponsável — e por isso continuava sendo, mesmo à distância, um filho e um estudante exemplares. Enquanto dizia isso, olhava fixamente para Sara, talvez para convencê-la das vantagens dos bons rapazes diante dos outros, ou quem sabe para convencer a si mesmo.

O pior problema de Max era que, por um lado, morria de vontade de ser um sujeito mau e transgressor e, por outro, tinha pânico de qualquer coisa que lhe ocorria para atingir tal objetivo. Precisava se contentar com a incongruência que marcava todas as suas ações, a começar pelo fato de não conseguir tirar os olhos dos seios de Sara, embora sem mover um dedo para ter com eles um contato mais íntimo. Ou aquele discurso que tinha acabado de pronunciar: tantas palavras gastas para deixar claro que era um bom rapaz quando, na verdade, sua maior obsessão era tocar os seios de Sara.

Ela falou de seu destino inevitável como filha única, uma coisa que não a incomodava. Sempre tinha se sentido bastante à vontade na confeitaria e achava que, quando tivesse de administrá-la, seria uma substituta à altura. Nutria muito respeito pelo pai e tinha uma espécie de preocupação terna pela mãe. Estudava História porque não queria ser "só chocolateira" e porque sempre tivera interesse em saber de onde vem tudo, embora já tivesse se resignado a fazer desse aprendizado a vocação frustrada de sua vida.

Quando foi a vez de Oriol falar de si mesmo, ele disse:

— Vamos a outro lugar.

O terceiro local da noite ficava na rua Vidrieria. Ainda não tinha ocorrido a eles passar da cerveja para algo mais forte. A noite estava quente e agradável — uma dessas noites de março que são um anúncio da primavera — e a conversa tinha acabado de começar e parecia que iria longe. Oriol analisava os movimentos de Sara como se observasse um exemplar de uma espécie muito estranha. O álcool ia transformando Max de apalermado em semi-indeciso, mas na quarta cerveja ela já começava a falar com uma eloquência que nele era uma verdadeira proeza.

— Por que será que essa coisa do chocolate vem de família? Oriol também é filho de chocolateiros.

— Deve ser porque adoçar a vida das pessoas acaba viciando. — Sara ria. — Por que não conta pra gente, Oriol? Quer dizer que seus pais também são do ramo? Como se chama a confeitaria de vocês?

— Não é nossa, é deles — deixou claro o gênio.

Max negou com a cabeça bem devagar. "Tema tabu", advertia, arregalando os olhos.

Sara teria formulado pelo menos mais uma dúzia de perguntas sobre os pais de Oriol antes de entender que ali havia um problema grave. (Onde fica a confeitaria de vocês? Especialidades? Sabem fazer um bom croissant de manteiga? Você tem irmãos? Vai ficar com o negócio?) Mesmo percebendo o problema, as perguntas não teriam sido menos do que meia dúzia. (Seus pais e vocês estão brigados? Você saiu de casa? O que pensa em fazer? Como pode querer ser chocolateiro se não suporta os seus pais? Você acha que escolheu o ofício que mais lhe convém? Está nos seus planos concorrer com eles? O que acha dos croissants de manteiga?)

Aquilo dos croissants de manteiga era um detalhe que estabelecia a diferença, ensinada por seu pai, que costumava se gabar de ser "um dos poucos confeiteiros que restam em Barcelona que ainda sabem fazer um autêntico croissant de manteiga como os da França, em formato de meia-lua e tudo". Claro que depois ele sempre acrescentava: "Mas você tem de levar em conta que os gostos daqui são diferentes. Aqui as pessoas não suportam a quantidade de manteiga da receita original. É preciso usar só a metade. Senão será um fracasso."

— Você sabe fazer croissants de manteiga? — Era uma pergunta importante em seu exame pessoal. Queria saber se Oriol era capaz de resolvê-lo.

— Acho que não — respondeu ele, com uma indiferença absoluta.

Sara fez um gesto que continha todo o desprezo e a altivez que era capaz de demonstrar. Como se lhe dissesse: "Exatamente o que eu pensava." Ou pior: "Claro, eu já sabia."

— Croissants não me interessam. Nem os de manteiga nem os outros.

Max, que estava um pouco de pileque, interveio levantando um dedo:

— Seria um desperdício se dedicasse seu talento aos croissants!

— Um desperdício de quê? — Quis saber Sara, que estava prestes a declarar guerra em nome do croissant.

— De originalidade. De energia. Oriol é um inovador, um cérebro privilegiado. Tem ideias que ninguém nunca teve. Ainda ouviremos falar dele, pode ter certeza. Lembre-se das minhas palavras.

— Bem, bem, bem... Quanta bobagem! — Sara achou aquela exaltação bêbada do amigo um pouco ofensiva. Começou a rir, e Max aproveitou para pedir outra rodada e falar mais:

— Este sujeito que você está vendo aqui é o inventor ainda não reconhecido de algumas receitas revolucionárias, com ingredientes nunca vistos, apresentadas como se fossem joias de design. Quando tiver a oportunidade, ele pensa em transformá-las na base de seu futuro negócio, que será um sucesso simplesmente porque as pessoas nunca terão visto nada igual. Dentro de poucos anos, todo mundo vai conhecê-lo, e por isso somos uma dupla de privilegiados. Nosso querido Pairot é uma bomba. — O discurso tinha saído tão exaltado e etílico que os olhos de Max se inundaram e as bochechas de Oriol ficaram pegando fogo.

Mas o gênio não disse nada, nem para se defender nem para atacar. Entregava-se a um tipo de felicidade contemplativa e sorridente que outorgava aos outros todo o protagonismo, embora só se falasse dele.

— Ingredientes nunca vistos? — Sara continuava rindo. — Como quais?

Sara perguntava a Oriol, mas Max respondia:

— Sinto muito, mas não posso contar, porque você é concorrência.

Ela fazia cara de conspiradora.

— Mas você bem que sabe...

— Porque eu não sou um de vocês. Não sei fazer nem uma madalena!

O fenômeno mais curioso da noite foi o sotaque de Max. Quanto mais ele bebia, mais americano ficava. Agora que tinham consumido mais de meia dúzia de cervejas e que sua resistência estava começando a declinar depressa, falava como alguém do interior do Wyoming. Era difícil acompanhá-lo.

A história da conversa de três lados era só uma encenação, um disfarce. O verdadeiro argumento da noite se desenvolvia aos pares. Quando Sara foi ao banheiro, por exemplo, os dois amigos ficaram sozinhos diante dos copos vazios, esperando-a para ir a outro local do Passeig Picasso e debatendo sobre o alcance das preferências sexuais das pessoas.

— Tente, pelo menos — dizia Oriol. — Talvez você a redima.

— Redimi-la? Mas o que você está dizendo? Ora, eu também quero ser lésbica!

— Fale com ela. Talvez se dormir com você ela acabe gostando.

— Mas eu sou virgem!

— Sim, mas terá de deixar de ser mais cedo ou mais tarde, não? Ou está pensando em virar padre?

— Você acredita mesmo que os padres são virgens?

— Não sei, nem me importa...

— Você sabe se ela tem namorada?

— Não me disse.

— Mas você perguntou?

— Não.

— O que eu gostaria de verdade era de vê-la com a namorada.

— Cara, você não é bom da cabeça. Então, vai arriscar ou não?

— Não. Bem, eu vou. No seu devido tempo.

— E isso será quando, mais ou menos?

— Quando Deus quiser.

— Max, você tem de mostrar a ela que tem ovos.

— Ovos?

— Colhões!

— Ah!

— Deixar de rodeios. Abordá-la.

— Cuidado, ela está voltando.

No bar do Passeig Picasso — na verdade, no terraço de um restaurante grego — pediram um prato de pasta de grão de bico e três doses de um licor que teria ressuscitado um morto. Quando Oriol Pairot precisou ir ao banheiro, Max finalmente ficou sozinho com Sara, o que estava esperando acontecer desde o começo da noite. Aproveitou para tentar resolver algumas das incógnitas da equação da noite. Com seu estilo caracteristicamente lerdo e uma boa dose do que ele considerava atrevimento. Ou seja, sendo ele mesmo, mas com algumas bebidas a mais.

— Eu também acho que os croissants de manteiga são muito importantes. Alguém precisa manter a tradição.

— Exato.

— O mundo muda muito depressa.

— Sim.

— É preciso pará-lo.

— Sim.

— Você está saindo com alguém?

— No momento não.

— E já saiu com alguém antes?

— Claro. Como todo mundo.

— Com várias pessoas?

— É. Mas não com todas ao mesmo tempo. — Risinhos.

— Você se lembra do nome delas?

— De quase todas.

— Pode dizê-los, se não se importa?

— Max, você faz perguntas meio estranhas. Está acontecendo alguma coisa com você?

— Ah, me perdoe. É que estou bêbado.

— Já tinha percebido.

— Você costuma fazer sexo quando bebe muito?

— Nem sempre. Por quê? Você quer fazer sexo?

— Nada me faria mais feliz, Sara. — Sorriso gigantesco e cara de bobalhão.

— Mas comigo não é possível.

— Tem razão. Você gosta de mulheres.

— Vejo que seu irmão de alma não tem segredos com você.

— Não. Ele me conta tudo. É muito legal.

— Está falando sério? E ele te disse se faz sexo quando bebe muito?

— Não, mas Oriol faz sexo sempre que quer.
— Ah, é? E como é isso?
— Não faço a menor ideia. Ele tem um lance estranho com a mulher com quem ele mora.
— Ele mora com uma mulher?
— De sublocação. É uma mulher mais velha.
— Mais velha quanto?
— Não sei direito. Isso ele não me contou. Está vendo? Ele não me conta tudo.
— Você já foi à casa dele?
— Não, é estranho... Nunca quis ir. Isso... uma coisa, Sara. Para você a carnalidade é uma parte inerente do amor ou tem sentido por si mesma?
— Max, por favor, você poderia me fazer perguntas que eu entenda?
— De acordo. Você transaria com um homem? Sim ou não?
— Com você, não.
— Ora... E acha que com o tempo você pode mudar de ideia?
— Não. Você é muito bom moço para mim.
— Mas estou mudando. — Esvaziou o cálice de um gole só, como para provar o que disse.
— Sabe o que eu acho? Que as pessoas não mudam.
— Também tem razão. Obrigado pela sinceridade.
— Não se merecem. Quero que saiba que gosto de você, Max. Como amigo. Se você quiser, poderemos ser amigos para sempre.
— Legal.
— Oriol! Como você demorou! Aonde vai nos levar agora?
Passava de meia-noite e meia. A última parada da noite foi numa taberna da rua Sant Pau, onde chegaram aceitando um convite muito entusiasmante de Oriol:
— Vocês dois já provaram absinto alguma vez? Vou levá-los ao único lugar de Barcelona onde ainda se bebe absinto com todo o ritual.

Antes do ritual, Max já não se sustentava em pé. Oriol e Sara iam levando, mas com a cabeça já batendo pino. O local anunciado era decadente, lotado de pequenas mesas de mármore, redondas e cheias de fendas. Sara tentou se sentar ao lado de Oriol, porém Max foi mais rápido. Os três se espremeram ao redor de uma mesinha perto da porta. Trouxeram-lhes uma bebida verde-clorofila em três taças de bom cristal. Tinham forma de cone um pouco inflado na parte inferior, onde esperava o absinto. Sobre as bordas repousava um talher que Sara e Max jamais haviam visto. Era de prata, meio faca de peixe e meio espátula de servir sobremesas, e tinha uma superfície perfurada, sobre a qual estava um torrão de açúcar. O serviço se completava com três jarrinhas de água fria. Quando a garçonete colocou tudo sobre o mármore, Oriol se transformou em mestre da cerimônia.

— Meus amigos, vocês estão prestes a perder juntos uma virgindade importante — disse, de forma teatral, com voz empolada. — Saúdem a Madame *Artemisia absinthium*, que, misturada com hissopo, flor de laranjeira, angélica e outras plantas silvestres, docemente macerada antes da destilação, produz o xarope verde mais inspirador que a nossa pobre espécie jamais inventou. Para bebê-lo, devem verter a água sobre o torrão de açúcar bem devagar, como se o amassem, até que ele se desfaça completamente. O absinto é como a vida, muito amargo: precisa de açúcar para ser suportável. Agora mexam com a ferramenta o fundo da taça, para que tudo fique bem misturado. Devem saboreá-lo em pequenos goles, muito lentamente, com cuidado. Mas antes vamos fazer um brinde. Que esta noite dure para sempre. — Os cristais tilintaram com doçura, e os três provaram a novidade, encantados. Oriol acrescentou: — E agora, se tiverem alguma pergunta...

Sara tinha muitas perguntas, mas nenhuma sobre o absinto. Beberam em silêncio, demonstrando cansaço, até que Max se levantou e, muito educadamente, disse:

— Vocês me dão licença por um momento? Tenho de ir vomitar um pouco.

Esta foi a única oportunidade que Sara teve ao longo de toda a noite para abordar Oriol. Ocupou o lugar de Max ao lado dele, tão perto que o toque de suas coxas provocou nela um calafrio de surpresa. Não houve reação por parte de Oriol, nem boa, nem má.

— Seu amigo tem um conceito elevado a seu respeito — disse Sara.

— Ele é muito generoso. E uma excelente pessoa.

Custava começar uma conversa que parecesse natural. As palavras iam se engasgando nos longos silêncios, e tudo acabava ficando muito angustiante. Pelo menos para ela, que sentia o coração bater em todo o corpo, menos ali onde deveria bater. Oriol estava tranquilo, como sempre, e isso a tirava ainda mais do sério.

— Acho que ele não está passando bem — disse ela, referindo-se a Max.

— Ele não está habituado a beber. Leva uma vida de rato de laboratório.

— E se o levarmos para dormir e curar a bebedeira?

— Vamos ter de fazer isso, querendo ou não.

— E depois?

— Depois nós também vamos dormir.

— Juntos?

O pomo de adão dançava no pescoço de Oriol de forma encantadora. Para cima, para baixo, outra vez para cima, novamente para baixo... Sara o observava, cada vez mais excitada, enquanto sorvia o líquido leitoso em que o destilado verde tinha se transformado.

— Não sei se você percebeu, Sara, mas Max gosta de você. É meu melhor amigo. Isso significa que existem algumas regras.

— Que regras?

— As óbvias. Você e eu, absolutamente nada. Essa é a mais importante.

— Simples assim?

— As coisas costumam ser simples até que a gente as complique.

— Max também é meu amigo, sabe? E eu não desejo nenhum mal a ele.

— Que bom que estamos de acordo.

— Podemos não contar nada para ele.

— Não contar nada do quê?

— Você quer transar comigo, não sei por que está negando. Acha que não percebo como me olha?

— Claro que eu quero. Mas não vou.

— Mas por que você é tão...

Alguma coisa que dava medo se acendeu de repente nos olhos de Oriol.

— Não vou e pronto, Sara — interrompeu-a. — Nem agora nem nunca. Existem coisas que não podem ser, nem por isso o mundo vai acabar.

Sara sentiu uma vontade urgente de fugir. Nunca tinha se sentido tão envergonhada. Aquilo, sim, era levar um fora quase por escrito. Ela teria gostado de chorar, mas não sabia como. Ela nunca chorava pelos motivos que outroa pessoas costumam chorar. Em vez de fugir, chorar ou dar um soco na boca do estômago de Oriol Pairot — o que na verdade teria preferido fazer —, encaixou o golpe a toda velocidade e propôs:

— Outra rodada?

Oriol aceitou. Repetiram o ritual completo do açúcar e da jarrinha de água. Desta vez não houve motivos para brindar nem vontade de fazê-lo. Beberam num silêncio carregado de arrependimentos. Max ainda não tinha saído do banheiro.

— Você tem sorte de eu não estar com raiva — acrescentou Oriol depois de pensar durante um tempo. — Você me enganou. Não gosta de garotas.

— Olha, é melhor ficar calado. Você não tem a menor ideia de como eu sou.

Oriol pensou que Sara tinha razão. Falava por falar e, embora estivesse convencido de que ela não gostava de mulheres e só tinha inventado aquela mentira para sair com eles, não podia garantir aquilo. Além do mais, começava a ficar preocupado com a longa demora do amigo no banheiro para se distrair com hipóteses antropológicas complicadas.

— Vou ver o que Max está fazendo — disse ele, caminhando para o banheiro masculino e sentindo os olhos de Sara cravados em suas nádegas como se fossem dois carrapatos.

Quando conseguiu tirar a cabeça da privada, Max estava exausto. Mareado, mais branco que a parede, tinha suores frios e quentes — alternadamente —, sua cabeça girava e seus movimentos eram descoordenados. Também tinha uma língua de trapo que fazia rir. A primeira coisa que fez foi se atirar em cima de Sara.

— Estou muito mal. Estraguei a noite de vocês. Você vai cuidar de mim?

— Pobrezinho... mas o que está dizendo? Você não estragou nada. Como está se sentindo?

— Está doendo aqui. — Apontava o lado direito da cabeça. — Estou sufocando, quero dormir, gosto muito de você...

— Eu devo ter um lenço de papel aqui... — Sara remexia na bolsa diante dos olhos apertados de Max e da indiferença de Oriol. Puxou um pequeno envelope, de plástico ou papel, rasgou-o e tirou de dentro um lenço umedecido, que passou pela testa e na nuca de Max com a delicadeza de uma mãe experiente.

Ele se deixava levar, feliz, enquanto seu corpo oscilava num equilíbrio bastante precário.

— Vamos sair para você tomar um pouco de ar — sugeriu Sara, enquanto Oriol pagava a conta.

Max morava de aluguel num apartamento minúsculo da rua Ciutat. Puseram-se a caminho, de braços dados. Max no meio, por via das dúvidas, agarrando-se a Sara como uma criança pequena se agarra a seu ursinho de pelúcia. Queria aproveitar bem sua única oportunidade de se aproximar dela, e fazia isso com aquela inconsciência previsível em seu estado e que lhe dava carta branca, mas não estava colando.

Durante o trajeto tiveram de fazer algumas paradas. Umas só para que o pobrezinho recuperasse as forças. Outras para lhe dar tempo de vomitar mais em alguma lixeira, bueiro ou vaso de plantas. Umas duas ou três vezes Sara colocou a mão na testa dele, de forma amorosa, para apoiar sua cabeça, da mesma maneira que anos depois faria com os filhos dos dois durante aquelas noites exaustivas e tristes dos contratempos infantis. Teria sido possível seguir à perfeição o rastro dos três amigos pela zona antiga da cidade só rastreando o fedor do suco gástrico do pobre Max.

Uma das últimas paradas foi numa esquina da rua Canuda. Desta vez, Sara esperou sentada num degrau enquanto Oriol levava o enfermo para trás das jardineiras e lhe oferecia ajuda. Demoraram bastante. Tanto que Sara teve tempo de reparar em alguns detalhes do lugar onde haviam parado por acaso. O degrau fazia parte da vitrine de uma loja. A loja era um antiquário. Lá dentro, a luz estava acesa, e a porta, entreaberta. E, como o tédio move o mundo e Sara nunca soube ficar quieta no mesmo lugar por mais de dois minutos, sacudiu a sujeira da parte de trás do vestido e empurrou a porta com timidez, ao mesmo tempo em que perguntava:

— Posso?

Não esperava por aquilo. Uma voz fina respondeu lá de dentro:

— Ora, claro que pode, mulher, entre, entre, não viu o cartaz que diz, com toda a clareza, "aberto"?

Quando os dois amigos voltaram, Max estava mole e pálido como um boneco e Oriol também começava a parecer doente. Sara, por sua vez, estava exultante: segurava nas mãos um objeto de porcelana.

— Prefiro vomitar com você a vomitar com esse cara — disse Max, sentando-se ao lado da garota e apoiando a cabeça em seu ombro muito ossudo.

— Vejam só o que acabei de comprar, meninos. É muito antiga, fabricada perto de Paris. Talvez tenha pertencido a uma dama importante, embora não dê para ter certeza. Não acham incrível?

Max não estava em condições de achar nada incrível, a não ser o fato de não ter morrido naquela noite. Sua única reação àquela informação foi mudar de posição. Livrou-se dos ombros angulosos de Sara afundando a cara em seu colo, muito mais confortável, com o nariz a poucos centímetros de seu sexo, do qual só o separava o tecido não muito grosso do vestido e o algodão da calcinha.

Max aspirou com força e em seguida soltou algo como um gemido de prazer.

— Acho que deveríamos procurar um táxi — disse Oriol. — Esse coitado está cada vez pior.

— Não, não, não. — Max lhes mostrou a palma de uma das mãos, que agitava no ar. — Me deixem ficar mais um tempinho aqui.

E deixou cair a cabeça como quem solta um contrapeso, como se estivesse dormindo — e de fato dormiu durante cinco minutos, que lhe permitiram sonhar que afundava o nariz no púbis doce como uma *ensaimada* e livre de tropeços de sua amiga, enquanto ela lhe fazia cafuné como se ele fosse uma criança pequena.

— Você não acha que tudo acontece por algum motivo? Eu acho — dizia Sara a Oriol, enquanto isso. — Está um pouco danificada, não tem tampa, mas há uma inscrição muito curiosa aqui, veja. — Sara mostrou ao amigo a base do objeto que acabara de comprar, e ele, estreitando os olhos, leu:

— "Je suis à Madame Adélaïde de France." Sim, é curioso. O que é? Uma cafeteira?

— É uma chocolateira, seu bobo. Dá para notar pelo bico, está vendo? É muito alto e muito largo, para que o chocolate flua bem e a espuminha caia dentro da xícara. Se ainda tivesse a tampa, você veria com muito mais clareza, porque teria um buraco bem no meio, por onde sairia o cabo do moedor de madeira. É de uma porcelana muito fina. Sei disso porque fica translúcida quando se olha contra a luz. Quando foi feita, era um objeto de luxo. E agora está em minhas mãos por uma série de coincidências que poderiam muito bem não ter acontecido. Como o fato de sairmos juntos, os três, pela primeira vez. Ou como o antiquário que me vendeu não conseguir dormir e estar na loja organizando papéis. Eu acho que tudo acontece porque tem de acontecer, você não? A chocolateira e a nossa amizade na mesma noite. Não pode ser uma simples coincidência.

Oriol não sabia o que responder. Ele só acreditava no acaso. Para ele o mundo era um caos absoluto no qual, de vez em quando, um fio solto encontra seu lugar, para o bem ou para o mal, mas que era inútil tentar dar um sentido a qualquer coisa.

— Está rachada aqui, olhe — disse Sara, acariciando com a ponta do dedo a marca áspera da extremidade do bico. E com um suspiro de melancolia acrescentou: — É como se estivesse cheia de histórias que alguém deseja me contar ao pé do ouvido.

— Talvez pudéssemos estreá-la hoje à noite — disse Oriol, resgatando Sara da distância aonde seus pensamentos a haviam levado. — Um chocolate quente fará bem ao nosso amigo em comum, e tenho a receita perfeita para ele.

Naquele momento, Max levantou a cabeça.

— Vamos tomar a saideira? — perguntou.

— Não, lindinho, não. Você vai para a cama — respondeu Sara.

— Bem, como quiser.

— Você mal consegue andar, Max — acrescentou Oriol. — Vou lhe preparar um chocolate. Depois, cama.

— Certo.

Parecia um pouco mais animado. Com alguma ajuda, conseguiu chegar em casa, subiu a escada — por sorte o apartamento que tinha alugado ficava no primeiro andar — e se sentou no sofá da sala, que também era cozinha, área de serviço, quarto de hóspedes, biblioteca e uma sacada sobre o apartamento do vizinho (um velho que dia e noite vestia um moletom e ficava horas falando ao telefone). Então Oriol abriu um armário e tirou um pote de vidro com um pó escuro salpicado de lascas muito coloridas. Enxaguou a velha chocolateira com um pouco de água, para o caso de o tempo ter deixado nela alguma coisa mais do que o som e as vozes que Sara estava imaginando, e em seguida jogou dentro dela duas colheres do conteúdo do vidro e a encheu com água da torneira. Enfiou tudo no micro-ondas.

— Ficaria melhor com água mineral aquecida num bule, mas temos de nos adaptar ao que temos, não é mesmo?

— Se eu morresse agora mesmo, você se importaria? — perguntava Max enquanto isso, abraçado à cintura de Sara.

— Claro que sim, seu bobo. Mas você não vai morrer agora mesmo.

— Pode ser que não.

— Só está um pouco de cara cheia.

— Gosto muito de como você pronuncia o "cê agá". Se importa de repetir a palavra *cheia*?

— Cheia.

— Como soa bem. Outra vez?

Sara se interessou pela receita de Oriol, mas ele, como de hábito, não foi nada explícito nos detalhes. Só disse:

— Minha mistura secreta para ressuscitar americanos que não sabem beber.

— Saraaaaaa! Não consigo desamarrar o cadarço do sapatoooooooo! Está se mexendo sozinhoooooooo! — Max soluçava, e Sara se agachou diante dele e o livrou dos sapatos.

O gringo é esperto, pensava Oriol: com aquela habilidade, logo ele deixaria de ser virgem. Não havia deixado de tocar Sara nem por um momento desde que tinha saído do banheiro do bar da rua Sant Pau. Para não ter de ver semelhante espetáculo, Oriol tentava se concentrar em sua receita.

— Isso está me incomodando muito... — continuava Max, tirando a roupa.

— Isso são as suas calças. Posso ajudar?

— Sim. E também com as cuecas, por favor. Ao seu lado tudo fica sobrando, *sweetheart*.

— Se estou sobrando, vou puxando o carro. Só precisa me dizer — disse Oriol brincando, mas na verdade falava sério. Queria sair dali.

— Sim, Oriol, pode ir — disse Max.

— Claro que não, Oriol. Você é um pervertido, Max. Se não estivesse bêbado, eu ficaria muito zangada com você. Não tire peça alguma. Nem expulse Oriol. Não tem vergonha? Ele é seu amigo. E está preparando um chocolate para você.

Max olhou para Sara com ar de uma criança que foi repreendida.

— Não vou mais fazer isso.

— Está bem.

— Você vai dormir comigo?

A paciência de Sara começava a se esgotar.

— Não, Max. Já lhe disse que não dá.

— Só como amigos. Como se a gente fosse *boy scouts*. Não vou fazer nada de mau com você. Sou virgem, você não tem pena de mim? Faremos o que você quiser.

— Não, Max. Não seja chato.

— Você me ensina o que devo fazer e eu vou levar você a sério em tudo.

— Chega, Max.

Oriol serviu sua poção ressuscitadora em três copinhos de plástico que encontrou numa gaveta. Era uma bebida pouco espessa e da cor do chocolate, mas o cheiro já era outra coisa. Só de cheirá-la, Max disse:

— Vou dormir. Acho que se continuar assim vou morrer. Sara, você vê alguma inconveniência em protagonizar meus sonhos eróticos?

Como Sara não respondeu, Max achou que ela tinha lhe dado permissão e desapareceu pelo corredor mínimo descrevendo os sonhos. O chocolate esperava.

— Vocês formam um bom par — disse Oriol quando ouviu a batida da porta do quarto de Max.

— Mas o que você está dizendo?

— Ele é um bom rapaz.

— É sim.

— Experimente. — Oriol apontou a bebida fumegante.

Sara já estava levando o copo aos lábios quando parou. Queria acrescentar uma coisa.

— Acho que você e eu formaríamos um par melhor.

— Bem.

— Brindamos a alguma coisa?

— Ao que você quiser.

— Certo. Então brindo para que você tenha de engolir as palavras que pronunciou esta noite.

— Está bem.

Os copos se chocaram num tilintar imaginário, plástico contra plástico. O sabor da receita desenhou uma careta estranha nos lábios de Sara. O chocolate não estava muito doce, nem muito espesso, nem muito negro. Identificava alguns sabores condimentados, como a baunilha, o cardamomo e talvez — Sara ia se dando tempo —, talvez pimenta do reino? Mas o mais curioso era o sabor picante que deixava na boca. Sara compreendeu que os fragmentos vermelhos que tinha visto no vidro eram de pimenta seca. Davam um toque delicioso, tinha de reconhecer, e a mistura era equilibrada, mas, sobretudo, insuportavelmente original. Ou pelo menos era o que ela achava antes que Oriol revelasse o mistério.

— Essa receita se baseia na preparação primitiva dos astecas. Montezuma deve ter oferecido uma coisa mais ou menos assim a Hernán Cortés quando o viu aparecer. Essa mesma, só que misturada com sangue, era servida como oferenda aos deuses. Também poderíamos prová-la, embora não saiba quem poderia dessangrar.

— Eu me ofereço como voluntária — sussurrou Sara, provocadora.

Oriol preferiu fingir que não tinha ouvido:

— Essa mistura de hoje é um pouco mais picante do que deveria ser, porque Max gosta muito das coisas ardidas, em especial de pimentas de todo tipo. O que você acha?

— Acho que vou conseguir o que quero.

— Olha, Sara Rovira — Oriol terminou o chocolate de um gole, jogou o copo no lixo, recolheu sua jaqueta, jogada numa cadeira —, se alguma coisa ficou muito clara para mim é que você sempre conseguirá tudo o que quiser, por mais difícil que seja. E coitado daquele que quiser contrariá-la.

Sara franziu o cenho. Aquilo teria lhe parecido um elogio se não tivesse sido pronunciado num óbvio tom de reprovação.

— E agora, quer me dizer se gostou ou não do chocolate? — insistiu Oriol, antes de partir.

No fundo, impressioná-la com uma receita nova era de fato a única coisa que interessava a Oriol Pairot. Mas Sara não lhe deu esse gosto. Não merecia aquilo. Como única resposta, ela encolheu os ombros e disse:

— Dá para melhorar.

— Vou indo — despediu-se ele. — A gente se vê.

— É — respondeu Sara, antes de ir ao balcão para vê-lo ir embora (e olhar sua bunda, que achava mesmo muito bonita).

Recolheu suas coisas — sobretudo a chocolateira —, fechou a porta bem devagar para não acordar Max e desceu a escada.

Quando chegou à rua, teve a ideia mais absurda da noite. Àquela hora, não havia vivalma na cidade deserta. Parou em cada esquina, em cada cruzamento, como nas encruzilhadas de um labirinto, procurando Oriol. Seus olhos só avistaram o calçamento sujo e cinzento das ruas vazias. Oriol tinha evaporado, e tudo começava a se perder. "Ai, sua burra, os homens são escorregadios por natureza e, além do mais, são distraídos. Muito distraídos. Nunca se pode confiar neles", disse a si mesma.

Uma mulher rejeitada, aferrada a uma chocolateira, caminhando pela cidade deserta às cinco da madrugada, que ideia mais absurda.

Por fim estava amanhecendo.

Passaram-se 23 anos e uma porção de coisas aconteceu, mas, nesta noite, sentada numa cadeira num terraço emprestado com vista para a própria vida, Sara tem a impressão de que diante de Oriol sempre foi e sempre será uma mulher rejeitada. Tudo deu muitas voltas: eles, o mundo, a vida. Até mesmo o passado trocou de pele. Agora Sara é dona de uma chocolataria famosa de Barcelona, onde todos os dias muita gente pede para o café da manhã autênticos croissants de manteiga, preparados de acordo com os gostos nativos e servidos com categoria. No Natal, ela vende mais de 2 mil unidades de seu torrone de chocolate com amêndoa confeitada (especialidade da casa), para não falar das *monas* de Páscoa, das *saras*, do creme de São José, das *cocas** de São João ou das roscas de Reis que contribuíram para a felicidade de tantos e tantos barceloneses, filhos e netos daqueles que adoravam as mesmas guloseimas feitas por seu pai. Esta continuidade das coisas a deixa muito feliz. Como se a vida tivesse colocado diante dela uma prova muito difícil, e ela tivesse passado com uma boa nota.

---

* Saras e cocas: doces típicos da Catalunha. (*N. do T.*)

Talvez não tenha inventado nada, ela sabe disso, mas se dedicou com esmero a perpetuar a herança que recebeu de sua família, que remonta a bem mais de uma geração: aqueles chocolateiros que fizeram do desjejum e da merenda uma arte pela qual o mundo inteiro poderia se apaixonar. Talvez os primeiros que brilharam nesta cidade onde tudo brilha. Ela sofre pelo fato de Oriol nunca ter reconhecido seus méritos, sua vocação de continuadora. E também por Max ser um eterno e fervoroso admirador do amigo original, atrevido e vagabundo. O inventor da caixinha "Triângulo de amigos muito diferentes", um dos produtos mais vendidos da marca Pairot, que eles próprios inspiraram e à qual o amigo acrescentou um de seus principais ingredientes: grandes doses de ousadia. O famoso Triângulo fez com que ele ganhasse, só no primeiro ano, meia dúzia dos prêmios mais importantes do mundo e lhe abriu as portas dos exportadores estrangeiros mais interessantes. Hoje a caixinha tem admiradores em todo o mundo, da Noruega ao Japão, dos Estados Unidos à Nova Zelândia, e a produção duplica anualmente há muitos anos.

A caixinha "Triângulo de amigos muito diferentes" contém três bombons em forma de pequenos ovos de chocolate de cacau *criollo* branco proveniente de uma única fazenda do sul do México (que Oriol explora com exclusividade, pois é o proprietário). O *criollo* branco é um dos melhores cacaus que se pode colher, aromático, de sabor delicado, pouco amargo, diferente de tudo — seu preço também —, ao qual Oriol teve a audácia de acrescentar *jalapeño*, a pimenta mexicana, raiz de gengibre da Índia e xarope de alfazema. O *jalapeño* — disse —, em homenagem a Max e àquele seu gosto pelo picante. O gengibre, pensando nele mesmo e em sua inclinação pelas matérias-primas da cozinha oriental. E a alfazema, por causa de Sara e sua bendita tradição. Assim havia ficado a coisa. Na tampa preta de todas as caixas — havia de três, seis, 12 e 24 unidades — lia-se, em 19 idiomas diferentes (dependendo do país)

e impressa em letras douradas, esta dedicatória: "Para Max e Sara, no presente, passado e futuro." Muito bonito.
Muito rentável e muito mentiroso. Mas muito bonito.

Entre eles houve também brigas com consequências.

— Esta semana vocês trabalharão em grupos de três — disse Ortega na primeira segunda-feira depois daquela sexta do absinto —, com o objetivo de preparar sobremesas que definam vocês. Não como indivíduos, mas como equipe, e eu quero que isso fique bem claro. Na cozinha, vocês nunca vão estar sozinhos. Um dos ensinamentos mais valiosos que podem extrair de qualquer curso de culinária que fizerem é o espírito de colaboração de que tanto precisarão na vida profissional. Dedicaremos um tempo a montar as equipes e a definir os projetos. É preciso nomear um porta-voz para cada grupo.

Max, Oriol e Sara já formavam um grupo. Todo mundo deu por certo que trabalhariam juntos. Principalmente o professor. Max viu na tarefa uma oportunidade estupenda.

— Assim, ao lado de vocês, farei alguma coisa que se aproveite — disse, feliz.

Sara viu a parte prática.

— Temos uma oportunidade de ouro para reunir a tradição e a modernidade e inventar uma receita explosiva. Você tem alguma sugestão, Oriol?

Max via as coisas com tanta clareza quanto ela, formavam uma boa equipe, mas Oriol não estava convencido disso. Oriol nunca gostou de trabalhar em equipe. A frase que mais ouviu em sua infância e adolescência foi "Você é muito individualista, tem de aprender a compartilhar". Na cozinha, sua ideia de equipe consistia em quantas pessoas obedeciam suas ordens sem fazer perguntas, como se estivessem no Exército. E ele já pressentia que com Sara as coisas seriam diferentes. Só de pensar, sentia uma preguiça enorme.

Apesar de tudo, eles formaram uma equipe, fazer o quê? Na primeira hora, a única coisa em que concordaram foi decidir que o doce seria um torrone. O torrone era perfeito: um clássico com um leque vastíssimo de possibilidades que pedia com urgência ares renovadores. Uma base sobre a qual podiam colocar qualquer coisa, e isso comovia muito Oriol, para quem as palavras *qualquer coisa* tinham um significado complexo e difícil de prever.

— Mas com um pouco de bom senso, por favor. Não vai querer agora inventar um torrone de rabanete! — disse Sara, pressentindo o que iria acontecer.

Dedicaram os primeiros dias à ideia original. Trabalhariam com *grands crus*, os chocolates mais puros do mercado. Inventariam um recheio original, que desconcertasse um pouco, mas sem chegar a assustar — e para isso era necessário controlar Oriol —, e também trabalhariam a forma, que pretendiam que fosse atraente como um objeto de presente. Talvez um torrone dedicado a um artista? Antoni Tàpies, Picasso, Miró, Gaudí? O desenho que a cidade usava como símbolo de tudo naqueles tempos pré-olímpicos também poderia servir, se eles soubessem aproveitá-lo. Encontraram-se algumas tardes fora da sala de aula para tratar do assunto, desta vez sem absinto. A princípio, tudo parecia correr bem, e cada um tinha seu papel na discussão. Max se encarregava da assessoria técnica e era uma espécie de produtor-executivo. Os três tinham claro que, para que o projeto corresse bem, era preciso afastar Max da cozinha. As discussões iam se acalorando.

— Isso que você sugere teria de esfriar muito depressa, mas nunca abaixo de 19 graus, a menos que queira usar outro tipo de manteiga...

— Mas o que está dizendo, cara, de maneira alguma! Não trabalho com porcarias. Tem de ser o mais saudável possível.

Sara se preocupava principalmente com o *praliné*.* Tinha certeza de que Oriol não iria querer fazê-lo com avelãs, açúcar e mel, como sempre tinha sido feito. E estava certa: Oriol só pensava em sabores nunca vistos e texturas crocantes, mas Sara ainda não sabia disso e por enquanto se poupava do desgosto que mais cedo ou mais tarde haveria de chegar. Assim que começaram, ela distribuiu as tarefas:

— Muito bem, meninos, precisamos nos organizar. Max fica encarregado da parte técnica, Oriol da cobertura e eu, do recheio.

E, como ninguém abriu a boca, Sara entendeu que a deixavam mandar. Mas à tarde, sentados ao redor de uma mesa na Praça de les Olles, diante de três cafés, Oriol expôs seu próprio sistema.

— Eu faço o recheio, já estou trabalhando nisso, e garanto que vou surpreendê-los. Você, Sara, vai procurar o melhor chocolate para a carcaça. Dê a ela a forma que quiser, nisso eu não vou me meter muito. Como temos a sorte de contar com uma historiadora na equipe, você também poderia procurar uma efeméride histórica da cidade. Poderíamos prestar homenagem aos velhos mestres confeiteiros, ou ao primeiro chocolateiro, ou a Joan Giner e suas criações para a Páscoa, sei lá, alguma coisa que mereça ser lembrada. Talvez Max possa ajudá-la a procurar, e assim vocês dois terminarão antes. Vamos deixar Ortega boquiaberto, posso lhes garantir, e seremos os melhores da turma.

— Desde quando isso é um concurso? — Quis saber Sara.

— Na verdade, tudo na vida é um concurso.

— E desde quando é você quem manda? Não tínhamos combinado que eu seria a porta-voz?

— Mas porta-voz e chefe de equipe não são a mesma coisa.

---

* É a parte "crocante" que encontramos em sorvetes e sobremesas. Faz-se uma calda de caramelo no ponto de bala e acrescentam-se amêndoas. Deixa-se endurecer e quebra-se essa calda dura em pedacinhos. (N. do T.)

— Ah, e você decidiu unilateralmente se nomear chefe. — Sara resfolegava de raiva e cada vez levantava mais a voz.

— Eu disse apenas que estou trabalhando no recheio. Deixei para você a parte mais visível, que é a cobertura.

— Não é possível. O recheio crocante é coisa minha, Oriol. Não vê que eu tenho muito mais experiência que você? Na Casa Rovira fazemos torrones há muitos anos, e cada vez vendemos mais.

— Ah, quer dizer que agora o que vende mais é o melhor?

— Eu estava falando do *praliné*. Não precisa ser desagradável.

— Há *praliné* de muitos tipos.

— Na minha casa não.

— Por isso mesmo eu quero fazer!

— Sara tem razão — ponderava Max, tentando manter a dignidade de um árbitro —, ela sabe como se faz um *praliné*.

— Se todo mundo fizesse como vocês, ainda estaríamos comendo frutas! — Oriol estava irritado e gesticulava com exagero, as mãos lhe fugiam, batia na mesa, virava os olhos para cima, como se estivesse clamando justiça a um Deus que abandonara seus filhos. — Além do mais, temos alguma coisa a perder? Vamos esquecer o bendito *praliné* de sempre, esse qualquer um pode fazer, e vamos apresentar uma coisa realmente original, que tenha a nossa marca.

— Me perdoe, mas a nossa marca também pode ser a qualidade. E não é qualquer um que pode fazer isso. É preciso ter experiência.

— Certo, claro, não precisa ficar irritada. O *praliné* de sempre é maravilhoso. Mas você não gostaria de ser um pouco diferente, mesmo que uma única vez?

— O que significa diferente? Fale de uma forma mais clara, Oriol. O que você quer enfiar no nosso pobre torrone? Pelo menos já pensou no assunto?

— Claro que pensei. Existem mil possibilidades! — Adiantava o corpo, falava com veemência, estava empolgado. — Por exemplo, um crocante tropical de frutas liofilizadas, manga ou tangerina.

Ou talvez papaia. Sim! A papaia combina muito bem com um chocolate de setenta por cento. Ou talvez um trufado de doce de maçã ácida com uma pitadinha de canela, mas não muita. Ou mais atrevido ainda: um torrone que de uma só mordida lhe traga uma mistura de sabores da sobremesa do dia de Natal: licor Baileys, *capuccino*, torrão de Alicante... E que seja um pouco crocante, só a conta certa, não muito. Isso ficaria muito bom, embora talvez seja tecnicamente mais complicado. Teríamos de pensar.

Depois da dissertação de Oriol Pairot, veio um silêncio reflexivo. Sara se fazia de ofendida, ou estava ofendida de fato, e Max se sentia incomodado por não ter conseguido evitar que discutissem, como gostaria de ter feito. Aquelas desavenças extremamente teatrais o deixavam doente, não combinavam com seu caráter e se afastavam mais dele quando o motivo era um *praliné*.

— Vamos, meninos, vamos recomeçar, pois não avançamos nada — dizia o americano, em seu papel de mediador. — Vamos decidir democraticamente. Quem vota pelo *praliné*?

Sara levantou a mão.

— E quem vota pelo outro?

Pairot levantou o braço.

— Você desempata — disse Sara.

— Ah, não façam isso comigo! — protestou o árbitro. — Entendo os dois pontos de vista. Vocês não acham que poderíamos chegar a um meio-termo que tivesse o melhor das duas coisas?

— Mas você não percebe que não há meio-termo possível entre o *praliné* de sempre e seu recheio de café com torrão de Alicante? — queixava-se Sara, áspera.

Então ficou evidente que a reunião não avançava por culpa do praliné. Max se sentia mal.

Com o passar das horas e dos dias, foi se revelando que toda aquela história do *praliné* era um problema sem solução. Tanto Sara quanto Oriol se comportavam como dois duelistas cheios de razão, e o pobre do Max era o amigo de confiança que, depois das feridas, devia examinar as consequências. E a mesma discussão se repetia diariamente. Sara aparecia com um *praliné* perfeitamente clássico e o colocava na mesa, desafiadora.

— Venha, prove, vamos ver o que diz.

Oriol o provava com expressão indiferente para em seguida apresentar seu recheio de coisas estranhas e apontá-lo com expressão de "Aqui está uma receita de verdade!", e Sara levava um pedacinho à boca, sem vontade e prestes a começar a criticá-lo.

Max, no entanto, achava tudo ótimo. O *praliné* de Sara era "insuperável", e o recheio de Pairot era "fabuloso". Quando esgotava os adjetivos, fazia isso com absoluta sinceridade.

— Assim não é possível. Você precisa escolher um dos dois ou não acabaremos nunca — intimidava-o Oriol.

— É que é tão difícil... — sussurrava Max, desolado.

Sara sorria, triunfante, e Oriol não conseguia suportar.

Aquilo também teve consequências na amizade dos garotos no dia em que Oriol acusou Max de favorecer Sara porque estava apaixonado por ela. Max, que até então havia sido, por decisão própria, um exemplo de equanimidade, se sentiu terrivelmente atingido. Lembrou a Oriol que, por mais que lhe custasse aceitar isso, Sara era "tão boa" quanto ele. Oriol lhe pediu para repetir aquilo, incrédulo. Max não teve problemas em repetir, mas com alguns acréscimos dolorosos:

— Tanto faz se você gosta ou não, mas a Sara é uma confeiteira maravilhosa e irá muito longe. Talvez mais do que você, porque sabe como tratar as pessoas sem que se sintam uma merda e, além disso, é trabalhadora e organizada. Não basta ser um gênio.

Oriol ouviu estas palavras como se fossem uma traição grave e passou as horas seguintes resmungando e se fazendo de ofendido. Max, que odiava caras de enterro e ficava muito nervoso quando alguém se aborrecia com ele, tentava resolver o conflito com novas palavras, mas nenhuma delas conseguia neutralizar aquelas que ele tinha dito, impossíveis de apagar. Não sabia que as palavras costumam ser obstáculos mais eficientes do que os muros e que feriam mais que uma facada. Neste caso, o pior não foi a distância que se interpôs entre os amigos, que no fim das contas teria solução, e sim a ideia que de repente se acendeu no cérebro de Oriol e que começou imediatamente a emitir avisos de algo muito urgente.

Agora que não eram mais amigos, talvez houvesse certas coisas que poderiam ser reconsideradas.

Quando Sara recebeu um telefonema de Pairot convidando-a para "tomar algo" naquela mesma tarde, não conseguiu acreditar. Oriol não disse "jantar" porque estava tão duro que não podia se permitir tal coisa. Ela aceitou, dócil, como se a história do *praliné* já tivesse sido esquecida. Combinaram no bar da rua Sant Pau, mas quando chegaram lá o local estava fechado porque era muito cedo para os bebedores de absinto. Foram ao London, onde, depois de duas tônicas, Oriol avançou e grudou seus lábios nos dela.

Sara deixou que ele a beijasse, encantada, mas, quando se afastaram, perguntou:

— E as regras?

E Oriol:

— Foram abolidas. Max e eu brigamos.

— Por causa do recheio ou foi por algum motivo sério?

Mas não houve explicações, porque Oriol não queria explicar nada. Além do mais, havia alguns problemas a resolver. Por exemplo, o lugar. Quando ainda se é dependente, as relações sexuais enfrentam, em primeiro lugar, o problema do local. Oriol não mostrava a ninguém onde morava nem chegou a sugerir a possibilidade de irem para sua casa. Por sorte, os pais de Sara iriam a um espetáculo no Liceu e voltariam muito tarde. Não lhe agradava que Oriol entrasse em seu quarto, mas teve de aceitar porque se tratava de um caso urgente e porque o leque de possibilidades era muito reduzido.

Não lhes restou outra saída, então, a não ser ir para a casa de Sara. No térreo ficava a "Casa Rovira, chocolateiros e confeiteiros desde 1960" e, no principal, a residência, ambas conectados por uma escada que dava para a rua Argenteria. Por trás, a cozinha tinha uma saída para a rua Brosolí, onde ficava a porta de serviço, que era usada para descarregar as matérias-primas. Ainda transcorreriam vários anos até que Sara empreendesse sua estratégia de expansão imobiliária e se transformasse em proprietária de todo o edifício — inclusive o magnífico dúplex com vista para a rua Argenteria e as esbeltas torres de Santa Maria del Mar — e dos prédios limítrofes ao seu, onde o negócio iria se alastrar como um incêndio até se transformar no estabelecimento distinto com que ela sonhava naquela tarde, enquanto Oriol observava tudo com uma curiosidade disfarçada de admiração.

O jovem ficou maravilhado com a naturalidade com que ela o convidou para entrar, pediu que esperasse um momento enquanto fechava a porta e apontava para dentro com um gesto abstrato enquanto dizia:

— Olha, ali fica o ateliê culinário.

Enfiou o nariz na porta, o suficiente para ver os balcões de aço inoxidável e sentir o cheiro maravilhoso do chocolate sendo temperado e perguntar se os cartazes das paredes eram autênticos.

— Acho que sim — respondeu Sara, detendo por um instante o olhar naqueles dois grandes anúncios publicitários de estilo modernista que sempre tinham estado ali: "A paixão por chocolate é sempre a melhor", proclamavam.

— Devem valer uma grana preta — observou Pairot, começando a subir a escada atrás de uma Sara que movia as cadeiras num ritmo estonteante.

Também ficou maravilhado com a forma como ela, já lá em cima, perguntou se ele precisava ir ao banheiro ou se queria beber alguma coisa. Parecia muito tranquila e ele, o sedutor que mal estava começando, respondeu:

— Sim, você.

Nos lábios de Sara se desenhou um sorriso pícaro, descarado, como se tivesse acabado de vencer aquela guerra que tinha declarado na noite do absinto.

— Vá na frente, é a última porta do corredor, à direita — disse, enquanto ia sabe-se lá onde, num momento como aquele.

Oriol percorreu o corredor como se estivesse se dirigindo a uma entrevista de emprego e entrou num aposento que sua memória guardaria para sempre, onde havia uma colcha de crochê rosa, um armário branco com espelho nas portas, uma prateleira de onde sorriam, enigmáticas, meia dúzia de bonecas com vestido de domingo, um computador desligado, uma mesa de cabeceira com um telefone e uma cômoda na qual descobriu a chocolateira de porcelana branca que Sara havia comprado do antiquário notívago. A claridade da rua, filtrada pelas cortinas, penetrava com força no cômodo. De algum lugar muito distante chegava o murmúrio abafado do mundo. Oriol achou que a vida de Sara era um oásis de felicidade no meio de um universo de loucos e sentiu inveja, uma inveja tão forçada quanto sua presença ali.

— Pensei que você já tinha tirado a roupa.

Sara estava completamente nua e tinha um corpo claro e delicado como a colcha de crochê rosa. Os peitos pequenos, a cintura estreita, o ventre liso, um retângulo muito bem definido de pelugem escura sobre a vulva, pés delicados com as unhas pintadas de verde-maçã e, nos lábios, um sorriso de superioridade que lhe dava vontade de matá-la.

Oriol se ajoelhou diante dela e afundou a cabeça entre suas pernas. Ela as afastou um pouco, segurou a cabeça dele com uma das mãos e a empurrou com cuidado. Esta coreografia tão simples foi suficiente para que uma ereção firme e dolorida surgisse dentro dos jeans de Oriol. Ele tentou se levantar, mas Sara colocou uma das mãos em seu ombro e sussurrou "mais um pouco" com aquela voz doce à qual era impossível negar qualquer coisa. Oriol observava as transformações dela por cima da trincheira de pelugem escura. Entre os muitos prazeres que o sexo lhe proporcionava, a observação para ele era tão importante quanto a ação. Gostava de ver como suas companheiras sexuais perdiam o controle. Gostava de contemplá-las quando estavam de olhos fechados e o corpo empapado de suor. Encantava-o aquela lassidão e aquela entrega do sexo, tanto quanto o sexo em si. Mas Sara não se entregava: continuava vigiando-o. Fazia como ele, olhando o tempo todo com um interesse que não diminuía. E também enquanto Oriol chupava seus mamilos, já num percurso ascendente que pretendia concluir ficando em pé e reconduzindo a cena a seus interesses. E continuou observando fixamente enquanto o despia, com uma urgência que ele não conhecera em nenhuma outra garota (e com uma habilidade que o surpreendeu muito: ela nem tropeçou na fivela de pino duplo do cinto ou com os botões da braguilha, como outras haviam feito). Mais tarde ela ainda continuava olhando para ele, enquanto os papéis se invertiam e era ela quem se ajoelhava diante dele. A fase oral (muito breve, segundo Sara) terminou quando Oriol a agarrou pelos braços e disse: "Venha cá." Antes que conseguisse chegar à cama, ela já tinha retirado a colcha de crochê para que não sujasse (até num momento tão pouco racional tinha de cuidar de tudo!), e antes que ele conseguisse decidir de que ângulo encararia a questão, ela já estava lhe colocando um preservativo e pedindo que deitasse na cama para ela poder agir de forma mais confortável. Quanto

Oriol tentou se deitar, ela lhe disse: "Não, melhor com a cabeça virada para o outro lado" e ele não discutiu, em parte porque fazia tempo que tinha deixado de se importar com o lugar onde sua cabeça estava, e também porque a excitação do momento tinha diminuído sua capacidade de decisão.

Logo descobriu o que Sara pretendia. Sentou-se a cavalo sobre ele e fez sozinha todo o trabalho, começando por chupar com vontade o pomo de adão — finalmente, depois de tanto tempo observando-o à distância! — e mais tarde rebolando num bom ritmo, enquanto agarrava a cabeceira da cama e observava a cena pelo espelho do guarda-roupa com uns olhos de possuída que davam medo. Oriol nunca tinha testemunhado uma transformação como aquela, nem jamais imaginou que Sara fosse tão boa naquele terreno. Era melhor que todas as mulheres que já tinha conhecido. Entregou-se ao prazer com uma serenidade estranha, como se tudo aquilo fosse a coisa mais normal do mundo, e saboreou a agradável sensação de se livrar de qualquer autoridade e não ter de tomar nenhuma decisão. Só no último instante quis fazer uma coisa à sua maneira. Como estava com as duas mãos livres, tapou ao mesmo tempo a boca e os olhos dela. A boca, porque os gemidos estavam começando a atingir um volume preocupante. Os olhos, para não ver aquele olhar de louca que cortava sua respiração. Com esse gesto, tão novo para ela, Sara enlouqueceu completamente. Seu corpo se agitou com violência, em sacudidas, e o gemido final foi aterrorizante, mesmo com a boca tapada. E, com a excitação que aquele espetáculo tão majestoso provocou nele, Oriol também atingiu um orgasmo que não se parecia com nenhum dos que jamais tivera antes.

Depois desabaram na cama, com as cabeças no lugar dos pés e os corpos em paralelo, para comentar brevemente aquilo.

— Foi genial.
— Foi mesmo.

— Você é ótima.
— Ah!
— Dá para perceber que tem experiência.
— Não acredite nisso. O que eu tinha era vontade de ficar com você.
— Você é maravilhosa.
— E você é um puxa-saco.
— Espero que sua chocolateira não conte tudo.

Riram com os olhos pousados no objeto de fina porcelana que repousava na cômoda.

— Você ainda escuta aquelas vozes das quais me falou? — perguntou Oriol.
— Escuto.
— O que estão dizendo agora?
— Que somos uns desgraçados. Eles estão com muita inveja.
— Por quê? Eles não trepam?
— Não, porque são seres iluminados.
— Mas que sacanagem!
— Pois é. Estou pensando em escrever alguma coisa sobre eles.
— É o seu lado de historiadora.
— Talvez.
— Você vai me deixar ler?
— É claro que não.

A conversa continuou assim, em torno de coisas sem importância, durante mais um bom tempo. Nenhuma referência ao *praliné* e muito menos a Max. Passava das nove quando Oriol bebeu um copo d'água em pé na cozinha, despediu-se de Sara com um beijo na boca, desceu de três em três os degraus e chegou à rua. Na Argenteria cruzou com o Sr. e a Sra. Rovira, que voltavam do Liceu depois de assistir a *La bohème* e caminhavam de braços dados cantarolando a belíssima valsa que Musetta canta no segundo ato. Não o reconheceram, claro. Ele também não sabia quem eram. Só viram um rapaz desengonçado que por algum motivo caminhava às pressas, e sorrindo.

Agora pode vê-lo. Oriol está no terraço, diante de Max. Sara estreita um pouco os olhos para enxergá-lo melhor. Não se parece tanto com a imagem que sua memória idealiza. Ou talvez se pareça. Um pouco mais inseguro, quem sabe. Provavelmente por causa das circunstâncias. Para ele também não deve ter sido simples voltar. Max também está um pouco rígido. Depois de dez anos, agir naturalmente exige algum tempo.

Oriol, como era de se esperar, trouxe uma caixa extragrande de seu "Triângulo de amigos...". Sorri enquanto dá uma olhada no terraço e nas magníficas torres iluminadas de Santa Maria del Mar.

— E Sara? — pergunta.

Ela sente uma inquietação no estômago. A satisfação de ser a primeira por quem o filho pródigo pergunta assim que chega em casa.

— Tinha um jantar de trabalho, mas chega para o café.

— Ah, está bem. Maravilhoso.

Agora ela o vê de frente, enquanto espera, com uma taça na mão, que Max abra o vinho. Está magro, como sempre. Veste-se de preto da cabeça aos pés, como sempre. Tem o ar despreocupado e ligeiramente fanfarrão de quem está convencido de que o mundo lhe pertence, mas agora o mundo lhe deu motivos para isso. Parece o mesmo de alguns anos antes, mas dá para ver de longe que o dinheiro o melhorou, embora seja apenas porque agora usa sapatos de grife, uma caneta-tinteiro aparente no bolso da camisa e um relógio caríssimo no pulso. O pomo de adão está onde sempre esteve, e Sara ainda não perdeu a vontade de lambê-lo.

— Foi você quem fez o jantar?

— Eu? Não.

— Menos mal. — E solta um risinho que o amigo imita.

Depois de colocar um pouco nas taças, Max lhe pede que prove o vinho.

— Não me venha com cerimônias, por favor — diz Oriol.

Parece que se esqueceu de que, partindo de Max, este tipo de atitude não é nenhuma cerimônia. Ele gosta de fazer as coisas como *devem ser feitas*. Nisso eles ficaram quase iguais, com o passar do tempo. Sara também teria pedido ao convidado que provasse o vinho. É um gesto protocolar elegante. Mas Oriol e os protocolos nunca se deram bem.

— Com certeza é excelente. Encha minha taça, vamos — acrescenta o recém-chegado —, e brindemos ao tempo que passamos sem nos ver. — Levanta a taça e a bate contra a do amigo. Ouve-se um tilintar, que é o som alegre das coisas que nunca mudam.

— Tive medo de que vocês não quisessem me receber — diz agora Oriol, avançando para o terreno da sinceridade.

— Sério? Mas que bobagem! Porque haveríamos de não...

— Sei lá. Algum dia vocês vão ter de deixar de gostar de mim, não é?

— Não concordo — responde Max balançando a cabeça. — As pessoas gostam daqueles que voltam.

— Eu achava que gostavam mais dos que vão embora.

Neste momento aparece Aina, descalça, de jeans e o cabelo preso de qualquer jeito na altura da nuca. A intensidade da cena se desfaz num instante. É uma menina esguia, tem o cabelo da cor da madeira de cerejeira, e os movimentos ágeis como os de um jovem cervo. Talvez seja séria e responsável demais para sua idade (15 anos), exatamente como a mãe era na adolescência. Max, naturalmente, acha que ela é absolutamente perfeita, e faz tempo que lhe concedeu o título de menina de seus olhos. Sara, embora conte vantagem do fato de ter uma filha de 15 anos que pensa e raciocina como alguém de 30, às vezes gostaria que Aina fosse um pouco mais normal. Que tivesse amigos engraçados com quem ficasse nas festas até altas horas enquanto ela e Max pensam: "O que será que ela está fazendo a uma hora dessas, solta no mundo." Mas Aina não vai a festas nem lhe ocorre travar amizades com irresponsáveis. Seu único e melhor amigo — a quem talvez já tenha outorgado algum favor sexual, mas não é certo — é um rapazinho um ano mais velho que ela e mais estranho que um cachorro verde,* que sonha em ser astrofísico e coleciona minerais. Às vezes Sara vai à casa dele para "ajudá-lo a classificar geodos",** e ele também passa horas na internet esperando que o vendedor de uma drusa de ametista responda à sua contraoferta. Sara acha tudo muito estranho, embora, ao ver a pedra cheia de cristais violáceos, tivesse de reconhecer que era de uma beleza desconcertante, tanto quanto o hábito da menina de presentear seu amigo com pedras.

— Boa noite — cumprimenta Aina, entrando no terraço — e bom apetite!

Sua presença muda completamente o clima da reunião. Oriol se levanta, como se uma alavanca tivesse acabado de empurrá-lo.

— Aina, menina, como você cresceu!

Os lábios de Aina se alongam, num sorriso tímido, que na verdade é uma resposta automática ao comentário de sempre, o mesmo que há uns quatro ou cinco anos vem suportando com paciência de Jó, como se os adultos não soubessem dizer outra coisa ao reencontrá-la.

— Você se lembra de mim?

— Claro. Já o vimos uma porção de vezes na televisão. Além disso, papai e mamãe falam muito do senhor.

---

* No original: *"más raro que perro verde"*, um expressão muito popular na Espanha para designar alguém muito esquisito. (*N. do T.*)
** Cavidade oca encontrada nas rochas, cujo interior é revestido de cristais ou de matéria mineral. No Brasil, há exemplares de geodos à venda em lojas de *suvenir*. (*N. do T.*)

Do senhor. Um golpe baixo. Aparece uma garota linda e o chama de senhor. Oriol, algo muito grave está acontecendo. É preciso reagir imediatamente, colocar as coisas em seu devido lugar, embora seja só pelo seu amor-próprio.

— Ora, nada de senhor! Não sou tão velho.

— Não, claro que não. Me perdoe, é o hábito.

Aina é perfeita, seus pais sabem. É o produto de uma inspirada conjunção de moléculas. Nem Max nem Sara conseguem acreditar.

— Isso é o que eu estou pensando que é? — pergunta Oriol, referindo-se a um objeto que Aina segura.

Então Max repara na chocolateira de porcelana que normalmente fica na cristaleira da sala.

— Queria perguntar, papai. Você sabe por que isto está em cima da mesa? Ali no meio da passagem pode quebrar. Mamãe vai ter um treco se a encontrar ali.

Sara sorri mais ainda (se é que isso é possível). Dá para acreditar que sua filha a conheça tanto que até se antecipe a suas reações, fazendo exatamente o que ela faria? Essa da chocolateira foi incrível. Trouxe o objeto da memória exatamente ao lugar onde mais pode provocar dano. Se tivesse pretendido ter a filha como cúmplice (algo totalmente impensável, obviamente), teria dito a ela que fizesse o que tinha acabado de fazer.

— Não faço a menor ideia, filha — diz Max. — Talvez tenha sido a moça da limpeza? Você tem toda razão, deixe-a ali, já vou guardá-la.

— Tem certeza? — pergunta Aina, receosa.

— Tenho, sim. Agora mesmo.

Aina talvez esteja pensando o mesmo que Sara — "não vai fazer" —, mas coloca a chocolateira na mesa, obediente. Dá uma olhada rápida nos pratos antes de anunciar:

— Vou estudar um pouco.

— E seu irmão? — pergunta Max.

— Já vem. Mandei que escovasse os dentes — Ligeiro tom de escândalo. — Não tinha feito isso desde de manhã!

O tom de Aina diante da falta de higiene do irmão menor diverte o convidado, que tem vontade de rir, mas disfarça, levando à boca uma anchova assentada sobre uma fatia de pão de centeio.

Aina faz menção de se retirar. Deseja mais uma vez boa noite e bom apetite — e sai de cena. Oriol ainda mastiga a anchova com um olhar que mistura espanto e admiração quando diz:

— Igualzinha à Sara! Impressionante! Parece que vi sua mulher quando tinha a idade dela.

"Você não me conhecia quando eu tinha a idade dela, idiota."

— Sim, é o que todo mundo diz. — Max pega um prato e começa a servir a salada de trigo selvagem. — Me avise quando achar suficiente.

— Que coisa! Achei que estava vendo a Sara. Até o mesmo ar sério e perfeccionista. Que coisa!

— Sim, principalmente isso — acrescenta Max.

— Embora você também não fique muito atrás.

— Também não, também não.

A comida distrai o convidado. Dá uma olhada no conteúdo da bandeja e sorri. Sara não perde nem um detalhe de suas reações, quer saber se sua escolha fez sucesso.

— Ah, eu lhe trouxe uma coisa — Oriol se levanta e entra às pressas no apartamento.

Max, que ia se servir, fica congelado. Parece um espetáculo que se interrompe porque a luz apagou. Oriol aparece de novo, apenas um segundo depois.

— Acho que seu filho pensou que eu era um ladrão, agachado no escuro e tirando coisas de uma bolsa. Explique a ele que não sou, por favor.

Pol observa os dois homens da porta do terraço com ar distraído, como se tentasse entender por que aquele homem que veio jantar faz parte da categoria "adulto".
— Boa noite, filho. Já vai para a cama?
— Ainda não. Daqui a uns 15 minutos, mais ou menos.
— Olha, quero apresentá-lo ao meu amigo Oriol.

Pol é desengonçado, risonho, alto. Apesar das mil complicações que a vida lhe apresenta a cada momento (em particular quando o assunto entra na esfera dos adultos, e muito mais quando cruza o universo estranho e hostil de sua irmã mais velha), Pol é uma espécie de profissional da felicidade. Ou um grande cara de pau, como sua mãe às vezes diz. Alguém que, aconteça o que acontecer, não vai deixar que nada afete seu bom humor, seu ar despreocupado e sua falta de responsabilidade permanentes. O fato é que todo mundo se pergunta a quem este garoto puxou, com esse temperamento.

— Você e eu já nos conhecemos — diz Oriol —, mas na última vez que o vi você ainda mijava nas calças. E, se a memória não me falha, dormia como uma pedra.

Pol deixa escapar um risinho, meio de surpresa e meio de vergonha. Depois não consegue parar de rir. Faz cara de quem está confirmando as teorias de Sara: "*Isto* não pode ser um adulto." Quando finalmente consegue parar de rir, solta:

— Cadê a mamãe?

Outro calafrio de satisfação percorre a Sara ilegítima, a que se esconde atrás da cerca da vizinha. Sente uma felicidade intensa ao ver que seus filhos não permitem que sua ausência seja absoluta, que trazem sua presença àquele encontro a cada momento. Seu coração se infla como um balão no qual o orgulho é o ar, mas um momento depois tudo lhe parece triste e lamentável. A Sara de vinte anos atrás ficaria uma fera só de pensar em encontrar o sentido da existência através dos filhos.

— Sua mãe tinha um jantar de trabalho, virá mais tarde. Quer comer alguma coisa?

— Mamãe deixou crepes para a gente. Já comi. Estão maravilhosos.

— Então vá para dentro. Escove os dentes. Sua irmã está chocada.

— Já escovei. — Faz uma expressão de pesadelo recorrente. — Aina é uma chata. É pior que a mamãe.

Sara segura o riso. Pol desaparece, sem graça, com seu pijama azul-marinho, cor de homem, embora esteja numa idade insossa (12) em que os varões não parecem ter um gênero definido.

— Tome. — Oriol entrega ao amigo o que estava procurando quando o filho dele apareceu. — Também tenho minha homenagem particular aos velhos tempos. Já deve suspeitar o que é...

— Não! Não acredito! — exclama Max com grandes trejeitos e abre o presente. — Não acredito que você me trouxe isto!

Enquanto Max confirma sua intuição, livrando do papel de seda uma garrafa de absinto — de cor verde-esmeralda muito vivo —, Oriol pega a chocolateira que estava na mesa e a estuda atentamente. A asa generosa, o bico altivo, a ausência da tampa e do moedor e, na base, a inscrição que a declara de propriedade da Sra. Adélaïde, sabe-se lá quem foi. Acaricia com a ponta do dedo o bico descascado, que lembra a ele uma ferida de guerra. Pensa que ela é áspera como as recordações — como aquele que parte para nunca mais voltar. Oriol deixa a peça de novo na mesa e a observa. Dá para intuir sua categoria, sua qualidade, a arrogância de ter nascido da terra para alcançar uma sociedade que podia se permitir o que há de melhor. Esse mundo se acabou há muito tempo, mas a peça de porcelana está aqui, com ele e seu amigo.

— Sara já sabe quem foi esta Sra. Adélaïde?

— Ela disse não sei o que de uma filha de Luís XV.

— Você acredita nisso? — Oriol levanta as sobrancelhas com incredulidade.

— Eu também acho um pouco estranho. Embora admita que, se ela tiver razão, seria muito interessante. As duas filhas de Luís XV tiveram um destino muito trágico. Fugiram pela Europa, indo cada vez mais longe, depois que os revolucionários cortaram a cabeça de toda a família delas, inclusive a de seu sobrinho, o rei Luís XVI. Sara diz que documentou tudo.

— Tenho certeza disso.

— Há alguns anos ela começou a escrever uma coisa, mas está indo bem devagar. Como historiadora, ela é cheia de manias. Fica frustrada toda vez que tropeça com arquivos não catalogados ou com algum personagem sobre o qual não existe nenhuma informação, como se ele nunca tivesse existido. A maioria das pessoas é invisível para a história, mas ela não quer aceitar isso.

— Isso de ser invisível para a história foi antes da internet. Imagino que você fale de desaparecer sem deixar rastros. — O amigo concorda. — Já não é o nosso caso. Agora deixamos a nossos sucessores montanhas intermináveis de merda. Blogs, sites, e-mails, comentários idiotas no Facebook, Tweets que pretendem ser engraçados, mas que dão pena... As futuras gerações vão achar que éramos imbecis, e com toda razão.

Oriol deixa a chocolateira de novo na mesa, perigosamente perto de seu cotovelo. De longe, Sara pensa: "Não a deixe aí, vai cair, coloque-a em outro lugar", como quando seus filhos eram pequenos e deixavam um copo na beira do precipício e ela sabia que não demoraria a cair e ficar em pedaços. Às vezes até conseguia calcular o tempo que faltava para o acidente. Sempre foi capaz de prever os desastres, como se possuísse aquele sexto sentido que faz os cachorros se esconderem quando se anuncia uma tempestade ou que leva as andorinhas a levantarem voo todo mês de setembro e as coloca a caminho de alguma paisagem remota da África.

— Gostaria de ler esse trabalho.

— Sinceramente, acho que não teremos essa sorte.

Sara sempre disse a Max que estava escrevendo um trabalho de documentação histórica. Fez isso para conquistar seu respeito. Sem isso, a redação não teria avançado nem um pouco e não teria chegado a lugar algum. A realidade é muito mais complexa. Quando começou, há mais de duas décadas, tinha a intenção de transcrever aquele caos de vozes que imaginava ao tocar a chocolateira. Com o passar do tempo, preferiu se dedicar a comparar o pouco que sabia com os dados históricos já comprovados. O problema é que os dados históricos eram menos abundantes do que esperava e também lhe falta tempo, o que é uma chatice, e às vezes lhe falta fé no que está fazendo, o que é ainda pior. Apesar de tudo, acha que suas anotações poderiam ser a base de um romance se em algum momento pretendesse, ou se atrevesse, ou soubesse escrevê-lo.

Naturalmente, a falta de fé que Max acaba de manifestar em voz alta é como um balde de água fria que ela não esperava e coloca o projeto em sérias dificuldades (Max sabe que suas palavras teriam este efeito sobre ela, e justamente por isso nunca se atreveu a ser tão sincero ou tão direto). Nesse exato momento, ela acha que Max tem pena dela por exigir tanto de si mesma ou por exigir tanto de tudo que a cerca, inclusive da História. É um sentimento incômodo que preferiria não ter.

— Vamos esperar a Sara chegar para abrir o absinto.

— Claro. Sem ela não vai ser a mesma coisa.

— Espero ter mais resistência do que na primeira vez.

— E, se não tiver, a gente leva você para a cama, como daquela vez. Sempre achei que aquilo foi o início da relação de vocês.

— Não. Sara e eu demoramos um longo ano e meio para...

— Eu sei, eu sei. Mas de alguma maneira tudo começou naquela noite.

— Talvez.

Não. Naquela noite remota, não houve nada que tivesse a ver com Max. Naquela noite, há 23 anos, Max era virgem e dava para perceber isso muito bem. Naquela época, Sara não tinha nenhum interesse por meninos virgens. Não consegue acreditar que Oriol tenha dito o que ela acabou de ouvir. Deve ser isso o que chamam de *mentira piedosa*.

A cortina da sala de jantar flutua, agitada por uma repentina corrente de ar, e acrescenta à conversa uma cenografia desnecessariamente grandiloquente. Max se levanta para arrumar a cortina e, de passagem, trazer outra garrafa de água com gás. Serve dois copos, oferece mais comida. É o anfitrião perfeito, aquele que não esquece nenhum passo nem um só detalhe.

— Fazia muito tempo que a gente não se via, rapaz — diz Max, olhando para o amigo como só é possível olhar para alguém depois que você passa dos 40 anos. — Eu achava que você tinha nos esquecido.

— Tenho estado muito enrolado. — Oriol pronuncia essas palavras abaixando a vista, com uma expressão de que Sara não gosta e que lhe parece envergonhada. Ainda lhe resta vergonha, ao que parece. Como a ela, mais ou menos. — Quanto tempo faz, exatamente?

— Não calculei. Se não estou enganado, desde a noite do seu prêmio.

— Ah, sim, o prêmio. Aquela noite foi estranha.

— Muito.

— Você estava de babá dos seus filhos.

— Que jeito tinha? Sara fazia o papel de relações-públicas.

— Não conversamos nem dez minutos. E já nem me lembro sobre o quê.

— Você estava distraído. Era a grande estrela da noite.

— Gostaria de ter lhe dado mais atenção.

— Eu entendi que não pôde dar. — Um silêncio, que avalia o que está por vir para que ninguém saia ferido, típico de Max. — O que achei lamentável foi você ter desaparecido depois. Nem um telefonema, nem uma mensagem durante todo esse tempo. Sara sofria muito no começo.

Sara morde o lábio inferior. Todo o universo explode num rufar de tambores, porque chegou o momento mais esperado da noite, o de ouvir Oriol dar explicações a respeito de algo que não se pode explicar e que Max resumiria assim: depois da noite do prêmio, no hotel Arts, o amigo resolveu, por alguma razão, desaparecer de suas vidas. E fez isso como um daqueles mágicos do século XIX que escapavam tranquilamente de um tanque cheio de água.

— Sinto muito. Foi uma decisão difícil.

A palavra dói a todos os jogadores desta estranha partida: *decisão*. Então não foi um esquecimento, mas algo feito conscientemente. Oriol acrescenta:

— Precisava escapar.

— De quê?

— De vocês dois.

Oriol deixa a taça na mesa, pega-a de novo, cruza as pernas, passa a base de cristal no joelho. Mastiga as palavras quando acrescenta:

— Eu morria de ciúmes, Max. Esta é a única verdade. Chegou um momento em que se tornou insuportável.

Ciúmes? Essa sim é boa! Demorou todo este tempo para vir à casa deles soltar essas trivialidades.

— Ciúmes... de mim? — Max arqueia as sobrancelhas, desconcertado.

As explicações não demoram a chegar:

— Você tinha tudo que eu sempre havia desejado. A cátedra, o negócio, o apartamento, os filhos, ia publicar um livro...

— Sara...

— Não vou lhe dizer que não.

Isso é tudo? "Não vou lhe dizer que não"? É este o bálsamo com o qual ela deve aliviar uma queimadura que durou tantos anos?

Exatamente desde o instante em que Oriol, na noite do prêmio, naquela noite estranha no hotel Arts, se levantou da cama extragrande da *suíte júnior* com vista para o mar e lhe perguntou se queria tomar banho com ele. Ela respondeu que não, porque naquele momento a única coisa de que precisava era parar de pensar no que estava fazendo e voltar para casa. E refletir. Precisava principalmente refletir sobre como era sua vida e como gostaria que fosse.

Oriol tinha lhe perguntado:

— Vai dizer a Max que esteve comigo?

E ela respondera:

— Preciso pensar!

E ele acrescentou um "está bem", do mesmo modo como poderia ter dito "vamos deixar as coisas como estão" ou "adeus, foi um prazer", ou qualquer outra coisa destituída de sentido. Sara ainda conservava o sabor dos beijos de Oriol quando se vestiu, olhou-se no espelho para saber que aparência tem uma mulher adúltera e desprezível e saiu do quarto tomando cuidado para não bater a porta.

Passou os dias seguintes esperando um telefonema, uma mensagem, até um daqueles cartões-postais absurdos que Oriol enviava de vez em quando de cidades estranhíssimas, mas seu telefone só tocava para o rotineiro, e Oriol, como sempre, tinha desaparecido nas calçadas das ruas da vida. Pouco depois ela o viu na televisão, durante a maldita hora depois do jantar, e começou a chorar com tanta fúria que Max teve de largar às pressas os livros e correr para consolá-la pela primeira vez em toda sua vida, sem saber por que a estava consolando, ou talvez ele soubesse.

Mas o pior estava por vir: a resignação. Resignar-se ao fato de que aquilo não continuaria, entender que Oriol não tinha nascido para compartilhar a vida com nenhuma mulher, e muito menos com ela. Entender que ela amava Max, apesar de tudo, amava-o com uma serenidade que gostava de sentir e já não tinha a menor intenção de se separar dele. Enterrar as ilusões estúpidas de uma vida diferente que criara depois daquela noite no hotel Arts, em que Oriol tinha falado demais, ainda deitado na cama extragrande, e tentar ver de novo tudo de bom que tinha na vida. Roscas de Reis, sonhos de Quaresma, "monas" de Páscoa, *coca* de São João, *panellets*,* torrones de Jijona, de gema, e a especialidade da casa, de chocolate negro recheado com *praliné*. A vida dava uma volta completa a cada ano, Max a amava incondicionalmente, sem paixão ou tropeços, sem remorsos ou contas a pagar, as mil obrigações da maternidade amada e detestada ao mesmo tempo, a rotina confortável da cozinha de sua casa, a bonança sem sobressaltos dos negócios.

No fundo, Sara sabe que teria feito um bom papel ao lado de Oriol Pairot. Teria sido a companheira perfeita, a admiradora incondicional, a ajudante desinteressada. E a auréola de mulher adúltera que abandona a família para fugir com o melhor amigo do marido teria conferido a ela aquela pátina de maldade que sempre faltara em sua vida. Teria precisado de duas vidas para ser tudo o que tinha desejado ser.

— Você tem colhões para dizer uma coisa dessas... — opina Max.
— Nove anos depois? Não acho.
— Posso lhe perguntar por que agora?
— Agora é diferente. Tenho novidades.
— De que tipo?
— Metafísicas.
— Desembuche.
— Eu me casei. E vou ter um filho.

Max dá um pulo de alegria. Levanta os braços e ao mesmo tempo a voz:

— Puta merda, Oriol. Finalmente! Finalmente está organizando sua vida!

---

* Doce típico da Catalunha. (*N. do T.*)

Então aconteceu exatamente o que Sara mais temia. Neste momento de euforia sinceríssima, a trajetória do braço de Max não poderia ser menos acertada. Teria sido possível evitar alguns momentos antes, mas agora não tem mais solução. O cotovelo do marido esbarra na chocolateira depositada na beira do abismo, a mão de Oriol não chega a tempo de evitar a catástrofe, e o eco do estalido ressoa em toda a rua deserta.

A chocolateira de Sra. Adélaïde agora é apenas uma ruína translúcida e finíssima que jaz sobre as lajotas avermelhadas do terraço. Os restos mortais de uma longa e proveitosa vida de objeto.

OS MUITOS TALENTOS DE ORIOL PAIROT

— E não ficaria bom se fizéssemos o *praliné* da Sara com seu crocante de doce de maçã e canela, tudo misturado? Assim nenhum dos dois terá de renunciar à sua ideia e entregaríamos o trabalho a tempo. Estamos muito atrasados!

— Porra, Max! Na vida a gente sempre tem de renunciar a alguma coisa. Cada escolha comporta cinquenta renúncias. Diga de uma vez por todas de qual dos dois você gosta mais, por favor.

— Mas sempre vou achar que o outro era...

— Olha, Max — interrompia Oriol, muito seguro de si —, se você não aprender a não pensar naquilo que deixou para trás não terá aprendido nada de valioso na vida.

Oriol Pairot, aos 21 anos, era um verdadeiro expert em renúncias. Algumas tinham chegado por imposição, como a morte de sua mãe, aos 55 anos, de um ataque fulminante que logicamente ninguém esperava e que, ao mesmo tempo que ceifava a vida dela, desenhava na dele uma linha divisória negra, escura e muito bem delimitada. Com passar dos anos, Oriol iria se dar conta de que a morte da mãe tinha sido também a morte de sua juventude, que não voltaria mais, e que tudo o que veio depois já fazia parte, para o bem ou para o mal, do complexo, livre e, em geral, absurdo mundo dos adultos. Apenas uma semana depois do enterro, já havia outra mulher ao lado de seu pai no leito conjugal, e os dois formavam para ele um casal de completos desconhecidos. À noite, ele os ouvia fazendo sexo freneticamente, coisa que achava repugnante. De dia, eles não se preocupavam nem um pouco em manter a compostura: exibiam-se em público, saíam para passear, almoçavam juntos em qualquer restaurante do bairro, andavam de mãos dadas e se beijavam com a urgência de dois adolescentes. Poucos dias depois de chegar, ela comprou um avental ridículo cheio de babados e se instalou atrás da caixa registradora da confeitaria, exatamente onde a mãe dele tinha passado trinta anos. Ao vê-la ali, os clientes mais antigos não acreditaram. Alguns disfarçavam, mas dava para perceber que estavam consternados. Uma mulher deu meia-volta, bastante ofendida, murmurando alguma coisa sobre a pressa dos viúvos. Seu pai não dizia nada, fiel ao estilo que tinha ostentado desde sua chegada ao mundo. Também não se preocupou em dar explicações ao filho, que por sua vez ficou tentado a ter uma conversa com ele, de homem para homem. A conversa nunca aconteceu, talvez por falta de fé ou de hábito.

Sem a ajuda de ninguém, Oriol chegou à conclusão de que aquela mulher que em sete dias tinha substituído sua mãe já estava ali havia muito mais tempo, na reserva, esperando a oportunidade de ocupar um lugar que talvez tivesse conquistado por mérito. Suportar seu progenitor, no fim das contas, não era uma tarefa simples. No fundo, ele lhe agradecia por aquilo, pois o livrava de qualquer responsabilidade. Decidiu considerar a parte boa do assunto, pegou suas coisas e foi para Barcelona sem dar explicações a ninguém.

Na primeira noite, ele dormiu num banco da Estação de Sants, mas no segundo dia encontrou trabalho na principal cafeteria da estação, onde entrou perguntando se por acaso estavam precisando de um garçom ou de um lavador de pratos. O gerente lhe disse que sim e lhe perguntou se estava interessado na vaga. Eram os anos da euforia pré-olímpica e era fácil encontrar trabalho em Barcelona, principalmente para os jovens dispostos a fazer qualquer coisa, e todo mundo estava convencido de que nada correria mal, jamais, como se aquele espírito do olimpismo (as obras oniscientes, as ruas sempre cheias, a Olimpíada Cultural e o prefeito Maragall inaugurando edifícios com entusiasmo) fosse uma coisa que iria durar para sempre.

O verdadeiro problema de Oriol ao chegar à cidade pré-olímpica foi encontrar alojamento. Não era nada fácil encontrar um lugar para morar estando com os bolsos vazios. Usou as poucas economias que tinha para comprar uma calça, uma camisa e sapatos novos e pagar duas noites numa pensão da rua Numància. Mas o mês mal tinha começado e ele só tinha dinheiro para duas noites. Pediu um adiantamento ao chefe, mas o homem o olhou com cara de "Ora, ora. Já começamos assim" e negou categoricamente, claro. Teve sorte de ver aquele anúncio colado num portal: "Alugo quarto a um rapaz jovem, asseado e responsável. Econômico. 3º 2ª. Perguntar pela Sra. Fátima." Oriol considerou que, dos três requisitos exigidos, cumpria pelo menos dois e que não perderia nada se tentasse. Passou pelo portal sujo e rançoso, subiu as escadas mal iluminadas e tocou a campainha do terceiro andar, segunda porta. Começava a ficar cansado de esperar quando ouviu um rangido de ferros e a porta se abriu revelando uma mulher de 50 e tantos anos mal vividos, que se cobria com uma bata de estilo oriental.

— Veio por causa do anúncio? — perguntou assim que o viu.
— Sim. Mas só posso pagar no fim do mês.
— Entre, não estou vendo seu rosto.

Oriol deu um passo à frente e entrou numa casa tão velha e deteriorada quanto todo o resto. O piso era hidráulico,* antigo, mas havia perdido todo seu esplendor. O corredor parecia interminável. No final dele brilhava uma luz tênue que, adivinhou, devia ser da sala.

---

* Variedade de revestimento artesanal decorativo, à base de cimento e usado em pisos e paredes, que teve seu apogeu entre o fim do século XIX e meados do século XX. (*N. do T.*)

— Quantos anos você tem?
— Vinte.
— E trabalha?
— Sim. Lavo pratos no bar da Estação de Sants.
— Se eu aparecer por lá, vou encontrá-lo?
— Claro.
— E vai me convidar para tomar café da manhã?
— Não.
— Como disse que se chama?
— Não lhe disse. Oriol.
— Bem, Oriol. Você parece um bom rapaz. O quarto é o primeiro à direita, o que fica mais perto da porta. Assim terá um pouco mais de privacidade. Tem um banheiro só para você, com chuveiro e tudo. Não quero que use o meu, combinado? Isso é muito importante. Tem direito a usar a cozinha, desde que a gente combine os horários. Não quero animais de estimação, barulho a altas horas nem garotas na minha casa. O aluguel são 10 mil pesetas por mês, pagas antecipadamente, mas no seu caso vou abrir uma exceção. Se não me pagar no prazo, será expulso.
— Combinado.
— Eu sou a Fátima — disse, oferecendo a mão ossuda com unhas pintadas de esmalte vermelho descascado.

Quando recebeu, Oriol dividiu seu salário em três partes: uma para o aluguel, outra para os gastos pessoais e a terceira para abrir conta num banco. Queria economizar para algo útil, embora não soubesse bem o quê. Quando foi pagar o aluguel, Fátima lhe disse:

— Vou deixar por 8 mil. Gaste a diferença me levando para jantar.

Achou que era um bom acordo. Depois de morar 26 dias com Fátima, tinha certeza de que, de alguma forma, tiraria proveito da maneira como ela o olhava. No mês seguinte, deixou por 4 mil. No terceiro, não quis aceitar seu dinheiro. "Você precisa dele mais do que eu", ela lhe disse, enquanto segurava a mão de Oriol e fechava seus dedos sobre as cédulas. Fátima estava encantada com seu inquilino: bonito, jovem e condescendente. O direito de usar a cozinha tinha se ampliado um pouco e de vez em quando Oriol dormia na cama da dona da casa. A proibição de pisar em seu banheiro também havia sido abolida. Nesse período, Oriol conseguiu economizar, graças a ela, muito mais do que tinha previsto.

Na primeira vez também houve surpresas no banco. Em sua caderneta de repente haviam aparecido 200 mil pesetas. Perguntou ao senhor do guichê: "O depósito foi feito por Oriol Pairot Bardagí", disse-lhe, além de informá-lo de que as 200 mil pesetas estavam ali havia três semanas. Ligou para o pai do primeiro telefone público que encontrou ao sair.

— Não preciso de dinheiro — mentiu.

— Olá, filho, que surpresa. Tudo bem?

— Por que depositou 200 mil pesetas na minha conta? Se não me falha a memória, eu não lhe pedi nada. Nem agora nem nunc...

— Um momento, filho, se acalme. Este dinheiro é da sua mãe e é chamada *legítima*.* É seu por lei, agora que abrimos o testamento. É sua herança, e você pode gastá-la em alguma coisa útil, como ela bem gostaria que você fizesse.

Depois de pensar muito e hesitar até o último instante, Oriol decidiu investir boa parte do dinheiro matriculando-se no curso de técnicas para chocolateiros do Gremi de Pastissers de Barcelona e comprando utensílios de cozinha. Sempre soube que gostava de confeitaria, mas também que não queria seguir o exemplo de seu pai. Não tinha a menor intenção de perder tempo fabricando produtos que não duravam nem 24 horas. Nada de croissants, bolos, *ensaimadas* ou biscoitos. Também não tinha interesse em

---

* Parte da herança reservada por lei aos herdeiros necessários (ascendentes ou descendentes) e correspondente à metade dos bens do espólio. (*N. do T.*)

comemorações, nem se via assando *cocas* de São João ou roscas de Reis. Aquilo que costumam chamar de *confeitaria tradicional* não lhe interessava nem um pouco. Tinha uma porção de ideias inovadoras que não serviriam para nada se não aprendesse antes alguma coisa. Renunciou a outras possibilidades que lhe ocorreram para gastar sua pequena fortuna — uma moto, por exemplo, que teria sido uma maravilha para se movimentar pela cidade cheia de obras; uma visita a algumas das confeitarias mais famosas da Europa para lhe dar inspiração — e escolheu fazer o curso. Pensou: "Não precisa se preocupar, na vida cada escolha é paga com cinquenta renúncias e haverá tempo para outras coisas. Antes de aprender a não pensar no que deixou para trás, você não poderá realmente afirmar que sabe viver um pouco."

Foi assim que as renúncias chegaram à conversa de uma maneira natural e se instalaram confortavelmente entre eles, quando Max olhou para Sara com aquele ar de tristeza que quebrava o coração e emitiu seu veredito:

— Então escolho a maçã ácida. — Fez um bico para Sara antes de acrescentar: — Sinto muitíssimo.

Oriol fechou os punhos, arqueou as sobrancelhas e escancarou a boca num grito surdo para comemorar sua vitória.

— Tive uma rival muito difícil — disse, e suas palavras soaram como prêmio de consolação.

— O que você teve foi um juiz parcial. Assim, qualquer um... — contra-atacou ela, que nunca soube aceitar uma derrota.

Max não conseguia se livrar do constrangimento de ter tido que escolher. Segurou a mão de Sara entre as dele, só para se consolar.

— Sinto muito, mesmo. É verdade que seu *praliné* está maravilhoso.

— Fique tranquilo — disse ela, retirando a mão.

Perder é algo difícil. Aos 44 anos, ela ainda não tinha aprendido a perder. Se soubesse, morreria de tanto chorar. Mas chorar de raiva ou de impotência também não estava entre suas habilidades. Ela só chora por ninharias: quando Aina estreia um vestido e ela não consegue acreditar que a filha cresceu tanto, ou quando deixa o jantar queimar porque foi tomar banho. No entanto, quando a vida se derrete para sempre, quando ela compreende que um dos dois homens que mais amou não a escolheu, não consegue derramar nem uma lágrima. Só apertar os dentes e continuar em silêncio contemplando sua existência de uma distância que a deixa segura, na casa de Raquel.

Os dois amigos acabaram de recolher os fragmentos da chocolateira da Sra. Adélaïde e os colocaram num canto da mesa, em cima de um guardanapo de linho.

— Sara vai ficar muito chateada — diz Max.

Oriol aperta os lábios e concorda com a cabeça, pesaroso.

— Vamos procurar outra. Certamente não vai ser difícil encontrar uma coisa dessa na internet.

— Não igual a esta — sussurra Max enquanto enche as taças.

Aproxima-se o momento em que aparecerão as sobremesas da vida inteira e, apesar do aborrecimento, Sara deseja que esse momento chegue.

— E então, não vai me dizer quem é a sortuda? Como vocês se conheceram? Já devem estar juntos há um bom tempo. Por que não a trouxe, para a gente conhecer?

— Não trouxe porque ela está em Tóquio, e grávida de oito meses.

— Você se casou com uma japonesa? — pergunta Max, admirado. O amigo concorda. — Porra!

— Eu a conheci graças àquele sujeito de quem você me falou pela primeira vez... Lembra? Como se chamava? Sato Não-sei-o--quê. Ou Não-sei-o-quê Sato, daquela universidade de Hiroshima...

— O Laboratory of Food Biophysics of the Faculty of Applied Biological Science of The Hiroshima University — especifica Max, que colaborou com o laboratório por mais de cinco anos.

— Exatamente! De fato foi um somatório de coincidências. Eu estava procurando alguém que pudesse desenvolver o projeto das minhas lojas na China e no Japão. Queria um estilo bem japonês e ao mesmo tempo muito europeu. Entrevistei vários candidatos e vi o projeto de cada um. O que ela apresentou era diferente de todos: gostei na hora. Era exatamente o que eu estava procurando. Você não imagina a clareza das ideias que ela tem. Ela possui uma habilidade especial para captar o que os outros esperam dela, além de uma inteligência prodigiosa. Entendeu desde o começo o que eu queria. Temos nos dedicado, juntos, a conquistar o Japão, porque, não tenha dúvida, boa parte do mérito é dela e da qualidade do seu projeto. Eu pretendia abrir uma loja em Tóquio, mas, graças à Hina, meus objetivos ficaram um pouquinho mais ambiciosos. Você está cansado de saber que estamos falando de um mercado enorme, excepcional. Os japoneses são extremamente viciados em chocolate, e além disso têm bom gosto e muitos ienes para gastar. Ficaram sabendo que o consumo de chocolate é um dos índices do padrão de vida de um país e se encantaram. Você precisava ver as lojas impressionantes que eles estão abrindo, verdadeiros supermercados dedicados exclusivamente à confeitaria. Agora estamos prestes a inaugurar em Osaka nossa quinta *confiserie*. Chamamos assim, em francês, porque é como eles preferem. Devem achar mais sofisticado, sei lá. Estou devorando o mercado, rapaz.

— Você disse Hina?

— Hina, com agá. Posso lhe garantir que é impossível não se apaixonar por ela. O que me parece mais estranho é que ela goste de mim. Tão bela e tão jovem, poderia ter se candidatado ao filho do imperador. No mínimo.

— Jovem quanto?

Oriol responde um pouco envergonhado, como se pedisse desculpas. Puro teatro, é claro. Na realidade, sabe que sua resposta despertará em seu amigo de mais de 40 anos uma inveja imediata.

— Vinte e cinco...

— Vinte e quantos? Você virou assaltante de berçários?

— Bem, ela acabou de fazer 26. Está ficando adulta. Veja, tenho uma foto dela aqui.

Oriol pega seu celular. Max coloca os óculos — que há quatro ou cinco anos usa pendurado no pescoço com uma correntinha dourada — e um silêncio de veneração toma o ambiente, enquanto os dois homens observam a imagem vertical em plano médio de uma garota de pele rosada, cabelo muito preto e olhos amendoados, vestindo short cor-de-rosa.

— Oriol, ela é linda. Você é um sujeito de sorte.

— E é mais ainda ao natural. Olha, esta outra é do dia do casamento. — Ele mostra a segunda foto.

— Porra, esse é você? O quimono lhe cai bem.

— É a indumentária tradicional dos comerciantes, aquela que, de acordo com o protocolo, eu tinha de usar. Você não faz ideia de como tudo é complicado no Japão. Ela usa o quimono que cabe a ela, em homenagem à sua família, que é de origem samurai.

— Samurais! Caralho!

— Sim, sim, veja só. Aqui eu já tinha tirado o *shiromuku*, que é totalmente branco e só serve para a cerimônia. Está vendo? Isso que ela está usando é um *hanayome*, um quimono que as mulheres recém-casadas usam nas festas. Já lhe disse que tudo é muito complicado.

— E esses senhores?

— Meu pai e a mulher atual dele.

— Ah, com seus sogros, claro.

— Sim. Veja, veja: aqui dá para vê-los muito melhor.

— Porra! Esse é o samurai?

Oriol ri.

— Acho que o bisavô dele era. Ele gerencia uma rede de postos de gasolina.

— Porra, porra. Eu teria calafrios se esse cara abastecesse o meu carro.

— Que nada, cara. Ele está na minha mão desde que soube que vai ser avô.

— Menino ou menina?

— Não sabemos. Hina prefere que seja surpresa.

— E vai nascer no Japão, imagino.

— Claro. É um lugar maravilhoso para se nascer, sabe? Na verdade, é um país maravilhoso para tudo. Vocês têm que nos visitar assim que puderem.

— Porra, Oriol, ir a Tóquio não é como visitá-lo em Paris.

— Bem, converse com a Sara. Gostaria muito de apresentar a Hina a vocês. Acho que vocês vão gostar dela.

— Precisamos comemorar. — Max se levanta, entra no apartamento, deixando Oriol sozinho, com um sorriso bobo murchando nos lábios. Quando Max volta, com uma garrafa de Moët & Chandon, o sorriso reaparece. — Tinha reservado isso para uma ocasião especial, e esta é uma, sem dúvida. Vamos brindar pelo seu casamento e pelo futuro do seu filho ou filha.

Então a garrafa explode, a rolha sai voando, o líquido espumante é derramado nas taças e o cristal Bohemia emite um tilintar puro como a nota de um violino.

— Vou mandar uma mensagem para Sara perguntando se ela vai demorar muito — diz Max, levantando-se da cadeira depois de beber um grande gole de champanhe e servir outra taça. Talvez a mistura das bebidas esteja começando a subir à cabeça. Não consegue ficar quieto. — Ah, a sobremesa! Ouça, não posso me esquecer. Se soubesse que Sara fez as trufas com tanto carinho pensando em você. Um segundo. Volto logo.

Quando fica sozinho novamente, Oriol deixa escapar um suspiro de cansaço, de resignação, de uma coisa que dá muita preguiça, mas que tinha de fazer.

O telefone de Sara vibra, informando que acaba de receber uma mensagem.

Max volta ao terraço com uma bandeja de trufas e outra de *catanias* geladas, especialidade da casa. Oferece-as a Oriol, que escolhe uma *catania*, enfia-a na boca e a mastiga com urgência.

— O chocolate de Sara sempre foi o melhor — afirma, como se estivesse resmungando.

No outro lado da barreira, Sara pensa "até que enfim!". Até que enfim o grande Oriol Pairot, um dos homens que ela mais amou no mundo, a quem nunca deixará de amar, embora a partir de hoje tenha de fazê-lo de outra maneira, finalmente o grande Oriol Pairot reconheceu a superioridade de seu chocolate. Se ele tivesse feito isso 15 anos atrás, talvez Sara tivesse chorado de emoção.

— E você? De tanto falar de Hina não perguntei sobre mais ninguém. Seus pais estão bem?

— Ah, sim, a mesma coisa. Levam uma vida típica de americanos aposentados. Emendam um cruzeiro no outro. Acho que passam mais tempo no Mar do Caribe do que em casa.

Max é o filho mais velho. Seus pais são incompreensivelmente jovens — mal passaram dos 60 — e Sara às vezes acha que eles têm mais energia que ela.

— Ainda vai visitá-los em Nova York uma vez por ano?

— Sim. Agora eles vêm passar o dia de Ação de Graças aqui em casa. Vamos na primavera, embora a gente goste mais de Nova York no outono.

— Em novembro, Nova York é a melhor cidade do mundo.

— Concordo plenamente.

— E como vai sua sogra? — pergunta Pairot.

— Mora numa casa de repouso desde o ano passado. — Oriol ergue uma sobrancelha, incrédulo, como se a informação não combinasse com o argumento. — Não é mesmo muito estranho? Ela decidiu tudo sozinha. Um belo dia disse que não tinha nada para fazer aqui e que queria viver num asilo caríssimo onde sua melhor amiga, sua parceira de bridge, também estava.

— Bridge? — A sobrancelha subindo.

— Más influências de minha mãe, que só ficou satisfeita quando minha sogra aprendeu a jogar.

— Não consigo imaginar a mãe da Sara jogando bridge.

— Ora, ela é muito boa! Faz sempre a mesma cara tanto com uma boa mão quanto quando não tem absolutamente nada. E não se irrita nunca, haja o que houver. Não é como os meus pais: se um dia eles se divorciarem, será por culpa do bridge.

— E o apartamento dos pais da Sara?

— Está exatamente como estava, cada detalhe. Até o quarto de solteira da minha mulher, com a cama feita e a roupa no armário. Dá um pouco de tristeza, na verdade. É como entrar num museu.

— E vocês não pensam em fazer nada com ele?

— No momento não, pelo menos enquanto minha sogra estiver viva. Depois veremos. Eu gostaria de convencer Sara a ampliar a confeitaria. Poderíamos abrir um restaurante na parte de cima.

— Ótima ideia, cara! Perfeita! Vocês pensaram em que tipo de restaurante?

— Ainda não pensamos. Estou estudando a ideia, mas ainda não é o momento.

— Bem. Estou vendo que você também não para um segundo. Está de sobrancelhas erguidas.

— Que jeito tem? Alguma coisa eu tenho de fazer para passar o tempo e não ficar deprimido. Principalmente agora que a universidade está em ruínas. Agora eles querem que a gente seja vendável e rentável, sabia? Nosso desempenho é medido pela quantidade de alunos que nos escolhem a cada ano. Quando você tenta ser um professor exigente e exige um pouco deles, para que sejam bons e autoexigentes, perde popularidade e paga as consequências. Agora somos governados pelas regras do marketing. Você já sabe o que é marketing? Não se trata de vender o que você tem, mas de produzir o que pode ser vendido. — Faz uma pausa entrecortada por um suspiro. — Ah, rapaz, isso não tem mais jeito. Copiamos o modelo dos Estados Unidos, mas só as coisas ruins. Resolvi não dar meu sangue para isso. Conto os anos que me faltam para a aposentadoria e só desejo que eles passem rápido. Não protesto mais, não faço parte da resistência, me bandeei definitivamente para o lado inimigo.

— Mas e aquela história toda de ser chefe de departamento? Você recebeu um convite...

— Nada, nada, nada! — Max sacode as mãos como se espantasse um enxame de mosquitos. — Recusei. Não quero problemas. Estou dizendo a você: a universidade está em ruínas. Se a ruína fosse apenas física, ainda teria cura. Mas é também, e sobretudo, intelectual. Estamos perdidos. Neste momento, é melhor pensar em abrir um restaurante.

Sara não sabia nada sobre a ideia de Max de ampliar o negócio. Gosta dela, embora preferisse ter ficado sabendo de outra forma. Seu marido e seus pés de chumbo, sempre procurando o momento mais oportuno para tudo. Talvez seja esse o problema do pouco contato sexual do casal. É um caso de falta de capacidade. Não se atira se não tem todas (absolutamente todas) as circunstâncias a seu favor, e isso inclui fatores atmosféricos, biológicos, de saúde e emocionais, horários — e, naturalmente, tudo isso é coisa que na idade dele, e com a vida que tem, não acontece quase nunca.

E Oriol, tão imprudente, tão falastrão, egoísta e despreocupado como sempre. Aqueles dois bem que podiam pedir um empréstimo pessoal, pensa Sara, preocupada de repente porque Oriol acaba de cometer um erro imenso, colossal, que no momento não tem consequências. Por sorte, Max é distraído e tem dificuldade de perceber os pequenos detalhes. Não parou para pensar em como Oriol pode estar por dentro da história da chefia do departamento. É óbvio que ele não fez as contas.

E as contas (sem ir mais longe) seriam as seguintes: quando lhe ofereceram o cargo? Em janeiro de 2004. Quanto tempo demorou para dar uma resposta, negativa, depois de pensar muito? Mais de um semestre. A resposta definitiva só foi dada em setembro daquele ano. Quando foi a noite do hotel Arts, a do prêmio, a última vez em que estiveram com Oriol? Em 8 de abril de 2004, quando ainda existia a possibilidade de uma resposta afirmativa, ou Sara achava que existia. Mas na época o convite era um segredo sobre o qual Max não queria falar com ninguém. Nem mesmo com Oriol. Logicamente, não abordou o assunto nos breves dez minutos em que conversou com ele. Talvez porque tivesse pensado que Oriol não iria ouvi-lo — não numa noite como aquela, quando ele tinha acabado de receber o prêmio mais importante a que um chocolateiro podia aspirar e estava exultante e ocupadíssimo.

Então...

Então as peças não se encaixam, mas Max nem se dá conta.

— Veja, Sara respondeu — diz Max, contente, colocando os óculos para ler em voz alta a mensagem da mulher: — "Chego em meia hora; guarde alguma coisa para eu beber." Perguntou se está tudo bem. Vou dizer que sim. É melhor falar da chocolateira só quando ela chegar.

— Podemos dizer a ela que foi culpa minha — diz Oriol.

— Não, não, não, isso não seria justo. Um segundo. — Na testa de Max três rugas paralelas se desenham enquanto ele escreve uma mensagem: — Cer-to-não-de-mo-re-bei-jos. Pronto. Me dê mais Moët & Chandon, vamos.

— Quando sua mulher chegar, vamos estar meio de pileque.

— Melhor assim. Vamos nessa. Até a borda.

As taças se enchem e se esvaziam como num jogo. Os homens ficam calados por um segundo, concentrados nos pensamentos seguintes.

Nesse instante, a brilhante iluminação noturna das torres de Santa Maria se apaga.

— Meia-noite — anuncia Max. — Já é amanhã.

A tela do telefone de Oriol se ilumina com a chegada de uma mensagem. Sara se dá conta de que o telefone está no silencioso, mas que não mudou o número; o que significa que recebeu as outras mensagens, embora não tenha respondido nenhuma. Quer tirar alguma conclusão de tudo isso, mas não lhe ocorre nada. Oriol lê na tela:

Linguarudo

Dá uma olhada disfarçada, rápida, incrédula, procurando Sara. Desliga o celular e o deixa de lado sem se preocupar, como se o que tivesse acabado de ler não tivesse nenhuma importância. Para Sara, dói mais o gesto que o motivo pelo qual ele faz isso. É evidente que, também desta vez, não pensa em responder.

Max estica as pernas e coloca um pé em cima do outro. Cruza as mãos sobre a barriga. Fala com o olhar perdido em algum ponto abstrato do céu noturno. Parece muito tranquilo. E também bastante bêbado.

— Você se lembra daquela vez em Paris? Aquilo sim era beber! Agora não aguentamos mais nada. Ficamos velhos.

— Aquele dia em Paris foi ótimo, é verdade. — Oriol ri enquanto se deixa levar pelas recordações. — Você passava o dia no Louvre, estava obcecado! Não havia jeito de tirá-lo de lá.

— Você não pode imaginar como ficamos impressionados, Sara e eu, em encontrá-lo ali, no Fauchon, com aquele uniforme preto muito elegante, dando ordens àquele exército de ajudantes num francês perfeito. — Oriol faz um gesto de modéstia com a mão, como se dissesse: "Você está exagerando, não era perfeito." — Acho que foi ali que percebemos como você é, que monstro! E que genialidade! E ainda era um garoto! Nós nem éramos casados!

— É claro que não eram casados! Fui informado ali, você não se lembra? Acho que você até tinha decorado aquela frase: "Oriol, precisamos lhe dizer uma coisa. Sara e eu vamos nos casar e gostaríamos que fosse nosso padrinho." Que puta susto!

— Porra, é verdade! Nem me lembrava disso.

— Fui eu quem levou o buquê da noiva. E o entreguei a ela depois de ler um poema.

— Sim, horrível. Quisemos emoldurá-lo, mas era tão ruim que não nos atrevemos.

— Era o verão de 1992. Você lembra que vimos a abertura dos Jogos no meu apartamento de Allée de la Surprise?

— Claro! Caralho, caralho, caralho! Os três espremidos naquele sofá, olhando para aquela televisão minúscula e suando como porcos.

— E comendo bombons.

— Claro! Bombons horrorosos feitos com aquelas coisas estranhas que você estava testando. Alguns nem conseguimos mastigar. E então Sara me disse: "Max, você não deveria dizer alguma coisa ao seu amigo?", e você ficou petrificado, não conseguia nem falar.

— Eu não esperava!

— E então começou a trazer garrafas e mais garrafas, como se tivesse enlouquecido, e acabamos os três bêbados de tanto rir e beber por qualquer coisa. Sobretudo por nós mesmos.

— Daquela noite surgiu a caixa "Triângulo de amigos muito diferentes", embora ainda tenha demorado um pouco para poder torná-la realidade — recorda Oriol, que não consegue evitar pensar que foi uma noite muito boa, apesar de tudo.

— Depois você fez meu bolo de casamento, cara. Meus pais ainda me lembram de como ele era esquisitíssimo e que tinha gosto de colônia.

— Seus pais são americanos! O que você esperava? O chocolate mais vendido nos Estados Unidos é o Hershey's, Max! Isso diz tudo!

— Minha tia Margaret teve indigestão. E enquanto eu a acompanhava ao banheiro, não fazia nada além de perguntar: *"Isn't it too much spicy, sweety?*"*

Riem à vontade, como tinham feito naquela noite num sofá abandonado de um bairro marginal de Paris. As esquinas da rua Argenteria lançam o eco de suas gargalhadas de uma parede à outra, como se estivessem se divertindo com a brincadeira: empurram-no para que pegue velocidade, escale até a cúpula das torres góticas de Santa Maria, entre e saia do campanário enquanto os sinos ainda batem as 12 horas, e finalmente se perca pela rua Espaseria até chegar a Pla de Palau, em busca do som do mar e da tepidez da noite.

Oriol recebe outra mensagem, mas seu riso acusa o golpe.

709

Entende — é óbvio que entende —, mas não o afeta mais.

---

* "Não está apimentado demais, querido?" (N. da A.)

709
———

Na noite que Oriol Pairot recebeu o prêmio mais importante de sua vida, Sara e Max foram os primeiros a chegar. "Para pegar lugar na primeira fila", disse Max, antes de saber que o amigo tinha reservado para eles quatro poltronas no setor de autoridades do Gran Saló Gaudí, onde seria realizada a cerimônia de entrega. Quatro lugares, embora eles só precisassem de três: tinham decidido trazer Pol no carrinho, prevendo que no auge da cerimônia ele ficaria com sono e começaria a chorar e seria muito melhor ter onde deixá-lo. Aina, por sua vez, se comportou muito bem. Durante toda a cerimônia ficou quietinha e muito séria, sem sair do seu lugar, e só uma vez lhe escapou um bocejo tão sonoro que fez o Secretário de Cultura, que estava sentado um pouco à frente, dar um sorriso. Depois, durante o coquetel, comeu tanto e em tal velocidade que passou mal ali mesmo.

Sara fez muito mais relações públicas naquela noite do que durante o resto de sua vida. Voltou a ver Ortega tantos anos depois, e achou que estava mais velho, mas ainda envolvente e generoso como sempre, muito orgulhoso de poder dizer que tinha sido professor da estrela da noite, e talvez também um pouco bêbado, embora não fosse possível afirmar isso. Estava sozinho e usava um terno azul-marinho bastante antiquado.

— Odeio essas coisas — disse. — Se não fosse pelo Oriol, nem teria vindo.

Também reencontrou alguns colegas. Participou de uma discussão bastante acalorada sobre as novas diretrizes europeias, que davam permissão aos fabricantes de chocolate para usar em suas receitas até cinco por cento de gorduras vegetais diferentes da manteiga de cacau. Alguns interpretavam aquilo como uma oportunidade, e outros achavam que era um desastre de proporções extraordinárias. Sara era da segunda opinião, mas não queria se meter em discussões bizantinas. Acabou, sem saber como, participando de uma tertúlia onde estava o diretor da revista *Fogones*, que assim que a viu a convidou para colaborar na publicação escrevendo sobre a história da confeitaria. "Um passarinho me contou que você é historiadora", acrescentou o homem. E Sara, satisfeita, prometeu pensar na proposta com carinho e guardou na bolsa o cartão com nome, e-mail e telefone particular do editor.

Enquanto isso, Max ficou com as crianças, formando uma curiosa ilha no meio do oceano azul e macio do carpete. De longe, avistava a cabeça de Oriol sobressaindo-se na multidão que esperava para cumprimentá-lo. Via-o sorrir, apertar mãos, tirar fotos com senhoras que brilhavam como abajures, falar com personalidades que haviam acabado de lhe apresentar, abraçar o presidente do Gremi de Pastissers, receber os cumprimentos do prefeito ou encontrar-se com cozinheiros famosos que falavam com ele como se o conhecessem a vida toda. Bem devagar, cerca de um passo por minuto, Oriol conseguia avançar até o lugar onde Max o esperava, fazendo o papel de pai de duas crianças pequenas demais para entender o que estavam fazendo ali.

Oriol ia se aproximando, mas não chegava nunca, de maneira que Aina teve uma necessidade urgente e inadiável.

— Papai, quero fazer cocô — anunciou categoricamente.

Max fez aquela pergunta inútil que os pais fazem nesses casos:

— Dá para segurar um pouco?

Mas a menina tinha tudo muito claro:

— Não. Tenho que fazer cocô agora.

Max iniciou uma expedição muito complicada pelos corredores delicados do hotel empurrando o carrinho, do qual pendia uma bolsa cheia de coisas de Pol, e segurando a menina, que não conseguia se aguentar. Foi quase um milagre terem chegado a tempo. Enquanto Aina ocupava um dos banheiros femininos — sem fechar a porta — e oferecia ao vivo a crônica pormenorizada da operação — "Está saindo, papai, está saindooooo!" —, Pol berrava porque aquela intensa movimentação tinha feito com que ele acordasse e agora não conseguia voltar a dormir. Além do mais, tinha sede e sua garrafinha de água lamentavelmente estava vazia. Max o tirou do carrinho, entrou com ele no banheiro masculino, encheu a garrafinha de água e a deu para o filho. Depois de beber com a mesma avidez de alguém que acaba de atravessar o deserto, Pol se aconchegou no peito do pai, apoiou a cabeça em seu ombro direito, fechou os olhos e se deixou embalar durante mais de dez minutos até pegar completamente no sono.

Aina, muito animada, continuava com sua crônica.

— Papai! Fiz um montão! E é verde!

Max dava instruções do lado de fora enquanto algumas usuárias do banheiro, todas vestidas como se esperava num hotel de luxo, o olhavam com grande desprezo, talvez porque fossem o tipo de pessoa que nunca na vida tiveram de ver o cocô verde de ninguém.

— Limpe-se direitinho, querida, jogue o papel na privada e puxe a descarga.

— Sim, papai.

— E lave muito bem as mãos.

— Certo, papai.

A cor verde não era nada tranquilizadora, sobretudo porque a menina estava de novo com a barriga vazia (literalmente) e exigia seu direito de voltar ao Saló Gaudí e continuar devorando canapés doces e salgados com suco de laranja até explodir. Max se sentia no limite de sua resistência física e mental.

De volta ao salão, aproveitou que Pol finalmente dormia e que Aina comia, com toda a pressa, tudo o que iam colocando a seu alcance, para conversar com Oriol durante dez minutos. Felicitou-o com um abraço sincero e apertado, disse que Sara e ele estavam muito orgulhosos de tudo o que o amigo havia conquistado e lhe apresentou seus filhos, que não estavam em seu melhor estado. Aina tinha o olhar sonolento e Pol estava vermelho como um morango, suado como um leitãozinho e dormia como uma pedra. Oriol lhe perguntou como ia o trabalho, e Max fez um breve resumo de seus últimos 15 anos no departamento de Bioquímica de Alimentos da Faculdade de Ciências Químicas da Universidade de Barcelona, dizendo:

— Tudo na mesma.

Depois Oriol observou que era uma pena não poderem conversar por mais tempo, pois tinham muita coisa para debater e perguntou se na noite seguinte ele teria um tempo disponível, porque iria se livrar finalmente dos compromissos durante algumas horas e talvez pudessem aproveitar para...

— Amanhã? Não, impossível — disse Max. — Amanhã vamos ao Liceu, e você sabe que isso é sagrado. — E diante da possibilidade de ter parecido excessivamente rude, acrescentou: — Por que não vem com a gente?

— Ora, que é isso! — Oriol afastou a ideia com grandes gestos. — Não entendo nada de ópera.

— Não há nada para entender, Oriol. A música é uma linguagem universal.

— Não, não.

— Além do mais, amanhã vão tocar Donizetti. Bem fácil, até mesmo para um inculto como você.

— Na próxima vez, está bem? — falou ele, que não conseguia suportar a ideia de se sentir estranho em lugar nenhum. E em seguida partiu, porque uma senhora de tailleur veio sussurrar em seu ouvido que a imprensa estava esperando. Com boa-fé, disse ao amigo: — Espere-me aqui, volto logo.

Mas Max não esperou, porque sabia como funcionam essas coisas, embora fizesse parte do time dos pacientes do mundo, aqueles que sempre esperam que os outros terminem. Então Aina disse que sua barriga estava doendo muito de novo, e ele decidiu que já tinha visto o suficiente. Procurou Sara, que conversava, muito feliz e de forma muito elegante, com uma taça de cava* na mão, com alguns dos confeiteiros mais importantes de Barcelona e disse para ela não ficar preocupada com nada, mas que estava indo para casa.

— Então eu vou com você — disse ela.

— Não, não, você fica. Para você esse pesadelo de reunião é um compromisso profissional. Eu vou porque as crianças estão insuportáveis, então tenho uma desculpa perfeita.

— Tem certeza?

— Claro que tenho. Não diga mais nada. Se acabar muito tarde, pegue um táxi, por favor. Nem pense em voltar andando. Peça para chamarem um para você, na recepção.

— Certo — Sara pensou mais uma vez na sorte que tinha com aquele homem. Com qualquer outro, as coisas teriam sido bem diferentes.

— Aproveite — disse Max antes de partir, empurrando o carrinho com uma das mãos e dando a outra a Aina, que ia cumprimentando todo mundo como se fosse uma princesa de verdade.

Sara não conseguia evitar uma sensação estranha no estômago ao ver sua família se afastar, mas por sorte aquilo se dissipou quando os perdeu de vista e o presidente do Grêmio disse que o *praliné* da Casa Rovira era o melhor de Barcelona, acrescentando

---

* Variedade de champanhe da Catalunha. (*N. do T.*)

que todos os anos comprava ali os torrones para enviá-los ao presidente da Generalitat, como presente pessoal.

Os políticos, que tinham outorgado ao evento um toque de solenidade institucional, já estavam acabando de se retirar. Os convidados obrigatórios passeavam pelo vestíbulo, querendo concluir as conversas de uma vez, ir para casa e parar de sorrir para todo mundo. Ali só restavam os quatro colegas e alguns amigos que estavam há muito tempo sem se ver. Oriol ia e vinha, um pouco mais relaxado, no meio dos jornalistas e bajuladores, mas era difícil detê-lo. Sara chegou a pensar em ir embora quando recebeu uma mensagem no celular. Uma mensagem de Oriol, que dizia:

709

A despedida demorou algum tempo, embora não pretendesse ser exaustiva, mas correta. Sara mandou lembranças através de alguns dos presentes para aqueles que não tinha conseguido encontrar, como o presidente do Grêmio, com quem se sentia em dívida. Saiu do Gran Saló Gaudí muito excitada, como em todas as vezes que estava prestes a se encontrar a sós com Oriol. Perdeu-se num corredor muito longo tentando achar os elevadores e teve de voltar e perguntar a um garçom, que a levou ao lugar correto e até apertou o botão do sétimo andar para ela. "Se eu pretendesse assassinar Oriol, este homem seria uma testemunha de acusação perfeita", pensou.

Toda a operação, desde o momento em que tinha recebido a mensagem até o elevador permitir que ela desembarcasse no sétimo andar, durou uns 12 minutos, tempo que Oriol considerava uma eternidade, por isso ela percorreu o último trecho do corredor, entre os quartos 703 e 709, correndo nos saltos altos. A porta do 709 foi aberta antes que ela batesse. Do outro lado, Oriol a esperava ainda vestido com o smoking da cerimônia e com aquele sorriso de picardia nos lábios. Pressionou-a contra a porta assim que a fechou e lhe deu um beijo voraz e agressivo. Ele era muito mais alto que ela, apesar dos sapatos de salto, e para beijá-la tinha de se abaixar um pouco. Era como um inseto devorando sua última vítima do jantar. Sara se livrou dos sapatos, deixou a bolsa no chão e exalou um longo suspiro. Como em todos os seus reencontros com Oriol, tinha aquela sensação de ter sentido dolorosamente sua falta e, portanto, uma necessidade imperiosa de fazer algo que a compensasse. Sem afastar seus lábios dos dele, tirou o vestido pelos pés. Estava usando uma calcinha que havia comprado poucos dias antes pensando nele e um sutiã sem alças que deixava expostos seus ombros ainda tentadores. Oriol se atirou sobre eles com fúria de predador, de vampiro. Os ombros, o pescoço, o queixo, e outra vez os lábios de Sara. Os lábios de Sara Rovira, com os quais mil vezes sonhou. Ela envolveu a garganta dele com as mãos, como se quisesse estrangulá-lo, enquanto apoiava os polegares no pomo de adão — aquilo ainda era uma tentação, envolvido de pele clara, áspera e suave ao mesmo tempo, que lhe lembrava muito a barriga de um réptil. Agora que havia descido da altura de seus saltos, o pomo de adão de Oriol ficava exatamente na altura de seus olhos, uma posição perfeita para o ataque.

— Um momento, ainda não estou inteiramente livre. Tem um grupo de jornalistas franceses me esperando — resmungou ele, com a respiração alterada. — Por que você não serve uma taça e me espera na cama? Não vou demorar.

— Vamos ver. Se você demorar, vou acabar dormindo.

— Se você dormir, eu dou um jeito de te acordar.

Oriol levou mais de duas horas para voltar, e Sara teve tempo para tudo. Para explorar o quarto, que era uma suíte de luxo de dois andares, com uma vista maravilhosa para o porto olímpico e para o mar. Era uma pena que fosse de noite e também que não pudesse acordar diante daquela vista. Depois contemplou seu reflexo no espelho durante um bom tempo, admirando as pequenas marcas que os dois partos haviam deixado em seu corpo ainda jovem e flexível. Cheirou todos os frascos do banheiro, tomou uma ducha e usou para se enxugar um dos dois roupões com o logotipo de hotel. Serviu-se uma taça, como Oriol lhe sugerira, de uma garrafa que esperava num balde de champanhe aos pés da cama e a abandonou quase sem tocá-la assim que se enfiou entre os lençóis. Ficou bem quieta, ouvindo a própria respiração e as batidas de seu coração impaciente, constatando que todos os passos amortecidos que se aproximavam pelo corredor eram capazes de excitá-la.

De repente se lembrou de Max e ligou para casa querendo saber como estavam as coisas. Como sempre, a voz do marido a tranquilizou. Está tudo bem, disse ele. As crianças estavam dormindo e ele estava lendo na sala, esperando o sono chegar. O único contratempo era que Aina estava com indigestão: tinha ido não sabia quantas vezes ao banheiro e tomado uma colher de sopa daquele remédio milagroso, e por isso Sara não precisava se preocupar com nada.

— E você? Ainda está aí? — perguntou Max.

— Sim — respondeu ela —, a coisa aqui vai longe. Entramos numa dessas discussões bizantinas.

Max não pediu nenhuma explicação — se tivesse perguntado qualquer coisa, Sara não teria sabido o que dizer e talvez ficasse muito nervosa — e só repetiu o "aproveite". Desta vez acrescentou mais uma palavra: "Aproveite, *mamãe*."

Depois de desligar, sentiu uma grande preguiça. Oriol estava fora havia mais de uma hora e certamente não poderia demorar mais. Os chatos dos jornalistas deviam tê-lo entretido. Normalmente Oriol evitava o máximo possível contato com a imprensa, mas naquela noite ele se via na obrigação de ficar bem com todo mundo, da mesma maneira que ela se via na obrigação de esperá-lo até que terminasse. Era o preço que se pagava por ser um homem famoso e por ela ser a amante clandestina desse homem. Ela achava justo.

Cobriu-se com o edredom de penas, que cheirava a coisa limpa e cara, e de repente se lembrou daquele outro quarto 709 de Paris. A recordação surgiu com a intensidade de um clarão. Era mesmo o 709? Por que tanta clareza, de repente? Não havia se lembrado até aquele instante, mas devia reconhecer que a coincidência era incrível. 709. Quanto dá sete mais nove? 16. 6 + 1. Ou seja, sete. O sete é seu número de sorte, ou pelo menos sempre achou que fosse, desde menina. É uma bobagem, mas não consegue se esquecer de que Aina nasceu num dia sete, que ela nasceu de sete meses, que os anos que terminam em sete foram bons para ela e que naquele momento estava no sétimo andar do melhor hotel da cidade esperando o homem que mais desejava no mundo.

Sara pensou naqueles objetos que o mar arrasta para as praias e que ninguém sabe de onde vêm, nem o que são. Achou que o número 709 era como um desses tesouros inexplicáveis. E pensou também naquele outro 709 do hotel Madeleine de Paris — agora tem certeza de que era o 709 —, onde tinham sido furiosamente felizes. Foi no mesmo ano das olimpíadas de Barcelona, Oriol era o responsável pela chocolataria da casa Fauchon e Max e Sara eram dois turistas bastante típicos numa cidade onde havia muita coisa para ver.

Max enlouquecia nos museus parisienses. Quis ir ao Louvre três dias seguidos, nem assim se cansou de quadros, esculturas e múmias. Parava diante de cada obra no mínimo 15 minutos. Queria saber de tudo, ler tudo, ver tudo de perto, de longe, e outra vez de perto. No segundo dia, Sara lhe pediu, por favor, que fosse sozinho, e ficou dormindo na casa de Oriol. Acordou já era quase meio-dia e encontrou uma grande garrafa térmica com café na mesa da cozinha, ao lado de uma cestinha de croissants com muita manteiga e um bilhete em que Oriol dizia: "Se alguém não tiver nada para fazer na hora do almoço, me ligue no..." e o número do trabalho. Enrolou até a uma da tarde. Remexeu algumas gavetas procurando pistas da passagem de alguma mulher pelo apartamento, mas não encontrou nada. Aparentemente, as francesas não despertavam o interesse de Oriol. Depois se vestiu e pegou o metrô que levava à praça de Madeleine. Assim que chegou à superfície percebeu que, justo ao lado do sofisticado e caríssimo estabelecimento onde seu amigo trabalhava, havia um hotel. Como se houvesse planejado tudo de antemão, entrou na recepção e perguntou se havia um quarto duplo livre com "cama de casal" e quanto custava.

— *Oui, madame* — respondeu o funcionário, com um sorriso de amabilidade nada forçada, antes de lhe pedir o passaporte.

Uma vez no quarto, pegou o telefone da mesinha de cabeceira e discou o número que Oriol tinha lhe dado. Sugeriu que pedisse licença pelo resto do dia usando uma desculpa qualquer e disse que estava esperando por ele no quarto 709 do hotel ao lado.

— Nuazinha — acrescentou.

Oriol só respondeu, completamente dissimulado:

— *Oui, madame, naturellement.*

Chegou em meia hora. Trazia uma caixa com quatro docinhos e uma ereção que prometia uma tarde excelente. Assim que a viu, disse:

— Você ficou louca.

Ela lhe deu razão enquanto o beijava.

Foi a melhor tarde que já tinham passado juntos. Era apenas a segunda vez, mas a espera, a recordação e o desejo fizeram o resto. Desde aquela vez no quarto de Sara, havia se passado uma eternidade de dois anos.

Deitada na cama, de lado, com a cabeça pendendo, o cabelo varrendo o carpete, os joelhos nos ombros de Oriol e o sangue pulsando nas têmporas, Sara invejava o vigor de suas investidas, aquela força e atividade com que a natureza distinguiu o sexo masculino. Teria gostado de poder experimentar como é possuir os atributos masculinos durante um tempo, saber o que se sente durante a penetração ou durante o orgasmo. *La petite mort*, como dizem os franceses. Uma pequena morte, que devia ser muito diferente da sua e que nunca — que impotência misteriosa! — poderia experimentar.

Quando terminaram, deitados na cama no sentido correto, comeram os docinhos — dois de limão e dois de chocolate —, muito bem alinhados dentro da caixa. Quatro, dois para cada um, acompanhados de uma garrafa de vinho branco que haviam se esquecido de colocar no minibar e que não estava suficientemente fria. Depois recomeçaram. Achavam que dessa vez tudo seria mais lento, mas mudaram de opinião quando um dedo intrometido escorregou distraidamente entre as nádegas dela e começou a tatear novas possibilidades.

— Você me deixa entrar aqui algum dia? — perguntou Oriol.
— Algum dia? — Riu ela. — É preciso pedir permissão a alguém?
— E se você não gostar?
— Se você fizer, eu vou gostar.
— E se eu te machucar?
— Então eu grito.
— Não tem medo?
— Tenho, por isso quero que faça.
— Agora?
— Você já está demorando, Oriol Pairot.

Oriol ficava louco com tudo o que Sara fazia ou dizia. Ninguém, ninguém (definitivamente: ninguém mesmo) era como ela na cama. Sua capacidade de recuperação física teria matado de inveja o homem de 43 anos que não demoraria muito a ser, mas Sara também contribuía muito. Era boa. Muito boa. Provocava-o. Fazia dele outra pessoa.

— Você também fala essas coisas pro Max? — perguntava Oriol.
— Cale a boca, seu tonto. Não se pergunta uma coisa dessas.

A segunda parte da tarde foi ainda melhor que a primeira. Só se tem uma oportunidade de fazer as coisas pela primeira vez na vida, e eles souberam aproveitá-la bem. Depois de uma tarde tão ativa e de múltiplos orgasmos, como cabe imaginar tratando-se de dois corpos tão jovens como os deles, os dois precisavam se refrescar um pouco.

— Toma um banho comigo? — perguntou Oriol com um sorriso encantador, colocando a cabeça para fora do banheiro.

E ela, dócil, o seguiu.

— Pode ensaboar minhas costas? — pediu Oriol.

E ela as ensaboou.

— E agora na frente?

E ali também.

— Feche os olhos. — E, na escuridão, sentiu as mãos dele, que a ensaboavam com tanta lentidão como se o tempo tivesse deixado de importar, como se aquilo não fosse terminar nunca, e talvez tivesse sido assim, porque Oriol voltava a enredar seu desejo no corpo de Sara e de novo respirava com dificuldade e ela sorria, feliz de causar efeitos tão evidentes.

— Ainda não teve o suficiente? — sussurrou ela em seu ouvido.

— De você, jamais — respondeu ele.

Estava esgotada, mas se esforçou para continuar.

— Se você quer que eu pare, só precisa me dizer — acrescentou Oriol.

— Nunca vou lhe dizer para parar. — Foi sua resposta.

Queria que ele continuasse, claro que queria. Sara havia decidido que nunca negaria nada a Oriol. Por isso começaram de novo, debaixo do jato de água, ela se agarrando com toda força num toalheiro que estava no melhor lugar possível de imaginar e ele se equilibrando para não escorregar e cair de bruços. Antes de terminar, quando ela enlaçava com suas pernas e braços o corpo palpitante dele e o nariz de Oriol roçava sua orelha, houve pela primeira vez uma ligeira mudança de roteiro.

— Como senti sua falta, meu Deus! — sussurrou Oriol.

E ela riu ao dizer:

— E por quê? Estou sempre aqui.

Foi a único momento de fraqueza e só a segunda vez em 13. Sara sempre fazia contas, era sua especialidade. Sem contar aquela noite do prêmio, a que ainda não havia chegado e que esperava com enorme excitação, deixando-se agitar pelas recordações. Voltando a Paris: enquanto ela secava o cabelo com o secador de mão, Oriol perguntou:

— Você vai dizer a Max que passou a tarde onde?

— Com você, claro — respondeu com uma naturalidade tão lógica que acabou de assentar as bases do que seria sua vida, a vida dos três, dali em diante.

E não estava nem um pouco enganada, como costumava acontecer.

Oriol chegou tardíssimo ao quarto 709 do hotel Arts, cansado de se fazer de simpático com pessoas que achavam que o conheciam apesar de não saberem nada a seu respeito. Interpretou bem o papel que lhe cabia: o papel do homem que finge ser aquele que os demais querem que ele seja. Exaustivo. Quando entrou no quarto, encontrou Sara dormindo como um bebê. Aproveitou para se livrar do smoking e dos sapatos, tomar a taça que ela havia abandonado. De pé diante das janelas, pensava no que fazer, se deveria deixá-la dormir ou acordá-la. Resolveu acordá-la: não queria que Max ficasse mais preocupado do que deveria se ela não voltasse para casa antes do amanhecer. Tirou a cueca — de grife —, deslizou entre os lençóis e deixou cair uma das mãos, grandes e quentes, na cintura de Sara. Ela se remexeu um pouco, ainda adormecida, abriu as pernas, sorriu. Oriol se aferrou ao seu corpo pequeno e o virou. Conhecia cada centímetro dele, sabia o que tinha de fazer. E desejava fazer. Pressionou um pouco o ventre, sentiu as nádegas de Sara roçando sua pele, procurou a vagina dela por trás e entrou nela com a facilidade de quem conhece bem o caminho.

Sara soltou um longo gemido, com os olhos fechados, como se estivesse sonhando, como se sofresse (mas não muito), e não moveu nem um músculo. Seu corpo era delicado como o de uma boneca de pano e estava, como sempre, a serviço do desejo de Oriol, que também era seu desejo. Enquanto sua respiração acelerava, Oriol afundou o nariz em seu cabelo e disse:

— Esta noite eu não conseguia parar de olhar para você. Estava linda.

Sara sorriu ainda mais, sempre com os olhos fechados, feliz com o que estava acontecendo. Apesar de já ter passado tanto tempo, eles ainda se mantinham em forma. Não eram mais aqueles jovenzinhos de 20 anos, mas agora tinham mais a oferecer do que naquela tarde em Paris. A vida nos dá ímpeto, coragem, força e insensatez quando não tem outra coisa para oferecer. A experiência é uma espécie de sabedoria, e, como tudo que é valioso, a gente vai conquistando lentamente. Agora os dois eram sábios, embora também mais cautelosos.

— Queria que você estivesse ao meu lado — acrescentou Oriol.

— Eu estava. Sempre estou — respondeu ela, fingindo não ver uma estranha careta de inconformidade nos lábios do grande protagonista da noite.

Uma vez, muitos anos antes, ela tinha lhe confessado:

— Você em cima de mim, metendo com toda a força, durante aqueles três ou quatro segundos de abandono total e absoluto que antecedem o orgasmo. É uma imagem que me lembra o melhor dos mundos. A juventude, a felicidade, a plenitude, a alegria e a vontade de viver. Prometo evocar essa imagem no meu leito de morte, quando deste corpo que você possuiu só restarem despojos. E vou levá-la comigo para o além, como o melhor presente que a vida me deu.

Continuava pensando assim, apesar do tempo transcorrido.

No quarto 709 do hotel Arts, o sexo foi esplêndido, como sempre. Talvez os anos tivessem lhes ensinado a ser um pouco mais sensatos. Não gritavam mais como antes, e Oriol só estava pronto para outra depois de algumas horas. Isso sim havia mudado: agora as sessões duplas eram absolutamente impensáveis. E as triplas, menos ainda.

Oriol serviu uma bebida, ela se cobriu com o roupão de banho do hotel, sentaram-se diante do mar escuro e ficaram bebendo em silêncio.

— Você sabe que eu tenho uma passagem de avião sobrando? — disse ele de repente. — E de primeira classe! O pessoal do prêmio achou que eu vinha acompanhado e me enviou duas. Você vem comigo?

Ela olhou para ele estreitando a vista, tentando encontrar alguma ironia em seu tom de voz. Não havia.

— Aonde você vai desta vez?
— A Tóquio.
— Acho Tóquio um pouco longe, Oriol.
— Você nunca ficou tentada a deixar Max?
— Nunca.
— Nem no começo?
— Não.
— Nem quando transar comigo de novo?
— Menos ainda.
— Nem quando, depois de transar comigo, tem de se enfiar na cama com ele? Agora você vai me fazer acreditar que se dá tão bem na cama com Max quanto comigo?
— Não quero que você fale assim do Max. Ele não merece.

Um silêncio de concordância, para permitir que as coisas voltassem ao lugar, para que o que não deveria ter sido dito se diluísse no silêncio.

— Você vai ter de ir embora daqui a pouco, não é mesmo?
— Daqui a pouco? São quase cinco da manhã!

Um último gole antes da última proposta:

— Toma banho comigo?

Enquanto ele entrava no banheiro e abria o chuveiro, Sara, diante das janelas, petrificada de pânico, pensava nas consequências de suas ações. No quarto 709 do hotel Madeleine, a ducha, as palavras ao pé do ouvido que ainda não haviam se apagado completamente, as passagens de primeira classe para Tóquio, a passagem dos anos, o assento vazio ao lado de Oriol, seus dois filhos, Max esperando por ela adormecido na poltrona de leitura.

Era mais tarde do que nunca quando decidiu que daquela vez Oriol tomaria banho sozinho. Não teve coragem de se despedir. Teria sido muito triste, muito ridículo. Não teria encontrado as palavras adequadas. Vestiu-se em silêncio, pegou suas coisas e saiu.

Voltou para casa andando, mas parou no cais de Marina, só por um momento, para sentar-se, olhar o mar e se acalmar um pouco. Tinha a cabeça e o coração cheios de problemas sem solução. Dúvidas não, nenhuma dúvida. Sempre soubera o que queria fazer: voltar para casa, para o marido. Mas isso não significa que naquele instante, às quinze para as seis da manhã de uma quinta-feira do mês de abril do ano de 2004, tivesse vontade de fazer isso.

Chegou em casa depois do amanhecer, com uma bolsa de *ensaimadas* recém-preparadas que a gerente ainda não havia colocado na vitrine. Encontrou Max dormindo na poltrona de leitura, com a luz acesa. Tomou uma chuveirada, preparou dois chocolates na xícara e o acordou tão amorosamente como pode, para lhe dizer que o café da manhã estava na mesa.

— Como foi a noite? — Quis saber ele.
— Maravilhosa.
— Você aproveitou?
— Muito.
— Fico feliz, mamãe.

As semanas seguintes foram insuportáveis. Sara decidiu que a melhor maneira de enfrentar suas contradições era se fechar nela mesma. Tudo que Max fazia a irritava: ela não conseguia suportá-lo, cada palavra que saía de sua boca a incomodava, mas era suficientemente madura para perceber que o pior defeito de seu marido era não ser Oriol Pairot. Falava o mínimo para não feri-lo, para não dizer nada que fosse inconveniente. Enquanto isso, esperava que passasse aquele peso que carregava dentro dela e que não a deixava respirar. Tinha virado um monstro. Max demonstrou que tinha uma paciência infinita.

Demorou mais de dois meses para não ficar olhando o celular o tempo todo. Esperava alguma notícia de Oriol, alguma súplica, alguma crônica de seu próprio desconsolo, que necessariamente haveria de ser muito parecido com o dela. Mas nada aconteceu. Só silêncio e mais silêncio. Talvez tivesse ficado aborrecido com a maneira como ela tinha saído do quarto 709. Talvez não estivesse tão abalado quanto ela. O silêncio se prolongou durante mais de oito anos, o que só podia significar duas coisas: que na verdade estava muito aborrecido, ou que já não se lembrava dela. Qualquer das duas opções era insuportável. Por mais tempo que passasse, a dor provocada por sua ausência voltava com muita facilidade. Era como o desejo, sempre vivo, sempre ali. E assim, até aquela noite diante da televisão, depois do jantar, quando Max levantou os olhos do livro sobre os riscos do polimorfismo e lhe disse, como se fosse a coisa mais normal do mundo:

— Ah, mamãe, ia me esquecendo! Sabe quem me ligou? Quando lhe disser você não vai acreditar. Pairot. Disse que está em Barcelona e que vai estar livre depois de amanhã, à noite. Convidei-o para jantar. Não é legal? Não tem vontade de vê-lo? Faz tanto tempo que não nos encontramos!

Sara já estava abandonando seu observatório clandestino quando tornou a se sentar. Foi justamente no momento que Max disse:

— Oriol, tem uma coisa que eu gostaria de lhe contar, agora que o vejo tão apaixonado por Hina e que finalmente fez alguma coisa de útil com sua vida.

Um preâmbulo como esse garante a atenção do auditório. Ninguém ousaria ir embora antes de saber o que Max tem a dizer. Oriol espera que o amigo fale. Sara, atrás da cerca, escuta.

— Olha, não quero parecer teatral. Você já sabe que não sou adepto a fazer nem de aturar discursos enfáticos. Também não quero bancar o misterioso. Só quero lhe dizer é que sei há muito tempo que a Sara e você mantiveram durante anos uma série de encontros sexuais. Se não me engano, o último foi no hotel Arts naquela noite do seu reluzente prêmio. Espere, não diga nada, estou só começando. Faça o favor de se servir de mais um pouco de vinho. Não quero que ache que estou esperando por uma desculpa, ou que agora vou puxar uma arma ou ter alguma daquelas atitudes insensatas que os maridos gostam de ter nos romances. Sou uma pessoa de carne e osso, Oriol, com jeito de bobo, e tive muita sorte que alguma vez você tivesse dado a Sara aquilo que eu nem sabia que ela precisava. As coisas são complicadas, e o passar do tempo não as torna mais fáceis. Não sei se acontece com você alguma coisa parecida, mas, com os anos, eu tenho percebido que vou ficando estranho, como se minha composição se adulterasse, não sei se estou me fazendo entender. Você é um sujeito carismático, rico, famoso, bonito. Também é, sim, insuportável, mas acredito sinceramente que suas virtudes compensam esses defeitos, pelo menos aos olhos das mulheres. E o que você quer? Nos últimos anos não vimos nem sombra de você, e eu me acostumei muito a ter a Sara, que é uma mulher maravilhosa, só para mim. Não que eu seja idiota a ponto de pensar que as pessoas possam pertencer umas às outras, não é isso, claro que não. Sara não é sua, nem minha, nem de ninguém. Só que, nos últimos tempos, eu senti uma emoção inédita ao acreditar que ela queria estar comigo, nesta casa, porque na vida a gente chega a uma idade em que o que você fez começa a ser mais importante que aquilo que ainda poderia fazer. Por isso quero lhe fazer uma pergunta, Oriol, se você não achar inconveniente responder com a mais absoluta sinceridade. Eu gostaria de saber, naturalmente até onde você possa prever, se acha que o seu casamento pode representar para mim uma esperança mais ou menos firme de ter minha mulher só para mim.

Oriol fica mudo. Não encontra palavras. Suas mãos tremem.

— Você não vai dizer nada, Oriol? Talvez ainda não se atreva a fazer previsões?

— Não sei...

— Estou vendo que ficou afetado pelo que acabei de lhe dizer, mas dá para ser um pouco menos lacônico em sua resposta, rapaz?

— Acho que não dá para eu me sentir um nada ainda menor do que agora. Nada vezes nada! Porra, Max, o que você está me dizendo? Então... Então você sempre soube de tudo?

— Tudo, cara, tudinho... Para ser sincero, nunca tive interesse em saber tudo. Tem coisa que é melhor não saber, você não acha? Estar muito informado é quase sempre ruim. Além do mais, talvez a palavra *saber* não seja a mais adequada. Às vezes tinha uma suspeita, *a priori*, quando ela inventava desculpas que eu nunca lhe pedia só para poder ficar sozinha com você. Sabe? A superinformação cheira mal. Outras vezes, as suspeitas chegavam *a posteriori*, quando ela voltava para casa com aquele ar de quem tinha cometido uma travessura, e estava tão linda, e passava uns dias um pouco arisca e fingindo que tinha muita coisa para fazer, mas depois isso passava e ela voltava a ser a mesma de sempre. Às vezes eram besteiras. Eu as percebia porque sempre fui um bom observador e porque, de tudo o que há no mundo, sempre preferi observar Sara. Por exemplo: quando percebia alguma novidade na cama, sabia no mesmo instante que eu não tinha sido a inspiração. Quando ela comprava uma lingerie nova apenas alguns dias antes da sua chegada, tinha certeza de que não era para mim. Não posso mencionar todos os exemplos, eles são muitos, e além disso não têm nenhuma importância. Faz muito tempo que esqueci a maior parte deles. Mas acho que você vai entender o que eu estou falando, não é mesmo? Vamos, não faça essa cara. Você acha mesmo que estou falando tudo isso só para você ficar com essa cara de peixe?

— Você me deixou petrificado, Max. Estou envergonhadíssimo. Não sei nem o que dizer.

— É que você não tem de dizer nada, cara! Nem vejo por que tem de se envergonhar, a essa altura. Para mim não mudou nada. Não espero nada de extraordinário, a não ser isso: que a gente converse como dois homens que se estimam e que respeitam um ao outro. Somos amigos há 23 anos. Se alguma coisa ficou clara para mim, é que eu mereço um pouco do seu respeito. É muito mais do que podia esperar de uma situação como esta. E, quando analiso friamente, percebo claramente que nunca tive a menor chance de competir com você. Você não se lembra? No primeiro dia eu estava tão apaixonado por ela, mas ela só tinha olhos para você. Eu era um caso perdido! Era um completo idiota, só conseguia ficar vermelho quando ela falava comigo. Um desastre total. Se não fosse por você, Sara teria passado direto, sem me perceber.

— Por mim? Mas o que você está dizendo, cara? Ora, vocês não começaram a sair quando eu estava na França?

— Sim, porque era a única maneira que ela tinha de continuar perto de você. Claro que dei uma acordada, era só o que faltava. Me atrevi a sugerir coisas (ela sempre me dizia não), roubei-lhe uns beijos, ela ficava tão irritada que às vezes eu achava que ia me bater, e acho que na primeira vez que dormi com ela até cheguei a surpreendê-la, embora nem de longe como ela me surpreendeu. Acredite que tive de me esforçar para não desabar. Só comecei a fazer o que queria quando a convidei para assistir a minha defesa de tese diante da banca. A história dos polimorfos fez um sucesso imprevisto, brutal! Ela gostou muito mais da minha vertente intelectual do que de qualquer outra. Eu devia ter imaginado. As mulheres ficam loucas pelos homens bonitos e atirados como você, mas sempre acabam com os chatos e intelectuais como eu. E você sabe por quê? Porque, mais cedo ou mais tarde, um sexto sentido as avisa que passamos muito mais tempo fora da cama do que nela. Claro que a Sara se saiu melhor do que a maioria. Escolheu nós dois, cada um em sua especialidade. Você sabe tão bem quanto eu que ela sempre foi muito inteligente. Muitas mulheres deveriam fazer o mesmo.

— Não diga isso, Max. Ela ficou com você, com todas as consequências. Quando fiquei sabendo, odiei você durante uma temporada.

— Sério? Pois acho que a Sara gostaria de saber disso, porque eu diria que está convencida de que ela nunca foi nada para você. Quero dizer, nada além de uma mulher fácil com quem você transa cada vez que resolve sair da rotina. Estou usando as palavras que ela usaria, não me leve a mal. Para mim, Sara foi tudo, menos fácil.

— Pois olhe, se você acha isso, está enganado.

— Eu já suspeitava, Oriol, mas não podia lhe dizer, claro. Quero dizer que suspeitava que você também tivesse se apaixonado por ela em algum momento. De fato, custo a entender como todos não se apaixonam por ela, porque ela é única, e isso a gente enxerga de longe. Você se apaixonou à sua maneira, é claro, e foi levado pelas circunstâncias a disfarçar, mas eu sabia que você também a amava. Sabe que às vezes eu tinha vontade de dizer a ela? Só para vê-la mais feliz, mas não podia de repente levantar os olhos dos meus livros e dizer, sem mais nem menos: "Vamos, Sara. Vamos, mulher, não sofra tanto. Oriol também a ama e agora deve estar tão arrasado quanto você, sentindo sua falta a cada milésimo de segundo, relembrando até o último detalhe sua última tarde de sexo e contando os dias que faltam para voltar a vê-la." Quem sabe se ela soubesse... Ah, Oriol, rapaz, se ela soubesse! Acho que as coisas não teriam sido iguais para mim. Olha, sabe o que mais? Retiro o que disse. Não teria dito nada a ela, de jeito nenhum. Se Sara tivesse me trocado por você, não sei o que eu teria feito. No fundo, tudo isso funcionou porque sempre tive certeza de que ela não iria me deixar. Ou quase sempre.

— Eu acho que ela nunca quis...

— Olha, no fundo isso não tem tanta importância. Também não foram muitas vezes, não? Em quantas ocasiões vocês estiveram juntos, exatamente? Você contou?

— Para falar a verdade, não.

— Ah, ora, que curioso. Eu diria que Sara, sim, contou. É uma pena que eu não possa perguntar a ela. Mas eu acho que sei. Diria que foram 14, contando a última. Talvez tenha deixado escapar alguma, mas não, não acredito. Quatorze, é isso. Tenho certeza. Se pudesse perguntar à minha mulher, ela confirmaria e o deixaria espantado. Naturalmente, espero que você não diga nada a ela sobre tudo isso...

— Claro que não. É você quem eu acho que...

— Não, eu não pretendo dizer nada.

— Não pretende?

— Entendo que você possa achar tudo isso um pouco estranho. Sim, é um pouco estranho, não vou negar. Mas não quero correr o risco de fazer qualquer coisa mudar. Uma coisa dessas faria a temperatura subir de uma forma incontrolável, e você está cansado de saber que as consequências de um aumento incontrolável de temperatura são imprevisíveis. Você deve saber qual é o arco perfeito de temperaturas necessário para que a manteiga de cacau dê lugar ao melhor chocolate possível, não é mesmo? Quarenta e cinco, 27, 32 graus centígrados. Bem, talvez pudéssemos ser mais sutis, mas no fundo o que acabo de dizer é verdade. Acima ou abaixo dessa temperatura, mesmo que seja meio grau, só obtemos desastres. O chocolate, como as pessoas, é uma microestrutura extremamente complexa, por isso é melhor fazer as coisas como devem ser feitas, e não mexer em nada. Está me entendendo agora? Não quero mudar minha relação com a Sara. Eu a amo como ela é, encantadora, perfeccionista, arrogante, contraditória, às vezes até muito desagradável, sempre atenta ao que acontece comigo, sempre dedicada à família, mas com essa distância de quem sabe que poderia ter abandonado tudo há muito tempo e, no entanto, nos fez um favor, se sacrificou por nós, e ficou. Não quero uma Sara que queira se emendar, submissa, envergonhada e culpada. Uma mulher assim não seria a nossa Sara, você não acha? A *minha* Sara.

Oriol sente a cabeça rodar quando a campainha toca de repente. Max se levanta como se não tivesse acontecido nada, ajeitando a barra da camisa, e diz:

— Chegou! Vá abrindo o absinto, pois temos muito a celebrar. E, pelo amor de Deus, Oriol, rapaz, você quer fazer o favor de mudar essa cara? Ela vai achar que alguém morreu.

Oriol respira fundo, enche os pulmões de ar fresco, como os nadadores que estão prestes a pular na piscina e pretendem bater o recorde mundial. Anda pelo terraço para controlar os nervos. Olha o perfil vigilante das duas torres de Santa Maria, agora às escuras. Então percebe que a cerca que separa o terraço da varanda do vizinho está cheia de buracos e pelo maior deles é possível ver a casa vizinha. Agacha-se e espia o panorama. Sente uma enorme vergonha só de imaginar que alguém possa ter ouvido a conversa que tinha acabado de acontecer. Mas não, respira aliviado: no outro lado só há escuridão e uma cadeira vazia. A persiana da janela está levantada, mas não parece haver vivalma no apartamento.

— E está muito quebrada? Será que vai dar para consertá-la? — A voz de Sara se aproxima da sala de jantar.

As mãos de Oriol tremem, e ele as esconde nos bolsos, tentando parecer um homem ainda mais atraente.

— Tenho certeza que sim — diz Max. — Confie em mim.

— Está bem.

Quando Sara aparece no terraço, toda vestida de preto, com o cabelo preso, Oriol pensa que ela está mais bonita do que nunca. Acha que poderia desenhar centímetro por centímetro cada detalhe de seu corpo, que ele ainda deseja. Ela se aproxima, com os olhos brilhando de emoção, segura suas mãos, olha para ele, acha que por um instante suas pupilas pousam em seu pomo de adão. Seu cheiro o envolve com a intensidade da memória ressuscitada.

— Oriol! Bons olhos te vejam! Estávamos morrendo de vontade de ver você de novo! — diz, aproximando-se dele.

Beijam-se nas faces. Nos segundos seguintes, nenhum dos dois consegue evitar que o cheiro do outro o envolva numa tempestade de recordações. Ela diz:

— Ainda temos trufas? Preciso de chocolate!

Max sorri. Está com a garrafa de absinto nas mãos e tem pelo menos três bons motivos para brindar.

Primeiro Interlúdio
A Tampa

M AS CLARO QUE pode, mulher, entre, entre, não viu a placa dizendo com toda clareza? "Aberto". Sei bem que isso não é hora de esperar algum cliente, mas sempre há alguém que tenta, como você, alguém que entra e acha o que estava procurando. Às vezes até encontra o que não sabia que procurava, o que você acha? As coisas sempre acontecem por algum motivo. Ou você acha que entrar numa loja de antiguidades às cinco da manhã é um hábito muito normal? Talvez haja algum objeto esperando no porto e a luz da minha loja seja como um farol para os viajantes: ela os chama e os atrai, embora não saibam por quê. Você entrou aqui procurando alguma coisa, mulher, e tenho certeza de que vai encontrá-la.

Ah, olhe onde eu acho que ela está. Esta velha peça de porcelana descascada lhe agrada, não? É uma chocolateira muito antiga, muito fina, observe-a contra a luz e perceberá sua qualidade, é uma coisa fora de série. Mas infelizmente ela perdeu a tampa e só é possível saber que é uma chocolateira pelo bico. Fica bem no alto, sabe? Isso porque antigamente o chocolate devia ser servido com toda a sua espuma. Não me lembro mais quanto ela vale, talvez esteja na etiqueta pendurada na asa. Observou a finura? Três mil pesetas, é o que diz aí? Pois não me parece um preço nem um pouco exagerado, embora eu possa pensar em lhe fazer um pequeno desconto. Tenho a impressão de que esta peça estava esperando por você. Está aqui há mais de 25 anos, sabia? Mais de 25 anos sem que ninguém lhe dê a devida importância, e agora entra você, quase uma menina, às cinco da manhã de um dia qualquer e me encontra aqui por acaso, organizando uns papéis porque não conseguia dormir, vai diretamente à velha chocolateira da Adélaïde e bum!, gosta dela. Estávamos esperando por você, menina, as coisas não acontecem por acaso. A chocolateira era sua desde que eu a comprei, num lote no qual havia um pouco de tudo, em 1900 e... Deixe-me pensar... 1965, isso mesmo. Você ainda nem estava no mundo, não é mesmo? Pois então, você ainda não era nascida e aqui já havia um objeto precioso que estava só esperando por você. Como me disse que se chama?

Então sente-se, Sara. Pense. Já reparou nas letras da base? São de um azul intenso, senhorial. Dizem em francês: "Pertenço à Sra. Adélaïde de France." Na época fiz algumas pesquisas. Não tenho mais nada para fazer: se você pensar bem, este aqui é um cantinho do mundo que não interessa a ninguém. Uma porcelana fina assim não sai de qualquer lugar. Acho que vem da fábrica de Sèvres, bem perto de Paris. É um pouco estranho que não tenha a marca característica da produção imperial: duas letras L entrelaçadas, a inicial do rei Luís, e uma terceira maiúscula, que podia variar conforme o ano da elaboração. Embora não importe, nesses lugares também há exceções. O detalhe da cor é mais significativo. Este azul bem brilhante das letras é muito característico, eu diria que único, e foi usado pela primeira vez na indústria francesa em 1749. A fábrica de Sèvres, com certeza, foi um capricho de Madame de Pompadour, a favorita do rei Luís XV, uma mulher admirável que não só se enfiava na cama do rei, como também era amiga íntima da rainha e anfitriã das festas cortesãs de Versalhes. E conseguiu tudo isso com apenas 23 anos, imagine. Quantos anos você tem, se não for um atrevimento perguntar? Então está vendo. Vocês têm quase a mesma idade. Eis aqui outra senhora que sabia muito bem o que queria.

Mas não vamos perder tempo. Estávamos falando da fábrica de porcelana de Sèvres, não é mesmo? Ela foi fundada por um capricho da fantástica Pompadour, mas com o ouro do rei, que tinha fortuna para esbanjar. Por isso se transformou na fábrica de porcelanas real e durante muito tempo só trabalhou para Versalhes. E todos precisavam de xícaras, pratos, bacias e bonequinhos e tudo em abundância. A fábrica de porcelana produziu objetos muito delicados, verdadeiras obras de arte, alguns de uma ostentação e um barroquismo sem igual. Não seria nada estranho se também tivessem produzido pequenas peças por encomenda da família real, adaptando-as aos gostos pessoais de cada um. Sabe-se que as damas de Versalhes eram viciadas em chocolate, começando pela primeira de todas, a infeliz Ana Maria da Áustria, pobrezinha, que paradigma do tédio! A única coisa que ela tinha na vida era o chocolate. Sabe-se também que Adelaide era o nome da sexta filha de Luís XV, nascida, naturalmente, no palácio, e falecida no exílio na Itália depois de ver a guilhotina funcionar em vários pescoços da família. Outra dama notável, que odiava as favoritas do pai e tinha uma cultura digna de um príncipe herdeiro. Uma mulher cansada de ser mulher, que teve de se deixar atropelar porque não podia evitá-lo. E linda! De uma verdadeira beleza.

Perdoe-me, Sara, mas fico muito exaltado ao falar dessas criaturas de Versalhes. A Sra. Adelaide de França desperta em mim tanto admiração quanto tristeza. Seu destino de fugitiva por uma Europa irreconhecível, enquanto Napoleão brincava como criança de possuir o mundo... Pobre alma elevada, em que momento exato deve ter se visto obrigada a se desfazer da chocolateira que ela mesma tinha encomendado? "Simples, por favor, quero uma coisa simples, sem adornos, sem flores nem deusas nuas. E pequena, só para mim, que nunca bebo mais de três xicrinhas." É como se a gente pudesse ouvir sua voz frágil dizendo essas palavras à sua camareira, para que ela as transmitisse ao mensageiro que esperava do lado de fora, no pátio do palácio, distraindo-se com o voo das nuvens acima das fachadas suntuosas. Em que momento ela a terá visto pela primeira vez e pensado "era exatamente isto o que eu queria. Simples, diferente"? Não pode ter sido antes de 1749, nem depois de 1785. Impossível saber o momento exato, embora eu goste de imaginar aquela Sra. Adélaïde dos quadros de Versalhes, com as faces finas como esta porcelana e os olhos de ave de rapina, carregados de inteligência e tragédia. Uma mulher ainda jovem, com 25 anos no máximo, que mandava servir aqui seu chocolate de todas as tardes, enquanto começava a maquinar sua intervenção no governo do avô e, mais tarde, no do irmão. Aquele governo que lhe tinha sido negado, e não porque fosse inábil, mas porque tinha nascido fêmea.

Estou vendo, Sara, que você está interessada em tudo isso que estou contando. Você é daquelas, como eu, que acha que as coisas do passado continuam vivas entre nós. Pois tanto entusiasmo assim bem que merece um desconto. O que você acha se eu deixar por 2 mil? Já é outra coisa, não é mesmo? Enquanto você pensa, vou lhe contar a segunda parte da história, em que este humilde servidor interveio. Como tropecei nesta maravilha absolutamente sem querer. Foi em novembro de 1965, apenas uma semana depois da morte da Sra. Antonia Sampons, que além de ser um exemplo de retidão era muito rica e muito feia. Há quem acredite que foi por este último motivo que morreu sem descendentes e deixou toda a sua fortuna para instituições, museus e obras de caridade, mas não quero abordar essa coisa da feiura porque não é a minha especialidade.

A Sra. Antonia Sampons era filha única do empresário chocolateiro Antonio Sampons, de quem hoje nos lembramos principalmente por ele ter dado seu nome àquela casa do Passeig de Gràcia que o arquiteto Puig i Cadalfalch transformou numa maravilha do modernismo. Sabe de qual estou falando? Fica bem ao lado da casa Batlló e muito perto da casa Lleó i Morera. Antonio Sampons foi um pioneiro das reformas originais, grandiloquentes, e talvez o culpado pelo fato de todos os vizinhos terem se lançado naquela corrida para ver quem construía a casa mais colorida, com mais esculturas, mais vidraças e mais torres.

Eu tive a sorte de entrar na casa Sampons exatamente uma semana depois da morte da proprietária, uma coisa que pouquíssimas pessoas podem dizer. Pude ver os mosaicos de estilo romano, os adornos feitos por artesãos, as paredes forradas de sedas, os móveis de madeira escura tal e qual ela os havia distribuído, o closet, a cama com seu dossel, a escrivaninha encaixada no meio de cristaleiras policromadas, a sala de música onde a mulher se sentava para ouvir as transmissões ao vivo do Liceu quando praticamente não saía mais de casa. Eu tinha sido convidado para participar de uma espécie de reunião, em que o testamenteiro da falecida fazia o papel de regente de orquestra. Estavam lá um técnico da prefeitura, um historiador especializado em industrialização catalã e acho que até um padre, mas isso eu não posso garantir, porque não troquei nem três palavras com ele. O que me lembro muito bem é que os objetos que não tinham um destino definido de antemão estavam distribuídos em vários lotes. O legado da Sra. Sampons era enorme, incluía diversas doações a museus, além da criação de uma fundação na própria casa, para preservar grande parte do tesouro artístico que ela conservava. Lembro-me de ter ouvido falar de um futuro museu do chocolate, e que um dos presentes pensava em recolher certas peças para sua coleção permanente. Havia coleções de figurinhas daquelas que antigamente eram distribuídas com os tabletes de chocolate, alguns utensílios de cobre, alguns quadros e velhos cartazes publicitários, todos da casa Chocolates Sampons — "A paixão por chocolate Sampons é sempre a melhor" — e uma vasta coleção de esquemas de maquinaria industrial muito complicados para mim.

No meio de todos aqueles objetos estava a chocolateira da Sra. Adélaïde. Naquela época ela ainda conservava a tampa com o orifício central, você sabe, por onde deve sair a empunhadura do moedor, e pareceria nova se não estivesse descascada de maneira bem visível no bico. Fiquei de olho nela desde o começo, embora fizesse parte do lote do futuro museu e estivesse muito claro que não poderia ser minha.

— Entre aqui, faça-me o favor — disse-me aquele senhor muito amável, o testamenteiro, levando-me a um aposento que dava para o Passeig de Gràcia. — Este é o lote que lhe reservei, diga quanto estaria disposto a pagar por ele.

Um amigo tinha me avisado que estavam precisando de um sucateiro na casa Sampons. Foi muita sorte, porque não é todo dia que se tem a oportunidade de entrar num lugar como aquele. Em meu ofício, quando você põe os pés numa casa de alto nível, é quase certo que sairá com alguma coisa boa nas mãos. Embora sejam apenas recordações, como estas que estou recuperando para você, jovenzinha. As recordações não custam dinheiro, mas, caso você não saiba, são o nosso tesouro mais valioso. Às vezes vale a pena pagar alguma coisa em troca de uma boa recordação. É uma pena que a memória não possa ser comprada em estabelecimentos como o meu, porque eu garanto a você que ficaria rico. Existem pessoas que matariam para ter recordações diferentes das que couberam a elas.

Mas voltemos ao mês de novembro de 1965. Eu estava lhe contando que um amigo me disse que naquela casa haveria algo para mim, porque estavam liquidando tudo, absolutamente todo o patrimônio familiar, e certamente depois da partilha sobraria alguma coisa que ninguém iria querer. Essas coisas funcionam assim. Liguei imediatamente e me disseram para aparecer no dia seguinte. Já imaginava: quando se esvazia uma casa, há sempre lixo para recolher. É este o meu papel na história. Sou o lixeiro.

Estava lhe dizendo que me levaram a um quarto iluminado que dava para a rua. Havia ali uma grande quantidade de cacarecos de todo tipo à minha espera. Havia uma máquina de costura avariada, uma coleção de taças de cristal desparelhadas, uma cesta de vime daquelas que os gatos usam para dormir. Uma pilha de coisas que só tinham valor para a mão que as reuniu, ou talvez nem isso.

— E então, o que acha? — perguntou o testamenteiro surgindo do nada, com aquele ar de homem decidido que acovardava.

— Ofereço 400 pesetas por tudo — falei.

— Feito — respondeu sem pensar nem um segundo. Meu amigo tinha toda razão: precisavam de alguém que levasse o lixo. Deveria ter oferecido 200. — Se levar agora mesmo.

— Claro. Combinado.

Regra de ouro do meu ofício: nunca saia sem a mercadoria. Quando voltar, vai sentir falta de alguma coisa.

Comecei a empacotar minhas compras. Não tinha a menor pressa de ir embora. Pelo canto do olho, observava como os demais senhores, todos de terno e gravata, fechavam seus acordos. O representante do futuro museu estudava os velhos cartazes publicitários e manifestava sua admiração.

— Veja! Este é um dos famosos desenhos de Rafael Penagos! E veja este outro, de Amadeo Lax! É uma coleção realmente magnífica.

Então percebi que ele pegava a chocolateira que estava na mesa.

— E você disse que tem alguma coisa escrita na base?

Virou-a sem o menor cuidado. A tampa caiu no chão e se desfez em cacos.

— Opa! — exclamou o homem ao ver o que tinha acabado de acontecer. — Pensei que a tampa estava presa. Vou recolhê-la. Só me faltava essa.

O regente daquela orquestra de mal-educados apareceu pouco depois para receber pela mercadoria que eu estava acabando de empacotar. Trazia a chocolateira danificada.

— Se quiser levá-la... — disse. — Assim como está, não interessa a mais ninguém. Não pode ser exposta. Uma pena, pois é uma peça muito especial.

Deixou-a em cima da máquina de costura. Achei que a porcelana o amaldiçoava em voz baixa, e amaldiçoava aquele punhado de grosseirões que não tinham a menor ideia de como se devia tratar as coisas que valem a pena de verdade. Tirei um punhado de cédulas do bolso, separei as necessárias para concluir a operação e coloquei a chocolateira da Sra. Adélaïde junto com o resto do lote.

Foi assim que esta preciosidade chegou às minhas mãos e à minha loja.

No começo, quando me dei conta de que era mesmo uma peça valiosa, pensei em consertá-la. Encomendar uma tampa nova, fazer alguma coisa pelo bico maltratado. Talvez, pensei, se gastasse algum dinheiro com ela, depois eu pudesse vendê-la por uma boa quantia. Mas você sabe como são as boas intenções. Você resolve fazer alguma coisa, mas sempre deixa algo para depois, e o momento nunca chega e você acaba se esquecendo de tudo, ou tem tanta preguiça que é como se tivesse esquecido. A vida vai mudando as prioridades de lugar e nós também não permanecemos imutáveis. Ficamos molengas. A chocolateira ficou esperando que eu fizesse alguma coisa por ela durante 25 anos, coitadinha. Vinte e cinco anos numa estante, ao lado da minha mesa de trabalho, observando-me sem nenhuma recriminação. Até que um dia reparei nela de repente e disse a mim mesmo: "Mas por que raios a deixei aqui?" Dei-lhe um preço e a expus na loja, esperando que chegasse a pessoa a quem estivesse destinada desde sempre. Porque todos os objetos estão destinados a alguém. Lojas como a minha são apenas o lugar onde os encontros acontecem.

O que você acha? Agora já lhe contei toda a história, detalhe por detalhe, inclusive a parte que eu não conheço, mas imagino. Você me dá 500 pesetas e fica com ela? Não posso fazer um preço melhor.

Faço isso em homenagem a Madame de Pompadour, a Madame Adélaïde e a todas as *mesdames* da França, e também porque você é muito jovem e me enternece o fato de gostar de coisas antigas e belas como esta. E porque demonstrou ter muita paciência, mocinha. Acho que nunca ninguém me ouviu falar durante tanto tempo, e sem protestar. Isso também merece uma recompensa.

Não se preocupe com o tempo, seus amigos podem esperá-la... Além do mais, aqui dentro os minutos avançam mais devagar. Não está vendo que todas estas velharias não permitem que se tenha pressa? Se o tempo corresse tanto aqui como na rua, eu já teria morrido há muitos anos. E não sei nem quantos faz que vejo o mundo dar voltas.

Vamos, aqui está, Sara, é toda sua! Pode ficar bem feliz: comprou um belo objeto, cheio de histórias. Se você prestar bastante atenção, saberá ouvi-las, tenho certeza. É claro que você é a pessoa que estivemos esperando durante 28 anos. E quem lhe diz isso sou eu: as coisas acontecem quando têm de acontecer, nem meio segundo antes.

Segundo Ato

CACAU, AÇÚCAR E CANELA

Infelice cor tradito.
Per agnoscia non scoppiar.*

FRANCESCO MARIA PIAVE
Rigoletto

---

* "Infeliz coração traído. Não arrebente de angústia." (*N. da A.*)

TRISTAN UND ISOLDE

Você vê a cena na distância do tempo. Com os anos, as recordações não bateram asas: continuam muito vivas. Oito de novembro de 1899: o Grande Teatro do Liceu brilha como só acontece em noites de estreia. É uma boa oportunidade para se deixar ver, e você caminha de braço dado com alguém que insistiu muito em acompanhá-la. Antes de sair da carruagem, você reza algo de que se lembra e pede que tudo corra bem. Não quer que o doutor, quer dizer, Horacio, se envergonhe de você.

No saguão de entrada todos conversam felizes, despreocupados, como se a coisa mais importante do mundo fossem as estreias das óperas. Olham para você de soslaio, fingindo que não há nada de estranho nisso, que todo mundo está onde deve estar. Você sabe que é um elemento dissonante, e não precisa que os olhares deles a reprovem. Momentos antes, quando estava saindo de casa, jurou a si mesma que não se deixaria abalar por isso, mas agora não há nada a fazer. Você está abalada. Sorri para que não percebam, para não preocupá-lo, para não se sentir tão estranha, nem tão covarde.

Se o Dr. Volpi, Horacio, soubesse do medo que você está sentindo, tentaria afastar este sentimento com alguma daquelas frases dele — "Vamos, Aurora, deixe que esses pretensiosos falem, não percebe que eles não têm outra coisa para fazer?" —, mas você não quer que ele sofra, não quer estragar a noite. Assim que sai da carruagem, depois de o Dr. Volpi ter despachado o cocheiro, você fica deslumbrada com os vestidos das senhoras tão arrumadas. Parecem princesas, e querem que todo mundo as admire como se fossem. A escadaria principal é um desfile de pessoas elegantes. Talvez pudesse ver tudo de fora, você pensa quando começa a subir. Talvez você não fizesse parte deste espetáculo.

Horacio está muito bonito de fraque. Veste colete, corrente de relógio de ouro, cartola, sapatos lustrados e o cabelo está primorosamente penteado, com um pequeno toque de brilhantina. Talvez não esteja na última moda, mas você gosta deste porte de outros tempos. Por outro lado, ele é um daqueles homens cuja elegância natural parece ter sido feita para se vestir sempre como manda a etiqueta. Basta uma única olhada ao redor para que você perceba que não há outro como ele. Ninguém consegue lhe fazer sombra. O doutor tem um brilho especial, talvez porque tudo nele irradie harmonia, ou talvez porque ele sorrisse o tempo todo. Parece satisfeito. Não há muita gente da sua idade — beira os 80 — que sorria com tanta placidez, de um modo tão simples e natural, como se nunca tivesse parado de fazer isso. Cada vez que sorri, seus olhos se iluminam com um toque infantil, e você acha que ele é uma eterna criança. Então diz a ele: "Você é meu menino, Horacio, meu menino grande", e ele sorri mais ainda e responde: "Graças a você, Aurora. Só graças a você."

— Veja, Aurora, este é o Salão dos Espelhos — murmura ele, discretamente, perto do seu ouvido, mas você percebe em sua voz a admiração de quem está entrando num lugar sagrado.

Você tem muita dificuldade de não elevar a voz, não fazer trejeitos. Está engasgada. Levanta discretamente os olhos até o teto, aperta o braço dele sem se dar conta. Deixa-se surpreender com o reflexo que vê nos espelhos.

Preste atenção, Aurora. Quem é essa mulher com um vestido de seda de cor malva que a olha, desconcertada, impertinente, no espelho ladeado por molduras e colunas? Já não é tão jovem, superou as quatro décadas, mas arrumada desta forma até parece outra pessoa. Tem o cabelo recolhido na nuca. O vestido deixa seus ombros expostos. Ainda são delicados, como os de uma mocinha, e bem no meio do decote brilha um medalhão de ouro branco e marfim combinando com os brincos. Nas mãos, apenas um solitário, nem exagerado nem ostensivo — foi ela quem quis assim —, bela testemunha de um amor que ainda não acredita que pertença a ela. Quem é essa recém-chegada que ninguém conhece? De onde surgiu? De que mundo subterrâneo a resgataram? Quem será o primeiro a se dar conta? E se é possível saber disso, que gesto seu irá denunciá-la? Talvez exista algo imperdoável em sua indumentária que ela não consegue perceber, ou quem sabe em suas maneiras, nas palavras, no modo de inclinar a cabeça? Nada, a não ser talvez esta prudência excessiva, típica de quem não caminha com segurança. Apesar de tudo, dá para notar assim que se olha para ela: é uma intrusa. Seu lugar fica longe de tanto esplendor. Está aqui, mas não tem direito a isso. Se o espelho soubesse, poderia se negar a devolver sua imagem. Mas os espelhos não têm interesse nessas questões e sempre se deixam enganar pelas aparências.

— Você gosta? Não é fabuloso? — pergunta-lhe falando junto ao seu ouvido o Dr. Volpi, quer dizer, Horacio, com aquele olhar de menino travesso.

Você concorda com a cabeça porque não encontra palavras. Seus olhos estão úmidos de emoção. É muito melhor do que você imaginava quando ele lhe contava, naquelas noites em que saboreavam juntos algumas xicrinhas de chocolate.

— Então espere só até ver o resto — acrescenta ele, e seguem em direção ao guarda-volumes.

Enquanto esperam para deixar os casacos e o chapéu, cumprimentam alguns frequentadores habituais. Todos a observam disfarçadamente, antes da saudação de praxe, com uma dissimulação aparente.

Horacio faz as apresentações.
— Permita-me lhe apresentar Aurora, minha esposa.
O Dr. Volpi, Horacio, desperta uma admiração unânime. Todos o respeitam, inclusive quando toma decisões insensatas. Onde já se viu trazer uma qualquer à ópera? Vai se aborrecer como uma ostra, coitadinha. Ninguém ousa lhes fazer uma desfeita e todos sorriem com afetação e então dizem: "Bem-vinda, querida", ou lhe perguntam, com má intenção, se gosta de Wagner, para ver o que você diz, ou só para ver se sabe comentar alguma coisa, e Horacio a salva e responde em seu lugar: "Aurora gosta mais da ópera italiana, o que se há de fazer? Já disseram que ninguém é perfeito." E eles, os outros, os de verdade, dão meia-volta e fazem comentários maliciosos em voz baixa: "Esposa dele? Não posso acreditar. Com certeza não se casou com ela! Não pode ter se casado com ela". Você percebe tudo, embora finja que não. Toda vez que alguém fala aos sussurros com outra pessoa, você acha que a estão criticando, que a descobriram, que seus comentários aviltam Horacio e o deixam em má situação... e seu coração dispara de tanta angústia e tanto sofrimento. Horacio, sempre atento, percebe. Aproxima-se de seu ouvido e murmura:
— Deixe que eles explodam de inveja.
É um alívio chegar ao foyer, embora para chegar até ali você tenha sido obrigada a atravessar um campo minado de apresentações e de olhares de surpresa, desconfiança e soberba. Você se senta no canapé e solta um suspiro. Tem vontade de pedir a seu marido que a deixe ali, escondida de todos os olhares ou, ainda melhor, que permita que você volte para casa e diga a todo mundo que teve uma indisposição. Ninguém iria estranhar. Foi muito para ela, claro, pobrezinha, não está habituada a nada disso. Mas Horacio lhe serve um copo de água, pega sua mão e diz:
— Estou muito feliz por você ter aceitado vir comigo.
E isso é suficiente para você recuperar as forças. Pensa: "Como poderia negar alguma coisa a este homem?" Levanta-se, ajeita a

saia do vestido, enche os pulmões com o ar carregado de essências desconhecidas. Só então vai para o camarote. Horacio lhe disse que o papel de Isolda é um dos mais difíceis para as cantoras — "a palavra correta é *soprano*, mas você pode chamá-la como achar melhor" —, pensa na pobre mulher que aparecerá no palco dentro de alguns minutos e se pergunta quem deve estar mais assustada, se você ou ela. Horácio se aproxima da cadeira, espera que você se sente antes de se sentar ao seu lado, saúda alguém com um movimento elegante de cabeça; olha para você como se não acreditasse que está aqui, com aquele olhar que tem o poder de transformá-la, um olhar que diz "está tudo bem" e faz com que você se sinta digna de ocupar um lugar no camarote do Liceu na noite da estreia de uma ópera de Wagner. "Deve ter ficado louca, Aurora", você rumina sem palavras.

"Deus do céu, é espetacular", você pensa antes de ter tempo de olhar para o cenário. Os vestidos das damas, as dúzias de lâmpadas elétricas, os dourados, os veludos, o aroma de grandiloquência que impregna tudo. Durante um momento, você se esquece até de respirar. Tira as luvas bem devagar, deixa-as sobre a balaustrada. Horacio as recolhe e as coloca numa cadeira.

— Cuidado para elas não caírem — sussurra e, em seguida, aponta com o olhar para um camarote do outro lado. — Ali estão Antonio Sampons e sua filha, mas eu diria que não a reconheceram.

Nesse mesmo instante, como se os olhares se atraíssem, o chocolateiro Sampons faz um gesto com a cabeça para saudar Horacio, que retribui cortesmente da mesma maneira. Você o imita, com menos afetação, fazendo tudo tal qual Horacio lhe ensinou. Antonieta Sampons, a filha, ergue o olhar do programa, saúda-os com frieza distraída e logo retorna à leitura. Faz muito tempo que ela deixou de ser aquela menina de quem você se lembra, acha até que não a teria reconhecido. Deve ter... — você faz contas rápidas, mas exatas —, sim, com certeza agora tem 26 anos. Você a observa disfarçadamente, pensando que em seu rosto existe algo da mãe. Você não sabe o quê: talvez a expressão altiva, ou a maneira como o cabelo emoldura seu rosto, mas no conjunto é bem menos agradável do que Cándida. A roupa que ela está usando não a ajuda em nada, tão escura, tão imprópria para uma mulher ainda jovem como ela! Tão pouco favorável... Mas não é isso, claro que não é. A verdade é que aquela criatura não tem muito conserto mesmo. É feia. É preciso chamar as coisas pelo nome. É feia como um pecado mortal, e contra isso não há remédio. Até parece mentira, como pode ser?, ao lado dela o pai continua charmoso, é uma figura agradável. E a mãe, ainda que não seja uma virgem de Murillo, também é graciosa. Deve ser a infelicidade, claro, é isso. A infelicidade passa pela vida das pessoas e a deixa parecendo mal vivida. De repente você se dá conta de seus pensamentos e se recrimina por ser tão má. "O que você está fazendo, Aurora, no Liceu e pensando em todas estas vulgaridades a respeito de uma dama a quem conhece desde que nasceu? Pelo amor de Deus, é bom aprender a se controlar."

— É verdade que a Srta. Sampons ainda é solteira? — pergunta você a Horacio, e ele confirma.

É claro que é solteira, você sabia, basta olhar para ela, pobre menina. Agora segura um binóculo e se prepara para ver a função, diz alguma coisa ao pai e ele concorda, e os dois formam um estranho casal que pareceria muito bem ajustado se não fossem pai e filha e as coisas estivessem onde deveriam estar. Não é estranho que não tenha se casado; vista daqui parece que tem bigode, uma espécie de sombra escura como uma penugem que se vê sobre seu lábio! E de novo você precisa se censurar, desta vez com mais severidade: "Aurora, pelo amor de Deus, quer fazer o favor de se comportar como uma senhora e não envergonhar o Dr. Volpi, que não merece isso, pelo prazer que teve em trazer você!" E assim você vai passando o tempo, entre reprimendas a si mesma e olhares cheios de curiosidade, enquanto externamente exibe um sorriso misterioso, muito apropriado para a ocasião.

É um verdadeiro paradoxo o fato de que as únicas pessoas que sabem de verdade quem é você nem a tenham olhado. Antonieta, porque parece muito preocupada em estudar o programa de cima a baixo. O Sr. Antonio, porque a vida dos outros não lhe interessa nem um pouco. E, mesmo que lhe interessasse, faz anos que o mundo perdeu a capacidade de surpreendê-lo.

O fabricante de chocolate Antonio Sampons, ex-genro do falecido inventor de maquinário industrial dom Estanislao Turull, que também era seu vizinho de camarote, nunca falta às funções do Liceu, a menos que estejam representando *Il Trovatore*, a única ópera que não quer voltar a ver nunca mais. Todo mundo neste pequeno universo de charlatães e intrometidos sabe que o rico chocolateiro é um autêntico cavalheiro, além de um melômano empedernido, mas que tem um problema sem solução com o personagem Manrico, que ninguém menciona em sua presença, nem mesmo na de sua filha.

"E aquele ali devia ser o camarote dos Turull", você pensa, embora sobre isso prefira não fazer perguntas. Faz tempo que você proibiu a si mesma de falar com Horacio sobre coisas do passado. De qualquer maneira, tudo vai ficando um pouco longe e já não vale a pena. A memória, no entanto, não sabe ficar quieta e, agora que você está no cenário original, olhando de frente o camarote que foi do fabricante de maquinário industrial Estanislao Turull e de sua esposa, dona Hortensia, não sabe por que vem à sua mente a imagem nítida da Srta. Cándida, vestida como uma princesa, saindo de casa de braços dados com o pai. Que adoração o pobre Sr. Estanislao sentia por aquela criatura! Você nunca conheceu nenhuma outra que possa ser comparada a ela, nem para o bem nem para o mal. De repente compreende por que a criatura adormecia nos bastidores assim que começava o primeiro ato, mas também compreende seu pai quando lamentava que a menina não soubesse apreciar as óperas, nem mesmo as italianas. Principalmente *Rigoletto*. Ah, *Rigoletto*! Você dirá ao Dr. Volpi, quer dizer, a Horacio, para trazê-la de novo quando a encenarem, pois quer saber em primeira mão todas aquelas coisas de que o Sr. Estanislao sempre falava com tanto entusiasmo. O que você tem certeza é que saberá cantar um pequeno fragmento, todo aquele *"Bella figlia dell'amore schiavo son de'vezzi tuoi"*, que ouviu tantas vezes quando Cándida ainda era solteira.

— Sabe o que me contaram? — pergunta de repente o doutor, a quem os pensamentos levaram na mesma direção. — Que Cándida Turull voltou a Barcelona.

— Voltou? — pergunta você. — Sozinha?

— Não sei de nada. Quem me contou não conhece os detalhes. Pelo visto, alugou um apartamento na Bonanova.

— Na Bonanova? Tão longe?

Você fica pensando em como a vida trocou de pele. Cándida Turull em Bonanova, sozinha ou acompanhada, sabe-se lá; o Sr. Antonio no camarote com a filha, um fazendo companhia ao outro, como dois gatos; e você contemplando-os de tão perto, mas sem que eles a reconheçam. É claro que não a reconhecem, Aurora, porque de maneira nenhuma eles poderiam imaginar que você é a dama do vestido cor de malva que acompanha o Dr. Volpi. Eles nem se lembraram do seu rosto e puderam vê-lo no outro lado do teatro.

— Olhe, Aurora, querida. — O doutor interrompe seus pensamentos segurando sua mão. — A bomba caiu ali, está vendo? Na fila treze. Aqueles assentos vazios são os mesmos que naquela noite estavam ocupados pelas pobres pessoas que morreram. Ficaram vazios assim em sinal de respeito a elas. É como se eu estivesse vendo tudo agora mesmo. Era uma apresentação de *Guglielmo Tell* — diz Horacio.

E você sente um calafrio percorrendo-a da cabeça aos pés, só de lembrar o doutor chegando em casa, ainda descomposto e com o paletó todo manchado de sangue, contando que a mulher do livreiro Dalmás havia morrido em seus braços sem que ele tivesse podido fazer nada para salvá-la e que ela não havia sido a única, porque o espetáculo de morte e destruição tinha sido dantesco. E ainda era preciso agradecer, porque houve uma segunda bomba que não explodiu, pois ficou suspensa na saia da esposa do advogado Cardellach, que já havia morrido. "Ai, Senhor", exclamava o Dr. Volpi, a quem você nunca antes havia visto alterado, "o Liceu nunca mais voltará a ser o que era, Aurora. Nunca vamos nos recuperar desse banho de sangue."

Mas esta gente não veio ao mundo para abaixar a cabeça, nem para perder tempo recordando desastres. Basta ver Antonio Sampons sentado no camarote com a distinção que exibe desde sempre e com a memória bem protegida de todas as investidas da vida. Decerto já recebeu a notícia de que Cándida está em Barcelona. É claro que recebeu, esse tipo de notícia corre rápido. Que cara ele deve ter feito quando soube? E a menina? Sabe que a mãe está em Barcelona de novo? Será que pensa em ir visitá-la, ou ela também decidiu ignorar o passado?

As luzes não se apagam, mas a música começa. Suave, por enquanto, embora o doutor já tenha lhe avisado que ficará animada, porque Wagner sempre nos deixa animados. Na plateia e nos camarotes há um murmúrio de protesto. Na terceira fila, um homem gesticula como se estivesse muito irritado. Horacio explica a você que Wagner tem, na cidade de Barcelona, um grupo de admiradores vorazes que querem poder ouvir suas óperas da maneira apropriada, ou seja, em silêncio e com as luzes apagadas, para assim poderem concentrar toda sua atenção no palco; mas o diretor do teatro é um idiota que não vê as coisas da mesma maneira e que não percebe que tudo isso é um sacrilégio ao desejo do artista e à arte em geral. O cavalheiro da terceira fila é um importante crítico a ponto de perder a paciência. Um crítico impaciente no Liceu pode se tornar um pesadelo. Você aprenderá isso com o tempo, quando perceber até que ponto este é um mundo governado por leis próprias, e conseguir colocar cada personagem em seu lugar. Agora você acabou de chegar, e está tentando entender por que é uma coisa tão grave deixar acesas luzes tão bonitas e fica horrivelmente sobressaltada por culpa de uma repentina subida dos violinos, que fazem muito barulho, porque são muitíssimos. Quando der, tentará contá-los, e assim, de passagem, pensará em outra coisa. Também procura fazer cara de uma senhora que vai à ópera, embora não saiba muito bem como se faz isso e, por mais que se esforce, não para de pensar que não tem como, que não irá conseguir.

Horacio acaricia o dorso de sua mão e lhe diz:

— A simplicidade e a verdade são os princípios da beleza.

Você olha para ele procurando uma explicação para essa coisa tão bonita que ele acaba de dizer, e sua voz aveludada acrescenta:

— Feche os olhos e deixe que a música a comova, meu amor.

Você fecha os olhos, dócil, feliz. A primeira coisa que descobre é que, quando não vê os violinos, a música não a assusta. A melodia, que às vezes é doce como uma canção de ninar, agita suas lembranças, que esta noite estão à flor da pele. De repente, as cordas rugem e os tambores de cavalaria retumbam e é como se a abertura da obra a estivesse censurando por algo terrível que você não se lembra de ter feito. E a música faz as batidas de seu coração dispararem de um jeito que você nem sabia que era possível, e é uma sensação prazerosa que desconhecia: emocionar-se tanto sem saber por quê. Pouco a pouco, com os olhos fechados, você se pergunta se tudo isso não é exatamente o que deve estar sentindo a mulher do espelho, aquela desconhecida impertinente, e também se as emoções não devem ser uma das poucas coisas no mundo que não fazem distinção entre ricos e pobres. Ainda com os olhos fechados, enquanto Horacio acaricia o dorso de sua mão, sentindo-se, graças a você, o homem mais sortudo da face da Terra, você chega à conclusão de que esta música e este homem são a mesma coisa: um milagre capaz de transformar as pessoas. De transformar você, Aurora — "coitadinha, teve muito azar na vida, teremos de compensá-la de alguma maneira" —, na mulher que ele queria ter ao seu lado. Ou talvez naquela que você carregava dentro de você sem saber.

I PURITANI

No dia que a Srta. Cándida nasceu, 12 de agosto de 1851, houve uma grande festa na casa dos Turull.

E como poderia ter sido diferente? A gravidez tinha custado a seus pais 17 anos de novenas, promessas, balneários e tratamentos. Dezessete anos sem nunca desistir, apesar de a esperança diminuir a cada vez. Quando, finalmente, souberam que estavam esperando um filho, a Sra. Hortensia tinha 39 anos e o Sr. Estanislao tinha acabado de completar 48, e não sabiam se deviam dar graças à Virgem das Mercês, às freiras de Junqueras, às águas de Baden-Baden ou a meia dúzia de médicos alemães com nomes impossíveis de pronunciar. E, quando nasceu a criança e não era um varão, estavam tão felizes que nem se importaram com isso.

A Srta. Cándida, portanto, tinha uma áurea de milagre desde antes de chegar ao mundo, como os profetas dos Evangelhos, ou como os heróis míticos. A Sra. Hortensia gostava de dizer que o parto havia sido tão agradável quanto um passeio de verão. Todos que conheceram a menininha recém-nascida se apaixonaram imediatamente por suas bochechas rosadas e pela felicidade serena que ela irradiava. Seu pai, o talentoso e sempre ocupado Estanislao Turull, se sentia tão exultante que teve um ataque de generosidade e mandou servir o melhor chocolate a todos os serviçais da casa. Incluindo sua mãe, que também estava prestes a parir, eram 19 pessoas.

Quatro dias mais tarde, os sinos de Santa Maria del Mar prolongaram o toque de batismo muito além do habitual em homenagem à pequena Cándida, que recebeu o nome de uma falecida avó de quem ninguém se lembrava (como geralmente acontece). Nem é preciso dizer que naqueles dias o nome parecia muito bem escolhido. Depois os senhores abriram as portas de sua casa, situada na rua Princesa, à fina flor da sociedade barcelonesa, para que viesse fofocar, apresentar seus respeitos ao feliz casal e de passagem conhecer a herdeira, que compensava sua pouca beleza com sua enorme riqueza. Naquela época, dom Estanislao já tinha lavrado seu nome entre seus concidadãos graças à venda de máquinas de sua própria invenção a todos aqueles que estivessem dispostos a acreditar nos avanços da tecnologia. Mas, como os adeptos como ele ainda eram poucos ou então jovens demais para ter dinheiro, sua fortuna tinha vindo da Inglaterra e de sua próspera indústria têxtil, à qual ele tinha vendido meia dúzia de patentes a um preço mais do que satisfatório.

Você chegou ao mundo alguns dias depois daquele batizado muito barulhento da menina Turull. Como não poderia deixar de ser, as circunstâncias foram um pouco diferentes. Sua mãe, desventurada, contorceu-se de dor por horas e horas em seu quarto no segundo porão, até que uma das cozinheiras a ouviu berrar. Nem falemos de seu pai: foi uma ave de migração que gostava de se entreter em algumas camas. Você nem sabe o nome dele, só lhe contaram que era um galã de segunda, muito bonito, mas também um embusteiro, e que sua mãe não sabia disso, ao se deixar enganar. Nada disso teve qualquer importância quando a cozinheira correu escada acima procurando a Sra. Hortensia e lhe contou que, lá embaixo, uma de suas camareiras estava morrendo de parto. Em seguida, alguém foi enviado para chamar o médico.

Quando o doutor chegou, infelizmente já era muito tarde para sua mãe, mas não para você. Dizem que a intervenção do médico a salvou no último momento, embora você tivesse pago sua vida a peso de ouro. Uma vida por outra. Nascer sem pai e de mãe morta era a condenação que você teria de pagar pelo resto da vida.

A Sra. Hortensia escolheu seu nome.

— Coitadinha, teve muito azar na vida, teremos de compensá-la de alguma maneira. — E lhe deu o nome de Aurora, que significa clareza, sol, princípio e, portanto, é uma palavra cheia de esperança.

— E bonita! Uma garota sempre deve ter um nome bonito, porque talvez junto com o nome também venha um destino, nunca se sabe.

Você sempre soube com clareza que sua grande sorte, o que realmente a salvou, foi chegar ao mundo apenas alguns dias depois da Srta. Cándida. Os patrões, graças a ela, tinham o coração ainda mole de felicidade e não puderam ou não quiseram olhar para o outro lado quando tomaram conhecimento de sua desgraça. Depois de tudo, sentir que eram ótimas pessoas também fazia parte das primeiras necessidades dos ricos mais ricos daquela época. Você ofereceu a oportunidade para que eles se exibissem de verdade. E eles fizeram isso sem melindres: alimentaram-na, vestiram-na — você herdava as roupas da pequena —, educaram-na — era a companheira de brincadeiras perfeita — e amaram-na — à maneira deles, claro, você não podia pedir mais do que isso — durante toda a sua vida. E, quando a menina se casou e saiu de casa, você fez a mesma coisa, porque seu destino e o dela estavam costurados um no outro com uma linha transparente que nunca poderia ser rompida.

Foi isso, pelo menos, o que a Sra. Hortensia disse a você certa vez:

— Você e Cándida são irmãs de leite, Aurora. Entende o significado disso?

Você negou com a cabeça.

— Significa que vocês devem estar sempre unidas, porque é assim que o céu quer. E você deve cuidar dela sempre, para que não lhe aconteça nada. Promete?

— Prometo — disse você, assustada.
— E que nunca a abandonará.
— Não, senhora. Nunca a abandonarei.
— E que será para ela como uma irmã quando o Sr. Estanislao e eu tivermos partido deste mundo.
— Sim, senhora. Sempre cuidarei da Srta. Cándida, não se preocupe com nada.
A senhora sorriu e você sentiu algo parecido com orgulho.
— Você é uma boa garota, Aurora. Não me enganei com você.
— Obrigada, senhora.
— Pode ir.
Você fez uma reverência, segurando as saias do uniforme com dois dedos. Tinha vontade de fazer perguntas, mas não ficaria bem. Uma camareira não faz perguntas, a menos que a senhora a convide a fazê-las. Mas a senhora havia dito algo que você não conseguia entender e que gostaria de ter esclarecido. Um mistério contido em apenas três palavras — "irmãs de leite" — e, conforme você pensou quando os anos começaram a passar, impossível de esclarecer.

Você poderia evocar muitas cenas da paixão desmedida que o Sr. Estanislao sentia por sua Cándida. A mais viva de todas era uma canção num idioma estrangeiro que ele costumava lhe cantar quando ia para a cama, razão pela qual, durante muitos anos, você achou que fosse uma canção de ninar. A memória, em seu capricho, quer que você os veja agora, sentados diante da lareira, numa tarde fria de fim de inverno. Há uma escuridão fechada atrás dos vidros das janelas e dentro da casa tremem de medo os lampiões a gás. O senhor, sentado na cadeira de balanço, está com a menina no colo, com a cabeça desabada em seu ombro direito. Balança seu desassossego ao ritmo de uma melodia que canta bem baixinho, como se com isso afastasse a sombra negra que se alonga em seu coração.

> *Bella figlia dell'amore,*
> *schiavo son de'vezzi tuoi.*
> *Con un detto, un detto solo*
> *tu puoi le mie pene*
> *le mie pene consolar.**

Já faz alguns dias que Cándida padece de uma febre que não cede com remédio algum. Recentemente, houve epidemias terríveis de cólera e febre amarela que deixaram milhares de mortos. O espetáculo das carretas passando pelas casas é daqueles que não se esquece, por mais que o tempo passe. Eles sempre souberam driblar o mal, mas de repente a menina piorou, e seu pai se desespera só de imaginar o corpo adorado de sua filha no alto de uma montanha de mortos, partindo na carreta para não voltar. Já foram chamar o médico, mas, antes que ele chegue, o Sr. Estanislao tirou a menina da cama, envolta numa manta, e a abraça enquanto canta ao seu ouvido a canção de sempre. De tão desesperado que está, pensa que nada poderá levá-la enquanto ela estiver em seus braços. De vez em quando faz uma pausa para enxugar uma lágrima que lhe escapa e em seguida se recompõe e recomeça a cantilena.

O Sr. Estanislao passou 24 horas ao lado da filha enferma, falando, cantando, lendo histórias, olhando com uma lupa o que devia comer, dando-lhe água, até que por fim notou uma ligeira melhora. E, quando a alegria voltou e a sombra no coração do Sr. Estanislao começou a minguar e a minguar até desaparecer de todo, a pequena abriu os olhos de coruja e passou a exigir:

---

* "Bela filha do amor, sou escravo de teus encantos. Com uma só palavra, podes consolar todas as minhas penas." (N. da A.)

— Papai, canta aquilo pra mim.

E o pai impostava uma voz de barítono e voltava ao quarteto de *Rigoletto*:

— *Bella figlia dell'amoooooo... ooo... ooooree.*

Para alguns, no entanto, a verdadeira apresentação da Srta. Cándida à sociedade aconteceu vários anos depois, na noite em que, vestida como uma princesa, você a viu sair de casa a caminho do Liceu. Dom Estanislao, que já era acionista do Gran Teatro numa época em que ninguém em Barcelona levava o projeto a sério — e que, portanto, tinha suas boas razões para se considerar um de seus legítimos proprietários — havia decidido há muito tempo em que exato momento sua florzinha impressionaria todo mundo no camarote. Tinha escolhido a primeira função da temporada 1861--62, exatamente o ano em que Cándida completaria dez anos, um momento ideal para ter o primeiro contato com o gênero lírico e com a sociedade que o aplaudia ardentemente.

A idade e a temporada eram os únicos pontos em que dom Estanislao e a Sra. Hortensia estavam de acordo. Todo o resto eram desencontros, começando pela mais importante: o repertório. O fato é que a senhora admirava Rossini e Donizetti com uma paixão inegociável e de vez em quando até se atrevia a defender Mozart — que dom Estanislao chamava de *aquele estúpido*. Como mãe da criança, ela se achava no pleno direito de opinar sobre o assunto, e não fazia nada além de repetir como lhe agradaria muito ver sua filha se divertir em sua primeira noite no Liceu. Por isso, achava que algo mais leve e que a fizesse rir seria estupendo, por exemplo, *Il barbiere di Siviglia* ou *L'elissir d'amore*.

Dom Estanislao, por sua vez, queria que sua pequena debutasse assistindo a uma obra "de verdade", moralizadora e cheia de desgraças épicas, pois ninguém vai à ópera, dizia ele com toda a convicção, "para rir ou para ver como as senhoras modernas morrem na cama". Desejava que a noitada fosse tão à sua maneira que chegou inclusive a mexer os pauzinhos para conseguir que na abertura da 14ª temporada do Gran Teatro fosse apresentado *Rigoletto* — sua obra favorita — ou talvez *Anna Bolena* ou *Norma*, mas certas circunstâncias que ninguém poderia prever destruíram seriamente suas ilusões.

Faltavam quatro meses para a menina completar sua primeira década e a função estava prestes a começar no Liceu quando uma lâmpada mal apagada provocou um pequeno incêndio numa das salas onde ficava guardado o vestuário. A água ficava longe e o material era extremamente inflamável. As chamas se propagaram com muita velocidade e, em apenas meia hora, tinham consumido o capricho mais europeu que Barcelona tinha visto até então. Dele só restaram pedras fumegantes e suspiros de tristeza.

Na manhã seguinte ao desastre, o Sr. Estanislao, como membro por pleno direito da junta de proprietários, participou de uma reunião mais triste que um funeral, e na qual foram tomadas algumas decisões. A primeira: pedir dinheiro à rainha Isabel para o projeto de reconstrução do teatro, pois, por algum motivo, o primeiro Liceu tinha seu nome. A segunda: criar uma comissão de reedificação e definir a quantia que cada um dos proprietários deveria pagar antes do início das obras. E a terceira: enviar o arquiteto Mestres a Paris, Londres e Bruxelas — três cidades com teatros líricos chamuscados — para que ele se inspirasse e voltasse logo com ânimo para materializar a reconstrução. A pressa do Sr. Estanislao para levar a menina à ópera acabou lhe custando 15 mil pesetas, que pagou encantado. Houve também muitos tropeços: a rainha se negou a dar um centavo para a reconstrução, alegando "esgotamento do fundo destinado a calamidades públicas". Para isolar a plateia do porão, foi preciso contratar a preço de ouro um arquiteto francês. Foi necessário pagar impostos astronômicos pelos já caríssimos materiais, e de nada adiantou terem pedido isenção, pois não foi concedida. E assim mil outras miudezas, que foram se acomodando e sendo solucionadas. Doze meses depois, o teatro era reaberto, os acionistas tinham um bom motivo para se orgulharem de seus esforços e o Sr. Estanislao entrava no átrio principal de braços dados com sua pérola cultivada.

Enquanto esperavam que os músicos terminassem de afinar seus instrumentos, os Turull comentavam, em suas poltronas forradas de veludo vermelho, as novidades com seus vizinhos de camarote, o fabricante de chocolate Gabriel Sampons e sua encantadora esposa. "Você sabe o que aquela foca dos Bourbon está fazendo no alto da escada, como se merecesse estar ali?", sussurrava dom Estanislao Turull, referindo-se a um busto de Isabel II, esculpido em mármore e mais feio que a própria rainha. E dom Gabriel baixava a voz e respondia: "Não se preocupe, do jeito que as coisas andam, certamente logo há de surgir alguém que a faça descer do pedestal."

As mulheres, por sua vez, tinham outras preocupações. "Você não acha que os vestidos das senhoras do primeiro andar agora podem ser vistos melhor do que antes? Devem ter aberto um pouco as válvulas de gás", comentava dona Antonia. "Não, mulher, não é isso. O que fizeram foi puxar os balcões mais para a frente, olhe bem. Eu acho tudo isso muito certo, até que enfim alguém entendeu por que as mulheres vêm ao Liceu. Quem quer falar de ópera, se pode falar de moda?"

A temporada era um capricho ao gosto de todos: Bellini, Verdi, Rossini e Donizetti, quase todos em dobro. *Rigoletto* tinha sido incluída, mas em segundo lugar, e o Sr. Turull não tinha mais paciência. Já tinha esperado muito, pensava ele. Levou a menina ao camarote na própria noite da solene inauguração, 20 de abril, embora a obra prevista fosse *I puritani*, um drama histórico de Vincenzo Bellini que dom Antonio achava muito pesado e cheio de escoceses. Mas e daí? O principal era estar ali, depois haveria tempo para *barbieris* e *sonambulas*. O pobre pai impaciente morria de inquietação. A princesinha, por sua vez, não correspondeu às expectativas. Achou entediantes até o limite do sono as lutas civis entre os puritanos de Cromwell e os partidários da casa Eduardo. Nem mesmo a loucura histérica da protagonista ao fim do primeiro ato fez com que ela mudasse de opinião. No intervalo, trancou-se na antessala do camarote e adormeceu deitada no sofá. Teria dormido até o dia seguinte se sua mãe não a tivesse despertado para obrigá-la a voltar e aplaudir os artistas.

Assim, na opinião de seu pai, a estreia operística da menina foi um verdadeiro desastre. No entanto, para a mãe, foi nem mais nem menos do que era de se esperar de uma noite sem Rossini ou Donizetti.

DON GIOVANNI

Aos 60 anos, redobrando esforços para que sua pérola se apaixonasse pela ópera, o Sr. Estanislao ainda era um homem vivaz e de espírito jovem, disposto a discutir com quem fosse necessário sobre as duas coisas em que tinha mais fé do que em sua própria vida: as vantagens da tecnologia e a conveniência de que *Rigoletto* fosse programada para o Liceu a cada temporada. Foi uma grande sorte que seu vizinho de camarote fosse um homem com a paciência de Gabriel Sampons, da segunda geração de uma esforçada estirpe de fabricantes de chocolate e proprietário de um negócio na rua Manresa, esquina com a Argenteria, que tinha como lema — escrito em letras enormes na fachada principal — "A paixão por chocolate Sampons é sempre a melhor".

Enquanto as senhoras se esforçavam para entender os caprichos da moda, os dois homens aproveitavam as noites de ópera para conversar sobre seus assuntos. O Sr. Estanislao, de natureza extrovertida, fazia o outro sentir dores de cabeça de tanto explicar a última invenção que tinha lhe ocorrido projetar, sem poupá-lo de um único cilindro, botão, alavanca ou mola. Dom Gabriel o ouvia com um tédio enorme, sem entender nada nem fazer nenhum comentário. Quando Turull terminava suas longas explicações e lhe perguntava sobre seus negócios, o outro se limitava a responder:

— Vamos levando, Turull, vamos levando.

Mas o fato é que não havia nada no universo que não despertasse no Sr. Estanislao uma curiosidade viva, inclusive o processo de fabricação de chocolate, que ele tinha acabado de descobrir e sobre o qual pedia detalhes a cada momento. No começo, dom Gabriel Sampons tentava se poupar das explicações.

— Por favor, Turull, deixe-me pensar por um tempo em outra coisa, não seja tão cruel.

Mas rapidamente o chocolateiro descobriu que, se existia alguma esperança de que o assunto terminasse de uma vez, era parando de resistir falar sobre ele. As funções se tornaram um martírio para o pobre Sampons, que começou a se sentar perto da fronteira de seu camarote só para ficar próximo a Turull, que o interrogava do camarote dele. Com a bateria de perguntas, não havia maneira de ouvir nada: nem as dores de amor mais lúgubres nem as piores traições comoviam seu vizinho. Aquele homem fabricava máquinas, mas ele mesmo parecia uma máquina de perguntas.

Naquela noite apresentavam uma obra de Mozart. Dom Estanislao desenhava num canto, cabisbaixo e pensativo, até que reparou na cena que acontecia no palco: estavam servindo chocolate. Examinou o programa: "O jovem licencioso ao extremo" de dom Giovanni quer tratar bem seus convidados. Aproximou-se de dom Gabriel e lhe perguntou ao ouvido o que achava daquela homenagem aos membros de sua corporação.

— Fico feliz, Turull, é claro — disse o amável vizinho, começando a temer que sua tranquilidade tivesse acabado.

Não estava errado. Aquela cena acabara de despertar todas as perguntas de dom Estanislao.

— É verdade que a primeira coisa a fazer para obter um bom chocolate, segundo você mesmo me disse, é tostar os grãos de cacau?

— Sim.

— E depois?

— Depois são descascados — dizia Turull tão brevemente como era possível, para que a brevidade desanimasse o curioso.

— Com alguma máquina?

— É melhor fazê-lo à mão.

— E por quê?

— As pessoas gostam mais.

— Você acha que as pessoas percebem a diferença?

— Claro que percebem! Você acha que as pessoas são bobas?

— Uma máquina faria isso mais depressa.

— Não vou dizer que não...

— E depois?

— A moagem.

— Com alguma máquina?

— Não em minha casa, Turull.

— E como vocês fazem?

— Com um moedor de pedra, naturalmente.

— Com que tipo de tração?

— De sangue. Três aprendizes fortes.

— Uma máquina também faria isso melhor.

— Talvez, mas as máquinas não pensam nem sabem resolver problemas.

— Por enquanto, Sampons, por enquanto.

— Em seguida, é preciso misturar todos os ingredientes. Poucos ingredientes, Turull. O chocolate já não é feito como antigamente: agora os gostos se simplificaram muito. Agora as pessoas querem simplicidade e qualidade.

— Então quais são...?

— Cacau, açúcar e canela, Turull. Quem acrescentar algo mais não sabe nada de chocolate. Lembre-se bem: cacau, açúcar e canela

— Então é esse o chocolate que as pessoas tanto desejam...

— É esse, sim, senhor.

— E é preciso mexer durante muito tempo?
— Tanto quanto seja possível.
— E os operários não protestam?
— Muito!
— Está vendo? Se fosse uma máquina fazendo o trabalho, não haveria esse problema.
— Não tenho nenhum problema. Já resolvi.
— Ah, é? Como?
— Quando os trabalhadores reclamam muito, eu os mando embora.
— Mas, meu senhor, que método mais atrasado!
— Atrasado? O que está dizendo? Atrasado era meu pai, que moía de joelhos diante do cliente e trazia a pedra de casa.

No palco, o criado Leporello fazia as contas das mulheres que seu amo tinha seduzido por toda a Europa: "*In Italia, seicento e quaranta, in Alemagna, duecento e trentuna; cento in Francia, in Turquia novantuna; ma in Spagna son già mille e tre.*" As senhoras apreciavam a voz do tenor, mas achavam que estava exagerando nos gestos. A menina fazia os cálculos para saber se a proeza era tecnicamente possível e quantas mulheres por mês é preciso conquistar para chegar a essas marcas aos 30 anos. Chegou a mais de 11, à razão de três a quatro por semana, e ficou tão impressionada que a partir desse momento não perdeu nenhum detalhe.

O Sr. Estanislao negava com a cabeça, pensativo.
— Dom Gabriel, por favor, em pleno século XIX! Um homem como o senhor! Permita-me construir uma única máquina e demonstrarei...

Dom Gabriel sacudia a ideia enquanto suas mãos giravam no ar:
— Não, não, pare com essa história de máquinas, Turull...
— Se o senhor tivesse o maquinário, poderia produzir vinte vezes mais chocolate.

— Vinte vezes? E o que eu faria com tanto chocolate? Me afogaria nele! Não posso pedir aos meus clientes que comam vinte vezes mais!

— Então tem de encontrar novos clientes. Só precisa de meios de transporte.

— Já tenho! Duas mulas. Vão a Gràcia duas vezes por semana.

— Mulas? Você precisa de trens! E não para ir a Gràcia, mas a Paris, Londres, Madri.

— Cale-se, homem, cale-se. Você ficou louco!

— É o futuro, Sampons! E chega montado numa máquina a vapor, num motor a diesel ou num pistão elétrico. Se não subir nele, será atropelado.

Dom Gabriel Sampons ficava nervoso só de pensar. Para fazer com que se calasse aquele homem que lhe roubava toda a sua a tranquilidade e o privava da ópera, cortou:

— Converse sobre esta história de futuro com o meu filho. Na semana que vem, ele estará de volta da Suíça. É jovem e ainda acredita nessas bobagens. E agora me deixe ouvir, Turull, eu lhe imploro.

Mas era muito tarde para dom Gabriel; esforçou-se para ler o programa e ter uma ideia do que havia perdido, mas não conseguiu entender nada. Quando, na última cena, o *commendatore* apareceu com o rosto pintado de branco e transformado em estátua, exclamou:

— Mas este homem não estava morto? O que ele está fazendo no palco?

As damas mandaram que ele se calasse, muito aborrecidas com a interrupção num dos momentos mais dramáticos, justo quando tudo estava prestes a acabar como elas queriam. No palco, o coro deixava bem claro que o fim dos malvados só pode ser horrível, e dom Gabriel dava voltas e mais voltas no programa de mão, procurando uma resposta e murmurando:

— Esta obra não tem pé nem cabeça!

As senhoras e a menina aplaudiram, entusiasmadas. Dom Gabriel se absteve. Dom Estanislao lhe deu razão quando se aproximou de seu ouvido e disparou:

— Já lhe disse que Mozart não tem fervor.

A Srta. Cándida gostou mais de Mozart do que de Bellini, mas menos que de Verdi, como de fato aconteceu com boa parte do público que foi ao Liceu naquela noite. Você sabe disso porque ela sempre lhe contava tudo. Contava, por exemplo, que nada caía bem na Sra. Sampons porque ela estava gorda como um animal castrado e que era uma pena que usasse um colar de rubi tão bonito em seu pescoço de vaca velha. Contava que em poucas semanas iria conhecer o filho dos Sampons, que voltaria para casa depois de passar dois anos estudando sabe-se lá o quê na Suíça, e que a Sra. Hortensia e o animal castrado cheio de joias não falavam de outra coisa e não faziam nada além de repetir: "Que sorte, pequena Cándida, assim você terá alguém da sua idade com quem conversar nas sessões; com certeza vocês vão se dar muito bem e descobrirão que têm muita coisa em comum." E ela perguntava o que tinham em comum e as mães caducas se apressavam a responder: "Ora, a educação, ser de boa família, o camarote do Liceu, a juventude e, claro, o futuro..." "Em resumo, absolutamente nada", pensava a menina, que intuía as intenções das duas mulheres franzindo o nariz.

Ao chegar em casa, dona Hortensia continuava com aquela cantilena chata de que "Antonio é um garoto tão gentil, tão inteligente, tão trabalhador e que, certamente, depois de tanto tempo fora de casa, deve ser bom de conversa, certamente saberá lhe contar muitas coisas para distraí-la, e quem sabe não nasce entre vocês algo mais do que uma bela amizade? Não está nervosa, princesinha? Nós já estamos contando os minutos para vê-los juntos e temos um pressentimento... Você já pensou se vai querer ficar neste camarote ou no outro?"

Para a Srta. Cándida, tudo isso cheirava muito mal. Tinha a impressão de que sua mãe e o animal castrado estavam tramando algo muito grave, mas ela só tinha 15 anos, uma cabeça de vento e não pensava em se deixar deslumbrar pelo primeiro chocolateiro que chegasse da Suíça. Além do mais, Antonio Sampons não lhe despertava o menor interesse; imaginava que ele fosse tão chato quanto os pais, sempre falando de chocolate e lhe dando de presente aquelas caixas que afirmavam que a paixão pelos chocolates deles era sempre a melhor. A Srta. Cándida não queria compromissos. Se sua mãe e a outra insistissem muito, já tinha decidido o que iria fazer: desmaiar de aflição nos braços do pai, derramar uma lagrimazinha bem oportuna e dizer a ele que não gostaria jamais sair de seu lado. Achava que isso seria suficiente para que todas as maquinações das senhoras se desfizessem como um torrão de açúcar num copo de água quente. Não, não, ela não queria saber de homens que cheiram a chocolate e que só pensam em trabalhar e ganhar dinheiro e depois trabalham tanto que não têm nem tempo para gastá-lo. Ai, que horror.

O que teria agradado mesmo à Srta. Cándida — e isso ela só dizia a você, é claro — seria encontrar um belo dom Giovanni como o da ópera do tal Mozart, que no Liceu ninguém conhecia. "Que homem, Aurora, que talento para contar mentiras preciosas. Porque as mentiras, quando são belas, não têm nada de ruim. Você não acha que ser amante de um homem assim, nem que seja por uma única noite, tem mais mérito do que ser mulher de um chocolateiro? Eu acho sublime. Ser a esposa enganada de um criminoso, um ser desprezível, um homenzarrão cheirando a aguardente, suor e a todas as mulheres que ele esqueceu antes de você cair nos braços dele..." Você se escandalizava ouvindo essas palavras e pensava que a Srta. Cándida não estava bem da cabeça. Atendia-a com respeito, sem contrariá-la, como tinham lhe ensinado a fazer, mas por dentro não sabia o que pensar: apenas que a coitadinha da herdeira da casa Turull estava ficando louca de tanto imaginar coisas estranhas.

Às vezes, muito de vez em quando, você se atrevia a fazer alguma pergunta. Cándida era diferente da mãe, que lhe infundia tanto respeito. Foram criadas juntas, embora sempre mantendo uma distância prudente e necessária. Muito pequenas, brincavam juntas no pátio durante as tardes de sol. Às vezes você pescava para ela algum peixe no manancial, e vocês morriam de rir vendo-o pular sobre as lajotas antes de devolvê-lo à água e salvar a vida dele. Depois, já um pouco mais velhas, você fazia companhia a ela durante as aulas de costura e de catecismo. Rezavam juntas o terço, liam em voz alta os mesmos livros. Se não fosse por você, a Srta. Cándida teria morrido de tédio. Se não fosse por ela, você jamais teria saído da cozinha. De vez em quando, a senhora lhe dava de presente um vestido que tinha ficado pequeno para a florzinha — e grande para você, porque ela sempre foi mais forte, mas não importava, porque era muito bonito — ou deixava que você levasse por uma noite uma daquelas bonecas velhas que a menina não queria mais. Com o passar dos anos, os papéis de cada uma foram se definindo graças à vontade expressa da senhora. Quando as duas completaram 14 anos, dona Hortensia decidiu que, naquele instante, você seria a camareira pessoal da senhorita. Você se encantou com a promoção, que lhe dava um lugar próprio, permitia que você fosse útil.

A partir daquele momento, você foi a primeira e única pessoa que Cándida via todos os dias, sua confidente, talvez um pouco sua amiga. Acordava-a de manhã, ajudava-a a sair da cama, preparava seu desjejum, escolhia suas roupas, fazia suas tranças, acompanhava-a nos passeios sempre depois do toque do meio-dia, ouvia-a com uma paciência infinita, sentava-se ao lado dela na igreja, buscava suas lições à tarde, acendia as luzes quando ela não estava enxergando, trazia o missal e o rosário, o xale quando tinha frio, desfazia suas tranças, escovava seus cabelos, passava o aquecedor de cama nos lençóis, aproximava o castiçal, às vezes lia um pouco em voz alta para ela e, quando ela adormecia, desejava-lhe boa noite, soprava a pequena chama e se retirava feliz e agradecendo ao céu pela sorte que tinha.

Um dia você se atreveu a lhe fazer a pergunta que estava guardada havia muito tempo:

— Senhorita, você sabe quem foi nossa ama de leite?

Ela teve de pensar durante alguns segundos:

— Não. Por que você quer saber isso?

— Por nada. É só curiosidade.

— Nossa, como você é estranha, Aurora! Quer saber cada coisa! E por que não pergunta à mamãe?

— Não quero incomodá-la com minhas impertinências.

— Não vejo por que ela iria se incomodar.

— Não importa. Não tem importância. São bobagens minhas.

— Tem razão, Aurorinha. Você é uma boba! Não se preocupe mais. Vou perguntar a ela.

E alguns dias depois chegou a resposta:

— Mamãe disse que não se lembra do nome da ama de leite, só sabe que ela mora perto das Huertas de San Pablo e que tinha um filho recém-nascido. Mistério esclarecido, Aurorinha! Ficou feliz?

Aquelas explicações não foram suficientes para você.

— E quando ela cuidava de nós, morava onde? Nesta casa?

Cándida a olhava com muita estranheza.

— Isso não perguntei.

— Mas eu acho que é importante.

— Ceeeeerto. Vou perguntar, mas não entendo por que você precisa saber disso.

— Por nada. Só por curiosidade. Você nunca pensou nisso? Nunca fica obcecada por nada? Nunca aconteceu de você não conseguir parar de pensar em alguma coisa, nem de dia nem de noite?

— Ai, claro que já! Por exemplo: preciso saber como é beijar um homem. Não conte para a mamãe!

Você ficava vermelha e não sabia o que responder. Ela ria de você, achando que era estúpida.

— Você já beijou um homem, Aurora?

— Não! Claro que não!

— E já a tocaram?

— O que quer dizer com isso?

— Mamãe diz que lá embaixo, onde você vive, as coisas são diferentes. Mais rápidas. Diz que vocês não sentem a mesma coisa que a gente. Você acha que ela tem razão?

Você arregalava os olhos, surpresa.

— Acho que os sentimentos são iguais para todo mundo, senhorita.

— Quem sabe, não é mesmo? — ruminava ela. — Em todo caso, nem eu nem você podemos saber de nada, ainda não estreamos!

Outro rubor surpreendia suas faces, mas com Cándida não acontecia nada parecido. Ela falava com absoluta naturalidade de assuntos em que você não se atrevia nem a pensar.

Depois de alguns dias, chegou outra resposta:

— Minha mãe diz que está cansada de você perguntando pela ama de leite, e diz que não pretende responder a mais nenhuma outra pergunta. Mas me contou que a tal mulher de cujo nome não se lembra nunca morou nesta casa. Ela tinha sua própria casa e todo dia ia e vinha numa carroça, que era de um irmão dela, e partia à tarde, depois de terminar o trabalho. Agora está satisfeita?

Em seu rosto via-se que não. Você continuava pensando. E com razão, porque ali havia algo que não batia.

— Mas se vinha de carroça de Huertas de San Pablo, devia levar pelo menos uma hora — dizia você, falando consigo mesma.
— Amamentar nós duas devia mantê-la ocupada por pelo menos uma hora. Talvez uma hora e meia. Como fazia para ir e vir todas as vezes? Você não acha muito estranho, senhorita?
— Pelo visto ela tinha família, Aurora. Ia e vinha porque tinha de cuidar do filho. O que me parece muito estranho é que você perca tempo com isso. Deixe pra lá, vamos.

Mas você não deixava. A cada dia encontrava novas explicações.
— Srta. Cándida, sabe aquela história da ama de leite? E se a ama de leite trazia o filho para nossa casa? Acho que é a única explicação possível para...

Mas a paciência da Srta. Cándida tinha se esgotado:
— Eu fui bem clara, Aurora. Chega de perguntas! Minha mãe não quer saber mais nada desse assunto, nem eu. Pare com isso de uma vez por todas! Não me faça repetir!

Ela tinha ficado muito irritada, sabe-se lá por que razão. Você disse que iria parar, que jeito tinha?, mas a enganou. Perguntou a todo mundo que lhe ocorreu. Às cozinheiras, ao chofer, à governanta. Ninguém se lembrava de jamais ter visto uma ama de leite na casa, nem carroça alguma na porta. Claro que o chofer tinha 86 anos e a memória ruim. E, das cozinheiras, só restava uma daqueles anos que você se empenhava em investigar como se fosse um comissário de polícia, e ela deixou bem claro para você que naqueles tempos tinha tanto trabalho que não reparava em nada além das panelas que ferviam no fogo, já que nunca saía da cozinha.

— Mas a ama de leite devia comer — dizia você, dando continuidade ao interrogatório. — E as amas de leite têm fama de comer muito e de ter caprichos de todo tipo. Você bem deveria se lembrar de tê-la visto.

— Sim, garota, você tem razão. As amas de leite são como marquesas. Pobre daquele que tiver de servi-las! — sentenciou a cozinheira.

— E então?

— Então não sei o que lhe dizer, Aurora. Nunca vi ninguém, fechada aqui, entre estas quatro paredes pretas. Que eu saiba, nunca servi nenhum prato a nenhuma ama de leite. E posso saber por que você tanto quer saber?

Você continuava sem contar nada a ninguém. Também não deu explicações na tarde daquela quinta-feira — sua tarde livre — quando saiu para dar uma volta e, como quem não quer nada, foi até Huertas de San Pablo. Era uma loucura, mas perguntou por ali a desconhecidos se sabiam de uma velha ama de leite que talvez morasse ou tivesse morado naquele lugar, e que tinha família e um irmão com uma carroça, e que era mãe de uma criatura que devia ter mais ou menos a sua idade, e todos os detalhes que foram lhe ocorrendo... Mas nada. Ninguém soube lhe dizer uma única palavra sobre aquele mistério, e você teve de voltar para casa decepcionada e com as mãos vazias, convencida de que estava perseguindo um fantasma. E o que você esperava, Aurora? Ora, parece mentira, perder tempo com semelhante estupidez, como se em Huertas de San Pablo não vivesse uma multidão.

NORMA

Deixemos o tempo passar. O mundo deu algumas voltas desde a estreia de *Don Giovanni* no Liceu. Dom Gabriel morreu de repente depois de umas tantas horas de dores no peito, e seu filho Antonio está agora à frente do negócio. É muito jovem — 21 anos recém-completos —, mas graças às viagens e aos estudos no exterior tem alguma experiência e, principalmente, muitíssima ambição e bastante vontade de trabalhar. Pretende começar mecanizando a fábrica de seus ancestrais para transformá-la numa verdadeira indústria. Segundo a velha tradição da linhagem dos industriais catalães, Antonio Sampons pertence à geração destinada a se destacar, engrandecendo o nome da família e fazendo com que sua fortuna cresça como um biscoito dentro do forno. Seus sucessores, por sua vez, estarão destinados à ruína e à falência, mas logo veremos como as coisas irão se suceder nesse caso.

Como dom Gabriel Sámpons hava previsto, Estanislao Turull, um velho de alma jovem, e Antonio Sampons, um jovem com hábitos de velho, acabaram se entendendo muito bem. Dez minutos depois de se conhecerem, imediatamente após os cumprimentos de praxe, já estavam falando do que tinham de falar.

— Quer dizer que você constrói máquinas — disse o recém-chegado.

— E construiria mais, se me deixassem.

— Parabéns! Já era hora de alguém se decidir a inventar alguma coisa por aqui.

— Ei, ouça, jovenzinho, trate de se informar antes de falar. Aqui há uma boa tradição de iluminados como eu. Outro dia me contaram o caso de um chocolateiro do século passado que construiu um mecanismo de moer cacau para fazer chocolate sólido. Foi o primeiro, sem dúvida. Uma verdadeira inovação para aquela época! E ele era tão barcelonês quanto você e eu.

— A máquina funcionava bem? Ainda existe?

— Ninguém sabe direito como era. Desapareceu sem deixar vestígios.

— Como é possível?

— Não restou nem sequer um desenho!

— E o nome do inventor?

— Outro problema. É Fernández.

— Puxa, com um nome tão comum assim, será difícil encontrá-lo.

— É como procurar uma agulha no palheiro.

O jovem Antonio achava tudo muito estimulante e morria de vontade de colaborar no desenvolvimento da tecnologia barcelonesa. Tinha trazido algumas ideias dos países mais avançados da Europa — como, por exemplo, adicionar leite ao chocolate para torná-lo mais doce, mais suave ao paladar. Dom Estanislao pensava nisso a cada minuto, muito entusiasmado com o futuro que intuía atrás de todas aquelas novidades.

Naqueles primeiros anos de colaboração, as conversas dos dois homens eram insuportáveis.

— O problema são as cascas, Turull. Não caem nunca onde devem cair. Você precisa fazer alguma coisa.

Ou então:

— É preciso que a temperatura suba ou desça quando eu quiser, e não quando sua maquininha quiser, Turull!

Dom Estanislao quebrava a cabeça com entusiasmo. Gostava que as máquinas fossem teimosas, porque ele era mais ainda.

Foram tempos de profundas inovações. O jovem Sampons resolveu empreender uma série de viagens a Cuba com o objetivo de supervisionar as plantações de cacau e decidir *in loco* qual grão era mais conveniente para seus produtos, que aspiravam à excelência pela primeira vez desde que seu avô tinha aberto uma loja na rua Manresa. Começou assim um ir e vir pelo mundo que nunca parava e que, com os anos e os sobressaltos da história, foram modificando suas rotas: Fernando Poo, Turquia, o norte do Marrocos... Também viajava pela Europa, para não perder de vista a concorrência e, de passagem, continuar se inspirando. Foi depois de uma dessas viagens que teve a ideia que mudaria tudo. Estava tão entusiasmado para colocá-la em prática que, assim que chegou, convocou seu colaborador e — a essa altura — amigo para lhe explicar o assunto:

— O segredo é mexer, Turull! Mexer sem parar, com ímpeto, durante pelo menos três dias. Você não imagina a diferença! Obtém-se uma mistura doce, suave como veludo. Faça-me uma máquina capaz de mexer todo esse tempo sem quebrar e eu vou recheá-la com um chocolate que vai nos deixar ricos.

Turull pensou na máquina, desenhou-a e depois a construiu ajustando cada peça até que ficou perfeita. As predições do jovem Sampons se cumpriram e foram superadas. Seu chocolate satisfez o desejo de muita gente e, sobretudo, o dele mesmo.

Paralelamente à modernização da fábrica, o jovem Sampons fez grandes avanços num empreendimento ainda mais complicado: convencer a filha do seu sócio a se casar com ele. Deparou-se com muitos contratempos, sobretudo no começo, e teve de superá-los sozinho e usando métodos tradicionais. Ou, pelo menos, sem pedir ajuda a seu futuro sogro. Era um grave inconveniente, mas ainda não haviam inventado nenhuma máquina que servisse para seduzir jovenzinhas.

A Srta. Cándida era a única peça que faltava ao jovem chocolateiro para completar o quebra-cabeça do futuro. Mas ela se divertia menosprezando-o e negando-lhe até a esperança mais ínfima. Era como uma brincadeira que havia começado na primeira vez que se encontraram no Liceu, sob os olhares cheios de expectativas de suas mães. Antonio Sampons lhe trouxe — tal como Cándida havia profetizado — uma caixa de chocolates de presente. Ela foi amável, elogiou o conteúdo da caixa, ofereceu-o às senhoras para que se servissem e em seguida a deixou de lado, como se tivesse se esquecido dela. Passou a noite inteira no camarote, fingindo que estava muito interessada no que acontecia no palco — alguma coisa entre Guilherme Tell e os soldados austríacos —, mas não voltou a olhar para Antonio.

Em duas ocasiões, aproveitando os intervalos, ele tentou iniciar uma conversa: na primeira vez fez uma nada breve introdução sobre as obras de Rossini que havia visto em teatros de várias cidades da Europa até chegar a *Guglielmo Tell* — ele falava assim, em italiano —, que considerava a melhor de todas, apesar de sempre tê-la achado um pouco longa. Vendo o pouco sucesso obtido em sua tentativa anterior, na segunda, o jovem Sampons lançou mão de algumas histórias de verdadeiro conhecedor. Ela saberia, talvez, que Rossini compôs grande parte de suas melhores óperas para sua amante, com quem depois se casaria, a cantora Isabella Collbrand? Ou talvez também ignorasse que o compositor se afastou aos 37 anos, em seu auge, sem que ninguém jamais soubesse por quê? Cándida o ouvia com um sorriso congelado e o olhar perdido, concordando mecanicamente com a cabeça, como se aquilo não lhe interessasse nem um pouco. Na primeira oportunidade que teve, escapuliu e voltou ao camarote. O chocolateiro ficou boquiaberto.

No dia seguinte, a senhorita esperava por você acordada para fazer sua avaliação, que só podia compartilhar com você, morrendo de rir. E você queria saber como ela havia se saído.

— Ele é mais desinteressante que uma folha de papel! — disse.
— E você, fez o quê?
— O que eu podia fazer? Fugi dele todas as vezes que pude.
— Então... Não vai aceitá-lo como pretendente?
— Ora essa! Cale essa boca! Claro que não!
— Nesse caso, fez o que devia, senhorita — dizia você. — Se não quer que ele se interesse por você, é melhor deixar as coisas claras desde o começo.
— Aurorinha, você não entende nada mesmo. O que eu quero é que ele fique louco por mim.
— E por quê?
— Como você é tola! Não sabe que a melhor maneira de fazer com que um homem fique louco por você é desprezá-lo tanto quanto puder?

Você levava as mãos à cabeça, como em todas as vezes que a senhorita falava dessa maneira. Ao mesmo tempo continuava sem entender nada.

— Mas por que a senhorita quer que ele fique louco de amor? Está gostando dele?
— Nem um pouquinho! Não posso nem olhar para ele. Só sabe falar de compositores mortos!
— Então não entendo, senhorita.
— A única coisa de que gosto é de como ele me olha. Você não gosta que os homens olhem para você? Não faz você se sentir poderosa?

Aquela era uma das muitas coisas que nunca haviam passado pela sua cabeça. Os homens a olhavam? Não, para você não, estava convencida disso. Nunca olhariam para você. E, se alguma vez olhassem, você não se sentiria importante. Pessoas como você não sabem se sentir importantes, embora às vezes a oportunidade apareça.

— E já pensou no que vai acontecer se um dia ele pedir a sua mão? — perguntou você, fazendo o papel de advogado do diabo.
— Sua mãe gosta muito do Sr. Sampons.

E Cándida dava de ombros.

— Vou ter de me casar com alguém, não é?

Você não estava enganada. A Sra. Hortensia estava encantada com o pretendente de sua filha. Ria de todos os gracejos dele. Por isso mesmo, ela não conseguia entender a atitude da menina. Passava o dia chateada com ela.

— Você não poderia ser um tiquinho mais agradável com o pobre rapaz? Não vê a cara de sofrimento que ele faz toda vez que se aproxima? Na outra noite, você nem sequer olhou para o chocolate que ele lhe deu de presente. Se não fosse por mim, você o teria esquecido no foyer. É tão difícil assim conversar com ele, ser simpática, agradável?

— Ele não para de falar de Rossini! E eu lá sei de Rossini?

— Não é preciso saber de tudo para ser agradável. E, quando não souber o que dizer, dê razão a ele e pronto. Os homens gostam muito que deem razão a eles.

A Srta. Cándida franzia o nariz e fazia cara de menina pequena. De menina malcriada. A Sra. Hortensia não via a hora de retomar o sermão.

— Você deve achar que está cheia de pretendentes como ele. Mas essa criatura é um tesouro! Tem de tudo: um bom apartamento, juízo, fortuna e sabe se distrair. Só isso já é uma grande sorte, pois com os homens que não sabem se distrair só acontecem calamidades, como bater na mulher ou ir embora com uma corista. Talvez agora você não se dê conta, menina, mas é porque não viu o mundo por um buraco. Garanto que, se não fizer alguma coisa, outra vai roubá-lo e você vai ficar sozinha de cara no chão.

— Ora, não me importo, porque não quero pretendentes.

— Ah, muito bem. Amanhã mesmo irei ao convento de Junqueras para ver se há vagas.

As discussões se complicavam tanto que dom Estanislao era obrigado a intervir para restabelecer a paz.

— Não leve isso tão a sério, rainha — dizia à mulher, com aquela voz aveludada capaz de acalmar uma fera —, o problema é que nossa flor ainda é muito jovem para pensar em marido e casamento. E, se o garoto Sampons é tão inteligente como parece, ele há de perceber isso e irá esperar até que ela esteja disposta a ouvi-lo. Além do mais, uma mulher sem maldade é um tesouro que um varão ajuizado sabe apreciar.

Esses argumentos eram uma espécie de bálsamo para as feridas da Sra. Hortensia e surtiam efeito, pelo menos para que ela se acalmasse. Mas as feridas sempre voltavam a se abrir nas noites de ópera.

O jovem Antonio Sampons insistia em falar de música, talvez porque pensasse — pobrezinho! — que assim estaria deslumbrando qualquer candidata. Havia herdado a paixão pela música de sua mãe, que desde que ele era pequeno o levava ao Liceu e ao teatro Principal. Mas nos anos em que tinha vivido no exterior ele havia se empenhado em ampliar sua paixão, moldá-la, sofisticá-la, até se transformar num conhecedor do assunto. Conhecia de cor todo o repertório clássico, tinha opinião formada sobre meia dúzia de óperas de Mozart nunca vistas em Barcelona e estava em dia com as últimas estreias dos compositores mais populares do momento, como Meyerbeer ou Verdi. Inclusive falava com propriedade de Wagner — tinha amigos que haviam assistido à estreia de *Tanhäusser* em Paris — e esperava o momento em que os palcos de todo o mundo se rendessem aos pés do gênio alemão.

No camarote do Liceu, a única pessoa que prestava atenção de fato às dissertações operísticas de Antonio Sampons era sua futura sogra, e não apenas porque se sentia na obrigação de compensar de alguma maneira os desgostos que sua Candinha causava a ele, mas porque realmente se interessava por tudo que ele dizia. Antonio era um poço de sabedoria a cada vez que abria a boca. Conhecia cantores, diretores, estilos, sabia identificar pelo nome exato cada garganteio emitido por tenores ou sopranos, informava quais eram as partes mais importantes de cada ópera e durante os intervalos fazia comentários de especialista, admirando a segurança dos agudos de tal cantor ou a potência e o brilho na zona média da soprano. Nunca mais iam a qualquer função sem antes perguntar a Antonio Sampons se valia a pena, que encenação recomendava e se tinha alguma história para contar. E Antonio se apressava em satisfazer seu reduzido público, do qual sempre fazia parte uma Cándida que não reagia ou que olhava para todos os lados, entediada.

Uma noite, antes que a representação de *Norma* começasse, anunciaram que a soprano Caterina Mas-Porcell, que interpretaria a jovem virgem Adalgisa, estava com uma terrível afonia e que em seu lugar cantaria uma intérprete desconhecida de nome italiano, Marietta Lombardi. A Sra. Hortensia perguntou ao jovem expert que opinião ele tinha sobre a suplente, e ele, confuso — era um grande admirador de Mas-Porcell — foi forçado a reconhecer que nunca tinha ouvido falar dela.

Durante a representação, Antonio Sampons não deixou de se espantar por um minuto. A tal Marietta era uma soprano ligeira com superagudos incríveis e um fraseado prodigioso, que ninguém ali esperava. Além de ser jovem e bonita, interpretava o papel com a típica segurança de uma cantora veterana, apesar de estar — soube-se durante intervalo — debutando no papel e aquela ser a primeira vez que atuava fora de Pádua, sua cidade natal. Antonio Sampons estava tão impressionado que não parava de elogiar as qualidades da italiana, enquanto as senhoras seguiam a corrente dele, mesmo sem notar tanto a diferença.

Quando a apresentação terminou, o Liceu estava rendido aos pés daquela criatura ruiva cujo rosto angelical não combinava com o vigor que suas cordas vocais haviam demonstrado. Até o crítico Joan Cortada aplaudia com entusiasmo. O produtor do espetáculo respirava aliviado, e a soprano Carolina Briol, que naquela noite havia interpretado Norma, olhava a debutante de rabo de olho, com uma vontade sincera de assassiná-la. Foi um verdadeiro banho de êxito e admiração.

Naquela mesma noite, a jovem Marietta Lombardi, que ainda não acreditava em tudo aquilo que estava acontecendo com ela, recebeu um enorme buquê de rosas vermelhas acompanhado de um cartão no qual se lia: *"Del suo devoto ammiratore* Antonio Sampons."

No dia seguinte, o jovem empresário quis saber sobre o estado de saúde da Sra. Mas-Porcell e, quando descobriu que ainda não estava recuperada da afonia, fez o que nunca havia feito: foi sozinho ao Liceu. Do camarote, enquanto admirava os rés, os mis e até os fás da belíssima soprano, ia fazendo cara de aprendiz de alguma coisa. Durante o intervalo, com absoluta premeditação, a Srta. Lombardi recebeu uma caixa especial de chocolates Sampons e pediu que lhe traduzissem o que estava escrito na tampa. Quando abriu a caixa, um cartão de impecável caligrafia, que continha um convite para jantar, caiu no chão. Ela enviou uma resposta afirmativa ao camarote correspondente e o espetáculo continuou.

Antonio Sampons falava italiano. Quando queria, pois já foi dito que era um homem de poucas palavras. Naquela noite estava exultante, disposto a falar pelos cotovelos, convencido de que convidar desconhecidas para jantar era uma maneira de demonstrar o homem que era. Esperou Marietta fumando, em pé no meio do foyer do teatro. Não se importou que o vissem quando beijou a mão de sua acompanhante, nem quando lhe ofereceu o braço para levá-la para passear nas Ramblas acima, em direção ao hotel Colón, onde tinha reservado uma mesa e também — se fosse o caso — uma suíte.

O Colón, como sempre, estava repleto de rostos conhecidos, mas ele não se importou. Era um homem jovem, livre e de espírito europeu. Não tinha nada a temer: Marietta Lombardi era dois anos mais velha que ele — tinha 23 — e era dona de dois seios redondos e bem colocados que o deslumbravam mais até do que seus agudos. Comia com bom apetite, sem recusar nada, e fora do palco parecia uma garota simples, muito diferente de tudo que ouvira falar a respeito dos artistas. Conversaram sobre música durante praticamente a noite toda, sem que nenhum dos dois perdesse a vontade de continuar a fazê-lo, e quando, às cinco da madrugada, ela disse que era tarde e que tinha de ir embora, Antonio estava tão agitado que nem se lembrou da suíte (e isso porque pagara preço de ouro por ela). Não o incomodou o fato de ter passado a noite conversando com Marietta, muito pelo contrário. Na verdade, para Antonio Sampons, passar a noite conversando era tão raro quanto passá-la numa suíte do Colón.

Quando chegou em casa, com o fraque amassado e um sorriso bobo nos lábios, foi direto para a cama, sem imaginar que sua mãe tinha recebido a notícia havia horas e chorava sua má sorte no escuro, trancada no quarto.

A Srta. Cándida ficou sabendo de tudo pela boca da Sra. Sampons, que estava contando o ocorrido à Sra. Hortensia. Não para pedir ajuda, mas para desabafar, porque estava "doente de angústia". Que mulher mais esperta a esposa do chocolateiro, que aproveitou um momento em que os homens saíram em busca de um refresco para contar à sua amiga, em tom de confidência e com a urgência que os segredos exigem, tudo o que estava acontecendo:

— É claro que você está percebendo que meu Antonio está estranho. Parece que não é ele! Você se lembra daquela garota italiana chata que substituiu nossa Mas-Porcell na *Norma* da primavera passada? Então, o garoto se encantou por ela. Eu achava que seria apenas um entretenimento passageiro, mas essas artistas são muito vividas, e meu Antonio é um ótimo partido. Bom, não preciso dizer mais nada. O fato é que meu filho começou a lhe mandar presentes. Flores, chocolates, uma joia aqui, outra ali, sabe-se lá o que mais. Também convidou-a para jantar várias vezes nos lugares mais caros de Barcelona e se exibiu com ela em tudo quanto é canto, o incauto. Mas o pior não foi essa febre absurda, pois afinal de contas meu filho é um homem, e você sabe como é isso. O pior, querida Hortensia, é que a febre ainda não passou, e eu começo a temer aquilo que se diz: mal que não tem cura, querer curá-lo é loucura... Quero dizer que talvez essa diversão esteja durando mais do que deveria, você não acha? Agora ele enfiou na cabeça que quer ir a Paris. Não estávamos entendendo nada até ontem, mais então soubemos que ela também está lá, cantando não sei o que na Ópera. Vê-se que a italianinha progrediu muito depois daquela história de Barcelona e agora todo mundo a quer e chovem contratos dos melhores teatros europeus. Ai, quem dera ela fosse convidada para ir à Argentina ou ainda mais longe, você está cansada de saber como são esses artistas, não fazem nada além de ir de um lugar a outro e tudo são grandes ocasiões, músicos, funções, recitais, ensaios, recepções e admiradores... e ainda por cima os encantos da garota não são de se jogar fora (e menos ainda quando aparece disfarçada de sacerdotisa, você se lembra?). Ora, tudo isso é muito para ser suportado por um bom rapaz como o meu. Está tão disperso que já começo a temer que um dia desses vai aparecer casado com ela. Ou então a catástrofe: vai nos dizer que estão esperando um filho. Que desgosto!

A Sra. Hortensia tapava a boca com a mão e lhe escapavam lágrimas diante da magnitude daquela tragédia. *A presteza da soprano ligeira*, este poderia ser o título da opereta, que para elas era um drama. Para a garota, uma simples representação tinha sido suficiente para transformar em migalhas os sonhos daquelas duas damas de um dia serem consogras. Mas, agora que estavam mancomunadas — não, esta palavra é muito feia para objetivos tão legítimos —, agora que estavam associadas, encontrariam um jeito de conduzir a situação e tudo sairia bem. Não poderia ser de outra forma.

Dona Hortensia não precisou de tempo para jogar a culpa de tudo isso na filha:

— Eu não lhe disse que iriam roubá-lo, menina? E então? Ficou satisfeita? Não vai dizer nada? Vai gostar de vê-lo de braços dados com uma italiana decotada?

A resposta era tão complexa que a Srta. Cándida preferiu ficar calada. Não, não estava feliz pelo fato de Antonio Sampons ter uma amante. Mas ao mesmo tempo estava sim, porque isso abria um leque de possibilidades muito excitantes. Tinha uma rival. E não uma rival qualquer! Era uma batalha que ela queria vencer, fazendo ao menos uma vez frente comum com as senhoras, mas também se destacando por sua grande audácia naquele terreno. De maneira nenhuma ela iria permitir que Antonio Sampons continuasse abobalhado por aquela Marietta Lombardi.

Era tudo muito emocionante, embora nunca tivesse confessado a ninguém dessa maneira — a não ser a você, Aurora, certamente você era a eterna confidente dela —, porque o episódio da soprano ligeira permitiu que ela se desse conta de que, dentro da chatice do Sampons, dormia um homem distinto, capaz de fazer travessuras, de gastar fortunas e até — conforme sua mãe imaginava — de ter filhos com uma qualquer. E tudo isso, aos olhos de Cándida, fazia com que ele de repente parecesse uma pessoa interessante. Agora Cándida via Antonio Sampons de outra maneira, como se fosse seu e valesse muito a pena. Foi assim que nasceu a necessidade de competir com Marietta Lombardi e, sobretudo, de vencer a batalha, claro, porque sempre soube que a venceria.

— Acho que você sempre foi apaixonada por Antonio Sampons — disse você quando ela lhe fez todas essas confidências.

— Apaixonada? Você acha? Você já esteve apaixonada alguma vez, Aurora?

Você deu de ombros. Não sabia o que dizer. Se havia se apaixonado, não tinha percebido.

— Acho que eu também não — prosseguiu ela. — Mamãe diz que nunca se deve perder a cabeça por amor, mas eu gostaria. Você não?

— Não sei...

— Mas não por um homem qualquer! Por um mau de verdade, Aurora, que me fizesse sofrer muito.

— Como Antonio Sampons?

— Quem me dera fosse ele, Aurora. Quem me dera! Você acha que ele é mau o bastante? — E você encolhia os ombros de novo, e ela suspirava, boba, jovem demais para saber o que estava dizendo.

A batalha da Srta. Cándida começou assim, devagar, mas com mão firme. Começou por se interessar por tudo o que Antonio lhe dizia e descobriu — maldita surpresa! — que era muito interessante. Também começou a olhá-lo quando ele falava e a responder com algo mais do que monossílabos quando ele pedia uma resposta. Adotou o hábito de usar vestidos mais decotados — "Se quero competir com uma mulher vestida de bela sacerdotisa, vou ter de deixar alguma coisa a descoberto" — disse ela à Sra. Hortensia, que logo lhe deu razão —, perfumar bem o decote e os ombros antes de sair e, já no teatro, não parar de sorrir em nenhum momento, muito sedutora. Mas só fazia isso na presença de Antonio, como o pescador que joga o anzol diante de uma imensa merluza.

Logo vieram os primeiros resultados. Antonio, ultimamente tão arisco com ela, voltou a lhe dirigir palavras amáveis, convidou-a várias vezes — durante os intervalos — a dar um passeio até o Salão dos Espelhos e voltou a lhe dar de presente enormes caixas de chocolate.

Foi durante um desses passeios, num intervalo de *Saffo*, de Salvadore Paccini, que ele disse:

— Quero lhe contar um episódio que me envergonha, Cándida Há poucos meses me envolvi com certa senhorita e fiz coisas totalmente abomináveis.

— Abomináveis como? — Ela se mostrou interessada.

— Em grau extremo.

— Sinceramente, Antonio, não acho que você seja capaz disso. — Sorriu ela, encantadora, sem parar de andar.

— Garanto que sou!

— Por que não me conta? Vamos ver se tem razão.

— Jamais, Cándida. Não poderia!

— Não? Que pena...

— Só quero lhe pedir uma coisa.

— O que, o quê?

— Que me perdoe.

— Mas por quê? Você não me ofendeu.

— Está falando sério?

— E, mesmo que tivesse me ofendido, eu o perdoaria.

— Não acredito.

— Então experimente.

— O que disse?

— Então me ofenda. Experimente.

— O quê, Cándida? O que você está querendo dizer?

Cándida parou, sustentando um olhar de mulher que sabe muito bem o que diz e acrescentou:

— Quero ter algum motivo para perdoá-lo. Pode me fazer esse favor?

As mulheres são uma subespécie muito curiosa, devia pensar o pobre Antonio. Uma subespécie que sempre faz algo bem diferente daquilo que se espera.

— Então você me aceita como pretendente? — prosseguiu ele.

— Só com uma condição.

— O que você quiser.

— Que perca a cabeça por mim.

— Isso você não precisa me pedir, Cándida. Faz tempo que a perdi. Como você não ligava para mim, tive de procurar uma substituta que não chegava nem à sola de seus sapatos.

Se Cándida tivesse orientado o candidato sobre as coisas que deveria dizer para seduzi-la, não teria conseguido melhor resultado. Aquelas palavras eram exatamente o que ela queria, as de que seu orgulho precisava.

— Posso perguntar agora o que você acha de mim?

— Pode, mas não vou responder.

— Então voltarei a perguntar quando for seu marido.

— Vou continuar não respondendo.

Antonio Sampons e a herdeira dos Turull se casaram na igreja da Merced em 24 de maio de 1872. Ela tinha 18 anos, ele, 22, e tinha acabado de cumprir o ano de luto pelo falecido dom Gabriel. Na rua Manresa já havia 15 máquinas inventadas pelo sogro funcionando a pleno vapor.

O jovem casal tinha tudo: uma dádiva de juventude, beleza, dinheiro, relações sociais satisfatórias, um futuro de progresso financeiro e grandes esperanças. A produção da Chocolates Sampons se multiplicou por cem só no primeiro ano. Começaram as inovações — aquele chocolate com leite inventado pelos suíços —, as exportações, as ideias felizes de Antonio, como a de colocar cromos colecionáveis nos tabletes de chocolate ou encomendar quadros a artistas renomados para reproduzi-los nas embalagens de seus produtos. Começou também a publicar anúncios nos jornais, algo nunca visto até então: "Os chocolates Sampons se adaptam a todos os bolsos e a todos os gostos", "Uma xícara de chocolate Sampons é o mais agradável café da manhã", "Experimentem os chocolates Sampons quando se cansarem de outra marca." A empresa ia de vento em popa, e o jovem Antonio vivia para ver isso. E dez meses depois do casamento, como a cereja do bolo, veio ao mundo a pequena Antonieta.

— Mulher casada, logo engravidada... — murmurava de felicidade a senhora, que não fazia nada além de ver na pequena neta os traços do falecido marido.

Por sua vez, a Sra. Hortensia e o Sr. Estanislao, muito satisfeitos com o rumo das coisas, estavam convencidos de que agora em sua vida tudo seria um caminho fácil e com um leve declive com vista para uma paisagem linda e ensolarada. Visitavam três vezes por semana a casa da moça — que tinha entrado como nora na casa da rua Ampla — e ali encontravam todo um universo: a consogra com o chocolate e os biscoitos prontos, o genro com um montão de quimeras novas que desejava propor ao sogro, e você, Aurora, tão feliz de vê-los como uma segunda filha. Lanchavam, encantavam-se contemplando a pequena rainha da casa, que não se parecia com ninguém e todos achavam maravilhosa — embora não fosse nem um pouco, pobre criatura —, e o senhor ainda cantava a tal da *"Bella figlia dell'amore schiavo son de'vezzi tuoi"* toda vez que via Cándida passar, com seus vestidos de mulher casada e seus penteados impecáveis.

Naturalmente, também continuavam indo ao Liceu, onde o jovem casal era agora motivo da inveja de todos. Andavam muito elegantes e tinham aquela aura de encantamento de quem tem o mundo aos seus pés. Ocupavam o camarote de sempre. A sogra, no entanto, já aparecia menos, talvez porque não lhe apetecesse mais se enfiar naqueles vestidos que pareciam cortinas, nem de estrangular as gorduras da papada com o colar de rubi. Agora era Cándida quem exibia a joia, embora menos do que gostaria e sempre com a permissão de sua legítima proprietária.

Durante as óperas, os homens ainda conversavam sobre máquinas — outro detalhe imutável — e as mulheres, mãe e filha, comentavam as graças da menina ou da sogra, ou dos maridos, ou as mil fofocas que sempre tinham para contar. Por mais que conversassem durante quatro ou cinco horas seguidas, nunca era suficiente.

Nos poucos momentos em que ficavam caladas e voltavam a olhar para o palco, os Turull observavam a menina de seus olhos dando graças ao céu. Graças porque aquela filha tardia seria o bom porto em que todas as suas angústias atracariam. Graças por ter lhes dado o maior e mais inesperado orgulho de suas vidas. Graças por ter lhes dado de presente a alegria e o consolo de sua velhice. Graças, graças, graças.

Então estreou *Il trovatore*.

IL TROVATORE

Os primeiros Sampons moravam na rua Manresa, num apartamento que ficava em cima da loja que o avô fundou assim que chegou de Molins de Rei. Dom Gabriel, por sua vez, quis fazer uma extravagância para sua mulher e comprou um palacete velho e deteriorado na rua Ampla, fez quatro reformas mais urgentes — e também insuficientes — e se instalou ali com toda a parentada. A casa era quadrada e sólida como uma rocha, tinha balcões de ferro forjado que davam para a rua, tetos carregados de molduras, um salão de dança onde nunca ninguém dançaria e até uma entrada para carruagens.

Foi ali que Cándida chegou como nora depois de se casar com Antonio Sampons. Seu quarto, que tinha sala e alcova, dava para a rua e era um dos mais alegres da casa, porque ficava no segundo andar e o sol o encontrava com facilidade em sua rota sobre a cidade. Antonio tinha o próprio quarto, no mesmo andar, perto do da esposa — já sabemos por que razão —, mas ao mesmo tempo afastado por algumas portas, tapetes e cornucópias. A você foi destinado, como era normal, um quartinho no porão. Quatro paredes sujas e sem janelas, uma porta com as dobradiças destroçadas, uma cama, um armário e um urinol. Um patrimônio bem escasso, mas você nunca esperou mais do que isso.

Sua vida não passou por nenhuma mudança na casa da rua Ampla. Todo dia, às nove e meia, você subia as escadas, equilibrando a bandeja coberta com uma toalha de linho. E, sobre a toalha, a chocolateira — com o líquido de aroma delicioso —, a cesta com algumas fatias de pão e um pratinho com frutas frescas. Costumava fazer uma pausa na mesinha do patamar, batia na porta do quarto da senhorita, perdão, da Sra. Cándida. Duas batidas delicadas e imediatamente a voz dela lhe dava permissão lá de dentro: "Entre, Aurorinha, entre." E você entrava no quarto na penumbra, com a bandeja nas mãos e as porcelanas tilintando, deixava tudo em cima da mesa, fechava a porta do corredor, abria as cortinas e então a luz se derramava sobre móveis e tapetes e também sobre o papel decorativo das paredes. Então a senhora tomava o café da manhã na cama — porque uma dama não deve se levantar assim que acorda — e o dia ia tomando embalo pouco a pouco para as duas, embora para você já tivesse começado havia horas.

Depois você escolhia a roupa, escovava os sapatos, procurava o xale e a acompanhava no passeio do meio-dia, e às vezes à missa ou ao confessionário. À tarde lhe trazia o bastidor, o lanche, o rosário e o outro xale, o de lã, pois quando o sol fugia das janelas fazia um frio de congelar. E à noite ajudava a Sra. Cándida a se trocar, escovava seus cabelos, trazia-lhe um copo d'água, fazia companhia a ela, passava o aquecedor de cama nos lençóis. Cándida não parava de falar nunca — outra coisa que também não tinha mudado —, embora às vezes você tivesse preferido que ela se calasse, porque o que ela lhe contava em geral a incomodava, e a deixava ruborizada. Mas você ainda não havia conhecido ninguém capaz de fazer a Srta. Cándida se calar.

— Ai, Aurora, a noite de núpcias! A lei deveria obrigar todas as mulheres a viver uma, mesmo que não pretendessem se casar nunca. Se soubesse quantas coisas aprendi em algumas poucas horas! Quantas surpresas eu tive! Por exemplo: você sabia que os homens não sabem se segurar? Por mais bem-educados que sejam e por mais esforços que façam, ai, como é engraçado, não conseguem evitar: explodem como uma bomba, bum!, ou, para que você não se assuste, eu deveria dizer que se derramam como a água de uma fonte, sim, sim, é isso, e então saiba que eles perdem todas as forças e ficam abobalhados. Durante um bom tempo não são eles mesmos de todo: olham para você de olhos arregalados como uma coruja, abraçam você sem motivo, falam baixinho e tudo o que fazem transmite uma imensa preguiça. É preciso aproveitar esse momento para pedir a eles qualquer coisa que você queira há muito tempo. Algo que não seja fácil. Não se deve dizer a primeira coisa que vem à cabeça, seria uma pena, porque, nesse momento, eles não sabem lhe negar nada, por isso é preciso pensar com antecipação. Vá meditando, para o caso de chegar o momento. E não calcule por baixo, principalmente se você foi complacente e ele ficou satisfeito. Sua generosidade será tão grande quanto a felicidade experimentada ao seu lado. Por isso é tão importante satisfazê-los, ser permissiva, obediente. O confessor me disse um dia antes do casamento: "Sobretudo, menina, faça tudo o que seu marido lhe pedir e nunca lhe negue nada, mesmo que não goste do que ele lhe peça, mesmo que não entenda ou não queira, até mesmo se tiver um pouco de medo, porque, mais cedo ou mais tarde, Deus recompensará seus esforços." E quer saber de uma coisa, Aurorinha? Estou convencida de que é isso que nós, mulheres, viemos fazer no mundo: sermos recompensadas por Deus pela maneira como sossegamos as urgências dos nossos maridos. Assim eles podem descarregar todas as tensões e lidar com serenidade com seus mil negócios de cada dia. Enquanto isso, nós ficamos exibindo a prova dos nossos méritos, sei lá o quê, um casaco de pele, uma carruagem puxada por um cavalo branco, um solitário...

"Os homens são animais muito curiosos, eu não poderia imaginar! Têm um corpo bem diferente do nosso, sabia? Inclusive há um treco que se infla quando você o olha (e mais ainda se você toca nele), que se transforma numa espécie de cogumelo daqueles de cabeça colorida. Não faça essa cara, que a transformação não dura para sempre, e acredito que não doa, mas de qualquer forma lhes provoca calafrios, não tenho certeza. Sabe o que estou lhe dizendo? Que as mulheres têm muita sorte de ser assim, de uma só peça, sem alterações. Nós não precisamos passar por esse tipo de incômodo. Só a gravidez, que não importa, porque é um bem do céu.

"Tentei lhe explicar tão bem como pude, mas, para entender o que estou falando, você mesma deveria experimentar. Não, mulher, não se assuste, como se eu tivesse lhe dito alguma coisa do outro mundo. O que você teria a perder? Não é casada e, que eu saiba, não tem nenhum pretendente. Quem iria lhe pedir explicações? Quem iria se importar com o fato de você ser ou não donzela? Não acha que se preservar para alguém que não conhece é uma estupidez? E o que os padres iriam dizer nesse caso não me importa, porque eles fazem o que querem quando lhes convém, ou você acha que eles se privam dos prazeres da carne? Mas se nem nosso Senhor Jesus Cristo conseguiu! Aurorinha, minha rainha, por que está com essa cara? Não vá dizer que estou te assustando. Vamos, mulher, é sério que você não morre de curiosidade? Eu gostaria de te espiar na cama com um homem do seu tipo, pelo buraco da fechadura. Gostaria de saber o que fazem os homens que não se parecem nem um pouco com Antonio, como são sujos e grosseiros. Ai, que tentação só de pensar. Você me deixaria olhar? Não diríamos nada a ele, claro. Só eu e você saberíamos. Mas como sou boba. Isso é impossível. Não sei nem por que lhe peço. Como iríamos encontrar alguém que queira se deitar com você? O que começo a ver com muita clareza, Aurora, é que para conhecer os homens não basta se deitar com um só. Eu quero ser sábia nesse terreno. Com um homem só não tenho nem o suficiente para começar. Não me olhe assim! Está parecendo idiota! Como eu gosto de assustar você, mulher, é tão fácil! Você se assusta com qualquer coisa, Aurorinha, parece mentira, com essa idade e ainda não aprendeu nada de nada. Ainda bem que tem a mim para lhe explicar as coisas do mundo, não é mesmo?"

A chocolateira estava ali havia muitos anos, mas foi a Sra. Cándida quem mandou você tirá-la da vitrine e lavá-la muito bem com água e sabão.

— Dá para ver que ninguém a usa há muito tempo. Perguntei a Antonio se eu posso e sabe o que ele me disse? Que tudo o que há nesta casa me pertence, que eu posso fazer o que eu quiser com ela. Não é bonito? E você não acha que a chocolateira é perfeita para mim? Vou estreá-la amanhã.

Enquanto a ensaboava, você se deu conta de que não era uma peça qualquer. A finura da porcelana, o desenho de linhas delicadas, com o bico alto e a asa generosa em forma de laço. Na base havia algo escrito em letras azuis, em francês ou italiano, você não sabia dizer. O pequeno moedor se extraviou, mas você encontrou outro na cozinha. Uma chocolateira sem moedor lembra muito uma criatura com a boca aberta, e isso não se pode permitir. Além do mais, o chocolate deve ser mexido ou, caso contrário, estraga. Uma pena aquele descascado tão feio no bico. Você a acariciou com a ponta de um dedo. A argila áspera, desagradável. Lembrou a você a vida, mas só às vezes. Você se ouviu dizer: "Que pena. O que se há de fazer?"

Perguntou sobre as letras à Sra. Cándida.

— É francês — esclareceu ela. — Veja, diz o seguinte: "Pertenço à Sra. Adélaïde de France."

— E quem é essa senhora? — perguntou você, achando aquilo estranho.

— Não sei. Você vai ter de perguntar à minha sogra.

A sogra também não esclareceu o mistério.

— Está falando da chocolateira? Está aí há uma porção de anos. Se ela falasse, contaria toda a história da minha família. Não sei exatamente de onde ela saiu, meu marido nunca quis me dizer. O que sei é que tive de resgatá-la da lata de lixo, já imaginou isso? A loja era muito pequena, ainda não havíamos comprado a casa da esquina. E éramos ainda muito jovens e recém-casados. Talvez tivesse sido um presente, nunca consegui saber. Acredite, você é a primeira pessoa que me pergunta isso.

Desde daquele dia, toda manhã você costumava preparar o chocolate como Cándida gostava, muito espesso e pouco doce, e o levava numa bandeja, servido na chocolateira da Sra. Adélaïde, com três fatias de pão recém-torrado e algumas frutas. Na chocolateira só cabiam três xicrinhas bem pequenas. A Srta. Cándida, quer dizer, a Sra. Sampons, costumava repetir, mas quase nunca terminava. Depois você a ajudava a sair da cama, penteava-lhe os cabelos e escolhia sua roupa. Enquanto isso, ela não parava de falar nem meio segundo.

— Retiro a bandeja, senhorita?

— De novo, Aurorinha? Quantas vezes tenho de lhe dizer? *Senhora*! Você tem de me chamar de *senhora*! E se o Sr. Antonio ouvisse?

Mas que jeito? Você não conseguia dizer *senhora* de forma alguma, e não era por falta de atenção. Quando ela mandava, você retirava a bandeja e levava toda a louça do café da manhã até a cozinha, onde ficava escondida na despensa, esperando a oportunidade para raspar o pouquinho de chocolate que havia ficado no fundo da chocolateira. Era tão bom que lhe dava arrepios de prazer, e você tinha de se apressar se não quisesse ser descoberta nem por Enriqueta, a cozinheira, nem por Madrona, a governanta, que eram dessas que não sabem ficar quietas e que, quando você menos imagina, saem de qualquer escuridão e lhe dão um susto mortal. Depois você lavava a fina porcelana branca tentando não esbarrar nos cantos duríssimos da pia, enxugava-a com cuidado e a deixava muito bem guardada numa estante ao lado da despensa, já pronta para a manhã seguinte. E fazia isso todos os dias. Durante dois anos, quatro meses e 24 dias, inclusive no último dia, quando você bebeu o chocolate todo.

A primeira vez que Augusto Bulterini atuou no Liceu foi no papel de Álvaro em *La forza del destino*, numa daquelas noitadas em que o jovem casal Sampons brilhava no camarote da família, causando inveja a todos os presentes. Cándida gostou muito da peça, porque era daquelas em que os homens não se importam de morrer por suas damas e elas sempre os amam de uma maneira muito dramática, que lhes afina muito a voz e tudo acaba sempre mal (sobretudo quando é Verdi), como as trombetas da orquestra ficam anunciando por um bom tempo. Chorou muito quando a protagonista disse ao amado: "Vou esperá-lo no céu, *addio*" e morreu pronunciando o nome dele, infeliz, apunhalada pelo próprio irmão. Que coisas costumavam acontecer!

Mal falaram do tenor. Era mais do que correto, tinha uma boa voz e se saía bem nos papéis de galã, embora não fosse tão jovem quanto queria parecer, conforme o Sr. Antonio comentou com ela. Devia ter, pelo menos, 35 anos. A Srta. Cándida achou 35 anos uma idade maravilhosa para um tenor, principalmente quando se era tão charmoso quanto aquele Bulterini, que se movimentava como um gato pelo palco e tinha uma floresta de cabelos pretos que dava gosto de ver. O público imprevisível do Liceu gostou do italiano e ele voltou algumas temporadas depois, desta vez como protagonista de *Il trovatore*. A escolha não poderia ter agradado mais à Sra. Cándida. Você ficou sabendo disso numa daquelas manhãs em que a penteava diante do toucador.

— Sabia, Aurora? Antonio teve uma daquelas ideias dele e resolveu dar uma festa para inaugurar os novos galpões. Colocou todo mundo para trabalhar para que a fábrica ficasse apresentável, mas deixando bem visíveis as máquinas do meu pai, para que todo mundo visse em que investimos o dinheiro e como somos modernos. Entre os convidados, que eram muitos, havia de tudo: políticos, jornalistas, arquitetos, artistas, homens de negócio, empresários da concorrência (os Amatllers, os Juncosas, os Companys, os Fargas...) e até gente do teatro. Vê-se que agora em Barcelona não falta gente para encher uma festa. Tudo foi tão esplêndido como se esperava.

"Para satisfazer tanto a mim quanto a alguns de nossos convidados mais exigentes, Antonio convidou a companhia que amanhã estreará *Il trovatore* no Liceu, para atuar para eles. O empresário do grupo ficou encantado e concordou, e foi tudo perfeito. Já haviam servido o coquetel havia um tempo quando os músicos apareceram e apresentaram o terceto final do primeiro ato (ou seja, o duque, o trovador e a infeliz Leonora, que é amada pelos dois) e deixaram todo mundo extasiado quando cantaram aquele fragmento maravilhoso, no qual não há nada além de gritos e ameaças e que acaba quando ela diz: *"Vibra il ferro in questo core che te amar non vuol, né può."* Ai, Aurorinha, que emoção, dá para você imaginar? Depois teve um intervalo, após o qual os artistas interpretaram algumas árias. O Sr. Bulterini, por exemplo, brilhou cantando aquilo de que não há força na terra capaz de detê-lo. Ai, não acredito! Que homem! Como a casaca lhe cai bem, que charme, que presença! Dava vontade de aplaudi-lo assim que aparecia. E como eu o aplaudi! Com entusiasmo! Foi uma noite inesquecível. E o melhor é que, depois de tanto brilho, as pessoas ficarão com os chocolates Sampons na cabeça e, quando se lembrarem deles, vão se lembrar também da música, devido ao bom tempo e ao esmero com que tudo foi preparado. E logo começarão a comentar. O Sr. Antonio disse tudo isso.

"Mas preciso lhe contar mais uma coisa. Antes que tudo começasse, o empresário nos apresentou ao **elenco**. Todos foram muito amáveis com o Sr. Antonio, que, afinal de contas, era o responsável pela noite, mas quem mais brilhou com sua luz própria foi o Sr.

Augusto Bulterini, que me causou uma boa impressão quando eu o vi de perto e sem as vestimentas que exibe no palco. Ai, Aurora, você não pode imaginar como o cabelo dele é intensamente preto e cacheado, enobrecido pelos poucos fios grisalhos que começam a aparecer nas têmporas. Antonio tinha razão: eu acho que ele está perto dos 40, se é que já não os ultrapassou. E que olhar, tão fixo que corta a respiração! Tive oportunidade de apreciá-lo porque o Sr. Bulterini andou atrás de mim a noite toda. Ofereceu-me sua amável e interessante conversa (em um castelhano aceitável!), com a naturalidade com que um rei ou um ministro conversa com os convidados numa recepção. Admirou várias vezes minha juventude ao saber que eu era casada e mãe de uma menina de 1 ano, e não parou de elogiar todas as coisas que achou irresistíveis em mim, e foram muitas. Só do meu rosto elogiou os olhos, o nariz, a boca e até mesmo as orelhas, que eu sempre achei insignificantes. Como ele estava me dando corda, demonstrei interesse pela sua vida pessoal e perguntei por sua esposa. E você sabe o que ele me respondeu? Disse, com grande desembaraço: "No momento estou livre como um pássaro, embora por alguém como a senhora deixaria com gosto que cortassem minhas asas." O que você acha? Não é nova, essa? Que descaramento mais arrebatador, e com meu marido tão perto! Tenho certeza de que se o Sr. Antonio tivesse ouvido aquilo teria lhe dado uma surra, que horror! E, se não fosse um homem tão civilizado, talvez até se visse obrigado a desafiá-lo para um duelo, quem sabe até a morte. Você imagina, Aurora, o que poderia ter acontecido se eu não tivesse sido tão discreta? Estive muito perto de um desses desenlaces inesperados e trágicos como os das óperas! Não importa mais, porque eu soube me manter no meu devido lugar. Fiquei ali, fascinada pela conversa daquele novo Casanova e sem fazer nenhum trejeito. Depois de soltar aquela tolice sobre sua liberdade, o Sr. Bulterini sorriu com uma malícia que congelou meu sangue. Eu não fazia nada além de falar do Antonio, recordar minha condição de mulher casada. Ele, no entanto, fazia ouvidos moucos e me adulava até me deixar ruborizada. E ficamos assim até que o chamaram de novo ao palco, embora depois tivesse continuado a me olhar enquanto cantava, com os olhos acesos de atrevimento e desejo. Que medo!

"Com tantas emoções, você deve imaginar que não consegui dormir a noite inteira, Aurora. Só de pensar naquele olhar cheio de descaramento ainda tremo dos pés à cabeça, ainda mais sabendo que hoje à noite vou ter de voltar a vê-lo no palco do Liceu, e ainda por cima ao lado do Sr. Antonio, que desconhece completamente que o tenor que tanto admira é um canalha que corteja sua mulher. Tenho curiosidade de saber como tudo isto vai acabar e com que ideias o Sr. Bulterini vai nos surpreender. Vou lhe avisando que estou preparada para qualquer coisa, porque o homem é um demônio, Aurora, um demônio que não vai sossegar até conseguir de mim o que quer, pode ter plena certeza disso."

Il trovatore foi um sucesso. Bulterini e a soprano que interpretava Leonora tiveram de voltar oito vezes ao palco para agradecer os aplausos. Antonio Sampons foi só elogios para o casal, especialmente a Bulterini, que havia dado vida a um Manrico intenso e brilhante. Todos sabiam que Verdi e Antonio Sampons não se davam muito bem, mas naquela noite a opinião foi unânime e não havia nada a dizer. Tinha sido uma grande noite.

Cándida estava há muito tempo em silêncio. Antonio lhe perguntou se ela não tinha gostado. Respondeu que sim, e muito, que havia sido fantástico, e deixou cair a mão no braço do marido para voltar para casa. Enquanto descia a escada de mármore, seu coração galopava com fúria. Quando fechava os olhos, só via Manrico olhando-a do palco com aqueles olhos de quem queria alguma coisa dela. Alguma coisa a que não podia — nem devia — aspirar. Teria gostado de esbofeteá-lo ali mesmo por colocá-la naquela situação, por olhá-la dessa maneira, mas também teria gostado de lhe dizer o quanto desejava atender seus desejos. As contradições oprimiam sua garganta e a estrangulavam.

— Tem certeza de que gostou? — insistiu o Sr. Antonio.

— Muito. É que no quarto ato perdi um pouco o fio, acho que cochilei. Quem sabe voltamos para vê-la mais uma vez?

Antonio Sampons franziu os lábios.

— Amanhã vou viajar para Madri. Tenho uma passagem para a diligência das nove horas da manhã.

— Claro, como sou boba! — disse ela, e em seguida deixou que o silêncio enchesse a conversa de pensamentos.

— Talvez pudesse pedir a seu pai para acompanhá-la — sugeriu ele, sempre disposto a ceder a todos os caprichos da esposa, por mais ínfimos que fossem.

— Ou eu poderia ir sozinha. Não acontecerá nada comigo.

— Sozinha? — Antonio Sampons olhou para ela com uma mistura de fascínio e orgulho. — Gostou tanto assim?

Cándida sorriu, dando a entender que sim. Havia gostado muito.

— Muito bem. Então não falemos mais disso — cortou ele. — Afinal, todo mundo sabe que você é uma mulher casada.

— Ai, Aurora. Estou sentindo uma angústia que não posso contar a ninguém. Estou há três noites sem dormir, não como nada e não consigo pensar em outra coisa. Venha cá, Aurorinha, eu lhe suplico. Ouça-me nessa minha hora tão difícil. Você, que sempre esteve ao meu lado e me conhece melhor do que ninguém, saberá me dar um bom conselho. Lembra-se do Sr. Bulterini, o cantor italiano? Já lhe falei das coisas atrevidas que ele ousou me dizer no dia da festa na nova fábrica. Bem, um dia depois ele insistiu, mas foi ainda mais atrevido. Não me restou outra saída a não ser ouvi-lo, pobre de mim, que outra coisa eu poderia fazer? Estava sozinha, entrou na minha antessala com o maior descaramento, sem nem sequer pedir permissão, e trancou com chave por dentro. Uma mulher não consegue enfrentar uma situação como essa sem ter ao seu lado um marido para defendê-la. Você não pode imaginar quantos disparates tive de ouvir, Aurorinha! Disse que não consegue viver longe dos meus olhos, imagine! Falou que desde que me conheceu não consegue fazer outra coisa além de pensar em mim e no momento em que poderá gozar da minha companhia. Usou os adjetivos mais pomposos para me deixar nas nuvens. Falou com tanta graça, com um sotaque tão encantador. Eu me sentia como se ele estivesse me hipnotizando. E talvez estivesse, não posso lhe garantir. Mas espere, ainda tem mais. Quer que eu parta com ele para Nápoles, quer que sejamos amantes. Nápoles! Imagine! Eu, sua amante! Esse homem acha que a vida é como uma ópera. Disse que não suporta ter de me imaginar nos braços de outro, e que tem uma tormenta instalada no coração que só minhas palavras poderão dissipar. E deve ser verdade, porque me olha de uma maneira que não é normal. O pior não é o que diz com palavras, o pior é o que os olhos dele dão a entender. Eles me enfeitiçam, me desnudam, me possuem sem que as mãos dele precisem me tocar. É como se eu estivesse encarando um animal selvagem. Dá pânico. Estou assustando você, Aurora? Entende agora por que estou tão alterada? Tudo isso não é como ter morrido em vida?

Você compreendia muito mais do que ousava dizer à Sra. Cándida. Muito mais do que poderia lhe dizer e do que ela gostaria de ouvir. Sempre soube qual era seu lugar, inclusive quando ela proclamava, com aquela veemência, que eram amigas e pedia seus conselhos. Não. Vocês não eram amigas, muitas coisas as separavam. O que a Sra. Cándida procurava — e isso você entendia bem, mas também não podia dizer — era sua cumplicidade na travessura. Queria que a incentivasse, que a empurrasse, que a livrasse dos remorsos. Você só conseguia lhe dizer a verdade, mesmo que fosse uma verdade assustadora e incompleta.

— Esse fogo que a senhora está alimentando é muito perigoso — disse a ela.

— Perigoso, Aurora? Eu diria que é mortal. Você sabe o que Augusto fez comigo, naquela noite, na antessala do camarote? Não, é melhor eu não lhe contar, não quero que fique passando mal. Já lhe disse que estava sozinha. E ele soube aproveitar esse momento. Tem muita experiência, dá para notar a quilômetros de distância. Quando olha para você daquela maneira, parece que os olhos dele lhe inocularam algum veneno. Um veneno paralisante, que impede qualquer resistência. As mãos dele me transformaram numa marionete. Sim, Aurora, essa é a verdade, não chore, deixei-me seduzir por outro homem, mas não sou a única culpada. Onde meu marido estava enquanto eu travava essa batalha? Ele faz alguma coisa para evitar o ultraje? Por acaso não foi ele quem me permitiu ir sozinha ao teatro? Preocupou-se com o que pudesse acontecer? Você não acha que ele se desinteressou pelo assunto? E o libertino por acaso se lembrou de que estava pisando na propriedade de outro? Por acaso a má consciência deteve a investida dele? Claro que não! Foi até o fim e me deixou louca de ansiedade. A culpa é dos dois, do meu marido e do italiano. Agora o pior é não saber como ocupar meus dias sem essa fruta proibida.

— Precisa esquecer — disse você, segura, tão angustiada quanto ela. — Não despreze o conselho de uma amiga.

— Esquecer, você diz? Não sabe do que está falando, pobre menina. Acha que ele vai permitir? Acha que eu sei fazer isso? Meu marido vai tentar evitar o desastre? Ora, Antonio só pensa em suas viagens e em suas máquinas. Você não sabe nada dessas questões. Qualquer dia ele vai entrar aqui para me procurar e eu terei fugido para sempre. O que eu sinto não pode ser dito com palavras. É como uma embriaguez que só eu consigo compreender. Como se o destino estivesse me apontando o caminho. E meu destino só pode ser cumprido ao lado de... Não. Não quero pronunciar de novo o nome dele, porque me queima por dentro. Tenho de viver para fazer o que acabo de lhe dizer, Aurora. Isso ou morrer.

Como você ficou assustada! A senhora tinha ficado louca, completamente louca. Você não sabia o que dizer, nem o que fazer. Perguntava-se se devia contar tudo ao Sr. Antonio, ou talvez correr até a casa dos Turull e conversar com dom Estanislao e dona Hortensia. Mas se controlava. E se não fosse mais do que uma das muitas fantasias dela? Um desejo estranho daqueles que Cándida tinha de vez em quando, como quando queria encontrar um dom Giovanni que a fizesse sofrer? Talvez não fosse necessário se preocupar tanto.

De repente a senhora se sentou na poltrona perto da janela, tomou um pouco do chocolate quente que você tinha acabado de lhe servir, olhou para a rua, suspirou e lhe disse:

— Pode me trazer a costura, Aurora? Quero bordar um pouco.

Enquanto você foi buscar o bastidor e a caixa de agulhas, permitiu que sua respiração se acalmasse um pouco. Dizia a si mesma: "Deve ser uma mera fantasia, certamente ela não fez nada de ruim com esse tenor, é tudo fantasia de menina mimada." No fundo você sempre soube que Cándida, senhora ou senhorita, só havia sido uma coisa em toda a vida: uma menina mimada e insuportável.

Você deixou o bastidor no colo dela. Ela lhe perguntou:

— Quer se sentar e costurar comigo?

Você inventou a primeira desculpa que lhe veio à cabeça: tinha muito o que fazer na cozinha, tinha de ajudar Enriqueta a escolher os legumes e preparar as sobremesas. Ela concordou com a cabeça, mas antes de se concentrar na costura dirigiu a você um olhar perdido e triste, enquanto murmurava com um fiapo de voz:

— Que nunca se arrependa quem um dia amou tanto.

Você a deixou ao lado da janela com suas estranhas melancolias e foi chorar de medo na cozinha.

LA TRAVIATA

Não era uma fantasia. Você se deu conta de repente, com o coração congelado.

Você se lembra como se lembrasse de um pesadelo. Era o dia 16 de outubro de 1874. A Srta. Cándida não respondeu quando você bateu duas vezes na porta do quarto. Você insistiu. Nada. Achou que ela havia tido uma péssima noite e que não conseguia despertar. Ultimamente isso acontecia de vez em quando. Não dormia ou acordava no meio da madrugada por culpa do pesadelo que só contava a você. Então resolveu entrar de qualquer maneira, embora ninguém a tivesse autorizado a fazê-lo.

O quarto estava na penumbra. Você seguiu a rotina de sempre: a bandeja, a porta, as cortinas. O sol que havia algum tempo banhava a rua também era o mesmo de cada dia. As coisas seguiam sua rotina, fingindo que nada estava acontecendo.

Mas o quarto estava vazio. A cama não tinha sido desfeita.

"Não é possível", você disse a si mesma, enquanto todas aquelas palavras que Cándida havia pronunciado durante as horas e os dias anteriores retornavam à sua mente como uma evidência dolorida. "Não, não é possível." Você a procurou por toda a casa, com uma esperança que era um desespero. Olhou nos lugares mais lógicos, como o jardim. E também nos mais estranhos, aqueles que a senhora jamais visitava, como a cozinha ou seu quarto. Perguntou ao cocheiro se a senhora havia solicitado seus serviços naquela manhã. Não, a senhora não o havia chamado. "E ontem?", você perguntou, com o coração aos pulos. "Ontem também não", disse o homem, antes de acrescentar: "Mas ontem à tarde uma carruagem parou em frente ao portão." "Uma carruagem? De quem?" O cocheiro franziu os lábios numa careta horrível que na realidade significava: "Quem se importa?"

Uma carruagem. Seu coração batia cada vez mais rápido. Você não era inocente, sabia de coisas, inclusive tinha suas próprias suspeitas. Nada de suspeitas, Aurora — agora você não podia mais negar as evidências —, o que tinha eram certezas, certezas do tamanho de catedrais. Como podia ter sido tão burra? Nunca pensou que a senhora estivesse falando sério. Sempre achou que falava por falar, para provocá-la, que realmente não seria capaz de... Burra, burra, burra! Como você foi cega e surda, Aurora! E agora se sentia tão culpada como se tivesse tramado a traição.

De repente você se lembrou da menina. Da pequena Antonieta. Encontrou-a entretida em seu quarto de brinquedos, penteando os cabelos de uma boneca com os dedos, enquanto uma jovem criada a vigiava parecendo entediada. Você perguntou se a senhora havia aparecido por ali naquela manhã. Não sabe por que ainda nutria uma esperança. *Precisava* de alguma esperança. Tinha na alma uma pátina negra de tristeza.

A menina ria, inocente criatura, distraída com suas coisas. A jovem criada lhe disse: "Não, não a vi."

Ninguém havia visto Cándida.

De maneira que, de todos na casa, só você sabia a verdade, Aurora. Aí está o desgraçado privilégio que haviam reservado para a criada órfã, a filha salva por milagre de um ventre morto. Naquela manhã de outubro você queria não ter nascido, para não ver o Sr. Antonio voltar de sua viagem de negócios, perguntar por sua querida esposa, achar estranho que ainda não tivesse aparecido para recebê-lo e, por fim, incrédulo, ferido de morte, ouvir de seus lábios toda a verdade. Uma verdade que a rasgava por dentro e que você carregava como se fosse uma montanha.

Em um instante você previu tudo, como uma adivinha capaz de ler o futuro. Parada diante da cama arrumada da senhora, compreendeu que aquilo era o fim (poucas vezes é reconhecido com tanta clareza) e que não podia lutar contra isso. Pessoas como você não manejam as rédeas, apenas sofrem as consequências.

Você foi de novo ao quarto de Cándida. Fechou a porta por dentro com a chave e se sentou ao lado da janela, ali onde a senhorita nunca mais voltaria a tomar o café da manhã. Desdobrou o guardanapo de linho e o colocou no colo, como a vira fazer tantas vezes. Encheu a xicrinha com o chocolate da jarra. Bebeu três xícaras inteiras, todo o conteúdo da chocolateira da misteriosa Adélaïde de France. Bebeu-o com uma estranha calma, semelhante à dos condenados à morte, observando a rua. Era pouco doce, mas muito suave. Depois comeu o pão e a fruta. Deixou os pratos como se já os tivesse lavado.

Apenas durante um momento, pensou que merecia aquilo.

O pesadelo tinha três atos, como as óperas preferidas da Sra. Hortensia. No segundo, o Sr. Antonio voltava de viagem. Se alguém tivesse composto um prelúdio para acompanhar essa cena, teria começado com um *adagio* discreto, pouco barulhento, para aos poucos ir passando ao *allegro* e terminar com um *presto* muito carregado de timbales, daqueles que preparam o espírito do público para as coisas realmente ruins. Ah, e as trombetas! Não podemos nos esquecer das trombetas como presságio do destino. Depois viria um dueto — o senhor e você —, à moda antiga: primeiro você dava todas as explicações, depois ele respondia, e só no final as vozes se misturavam. Em seguida viria uma ária bem dramática, a do Sr. Antonio com sua filhinha nos braços, amaldiçoando a mulher que tinha acabado de abandoná-los, o momento em que se casou com ela e o tenor napolitano que a havia roubado dele. Terminaria com uma *cabaletta* raivosa onde ele juraria por Deus que se dedicaria de corpo e alma à pequena Antonieta e que a criaria longe da dolorida recordação de sua mãe. Cortina e aplausos.

Mas na vida as coisas não acontecem como no palco. Você morria de medo, esperando que alguma coisa acontecesse, mas continuava sem se atrever a contar a verdade. As horas e os dias iam passando, e já fazia três longos dias que Cándida havia fugido. Na casa reinava uma quietude triste. Chegavam visitas, você as ouvia subir as escadas atrás da governanta, e as ouvia ir embora. Agora o Sr. Antonio pedia que lhe servissem o almoço em seu gabinete. Você tinha poucos afazeres, pela primeira vez na vida sentia-se entediada. De vez em quando precisava ver Antonieta, por quem sentia tanta compaixão quanto por si mesma. Depois voltava à sua recâmara, à sua toca, e deixava o tempo escorrer ouvindo os sons que chegavam dos andares de cima. Perguntava-se: "Será que devo contar ao Sr. Antonio?" E chorava de medo, de raiva e de indecisão.

— Aurora, os senhores querem vê-la. Estão esperando na sala — anunciou Madrona, aparecendo na porta de dobradiças destroçadas.

Você subiu imediatamente. Tremia dos pés à cabeça.

O Sr. Antonio estava em pé ao lado da lareira. A mãe dele ocupava a poltrona, e as cortinas emolduravam sua silhueta. Diante dela, com expressão muito severa, o Sr. Estanislao apertava a mão da Sra. Hortensia, que estava com os olhos inchados, como se tivesse chorado. Pediram-lhe que ficasse no centro do palco, para que todos pudessem vê-la direito. O Sr. Antonio lhe perguntou se sabia onde a Sra. Cándida estava.

— Não sei com certeza, mas imagino — respondeu você.

— O que você imagina, Aurora?

— Não me obrigue a dizer, senhor. — Sua voz falhou ao responder. Estava muito assustada. Estava assim há dias.

— Então diga o motivo. Por que imagina? Ela lhe disse alguma coisa?

— Sim, senhor.

— Ela conversava com você sobre o Sr. Bulterini?

Ouvir o nome do cantor italiano da boca do Sr. Antonio, ver que ele o pronunciava sem tremor ou dúvida, como teria feito com qualquer outro nome, causou-lhe uma impressão profunda.

— Certa vez ela me falou dele.

A Sra. Hortensia interveio de repente, muito alterada.

— E você não disse nada a ela, idiota? Não tentou lhe arrancar todas essas barbaridades da cabeça? Não lembro-a de que era uma mulher casada, mãe de uma criatura?

— Sim, senhora, mas eu achei que a Srta. Cándida, quero dizer, a Sra. Cándida, não estava falando sério. Achei que tudo aquilo era apenas uma de suas fantasias.

— A governanta disse — continuou o senhor — que há três noites viu você sair de casa depois da hora do jantar. Disse que tinha muita pressa e que levava uma encomenda da sua senhora. E que voltou à meia-noite.

Você sentiu seu coração crescer até ocupar todo o peito. Por um instante, achou que iria morrer ali mesmo, diante dos senhores. Um véu de escuridão se fechou diante de seus olhos durante alguns segundos. Pensou: "Estou perdida."

— É verdade, Aurora? Diga alguma coisa! — rugiu a senhora da casa.

— Sim, senhor.

— Podemos saber aonde você foi? — O Sr. Antonio retomou o interrogatório.

— Entregar um bilhete.

— Aonde?

— Na entrada dos artistas do Liceu, senhor.

— A quem devia entregá-lo?

— Ao criado do Sr. Bulterini, senhor.
— E você o entregou?
— Sim, senhor.
— A senhora lhe informou o que havia no bilhete?
— Sim, senhor.
— Então você sabia muito bem o que estava fazendo, demônio! — bradou a Sra. Hortensia, e sua voz se quebrou.

Você não conseguiu mais suportar. Começou a chorar como uma criança. Sentia-se muito enjoada. Parecia que ia desmaiar a qualquer momento. Não queria que isso acontecesse por nada nesse mundo. Os senhores já tinham o suficiente com o que estava acontecendo.

— A Sra. Cándida... — você balbuciou com um fio de voz —, a Sra. Cándida me enganou.

— O que significa exatamente "enganou"? Explique-se! — gritava a Sra. Hortensia como você nunca tinha visto.

Mas quem na verdade a deixou impressionada foi o Sr. Estanislao. Ele não havia se mexido durante todo esse tempo. Parecia uma estátua, de tão quieto que estava. Tinha os olhos fixos nas borlas da cortina e o olhar turvo. Só era possível saber que estava vivo porque pestanejava de vez em quando.

— O bilhete... — respondeu você soluçando, confusa com tudo o que estava acontecendo —, eu pensei que fosse uma despedida. Foi o que ela me disse. Que queria se despedir dele para sempre. Ela me perguntou o que deveria fazer e eu lhe recomendei que escrevesse uma mensagem.

— Está dizendo a verdade?
— Sim, senhor, eu juro.
— Não jure, sua mal-educada! — rugiu a Sra. Hortensia. — E pare de chorar.

Suas pernas fraquejavam. O Sr. Antonio segurou seu braço, com medo de você desabar a qualquer momento. Se não tivesse sido por ele, você teria caído no chão.

— Não estou passando bem — sussurrou você. — Eu não fiz nada. A Sra. Cándida é teimosa quando quer. Ela não me ouvia. Acho que ela vai voltar, senhor. Não é possível que não volte. Voltará quando se der conta do que fez. Tenho certeza disso.

Você gemia como uma criança. Dava tanta pena que o Sr. Antonio perguntou à Sra. Hortensia se você era boa pessoa e se podia acreditar no que estava dizendo. Então a Sra. Hortensia a defendeu.

— Aurora é uma boa moça. Eu a conheço como se fosse minha filha. Respondo pelo que está dizendo.

Suas lágrimas pararam de repente. Você ficou ali, plantada no meio do grupo, esperando mais uma vez que alguma coisa acontecesse. Um relógio bateu seis horas da tarde.

— Pode se retirar, Aurora — disse o Sr. Antonio, com o mesmo tom e atitude tranquilos que mantivera durante todo o tempo. — Você não tem culpa de nada do que aconteceu.

Você saiu. Não conseguia andar em linha reta. Tudo era tão estranho que você achava que não estava acontecendo. A vida parecia de mentira. Enquanto descia as escadas, ouviu de novo a voz da senhora murmurar:

— Por que uma coisa dessas tem de acontecer conosco? Por que com a gente?

Não havia chegado ao último degrau quando parou. A mãe do Sr. Antonio falava de você:

— Nesta casa ela não pode ficar. Vocês entendem, não é mesmo? Será melhor que a levem. Nós também não poderemos recomendá-la a ninguém depois disso.

Desta vez a Sra. Hortensia não a defendeu. Também não tentou se defender. Apenas disse:

— Está bem.

Apenas algumas palavras bastaram para mudar o rumo de toda uma existência.

Em pouco tempo todos os seus pertences haviam sido recolhidos. Cabiam na mesma trouxa que você tinha trazido quando chegou ali. Assim que tudo estava pronto, você se sentou no banco da cozinha para esperar. A comoção ainda não havia passado — nem o desgosto, é claro. Então uma má ideia se acendeu em sua cabeça como um vaga-lume: a chocolateira. Não podia deixá-la ali, na estante ao lado da despensa. Ali ninguém lhe dava valor e, da mesma maneira, ninguém sentiria sua falta depois que você tivesse partido. Naquela casa havia problemas mais urgentes do que descobrir o que havia acontecido com uma chocolateira velha e rachada. Como costuma acontecer nestes casos, uma má ideia puxou outra e então vieram mais. Você disse a si mesma: "Mesmo que sentissem sua falta, sempre iriam achar que foi Cándida quem a levou, e ninguém poderia provar a verdade." Você tinha tido um dia péssimo, seu coração batia muito depressa e não teria outra chance. Não havia ninguém na cozinha, nem se ouviam os passos de soldado da governanta ou da cozinheira. Você a pegou. Precisou apenas esticar a mão. Sem pensar como essas coisas devem ser feitas. Levada por um desejo estranho de possuir um objeto que para você era muito mais do que isso: fazia parte de um passado ainda vivo e já enterrado. Você a envolveu num pano velho e a enfiou na mala de qualquer maneira. Depois, acomodou-se de novo no banco da entrada e ficou esperando, até que seu coração se acalmou.

    Os senhores ainda demoraram um tempo para deixar a sala. Tinham muito o que resolver, inclusive várias decisões difíceis, mas necessárias, a tomar. Deserdar a Srta. Cándida em favor de Antonieta, por exemplo. Discutir as cláusulas concretas do documento de separação matrimonial que o advogado do Sr. Antonio já havia redigido e no qual ficavam claras duas condições: que Cándida só poderia voltar a ver a filha quando esta fosse maior de idade, e que estava terminantemente proibida de colocar os pés na casa do marido, não importava quantos anos se passassem.

Quando o advogado leu esta cláusula, você ouviu o Sr. Antonio murmurar:

— Tomara que não volte nunca.

Depois disso, já era possível perceber que o terceiro ato seria terrível. Mais ou menos como se adivinha em *La Traviata* assim que se ouve o prelúdio que dá início à terceira parte: aquilo não pode acabar bem, por mais que pulse um desejo unânime no público.

Você nunca tinha visto uma mãe mais desesperada que a Sra. Hortensia por ter de apagar a filha da memória, nem um pai mais envergonhado que o Sr. Estanislao pelo rumo que as coisas tomaram. Você nunca soube qual dos dois resolveu levar ao pátio os móveis e todos os objetos que ainda permaneciam no quarto de Cándida, empilhá-los e atear fogo. A senhora se trancou no quarto para não ver a fogueira. O Sr. Estanislao, por sua vez, sentou-se em sua cadeira de balanço e não saiu dali até que o fogo tivesse sido reduzido a brasas e as brasas a cinzas, que se diluíram numa recordação gelada que petrificava o coração. Enquanto isso, balançava-se lentamente e cantava *"Bella figlia dell'amore schiavo son de'vezzi tuoi..."* e deixava que a memória lhe causasse um dano do qual não conseguiria nunca mais se recuperar. Foi a última vez que alguém o ouviu cantar o famoso fragmento do quarteto de *Rigoletto*. Na manhã seguinte, como consequência lógica de tudo o que estava vivendo, mandou trancar a sala de música e sentenciou:

— Tudo o que amei na vida se voltou contra mim.

De vez em quando ainda perguntava pela correspondência. Recebia as cartas, olhava-as sem muito interesse e continuava cuidando de suas coisas, cada vez mais ausente. Resolveu não sair mais — não conseguia suportar as expressões nos rostos de seus velhos amigos, nem os silêncios prolongados, não sabia fingir —, pouco a pouco foi perdendo o interesse em inventar novas máquinas — "No mundo há uma porção de máquinas. Para que vou me dar ao trabalho?" — e se enterrou num silêncio impenetrável. O Sr. Estanislao começou a se afastar, lentamente, mas para sempre.

Até que sofreu o ataque e se afastou de todo. Seu mal foi se propagando por todos os aposentos da casa, que, como ele, foram afinando, minguando, desnudando-se de tudo o que haviam sido. Lençóis brancos cobriram os móveis da sala de jantar e da salinha de fumar. A mesa do gabinete do senhor foi trancada à chave, com toda a sua confusão de planos, esboços, fórmulas e pedidos. Aquelas cortinas e papéis de parede e caminhos de mesa, que eram trocados duas vezes por ano, ficaram presos num inverno perpétuo.

A Sra. Hortensia demitiu todos os serviçais. Menos você.

— A partir de agora, nós duas cuidaremos de tudo — disse a você, antes de acrescentar: — O senhor não quer que ninguém nos veja assim. Ninguém a não ser você, que tem sido para nós como outra filha, e que afinal deve até ser, muito mais do que algum dia imaginamos.

Pobre Sr. Estanislao, ele lhe dava tanta pena! Um homem como ele, que havia sido corpulento e forte como um carvalho, alegre como um desfile de carnaval, rápido nos pés e na cabeça, habituado a entrar e a sair sem dar explicações a ninguém, de repente se via condenado a passar os dias da janela para a cama e da cama para a janela, tomando caldos que vocês tinham de lhe ministrar, a senhora ou você, com uma colherzinha de sobremesa, porque nem abrir a boca ele sabia mais. Quando você olhava nos olhos dele, vislumbrava a surda vigilância da morte. E da Sra. Hortensia também se podia dizer algo parecido: só vivia para se deixar consumir, como uma fruta que seca ao sol. Não saía, não comia quase nada, estava sempre de luto, apesar de ninguém da casa ter morrido; e de repente um dia chamou o advogado e lhe disse, segura, mas com um tremor na voz:

— Quero que venda o camarote do Liceu.

Haviam ficado bem para trás aqueles tempos em que o Sr. Estanislao, com um dedo levantado e aquele jato de voz próprio de um deus Wotan no fim d'*A Valquíria*, proclamava cheio de orgulho:

— Antes vender a casa do que o camarote do Liceu!

Das duas desgraças, você não sabia qual era a pior, se a dele ou a dela. Pelo menos o Sr. Estanislao estava inconsciente. De vez em quando sorria sem motivo. À maneira dele, estava levando uma vida plácida. Ausente, mas plácida. A senhora, por sua vez, só sabia chorar às escondidas, quando achava que ninguém a ouvia, e repetia sem parar:

— Por que isso tinha de acontecer com a gente? Por que isso aconteceu com a gente?

Era muito triste fazer parte daquela decadência precoce. Sobretudo para alguém que, como você, ainda conservava tão frescas as recordações do esplendor, daquele tempo em que a toda hora havia festas, novidades, desfile de modistas, relojoeiros, advogados, amigos que vinham lanchar, lavadeiras e passadeiras. E noites de ópera. Aquele tempo em que se falava tanto do começo da temporada do Liceu, quando o maior problema era o fato de *Rigoletto* não ter entrado no programa.

O Sr. Estanislao morreu sentado em sua cadeira diante da janela, observando a rua Ampla inundada pelo sol da primavera, com aquele sorriso de felicidade distante desenhado nos lábios. Você acha que ele não sofreu e que se foi deste mundo em paz. O enterro, que aconteceu na catedral, reuniu uma multidão. A Sra. Hortensia parecia um passarinho recém-caído de uma árvore muito alta. Antonio Sampons se sentou na primeira fila em companhia da pequena Antonieta, de apenas 5 anos. As pessoas chochicharam umas com as outras. As conversas se encheram de palavras muito feias, como *vergonha, traição, fulana*, e se consumiu muita compaixão e muita tristeza, ambas impostadas.

Antonio Sampons se despediu da sogra na pracinha e voltou para casa caminhando com passo cansado, de mãos dadas com a menina. A Sra. Hortensia não se atreveu a olhá-lo nos olhos mais de um segundo.

Na temporada seguinte do Liceu, a primeira sem que dom Estanislao estivesse onde sempre estava, entrou no programa o magnífico *Rigoletto*.

Você ainda não havia saído da casa dos Sampons e já estava se arrependendo. Aquilo não era próprio de você, Aurora, dizia-lhe uma voz interior. Como se atrevia a fazer algo assim? Pegar o que não era seu. Roubar. Esta era a palavra que vinha ao caso: *roubar*. Uma palavra muito feia, dessas que ninguém gosta.

Aqueles motivos que você deu a si mesma, os que levaram você a pegar a peça de porcelana e enfiá-la em sua trouxa, agora não estavam em nenhum lugar. Você os procurava em seu íntimo, mas eles não respondiam. Como um vaga-lume, a ideia também tinha se apagado. Só lhe restavam o arrependimento, a culpa, a vergonha de si mesma.

Você sempre foi um pouco exagerada, Aurora, isso não se pode negar.

Antes de sair da casa dos Sampons, custodiada pelo Sr. Estanislao e pela Sra. Hortensia, os três com cara de funeral, você já tinha decidido o que devia fazer, embora não fosse fácil. Não disse nada a ninguém, nem mesmo à voz incômoda (que se calava quando você mais precisava dela, a traidora), mas você sabia.

Devolver a chocolateira ao lugar de onde a havia subtraído sem permissão. Era isso que deveria fazer.

Como? Não tinha a menor ideia, mas sabia que não seria fácil.

Na primeira manhã na casa dos Turull, você se levantou cedo, antes do amanhecer, e embrulhou a chocolateira em várias camadas de papel de seda. Amarrou o pacote, macio e balofo como um bebê, com uma fita também branca. Caprichou na limpeza de sua roupa, como prova de respeito. Saiu de casa antes que começasse a clarear e só meia hora depois estava diante do portal da rua Ampla. Seu coração batia como um tambor quando golpeou a aldrava. Enriqueta abriu e mudou de expressão assim que a viu.

— O que está fazendo aqui? — perguntou, autoritária. — Por que voltou?

— Vim trazer uma coisa.

— Não estamos interessados — cortou ela, sem deixar que se explicasse.

— Ouça, não é nada meu.

— Não queremos nada da Sra. Cándida.

— Enriqueta, você pode me escutar um pouco? Deixe-me falar.

— Não posso. Não posso mesmo. — E a porta já foi se fechando, enquanto Enriqueta não parava de grunhir: — Pelo amor de Deus, Aurora, não volte mais aqui. O senhor já sofreu muito. Vou fingir que nem vi você.

Com Madrona teria sido ainda pior, você pensou. Deu meia-volta, que jeito?, enquanto dizia a si mesma: "Está bem, Enriqueta, eu também vou fingir que não vi você."

A peça de porcelana fina queimava em suas mãos enquanto voltavam juntas para casa.

Depois vieram dias de silêncios e janelas que não eram abertas jamais. A senhora comia cada vez menos e pouco a pouco ia perdendo o hábito de falar, e você tinha medo de que ela morresse de tristeza. Um dia, ela a chamou da sala. Você a encontrou sentada em sua poltrona, com as mãos cruzadas sobre o colo, com aquele modo de olhá-la tão especial, como se alguma vez a tivesse amado. E começou um discurso inesperado:

— Sente-se, Aurora. E ouça. Dentro de alguns dias irei morar com uma sobrinha com quem fiz certos acordos, pensando nos anos que me restam. Não vá pensar que é algo muito sofisticado. Comprei alguns apartamentos, todos pequenos, na Bonanova e coloquei-os no nome da minha sobrinha, para compensá-la pelo trabalho de cuidar de mim até que eu morra. Você sabe que dinheiro é o que não me falta (as máquinas do Sr. Estanislao ainda vão durar muito tempo), é justamente o contrário: tenho mais dinheiro do que preciso ou que posso gastar. Quando partir, ficará tudo para Antonieta, que é minha única herdeira. O fato é que não quero mudar de vida sem antes deixar você muito bem amparada, Aurora. Eu não conseguiria me perdoar se você acabasse mal. — A senhora fez uma pausa, pediu que você se aproximasse um pouco. Ela tinha dificuldade de falar, e você, de ouvi-la. — Sua mãe era uma boa moça, Aurora. Não devemos culpá-la pelo que aconteceu, cruzou com um sujeito ruim, que só pensava em si mesmo. Nunca achei que você guardasse rancor dela.

— Não, senhora. Não guardo rancor de ninguém.

— Bem. Agora me ouça. Antes de morrer, sua mãe me fez prometer que eu cuidaria de você. Acho que não me saí tão mal nisso. Nunca traí uma palavra dada, nunca na vida. Nem vou fazer isso agora, abandonando você à própria sorte. Não quero que você me recrimine por nada, nunca.

— Sra. Hortensia, nunca lhe farei nenhuma recriminação.

— Deixe eu concluir. — Abriu um sorriso. — Conversei com o Dr. Horacio Volpi, um bom amigo. Lembra-se dele? Você o viu algumas vezes nesta casa. Era muito amigo do Sr. Estanislao. Eles costumavam ficar conversando até bem tarde, ao redor de uma mesa de café. Era divertido, não era? O mais importante é que se trata de um verdadeiro cavalheiro, um homem como os de antigamente. Vive sozinho há alguns anos, mas está ficando velho e precisa com muita urgência de uma governanta que ponha um pouco de ordem em suas coisas.

— Que ponha ordem?

— Que se ocupe dele, que cuide, limpe sua casa. Uma mulher jovem, se for possível. — Fez uma pausa. — Falei de você, Aurora. Contei que é uma boa moça, com boa idade e muita vontade de trabalhar. Também falei da promessa que fiz à sua mãe e de como cuidei de você esses anos todos. Ele cuidará de tudo e acho que ficou grato pela recomendação. Posso lhe garantir que naquela casa você vai se sentir tão à vontade quanto nesta. Posso dizer que Horacio é um homem daqueles que não existem mais.
— Mas talvez eu não saiba fazer todas essas coisas...
— Bobagem! Claro que vai saber! Não vá me deixar mal agora!
— Não, senhora.
— Você irá amanhã às nove horas. Aqui está o endereço — Ela lhe deu um papel no qual havia algo escrito.
— Amanhã?
— Às nove. Seja pontual.
Você não esperava que tudo fosse acontecer tão rápido.
— Sim, senhora.
— Arrume-se. Vista o uniforme de linho.
— Sim, senhora.
— E não o faça esperar. Nem chegue antes da hora.
— Não, senhora.
— Ficou contente?
— Muito, senhora. Mas, como a senhora vai fazer para...?
— Não se preocupe comigo. Posso cuidar de mim mesma. Além do mais, agora é tudo por conta da minha sobrinha, foi para isso que fiz o acordo com ela. Pense em você agora, Aurora. Você ainda é jovem. Precisa de um lugar onde ficar, agora que tudo se arruinou.

Você passou aquela tarde chorando. Teria dado o que fosse para ficar ali. Aquela era a sua casa, o lugar onde nasceu, onde brincou na infância. O lugar de onde partiu e ao qual teve de voltar. Não entrava em sua cabeça que houvesse outro lugar no mundo além daquele. E a ideia de servir a outra pessoa, um doutor, um homem, que além do mais vivia sozinho numa casa onde você nunca tinha estado, aquilo lhe parecia horripilante.

Agora sim, nada podia ficar pior. Fazia muito que via o que estava por vir. E isso porque na vida não existem os prelúdios, nem os *intermezzos*, nem qualquer orquestra que de repente comece a armar um escândalo para avisar todo mundo o que os espera.

Na vida as coisas começam porque sim e terminam quando lhes dão vontade. E, se você não estiver preparado, vai ver só.

DON PASQUALE

Você fez tudo exatamente como a Sra. Hortensia queria. Vestiu o uniforme de linho, prendeu os cabelos, escovou os sapatos e lavou o rosto duas vezes. Chegou cedo e ficou esperando até que os sinos de Santa Maria del Pi tocassem as nove horas. Ainda ressoava a última badalada quando o Dr. Volpi abriu a porta. Olhou-a semicerrando os olhos, com a testa enrugada e os óculos na ponta do nariz. Usava um roupão de seda cheio de manchas e seus cabelos estavam desgrenhados, formando uma aura ao redor da cabeça.

— Bom dia, doutor. — Você o cumprimentou, fazendo uma reverência. — Sou Aurora, fui enviada pela Sra. Hortensia, a viúva de...

— Entre, entre, senhorita, eu já estava esperando. Minha amiga Hortensia me disse que você viria na quarta-feira, às nove horas. Ah, caramba, já é quarta! E é verdade, acabam de bater as nove. Os dias voam como andorinhas no outono! Sente-se aqui ou ali, onde quiser. Eu já venho, deixe que me penteie um pouco. Como não esperava receber ninguém... Mas, por favor, não fique aí em pé, sente-se, senhorita, sente-se.

Você, no vestíbulo, deu uma olhada na sala. Não era uma sala, para começar. Estava cheia de prateleiras lotadas de livros, que iam do chão até o teto. O espaço central era ocupado por um tapete, algumas cadeiras, uma poltrona, uma luminária de pé... tudo colocado de qualquer maneira e sem ordem aparente, como se alguns carregadores tivessem acabado de deixar as coisas ali.

A desordem tirou sua vontade de entrar. Em cima das cadeiras se amontoavam livros e papéis, e havia uma pilha de jornais sobre o tapete — encardido! —, as cortinas se arrastavam porque a barra tinha desmanchado, as almofadas da poltrona estavam rasgadas e com o enchimento para fora e sobre a mesa redonda você contou seis chapéus, todos cobertos de poeira. "Que tragédia!", pensou assim que viu o aspecto de tudo. "Para limpar isso vou levar várias semanas." Por sorte, o apartamento não parecia muito grande. "Se a sala está assim, como deve estar a cozinha?", você se alvoroçou, mas sem demonstrar, sem dar um único passo, quieta no vestíbulo, com os pés juntos e o sobretudo abotoado.

— Entre, entre, senhorita — insistiu o doutor, que estava de volta depois de trocar de roupão (neste você não viu manchas) e pentear os cabelos para trás. — Ah, peço que me desculpe! Deve ter percebido que não costumo receber visitas, não é mesmo? Não há nem onde sentar, sou mesmo um desastre! Permita-me, permita-me lhe abrir um espaço. Só temos que colocar isto aqui. — Pegou uma pilha de papéis que estava em cima da poltrona e deu algumas voltas pelo aposento. Como não sabia o que fazer com ela, acabou atirando os papéis na lareira acesa. Uma onda expressiva de cinzas percorreu a sala. — Pronto! Resolvido! Ali eles não atrapalham.

Você se sentou diante do doutor, fazendo um esforço descomunal para disfarçar o incômodo que a situação lhe causava.

— Certamente a Sra. Hortensia lhe falou muito sobre mim — disse ele, também se sentando.

Você olhava para ele de vez em quando, pensando que não daria conta. Reparou primeiro nas mãos. Brancas, de pele muito fina, unhas feitas, com muitas veias azuis. Mãos de senhor, diria você mais tarde.

— Pois bem, Srta. Aurora, sua senhora mentiu! Sou um desastre. Quando minha última governanta pediu demissão, há três meses, achei que poderia me virar sozinho. Sim, já sei que não é o habitual, mas sou um ermitão, sabe? Um homem sozinho, que precisa de pouquíssimas coisas e que passa o dia lendo. Costumo comer fora, as freirinhas de Montesión se encarregam da minha roupa, e para passar o aquecedor na cama e apagar a luz não preciso incomodar ninguém. Mas não deu certo. Pelo visto, sou mais desajeitado do que imaginava. E saiba que a Hortensia me avisou, mas eu não levei a sério, teimoso como sou, por natureza. A teimosia é outro dos meus grandes defeitos. Teimoso e pretensioso, é isso que sou, se ainda não percebeu. Não sirvo para viver sozinho, por mais que me esforce. Temo que, se a senhorita aceitar o posto, terá uma quantidade enorme de trabalho. E tudo por minha culpa.

O Dr. Volpi era um homem magro e alto, mas nem um pouco deselegante. Tinha um ar distinto que nem o roupão mais sujo do mundo teria sido capaz de encobrir. Aos 56 anos, sua pele começava a ficar transparente, e os fios grisalhos começavam a ser a cor predominante em sua outrora negríssima cabeleira. Conservava, sem dúvida, o corpo magro e ágil da juventude, que para seu embaraço o fazia parecer mais atraente agora, no outono da vida, do que quando mais desejou ser. De sua primavera conservava também o espírito e o senso de humor intactos.

— Não sei se quer fazer alguma pergunta — disparou.

Você tinha algumas. Organizou-as na cabeça segundo sua importância e lançou a primeira da lista:

— Gostaria de saber por que a governanta anterior foi embora.

— A senhorita tem razão, eu deveria ter lhe explicado isso. A pobre Juana estava aqui havia 47 anos. Tinha 87 e mal se mantinha em pé. Às vezes eu tinha de ajudá-la a calçar os sapatos, imagine. Além disso, nos últimos tempos, estava com a saúde muito delicada. Um dia achei oportuno lhe perguntar: "Sra. Juana, não gostaria de viver com algum parente que possa cuidar de você?" Tive de repetir várias vezes, porque também estava um pouco surda, coitada. Finalmente me entendeu, graças a Deus. Perguntou: "O que o senhor acha, doutor? E como vai se virar sem mim?". Eu lhe disse: "Farei o que puder, Juana, acho que ainda sou capaz de me virar." Pobrezinha, não percebia que nos últimos tempos ela parecia a senhora e eu, o mordomo. Esta casa era como uma opereta de Donizetti. A senhorita conhece Donizetti?

— Não, senhor.

— Não importa. Essas coisas sempre têm jeito. Por outro lado, a senhorita parece muito jovem. Tem aparência de quem já amarra os sapatos sozinha.

Você soltou uma gargalhada. Não queria, mas não conseguiu evitá-la. "Comporte-se, Aurora", repreendeu-se.

— Sim, senhor. Eu os amarro sozinha. E tenho 24 anos.

— Ótimo, senhorita. Não sabe como fico aliviado em saber. E pode rir, mulher, ria com vontade. Rir melhora a digestão e prolonga a vida, sabia? Viemos ao mundo para rir. Você sabe "por fim, para de suspirar", uma verdade tão grande que serve para finalizar as óperas. Venha por aqui, faça o favor. Vou lhe mostrar seu quarto, essas coisas devem ser vistas antes de se comprometer com qualquer coisa. Entre, entre, é por aqui, o apartamento não é tão grande, como pode ver. Mudei-me quando minha mulher morreu. Um homem sozinho não precisa de uma casa muito grande, não é mesmo? As casas grandes foram pensadas para que as mulheres não briguem. Com o marido ou com outras mulheres. Percebeu que as mulheres brigam muito mais nos espaços pequenos? Quanto mais aposentos, melhor, o segredo é que não possam se encontrar. Não se preocupe, é um mal tão generalizado como sem consequências, você sabe, *"così fan tutte"*. — Fez uma pausa, olhou para você. — Entende, senhorita?

— Nem meia palavra, doutor.

— Assim fazem todas. Mozart. Não conhece essa ópera? É bufa, como *As bodas de Fígaro*. Bufa significa "para rir", mas sem perder a elegância, por favor. Com Mozart sempre se ri com elegância. Veja, o quarto fica aqui mesmo. O que acha?

Toda essa conversa aconteceu ao longo de um corredor escuro e estreito que de vez em quando virava bruscamente num ângulo reto, como se o arquiteto quisesse que seus clientes brincassem de esconde-esconde ali. O quarto ficava bem ao lado da cozinha, mas tinha uma janela que dava para um pátio interno e pela qual entrava bastante claridade. Além disso, era muito maior do que todos os quartos que você teve. Havia um armário, uma mesa de cabeceira e uma cadeira, e ainda assim restava espaço para passar e abrir a janela. O único inconveniente era a luz. Como você nunca havia dormido num quarto iluminado, ficava com medo de não se adaptar. Apesar de tudo, nem pensou antes de dizer:

— O quarto é muito bom.

— Você vai ter de comprar lençóis novos. A senhorita me diz quanto custam e eu lhe dou o dinheiro — disse o Dr. Volpi.

— Se concordar, eu mesma posso fazê-los. É uma besteira gastar dinheiro com lençóis prontos.

— Ah, claro, claro. Acho maravilhoso. Sim, sim, maravilhoso. Não havia pensado nisso. Então, senhorita... Já estamos de acordo?

— O que há mais para lá? — Você apontava outro ângulo do corredor.

— Ah, claro. Venha por aqui. É uma sala de jantar que eu não uso, para mim basta a sala perto da entrada, que é mais aconchegante no inverno. — E o doutor lhe mostrou um aposento, que também dava para o pátio interno, onde havia mais papéis, quatro cadeiras, dois quadros tão escuros que você não entendia o que eles representavam e uma mesa.

— E aquele deve ser o seu quarto — disse você.

— Exatamente. Meu quarto. Quer vê-lo?

— Não, não. Não é necessário — Você observava com uma circunspecção vigilante. — Talvez o senhor devesse falar do meu salário.

— Claro, claro! Que cabeça a minha! Seu salário! Muito importante, senhorita, tem razão. Diga, quanto você gostaria de receber?

— A Sra. Hortensia me pagava seis pesos fortes* por semana.

— Então não se fala mais nisso! A Sra. Hortensia sempre é um exemplo para mim.

— Embora tudo esteja mais caro agora — continuou você. — E acho que sete ou oito também seria justo. Às vezes não é o bastante nem para comprar um lenço.

— Gosto de você, senhorita. Ainda não começou a trabalhar e já conseguiu receber um aumento — dizia, com um sorriso. — Então, perfeito. Sete ou oito. O que prefere?

— Oito, se for possível.

— É a resposta mais razoável! Não diga mais nada. Serão oito por semana. Algo mais?

— Tenho folga às tardes de quinta-feira.

— Como quiser.

— E gostaria de ir à missa nas manhãs de domingos.

— Claro, claro, claro. Vá à missa, mulher.

— Ah, uma última coisa.

— Vejamos.

Você fez uma pausa, cheia de dúvidas. Não sabia que efeito teriam as palavras que iria pronunciar. Apesar de tudo, tinha de continuar.

— Eu, doutor... Não tenho ninguém neste mundo. Ninguém que me defenda, quero dizer. Estou aqui porque a Sra. Hortensia me pediu e não consigo negar nada a ela. Ela disse que o senhor é um cavalheiro como os de antigamente.

— Ela disse isso? Caramba, caramba.

— Do contrário eu não estaria aqui, em sua casa. Não quero ofendê-lo, mas o senhor é um homem que vive sozinho e eu sou uma pobre menina que nunca...

— Não me ofende, absolutamente! Se a senhorita acha que todos nós, os homens, temos intenções terríveis, eu lhe dou plena

---

* Moeda antiga, hoje em desuso. (N. do T.)

razão. Faz bem em desconfiar de nós! E a verdade é que não sei como poderia tranquilizá-la: todos os lobos sabem se disfarçar de cordeiros. Mesmo que lhe dissesse que sou inofensivo, continuaria sendo suspeito. — Pensou por um momento, com a mão no queixo. — Ficaria mais tranquila se colocássemos um ferrolho na porta do seu quarto? Acha que isso seria suficiente?

— Creio que sim.

— Então, combinado. Algo mais?

— Quando o senhor quer que eu comece?

— Pode ser imediatamente?

— Claro. Vou buscar minhas coisas e estarei de volta amanhã, na hora do almoço. Desde que o senhor concorde, claro.

— Senhorita! Só consigo dizer sim a tudo!

Trabalhar nunca assustou você. Quando as coisas eram um pouco mais difíceis do que pareciam, você se imbuía de mais paciência. Por exemplo: não era necessário limpar a casa toda em um único dia, ninguém a obrigava. Primeiro você cuidou do que era mais urgente: as bainhas das cortinas, que davam uma péssima impressão. Quanto aos papéis, pensou em pedir ajuda ao doutor, mas, como não queria incomodá-lo, organizou algumas pilhas e as colocou numa caixa de madeira. Assim conseguiu retirar o tapete, que estava sujo como um trapo e não podia esperar nem um minuto a mais. Encontrou um lugar para os chapéus: numa estante do vestíbulo. E, para evitar que se sujassem de novo, você mesma costurou um pano de linho branco rematado em babado de renda, que evitava o contato direto com a madeira e ficava muito bonito. Quando o doutor o viu, sorriu satisfeito e disse:

— Como é visível que nesta casa voltou a haver uma mulher!

O doutor não era nada contido com os gastos, nem jamais se metia no que era preciso comprar. Deixava você à vontade, como quando disse a ele que precisava de três pesetas para comprar tecido de dois tipos para forrar as cadeiras da sala e fazer alguns lençóis para sua cama; ele lhe deu o dinheiro sem perguntar e nunca lhe pediu os recibos. Era um homem muito confiante, a quem qualquer um poderia enganar se quisesse. Não seria estranho se a governanta anterior tivesse enchido bastante os bolsos antes de ir embora. Você não iria fazer nada parecido: você era outra pessoa.

O doutor achava que tudo corria bem. Você não sabia o que pensar. Aquela ruína era um doutor? Um doutor em quê: em desordem e santa paciência? Você não conseguia entender por que ele sempre parecia tão satisfeito, nem por que a chamava de *senhorita* e até de *senhora*. Nunca havia conhecido ninguém como ele. Ele a surpreendia a cada momento, desconcertava-a, deixava-a sem palavras. Quando você achava que ia responder uma coisa, ele dizia exatamente o contrário. Tinha hábitos muito extravagantes, como entrar na cozinha a cada instante para perguntar o que era aquele cheiro maravilhoso ou chamá-la com certa urgência, como se a casa estivesse pegando fogo, só para perguntar em que dia estávamos. Às vezes passava 12 horas sem sair da biblioteca, lendo. Outras vezes, pedia uma carruagem às nove da manhã e só voltava à meia-noite. Você mal conhecia amigas dele, nem mesmo as respeitáveis. Quase nunca recebia em casa, mas de vez em quando alguém lhe pedia ajuda e então mandava que trouxessem o paciente à biblioteca e o deitava no chão, em cima do tapete (que agora estava limpo). Nunca levantava a voz, nem a repreendia por nada. Ainda estava para chegar o dia em que o visse aborrecido. Nada parecia alterar seu humor: nem as complicações da política, nem o frio do inverno, nem o calor do verão. Era um homem tranquilo, pacífico, distinto, e ao seu lado a vida era um poço de tranquilidade. Você achava tudo isso muito bom. De fato, às vezes até *excessivamente bom*. Como se não fosse possível tanta perfeição sem que em algum lugar estivesse escondido um presságio.

— Só temos uma vida, Aurora. A senhora acha correto que a desperdicemos nos ocupando de assuntos tão desagradáveis como a política? Que vão passear os Bourbons, os carlistas, os republicanos, os federalistas e aquela desgraça de rei italiano que veio fazer um papelão! Não estou nem aí para eles! Não perco meu tempo com eles.

O doutor tinha acabado de chegar e só tivera tempo de tirar o chapéu e as luvas, deixá-los sobre a mesa (que estava limpa e sem nenhum trambolho) e começar a olhar com tranquila curiosidade a correspondência, que você havia deixado numa cestinha em cima da mesa. Já havia preparado um doce, que lhe trouxe numa bandeja de prata, escondido embaixo de um guardanapo.

— Mmmmm... que cheiro delicioso é esse? — perguntou ele, distraído.

— Então, doutor, se não gosta de conversar sobre política, então conversa sobre o quê com seus amigos nas tertúlias semanais?

— Ah! Nas tertúlias só falamos de assuntos importantes de verdade, senhorita. Aqueles que transformam o mundo num lugar onde vale a pena viver.

Você o olhava com os olhos arregalados, concordando, como se estivesse compreendendo alguma coisa.

— Ópera. Teatro. Poesia. Pintura. Arquitetura. — Baixou a voz um pouquinho e acrescentou: — E mulheres.

— E há tanta coisa para dizer sobre tudo isso? — insistiu você, porque, quanto mais ele lhe esclarecia, mais estranho aquilo ficava. Como alguém pode passar uma tarde inteira falando de ópera, teatro e todo o resto? O que tanto há para falar?

Você andava pela casa como um animalzinho silencioso e ágil. Pegou o chapéu, deixou-o no vestíbulo, em cima da toalha, muito bem alinhado com seus companheiros. Ajudou o doutor a tirar a capa, dobrou-a com cuidado e colocou-a sobre a poltrona. Depois ajoelhou-se para ajudá-lo a tirar as botas.

— A senhorita ficaria surpresa com as discussões inflamadas que eu e meus amigos travamos! Estou convencido de que os isabelinos e os partidários do arquiduque Carlos discutiam com mais calma que nós, quando todos aspiravam ao trono da Espanha. Nós também declaramos uma guerra feroz. Massinistas contra gayarristas!

Em sua expressão se lia um assentimento que significava "Eu já dizia que a ópera não podia render tanta conversa", e você se assustava um pouco porque não sabia nada de guerras, salvo que não gostava delas porque eram feias.

— Vou lhe explicar — dizia o doutor —, mas um caso como este não pode ser despachado com as mãos vazias e a garganta seca. A senhorita se importa se eu temperá-lo com isto que acaba de me trazer? O que é? Cheira como se um anjo a tivesse preparado. Temos agora anjos na cozinha, senhorita?

Você não disse nada, mas sorria, concentrada em suas palavras.

— O que é isso? Licor de nuvem do paraíso? Essência de asa de querubim caolho?

Seu riso escapava ao ouvir aquelas palavras. Ele parecia feliz com sua reação.

Depois de deixar os sapatos em seu lugar e entrar com o roupão de seda nas mãos — limpíssimo, com todos os ilhós repassados e a bainha impecável — ajudou-o a vesti-lo, a se calçar e a se arrumar. Deu-lhe o cinto do roupão para que não tivesse de buscá-lo. Apesar de tudo, ele apalpava o ar com lerdeza, em sua busca. Durante um segundo suas mãos e as do doutor se encontraram. As dele eram suaves, como você pôde perceber. Ele notou que as suas eram frias, como dois peixes. Você se assustou. Enfiou as mãos nos bolsos e retorceu os dedos, nervosa. Um calor subiu às suas faces, e você ficou envergonhada. O que estava acontecendo, Aurora? Isto que sentia tinha algum nome? Não, claro que não! Há emoções difíceis de nomear. Emoções que você não podia se permitir.

O doutor se acomodou na poltrona e lhe lançou um olhar daqueles. Um olhar que, sem saber por que, lembrava aqueles que o Sr. Estanislao dirigia à pequena Cándida.

— Vejo que hoje também adivinhou que eu chegaria tarde e com o estômago vazio — disse, olhando a bandeja. Outro sorriso como resposta de sua parte. — A senhora não acha que me trata bem demais?

— Não, senhor. Eu acho que merece mais do que eu faço. — E baixou os olhos.

Você gostava de ter sempre alguma coisa para lhe oferecer quando ele chegava tarde em casa. Ficava mais tranquila se ele não fosse se deitar de estômago vazio. À tarde, para não se entediar, deixava os utensílios da cozinha à mão. Para o caso de o doutor chegar em casa cansado e com vontade de recuperar as forças. E como ele era guloso e exigente, um de seus caprichos era o chocolate da casa Sampons. Você o preparava com um pouquinho de canela, uma colherada bem cheia de açúcar refinado e pouca água, para que ficasse bem espesso. Em seguida o servia numa *mancerina*,* com pedacinhos de pão doce e um copo de água fresca, porque depois do chocolate costumava sentir uma paixão por água que não podia esperar.

— Isto sim é um chocolate bem servido! — dizia o doutor ao retirar o guardanapo, como um mago que exibe algum prodígio.

— Sim, mas hoje é diferente — disse você com orgulho.

— Diferente por quê?

— Prove-o. Veja o que acha.

O doutor o deixava esfriar um pouco, como de hábito, e, enquanto isso, tentava fazer você entender a história da guerra da ópera. Havia dois cantores — ele os chamava de *tenores*, mas a você a

---

* Bandeja na qual se servia o chocolate na antiguidade. Uma espécie de prato com uma abraçadeira circular no centro, onde se fixa uma xícara de porcelana na qual se serve o chocolate. Quem a descreveu pela primeira vez, em 1640, foi o Marquês de Mancera, vice-rei do Peru. Daí o seu nome. (*N. do T.*)

palavra não dizia nada —, ambos muito bons e muito altivos, que desejavam ao mesmo tempo cantar mais alto, por mais tempo e por mais dinheiro que o outro. Um se chamava Julián Gayarre e era espanhol. O outro, Angelo Massini, era italiano. Os dois nunca cantavam juntos, porque cada um deles estava convencido de que sua voz era muito fabulosa para se misturar à outra, mas principalmente porque teriam arruinado qualquer chance de um empresário contratá-los ao mesmo tempo. Os barceloneses, que gostavam de ir sempre contra a corrente, gostavam mais de Gayarre, embora pouco a pouco os massinistas da resistência começaram a ganhar terreno — aqui entrava ele! — e conseguiram que seu tenor fizesse uma temporada no Liceu, deixando todos boquiabertos. Essa história do massinismo, dizia, era um pouco como o catalanismo: como tinham razão e a coisa caía pelo peso da inércia, mais cedo ou mais tarde seriam reconhecidos. Ele não perdia a esperança. E para terminar seu discurso, embora com a voz ainda contagiada pelo entusiasmo belicista, acrescentou:

— Aurora, para provar isto precisamos de outra colher!

— Perdão, senhor?

— Outra colher, Aurora. Não provarei nada se a senhorita não provar também.

— Não, não, senhor. O chocolate é para o senhor. Era só o que faltava!

— Não disse que é uma receita nova? Então vamos inventar uma nova maneira de tomá-la. Como dois velhos amigos depois de uma intensa conversa. Vamos, traga uma xícara para a senhora.

— Não, senhor. Não ficaria bem. Mas lhe farei companhia.

— Não, não e não, Aurora! A senhorita não vai me ganhar na teimosia. — Cruzou os braços como um menino contrariado. — Quando eu quero, sou uma mula. Nem penso em prová-lo sozinho. Se a senhora não for buscar uma xícara, eu mesmo irei buscá-la na cozinha. — E se levantou.

— Ai, que raio de homem! Fique quieto, doutor. — A frase saiu num tom tão autoritário que até você se surpreendeu. — Não vê que o senhor não tem de trazer nada para mim? Se eu permitisse, ainda acabaria amarrando meus sapatos, como os da outra governanta. Deixe, deixe, já estou indo. Sempre acabo fazendo tudo o que o senhor quer!

— *Davvero?** — Ele arqueou as sobrancelhas, muito surpreso, enquanto a observava se levantar e ir até a cozinha.

Ele teria ido, disso você tem certeza. O doutor às vezes esquecia o papel das pessoas e fazia barbaridades. Minhas mãos não vão cair se eu me meter na cozinha, dizia. Gostava de bisbilhotar debaixo da tampa das panelas, para sentir o cheiro, como uma criança travessa. Quando procurava alguma coisa, não encontrava nunca, e fazia uma grande bagunça. Era melhor não tirar os olhos dele.

Você voltou da cozinha com a menor xícara de café que conseguiu encontrar e a colherzinha mais diminuta. O senhor estava sentado em sua poltrona, com uma perna cruzada elegantemente sobre a outra, enquanto fazia o pé bailar no ar ao ritmo de uma romança que cantarolava em voz baixa:

> *Com'è gentil*
> *la notte a mezzo april!*
> *E azzurro il ciel,*
> *la luna è sensa vel:*
> *tutt'è languor,*
> *pace, mistero, amor!***

---

* "Sério?" (N. da A.)
** "Que gentil / a noite de meados de abril / E azul o céu / a lua sem véu: / Tudo é languidez, / paz, mistério, amor!" (N. da A.)

— Nossos talheres estão encolhendo, Aurora? — perguntou ele ao vê-la chegar com aquelas minúcias. Você não conseguiu evitar outra gargalhada. — E por que não se senta, mulher? É assim que a senhora toma chocolate com um amigo? Que chatice!

Você não sabia nem como ficar. De lado, com uma perna um pouco adiantada... Na beira do assento, mais confortável... Tinha muita vergonha de que o senhor a visse comer. Nunca havia comido diante de alguém como ele, de fato nunca havia comido fora da cozinha, e se sentia tão estranha, tão fora do lugar, tão grosseira... Por nada neste mundo queria ofendê-lo, e então se esforçou. Encheu tão pouco a xicrinha que nem sequer percebeu direito o sabor do chocolate. Fazia um biquinho muito engraçado. Mas jamais ocorreria ao doutor zombar de você. Ele fazia com que tudo fosse fácil e parecesse a coisa mais natural do mundo. Você, inclusive, começava a achar normal aquela maneira de ele olhá-la, de tempos em tempos. Embora às vezes ficasse ruborizada.

— E então? Vai me revelar agora qual é a novidade? — perguntou.

— Preparei-o com água e leite, misturados em cinquenta por cento.

Ele ergueu as sobrancelhas.

— Ah. — Concordou com a cabeça.

— É a última moda em Viena e Paris.

— E a senhora sabe dessas coisas, Aurora? Já esteve alguma vez em Viena ou Paris?

— Eu? Claro que não, pobre de mim. Li isso numa revista estrangeira de moda. — Você ficou um pouco vermelha, como se tivesse acabado de confessar uma travessura.

— Tem razão. Nunca lembro que a senhorita sabe ler! A senhorita também é um pouco estranha, Aurora. Então compra revistas estrangeiras...

— Com o meu salário, senhor. Só às vezes, quando consigo economizar um pouco, porque são caras. São escritas em estrangeiro, mas se eu ler várias vezes acabo entendendo o que dizem.

— Sério? — As sobrancelhas do doutor não desciam. Ele a olhava como se estivesse contemplando um fenômeno curioso. — Então deixe-me lhe dizer uma coisa, Aurora: aprovo totalmente as modas de Viena e Paris. A senhorita gostaria de conhecer estes lugares?

— É claro que não! O que eu faria lá, feito uma apalermada?

— Beber chocolate com leite?

— Já bebo aqui, ora. — Você começou a rir, e sua risada contagiou o doutor, que quando ria soava como um baixo barítono, embora você ainda não soubesse disso. Aquilo de rir juntos fazia, sim, com que parecessem verdadeiros amigos.

— Olha, Aurora, quero que a partir de agora inclua as revistas de moda estrangeiras nas despesas da casa.

— Ah, não, doutor. Não é preciso. É uma despesa que não devemos...

— É um gasto imprescindível! Se não, como ficaremos quando a moda mudar em Viena ou Paris? Faça o que estou pedindo, Aurora. Compre as revistas de moda. Melhor: assine-as. Envie o pedido hoje mesmo.

Você negava com a cabeça, como se o doutor tivesse enlouquecido, como se estivesse lhe propondo uma coisa inaceitável.

— Envio o pedido a Paris? — perguntou num tom uma oitava acima do normal, de tão atordoada que estava.

— Para onde for, senhorita! Envie-o e não fale mais disso. E, claro, em seu nome. Não vá me transformar num assinante de uma revista de moda feminina, pelo amor de Deus.

Você continuava balançando a cabeça: não estava convencida. Era muito tentador, muito generoso para não fantasiar. Franzia a testa, em sua teimosia, mas não conseguia evitar pensar em como tudo aquilo era possível. Como podia ter tanta sorte. Aquele homem era como o grande prêmio da loteria, e tinha saído para você, sem que soubesse como. Para você, que nunca havia tido nada.

Você voltou mais algumas vezes à casa do Sr. Antonio, levando a chocolateira de porcelana. A porta não chegava a ser aberta, mas no olho mágico sempre aparecia o rosto irritado de Enriqueta.
— Você de novo? — resmungava ela assim que a via.
Você se deu conta da insistência com que ela a olhava. Você tinha engordado um pouco. Tinha um rosto melhor. Vestia-se melhor, porque o doutor lhe permitia costurar sua própria roupa e não a obrigava a vestir nenhum uniforme. Embora você não soubesse muito bem como deveria se vestir.
— Olha, Enriqueta. — Sua voz também soava mais segura do que antes. — Esta é a última vez que venho e vou falar claramente. Quando fui embora desta casa, depois daquela história da Sra. Cándida, levei uma coisa que não me pertence. Não sei por que fiz isso, não me pergunte, eu era jovem, estava muito confusa, não pensava direito. Me arrependi muito desde então. Na verdade, me arrependi desde o momento em que saí por esta porta. A única coisa que quero é devolver o que roubei, mas sempre tropeço com você e com sua cara de nojo que me impede de fazê-lo. Acho que já está na hora de acabar com isso de uma vez, você não acha? Imploro que pegue a chocolateira e encerremos isso para sempre.
— E mostrou a ela o pacote envolvido em papel de seda, mas ela não demonstrou o menor interesse.
— Uma chocolateira? — perguntou ela, com a mesma cara que teria feito se estivesse lhe falando de um bicho saído do fundo do mar.
— De porcelana branca.
— E você acha que aqui alguém se lembra dela, Aurora? — Seus lábios se enrugaram numa careta de desprezo. — Faz seis anos que a Sra. Cándida foi embora. Não acha que é muito tempo?

— Isso não é problema meu. A chocolateira não me pertence. O lugar dela é nessa casa. É um presente que foi dado ao pai do Sr. Antonio. Acho que foi o que a senhora disse há muito tempo.

— Aurora, a senhora está morrendo. Posso lhe garantir que não é um bom momento para mexer nas feridas do passado. Esse objeto já não pertence a ninguém. Por que não fica com ela? É mais sua do que de qualquer pessoa, se pensar bem. Eu só lhe peço para não voltar. Temos muito trabalho por aqui.

De quem são as coisas perdidas? Com quem ficam os objetos que alguém amou, quando essa pessoa parte para sempre? Existe algum lugar onde os objetos perdidos esperam ser encontrados? Eles querem que outros fiquem com eles, que os valorizem, que os considerem sua propriedade? As coisas precisam de um dono? Ou são mais felizes em liberdade? A quem essa liberdade faz feliz? Não é melhor a certeza de pertencer a alguém?

— Está bem, Enriqueta. Não voltarei — disse você, com os pensamentos em outro lugar.

O olho mágico se fechou e mais uma vez você ficou na rua, com a chocolateira nas mãos.

Caminhou lentamente, à deriva, pelo labirinto de ruas estreitas. Achou a rua Agullers mais longa do que de costume; na Espaseria ouviu tocar os sinos de Santa Maria del Mar e acudiu aos seus chamados, como um inseto que voa na direção da luz. Ficou um tempo dentro da igreja, que sempre a perturbava, e depois saiu pela porta da Banys Vells. Continuou a peregrinar sem pressa, até que virou à esquerda e percorreu a rua Brosolí. O caminho a ajudava a colocar seus pensamentos em ordem. De vez em quando convém fazer uma faxina dentro da própria cabeça, jogar os trastes velhos pela janela e tirar o pó daquilo que na verdade vale a pena. Se não, com o tempo tudo fica coberto pelo mesmo véu de poeira.

A rua Brosolí desembocava na Argenteria, bem diante da rua Manresa, onde ficava a loja dos Chocolates Sampons. Você parou diante da vitrine, que brilhava como um farol. Estava cheia de coisas deliciosas, muito bem arrumadas em pratinhos e bandejas. O retrato a óleo de uma dama muito bem-vestida, tomando chocolate em sua biblioteca, dominava tudo. Havia fios de açúcar-cândi que recordavam caprichos de gelo, caramelos de café envoltos em papel prateado, cones de cacau em pó para preparar chocolate, bombons de todo tipo recheados com as misturas mais sofisticadas.

Seus olhos iam de um extremo a outro: as caixinhas de cores vivas, de todos os tamanhos, cheias de coisas que você nunca havia provado. A grande novidade pareciam ser os bombons de pasta de avelã, que formavam pirâmides brilhantes e ocupavam mais da metade da vitrine, como se fossem o X da questão. Mais além, muito bem alinhadas, pilhas de tabletes de chocolate: grandes, pequenos, médios, de chocolate negro — "na pedra", dizia a embalagem — ou de chocolate ao leite, uma raridade que ainda era coisa nova. Os preços não estavam expostos, mas você levava algum dinheiro — como sempre que saía — e resolveu entrar e comprar algum capricho para o doutor.

Empurrou a porta da loja e tocou uma campainha. O cheiro a deixou extasiada de imediato. Teria ficado ali, em pé, só sentindo aquele aroma, se a voz de uma mulher não tivesse lhe perguntado, de forma muito amável:

— Em que posso servi-la, senhora?

Senhora.

Você observou o rosto de quem havia falado. Era uma mulher jovem, de uns 20 anos, segundo seus cálculos, tinha olhos grandes e risonhos. Por acaso suas roupas não denunciavam que você não era uma senhora, mas uma criada? De uma boa casa, isso sim, e bem-aventurada. Aquela mulher poderia tratá-la sem a menor pompa se tivesse olhado com mais atenção — tinha o direito de fazer isso —, mas preferiu dizer "Em que posso servi-la, senhora?". E você pediu cacau em pó para preparar um chocolate bem espesso, do jeito que o doutor tanto gostava, e também um tablete de chocolate ao leite. A balconista lhe deu tudo embrulhado num papel de seda, sem deixar de sorrir nem por um momento.

Enquanto ela preparava o embrulho, você observava as fotografias penduradas nas paredes. Nelas se viam homens de pele escura colhendo cacau das árvores com os galhos retorcidos. Embaixo se lia: "Plantações da Chocolates Sampons em Cuba." Também havia um retrato do Sr. Antonio ao lado de uma montanha de grãos de cacau secando ao sol. Embaixo: "Antonio Sampons em Santiago de Cuba, supervisionando o processo de secagem da colheita de 1878." E, mais adiante, um cartaz proclamava, em letras pretas:

CHOCOLATES SAMPONS
CASA FUNDADA EM 1877
Produtos premiados em todos os concursos
por suas propriedades alimentícias.
Aprovados e recomendados pela
REAL ACADEMIA DE MEDICINA E CIRURGIA
DA CIDADE DE BARCELONA
Vendidos nas principais
confeitarias e drogarias.

— Uma peseta e três reais — disse a mulher, e você se apressou em tirar o dinheiro do bolso e o colocar na palma de sua mão.

Enquanto esperava o troco, imaginou uma forma de fazer aquilo que ainda não tinha feito. Achou lógico, como um ato de justiça. Deixou discretamente o pacote com a chocolateira em cima de uma cadeira que estava ali perto, diante do balcão. A balconista estava de costas e não podia ver a cadeira do outro lado. Na loja só havia mais dois clientes, ambos distraídos: um tentava decidir que tipo de bombom era melhor para dar de presente; o outro, uma mulher corpulenta, repreendia um menino que queria açúcar-cândi. Não havia riscos. A chocolateira ficou na cadeira, muito discreta, sem que ninguém dissesse nada. Seria encontrada em algum momento, talvez na hora de fechar.

— Aqui está o seu troco. A senhora vai ver como o chocolate será de seu agrado — disse a mulher.

Era o que faltava! Então você agora tinha cara de quem tomava chocolate regularmente? Era o que havia pensado aquela garota, convencida de que estava comprando para você mesma.

Empurrou a porta e já estava na rua de novo com a doce mercadoria nas mãos. Deixou escapar um suspiro de libertação. "Pronto, finalmente! Livrei-me da chocolateira. Acabou!", pensou. E se afastou dali, caminhado com passos firmes e a cabeça erguida.

A chocolateira voltou muito depressa às suas mãos, à sua vida e à sua consciência de mulher honesta, como um animalzinho doméstico extraviado que encontra o caminho de casa. Foi devolvida pela balconista de olhos risonhos. Como de hábito, você estava na chocolataria Sampons para comprar cacau em pó para o doutor, aquele que preparava com uma mistura de leite e água de acordo com a moda de Viena e Paris, e se distraía observando as embalagens dos caramelos e dos bombons, e os cromos que agora vinham com os tabletes de chocolate e que as crianças colecionavam. Foi na hora de devolver o troco que a mulher lhe disse:

— Espere um momento, por favor. — Desapareceu por um segundo nos fundos da loja e voltou, com o pacote embrulhado em papel de seda e aquele sorriso que nunca parava de iluminá-la. — Acho que no outro dia a senhora esqueceu isso em cima de uma cadeira. Guardei-o, pensando que ia voltar.

— Obrigada — sussurrou você. — Achei que havia perdido.

— É um prazer servi-la, senhora — disse ela.

Senhora.

Ao chegar em casa, você enfiou de novo o pacote no armário, sem saber quando teria uma nova oportunidade de se livrar dele. Ou se algum dia teria.

Os anos levantam voo como andorinhas no outono, disse-lhe certa vez aquele velho com quem você vivia feliz e sem conseguir entender direito. Mas tantas coisas aconteciam que ele não conseguia entender que você já nem tentava.

De vez em quando, acontecia de um comentário que ele havia feito muito tempo antes ganhar sentido. Às vezes, anos mais tarde. Como naquele dia que você se olhou no espelho e viu uma mulher de rosto redondo, com uma mecha de cabelo caindo na testa e um par de olhos sem sinais de preocupação, e pensou: "Como é possível?"

Como era possível que agora tivesse 39 anos e estivesse há 15 naquele apartamento da rua Pi, onde a cada passo se reconhecia sua presença, e que agora o Dr. Volpi tivesse o cabelo todo branco e você ainda continuasse ouvindo-o com a admiração e o espanto do primeiro dia? E como era possível que mesmo agora, depois de tanto tempo, ele ainda continuasse a fazer você rir e se ruborizar?

Entre aquelas paredes o tempo não passava, ou passava cantando sempre a mesma canção. O doutor se trancava para ler, ou saía muito cedo e só voltava quando terminava sua tertúlia, quando você já havia preparado o chocolate com pão doce — os biscoitos, as madalenas e os bolos também foram chegando. Então ele lhe contava qual havia sido o tema da tertúlia naquele dia e reclamava porque fazia muito frio e as pessoas adoeciam muito, e você o ajudava a vestir o roupão de seda e a calçar os chinelos e depois ele dizia: "Boa noite, Aurora, estou muito feliz porque na semana que vem vai estrear no Liceu *Guglielmo Tell*. Ah, como eu gosto das óperas em francês!", e se enfiava na cama cantarolando algo e você lhe desejava "Boa noite, Dr. Volpi, descanse bastante".

À tarde, você lia suas revistas de moda, que chegavam todo mês com tamanha pontualidade que você não dava conta de todas, ou então saía para dar uma volta pela Rambla, que dava gosto de ver desde que tinham sido abertos tantos cafés e teatros. Depois você voltava para casa, acendia os lampiões e se perguntava: "Como é possível que nunca aconteça nada e mesmo assim os anos escorram, como a água num cesto de palha?"

Houve também um ou outro sobressalto, mas foram poucos. O maior foi naquela vez em que a maldita *Guglielmo Tell* estreou. Maldita, sim, que o céu a perdoe, embora também seja uma maravilha. O doutor chegou em casa antes da hora, confuso e com o paletó branco todo manchado de sangue. Por pouco você não morreu de susto logo que o viu, pois deu-se conta de que o sangue não era dele. Ainda nervoso, sentado em sua poltrona, enquanto você o ajudava a tirar as botas, ele lhe contou que a mulher do livreiro Dalmás tinha morrido em seus braços, sem que ele pudesse fazer nada para salvá-la, e que ela não era a única vítima, que o espetáculo de morte e destruição tinha sido dantesco. E isso porque só uma bomba das duas lançadas tinha explodido. A segunda ficou suspensa, como por um milagre, na saia da senhora do advogado Cardellach, que naquele momento já estava morta, que Deus a tenha em Sua glória.

— Ai, Senhor — exclamava o doutor, a quem você via alterado pela primeira vez —, o Liceu nunca mais voltará a ser o que era, Aurora. Nunca vamos nos recuperar desse banho de sangue.

De repente você largou a segunda bota sobre o tapete. Ali mesmo, ajoelhada aos pés do doutor, começou a chorar. Ele ficou mudo de espanto, olhando-a. Você soluçava como uma menina, torrencialmente, cada vez mais forte, e não conseguia parar. Você pensava: "De onde me sai todo este desespero de repente? O que está acontecendo comigo?" O doutor estava pensando a mesma coisa, e as conclusões o aterrorizavam.

— Mas, Aurora... — disse ele —, Aurora, por favor, levante-se. O que você tem, mulher? Não chore assim. Fale comigo. Diga-me o que está acontecendo.

Esticou um braço para você. E você não parava de chorar. Em vez de se levantar, desabou completamente. Sua saia se inflou e você se transformou numa grande cebola engordando sobre o tapete. E ele cada vez mais surpreso, mais desesperado.

— Aurora, eu imploro, quer fazer o favor de me ouvir? Você tem de me dizer o que está acontecendo, eu quero entender. Está chorando pelos mortos da bomba? Diga.

Quando, por fim, você conseguiu se acalmar um pouco — apenas o suficiente: há prantos teimosos que quando começam não querem parar —, balbuciou meia dúzia de palavras para dar uma explicação.

— Tanto sangue... Fiquei muito assustada... Pensava... Parecia que o Senhor tinha se ferido... O sangue... Graças aos céus, não... O senhor está bem... Que medo senti ao vê-lo...

O doutor a ajudou a se levantar, olhou-a fixamente.

— Aurora, criatura, mas então... Então todo este desconsolo é por minha causa? — O doutor tinha os olhos úmidos e suas mãos talvez tremessem um pouco, mas você não se deu conta, ocupada como estava com sua própria inquietação. — Sente-se, Aurora, sente-se, vou lhe trazer um lenço. — E se apressou a sair da sala, deixando-a ali sozinha, olhando as botas, que também estavam manchadas de sangue, e, quanto mais olhava para aquele sangue, mais você soluçava pensando no que poderia ter acontecido. E, quanto mais chorava, mais tinha vontade de chorar, e olhava as botas... e aquilo era como uma canção que não acabava nunca.

O doutor lhe trouxe um lenço e uma xícara de chocolate. Tentou consolá-la com palavras repletas de ternura, como se você fosse uma criança. Depois a mandou para seu quarto, e então ficou sozinho na poltrona da biblioteca, acordado, durante muito tempo, olhando aqueles livros que haviam sido testemunhas de tantas coisas ao longo de sua vida, como se lhes pedisse conselho ou como se compartilhasse com eles a surpresa. Também pensou. Pensou muito, durante quase toda a noite. Talvez tenha pensado de um jeito que nunca fez antes, pelo menos de maneira consciente. Quando o dia já despontava, chegou à conclusão de que lhe era bom ir dormir um pouco e foi para a cama.

E dormiu logo, porque havia tomado algo que era um pouco parecido com uma decisão.

— Aurora, pode se sentar aqui por um momento, diante de mim? Preciso lhe dizer uma coisa.

Pobre Dr. Volpi, nem suspeitava do trabalho que desabaria sobre ele. No entanto, se tivesse suspeitado, teria feito a mesma coisa, porque ele era do tipo cabeça-dura que, quando toma uma decisão, não se deixa distrair pelos detalhes.

Você se sentou com as pernas muito juntas, as mãos no colo e uma ruga no meio da testa. Ajeitava a saia fingindo tranquilidade, mas suas mãos estavam geladas.

— Diga, doutor.

— Bem, faz dias que não paro de pensar numa questão que tem a ver com a senhorita e um pouco também comigo, e acho que chegou o momento de compartilhá-la, desde que eu encontre uma maneira de fazer isso, porque já deve ter notado que não me sinto muito seguro. Para ser sincero, veja que coisa!, parecia muito mais fácil na teoria, antes de chamá-la, quando ensaiava o discurso para mim mesmo. O fato é que agora não sei nem como começar. Que coisa, na minha idade.

— Posso ajudar de alguma maneira? — Você se ofereceu.

— Trata-se de uma daquelas coisas que se costuma dizer com muita frequência, sabe? Eu mesmo, com os anos que tenho, só me vi numa situação dessas uma vez, e foi muito diferente. Não estava tão informado, vamos dizer assim. A ignorância me dava uma coragem que agora me falta, não sei se me faço entender. Ah, a juventude: que maravilhosa doença da consciência! Mas calma, calma: eu vou conseguir. Aurora, você lembra há quantos anos é minha governanta?

— Desde novembro de 1877 — você respondeu, e a ruga da testa ficou mais profunda.

— Então... — O doutor calculou —, são 19 anos! Como o tempo passou rápido para mim. E para você?

A inquietação escapou de sua boca em forma de pergunta.

— Está acontecendo alguma coisa, doutor? Devo ficar preocupada? Fiz alguma coisa que o incomodou?

— Não, não, não, Aurora, apenas me ouça, por favor. Dezenove anos é muito tempo...

— E 21 dias.

— Isto que quero lhe dizer, Aurora, e talvez lhe soe um pouco estranho, assim, tão de repente, é que nestes 19 anos e 21 dias eu me senti o homem mais bem servido da face da Terra.

Você sorriu, se sentindo elogiada. Ao mesmo tempo começava a suar de angústia, de medo. Aquelas palavras soavam como uma despedida, uma mudança de rumo. O que estava acontecendo era grave, você intuía.

— O senhor não está passando bem, doutor? Está doente?

— Doente? Não que eu saiba. Na minha idade, o pior é ter a minha idade. Não fique assustada, Aurora. Deixe-me explicar.

É fácil dizer "não fique assustada", pensava você. E ficava calada, apertando os lábios, e deixava que ele falasse. Mas ele estava disperso.

— Gostaria de acreditar que a senhora também se sentiu à vontade aqui nestes 19 anos — prosseguiu.

— Está com algum problema? Decerto não se meteu com a política!

— Se me fizer o favor de ficar calada por um momento, Aurora... Estou lhe pedindo com tanta grosseria porque, se não ficar calada, vou perder a pouca coragem que reuni e deixá-la com o mistério *ad eternum*, que é muito tempo.

— Não, não, pelo amor de Deus. Vou ficar calada.

E guardava silêncio de novo, apertando um pouco mais os lábios, mas era cada vez mais difícil. Quase impossível. Uma verdadeira tortura.

— Gosto de acreditar que para a senhora também houve momentos em que esqueceu que trabalha para mim, que eu era o senhor da casa e todas essas minúcias convencionais, e fomos amigos que se divertem conversando sobre seus assuntos enquanto bebem chocolate.

Você arregalava os olhos. Ainda não estava entendendo. Ele a estava despedindo? Estava querendo morrer? Ia partir para o estrangeiro? Se o martírio é considerado ainda mais cruel do que a tortura, aquilo começava a ser um martírio.

Agora ele a olhava fixamente, esperando alguma coisa, e você não sabia o que devia fazer.

— Poderia me confirmar isso que acabo de lhe dizer, Aurora? É importante para o fio da minha argumentação.

— Claro, doutor. O que era mesmo?

— Somos amigos?

— Claro que não, doutor! O senhor é o dono da casa, e eu sou sua governanta.

— Bem, mas a senhora acha que poderíamos chegar a ser?

— É claro que não, doutor! De maneira alguma! Seria uma falta gravíssima da minha parte me considerar sua amiga. Eu não sou sua igual, estou cansada de saber disso.

— E não gostaria de ser?

— Veja, eu nunca tive amigos, sabe? — Viu que desfalecia sem saber por que, como se enfrentasse uma tarefa impossível. Apesar de tudo, prosseguiu: — Essa coisa de amigos não é para gente como eu, acredite em mim. Os amigos não deixam você trabalhar. Vim ao mundo para trabalhar, e não para perder tempo. Isso é tudo!

Cruzou as mãos no colo, muito orgulhosa do que acabara de dizer. O doutor franziu o cenho, deixou o olhar suspenso durante um momento, mas em seguida veio abaixo e esfregou as faces com as mãos.

— Que nada, Aurora! Não! Não consigo! É mais difícil do que eu pensava.

Você deu um pulo de susto, de ansiedade, estava confusa. Você não tinha ideia do que podia estar acontecendo. Aquele homem não era o Dr. Volpi que você conhecia, e o pior era que não sabia por quê.

— Não me assuste, doutor — disse. — Diga-me de uma vez o que está acontecendo. O senhor quer me anunciar alguma coisa, não é mesmo? Deixe-me ajudá-lo. É ruim? Uma má notícia?

— Ai, criatura, Deus queira que não.

— Não. Bem. Então é uma notícia diferente?

— Isso mesmo. Diferente.

— Estranha?

— Muito!

— Desagradável?

— Não necessariamente.

— Resolveu se mudar para outro lugar? Vai sair de Barcelona?

— Não, não, mulher, aonde quer que eu vá na minha idade?

— Está doente? Vai morrer?

— É claro que vou morrer! Mas não gostaria que fosse exatamente agora.

Suas ideias tinham se esgotado.

"Pense, Aurora, pense, o que pode tê-lo deixado tão fora de si? Uma coisa que não se atreve a dizer a você, que interrompe sua voz como se fosse um menino fazendo uma travessura... Já sei! Claro! Não pode ser nada além de..."

— Então está relacionado a mulheres.

— A senhorita é muito esperta, Aurora. — O doutor sorriu, satisfeito com sua intuição.

— Quer se casar! É isso, não é mesmo?

— *Bravíssimo*!

A solução do problema a desanimou. Ia trazer uma senhora para a casa! A essa altura, uma senhora era um bofetão, e dos grandes. Uma senhora iria querer fazer as coisas à maneira dela, deixaria você enlouquecida dando ordens da manhã à noite, iria administrar as contas da casa, mudaria tudo de lugar, controlaria os gastos — já podia ir se despedindo das revistas de moda!

— e também encheria os próprios bolsos, claro. Por que, se não para encher os bolsos, quem iria querer se casar com o Dr. Volpi, um velho de 75 anos, com uma vida tão insípida, da biblioteca à tertúlia, e da tertúlia ao camarote do Liceu? Só podia ser uma mulher jovem e esperta. Embora... Um momento! Jovem como? Só de pensar numa senhora de 25 anos, de cintura fina e pele de porcelana, fuçando todo dia em seus armários, o sangue subia à sua cabeça. Ou pior: ver o bom Dr. Volpi dançando ao som de uma jovenzinha que só pretendia se aproveitar dele. Certamente ele aprovaria todos os caprichos dela, porque não saberia dizer não, e pouco a pouco perderia sua verdadeira personalidade, pois já é sabido que as mulheres têm mais influência sobre os homens do que qualquer coisa que jamais tenha sido inventada. Isso sim você não poderia suportar.

Na mesma hora, você teve vergonha daqueles pensamentos. Quem era você para julgar daquela maneira as decisões do doutor? Será que todo aquele tempo de privilégios de que havia desfrutado tinha deixado você convencida? Achava que já tinha algum direito, só porque uma balconista distraída a chamava de *senhora* na chocolataria Sampons? Sentiu vergonha de si mesma e se recriminou com severidade: "Parece mentira, Aurora, será que você achava que era para sempre? Ainda deveria agradecer por ter passado esses vinte anos num leito de rosas. Você, que veio ao mundo sem ninguém. Você, que não merecia nada."

E, enquanto isso, o silêncio crescia cada vez mais e ia se tornando incômodo. O Dr. Volpi respirava com dificuldade devido à inquietação que seu silêncio lhe provocava. De tanto esperar, você não sabia o que lhe dizer nem como resolver aquilo.

— Basta, Aurora! Não consigo mais! Vou lhe dizer sem rodeios e assim terminaremos de uma vez, concorda?

Você assentiu com a cabeça.

— É isso, Aurora... Não sabe como eu gostaria que você se casasse comigo.

"Você é má, Aurora, é uma mulher má como um demônio. Pensou mal do doutor. Sujou com seus pensamentos egoístas a única pessoa boa de verdade que jamais conheceu. E a única coisa que está acontecendo com ele, coitadinho, é que ficou louco. Está absolutamente transtornado. Que ideia! Casar! Com você! Ai, você começaria a rir se não fosse pelo fato de ele parecer levá-la a sério. Seja amável, Aurora, sobretudo seja amável, o pobre homem não está bem da cabeça."

— Não, doutor, isto não é possível. — Você se ouviu dizer, muito segura, absolutamente convencida.

— E por que não? Então eu e você não somos livres?

— Não é possível porque não é correto. O senhor e eu não somos a mesma coisa. Não somos livres da mesma maneira.

— Ah, não?

— Não, doutor. Claro que não. Eu não saberia ser sua esposa, não está vendo? Não poderia acompanhá-lo a lugar algum.

— E por que não?

— Porque as pessoas comentariam pelos cantos. Não percebe?

— E daí? Já comentam agora. Prefiro que se perguntem por que me casei a que façam piadas sobre por que não me caso. Não sabia que ficava tão incomodada com o que as pessoas dizem, Aurora.

— É claro que me incomoda que falem mal do senhor.

— Então, veja, eu gostaria de dar a elas motivos para falar de uma vez por todas.

— Valha-me Deus! Não, não, não. — Você negava com a cabeça, sublinhando as negativas com mais negativas. — Nisso o senhor não pensou. É uma excentricidade que o atacou. Não vê que será visto como um homem irresponsável?

— Para mim tanto faz como me consideram. Desde que a senhora saiba como eu sou...

— Não, não, não, não é possível, não, não, de maneira alguma — diz você, balançando a cabeça. — O senhor não está passando bem! Não vê que todo mundo sabe que sou sua governanta?

— Para mim não importa.

— Vão rir do senhor.

— De inveja!

— Que disparate! Nunca ouvi nada parecido. E posso saber por que meteu esta ideia na cabeça de repente?

O Dr. Volpi soltou um suspiro. Longo, carregado de mistérios. Um suspiro que escondia mais de mil motivos, todos muito meditados e nada repentinos, pelos quais desejava que Aurora fosse sua mulher.

— Além do mais — prosseguia ela, incansável —, eu não sei nada sobre homens. Nunca fui... Eu nunca... Eu ainda sou donzela, doutor.

— Criatura, e eu sou viúvo há trinta anos. Nunca fui um libertino. Creio que esqueci tudo o que aprendi um dia. Mas diria que com a senhora seria fácil recuperar a memória.

— Não, não, não, não... Que disparate!

— Olha, Aurora, não é que eu não pense nessas coisas da carnalidade. Pelo contrário, acho que a senhorita tem a graça de uma deusa Cáris. Mais do que isso, tenho pressa, porque a senhora é real e está aqui, diante de mim. O fato é que, quando penso na senhorita e em mim mesmo e conjugo todos os tempos de um futuro juntos, em nossa casa, a primeira coisa que me vem à cabeça não são cobiças.

Você continuava negando cada expressão que ouvia (*juntos, nossa, futuro...*) com a severidade de uma mãe que censura os devaneios do filho.

— Deve ser por causa da minha idade, conjugada com o fato de que nunca fui um homem muito esperto. Mas a primeira coisa que me ocorre é a senhora deitada na cama, ao meu lado, segurando minha mão sob os lençóis. A senhora rindo de uma piada que eu tenha contado daquele jeito como sabe rir, parecendo um pássaro. E a senhora e eu no Liceu, desfrutando de algo bonito, como *La sonnambula* ou *Aida*, ou a senhora e eu passeando pela Rambla ao pôr do sol. E a senhora e eu indo merendar numa chocolataria da rua Petritxol até o dia do juízo final. Penso em tudo isso, e nessas horas fico lânguido de felicidade.

— O Liceu? Desista, desista — dizia você. — Dr. Volpi, coitadinho: amanhã o senhor vai lamentar ter me dito todas essas coisas. Mas olhe, não se preocupe com nada, vou fingir que não ouvi nada. Acho que o senhor trabalhou muito. Sabe o que vai fazer? Ir se deitar! Agora mesmo lhe trago uma xicrinha daquele chocolate de que gosta, e o senhor vai fechando os olhos e se deixando ir, está me ouvindo?

— Estou, estou.

— Então faça o que eu lhe disse. Vá se deitar, durma boas oito ou nove horas e amanhã verá tudo com muito mais clareza.

— E o que acontecerá se amanhã não...?

— Não, não diga mais nada agora, não lhe convém. Amanhã será outro dia, o sol voltará a nascer. Vamos. Venha comigo. O aquecedor de cama já deve ter esfriado.

A noite foi longa. Apesar de não querer pensar nisso, as palavras do Dr. Volpi voltavam sem parar à sua cabeça, teimosas: *bonita, deusa, pássaro*, palavras que nunca tinha imaginado que pudessem ser para você e que agora sentia como se fossem sua propriedade mais preciosa, embora as achasse exageradas. Gostava delas tanto quanto do modo como o doutor a olhava, do tom de sua voz quando falava do futuro, inclusive das veias azuladas que se desenhavam no dorso de suas mãos. Na calma da noite, que sempre se diverte confundindo as coisas, por um segundo, você parou de achar que tudo aquilo era uma loucura e se formulou uma pergunta simples: "O que aconteceria se..."

"O que aconteceria se..." todas as mudanças do mundo, todas as revoluções, todas as conquistas — tudo o que de fato vale a pena começa quando alguém se pergunta "o que aconteceria se..."

Você se perguntou com tanto rigor que precisou se levantar da cama para beber um copo d'água, porque de repente sua garganta tinha ficado seca. Quando estava voltando da cozinha, achou ter ouvido o doutor cantarolando alguma coisa, como sempre. E sabia que era um homem muito cantador, por isso não achou estranho. Prestou atenção por um momento e reconheceu uma daquelas canções italianas de que ele tanto gostava. Cantava-a com uma alegria que você não compreendeu. Negou mais uma vez com a cabeça naquela noite tão carregada de negativas e voltou para a cama, acompanhada pela toada:

> La moral di tutto questo
> è assai facil di trovarsi.
> Ve la dico presto, presto
> se vi piace d'ascoltar.
> Ben è scemo di cervello
> chi s'ammoglia in vecchia età;
> va a cercar col campanello
> noie e doglie in quantità.*

---

* "A lição de tudo isto / é muito fácil de encontrar / eu a digo bem depressa / se ouvi-la lhes agrada. / Tem um juízo bem pequeno / quem se casa quando velho / e procura a propósito / problemas e dores aos montões." (N. da A.)

RIGOLETTO

— Você sabe o que me disseram? Que Cándida Turull voltou a Barcelona — disse o doutor, quer dizer, Horacio, enquanto vocês esperavam no camarote pelo início de *Tristão e Isolda*. Na saída, ele estava tão emocionado lhe explicando por que as sopranos de Wagner devem ser fortes como valquírias, e elogiando a beleza com que a protagonista da noite havia morrido de amor, que durante todo o caminho não parou de falar e você não se atreveu a interrompê-lo com perguntas.

Preferiu esperar pela manhã seguinte, a hora indolente que se seguia ao café da manhã.

— O senhor sabe se é verdade que Cándida Turull voltou a Barcelona, doutor? — perguntou você. — Gostaria de reencontrá-la.

Horacio agravou a expressão para censurá-la.

— Aurora, até quando você vai continuar me chamando de senhor? Já vai fazer um ano que estamos casados!

De todas as transformações que você tinha sofrido no último ano, aquela era a que mais lhe custava. As formas de tratamento, maldita confusão! Como se faz para mudar um hábito de toda uma vida? Como se faz para subir de categoria, se você nunca se amou muito?

— É que, quando o trato de forma mais íntima, tenho a impressão de que não estou falando com o senhor — disse você, ou talvez estivesse só se defendendo. — Quero dizer, com você, Horacio, com você. Tenha paciência, por favor, prometo que vou me esforçar mais. Pelo menos em público já não acontece, não é mesmo? Mas não se preocupe, porque, embora eu o chame de senhor, eu o amo do mesmo jeito.

Seu sorriso era tão encantador que você o deixava completamente desarmado. Ele sempre acabava lhe dando razão. Além do mais, você era uma boa aluna, muito melhor do que ele havia imaginado. Em um ano tinha aprendido muito mais coisas do que em toda a sua vida anterior, desde as meramente mecânicas — comer uma lagosta usando pinças de prata — até as mais artísticas — dançar uma valsa girando à direita e ao revés —, ou ainda aquela lista interminável de regras que são necessárias saber quando vai se misturar com gente fina que a olha através de uma lupa.

Por sorte, da porta para dentro tudo era mais fácil, embora também houvesse grandes modificações. Agora o doutor, quer dizer, Horácio já não jantava sozinho naquela mesinha redonda e diminuta. E você já não jantava na cozinha, nem às sete e meia. Jantavam na biblioteca, às nove em ponto — hora de senhores —, numa mesa de estilo inglês que você escolheu pessoalmente na seção de mobiliário dos Grandes Almacenes El Siglo, coberta com uma toalha feita por você mesma. Também não costurava na cozinha, nem no quarto, como antes, mas sentada numa cadeira de balanço ao lado da janela, observando a rua, vendo as pessoas passarem pela rua Pi ou esperando pela volta do marido, para deixar tudo de lado e dar atenção a ele. E com muita frequência, quando você venceu o pânico de que todo mundo a visse, comiam fora, em algum restaurante, e depois passeavam e olhavam vitrines e você ria por baixo do nariz enquanto tapava a boca com uma mão enluvada porque já sabia que uma autêntica dama não para no meio da rua, nem começa a rir às gargalhadas com as mãos na cintura e meio corpo dobrado para a frente, como talvez teria feito 12 meses antes.

A noite — ah, as noites! — se enfiavam juntos na cama, um pouco empertigados, cada um com seu castiçal e sua cara de circunstâncias. O doutor, Horacio, lhe falava de ópera. Rossini, Donizetti, Mozart, Verdi, Wagner, Bellini... a princípio eram nomes estranhos e títulos muito complicados que não lhe diziam nada. Ele cantava seus fragmentos favoritos e você ria e ficava horrorizada com aquela variedade incompreensível de histórias nas quais tudo podia acontecer — um perdão, uma vingança, um banho de sangue, três casamentos simultâneos... —, mas sempre no último segundo da última cena. A paixão que seu marido exibia ao falar disso era tamanha que ele rejuvenescia diante de seus olhos, em suas pupilas brilhava um entusiasmo infantil, e ria às gargalhadas quando sua voz se quebrava porque não atingia os agudos. Você lhe fazia perguntas bem básicas, como "O que é uma *cabaletta*?" ou "Então, quando as árias não são tristes não são mais árias?", e ele lhe explicava tudo detalhadamente, muito feliz de ter despertado em você o interesse por algo tão belo. Nas noites de frio, você agarrava sua mão sob os lençóis e ele ficava com uma vontade muito urgente de soprar os castiçais. E na escuridão — ah, a escuridão! — tudo era muito mais fácil do que você tinha imaginado. Ele se comportava como se estivesse na cama com uma rainha, e não lhe custava nada seguir a corrente dele e até consentir-lhe um pouco, amá-lo sem afetação nem palavras, mas com toda a sua alma. Quando acordava de manhã, urgida pela necessidade de preparar o café da manhã do doutor e com um sobressalto inútil no coração, tinha de se lembrar de como estavam as coisas agora.

"Aurora, sua tolinha, agora tudo é diferente, vamos ver se isso entra de uma vez por todas em sua cabeça. Agora a criada se chama Clara e está na cozinha, preparando o café da manhã, e você é a senhora da casa e tem a obrigação de enrolar um pouco na cama, levantar bem devagar, vestir o roupão de seda, calçar os chinelos e se sentar diante do toucador para pentear os cabelos durante dez minutos se olhando no espelho. Precisa fazer isso, Aurora, mesmo que ache que dez minutos ou meio minuto surtam o mesmo efeito, mesmo que o coração lhe peça para sair correndo em direção à cozinha, pegar as bandejas e preparar as xícaras e a cafeteira e os pratos. Tem de fazer isso por ele, pelo doutor, para que acredite que você finalmente se tornou uma senhora e não se preocupe com nada."

Enquanto pensava em tudo isso e escovava os cabelos ainda negros, seu marido a observava da cama, satisfeito, e na cozinha tilintavam os pratos e as xícaras anunciando que, de fato, agora as coisas eram diferentes. Por mais que não conseguisse tratar o doutor — Horacio! — com a devida intimidade, e por mais que lhe dissesse que gostaria de voltar a ver Cándida.

— Já sei o que vamos fazer — disse seu marido. — Justamente a senhora que me falou de Cándida Turull nos convidou para visitar sua nova casa na Pasaje Domingo, para onde ela e a família acabaram de se mudar. Atendemos ao compromisso e abordamos o tema; vamos ver o que ela nos diz. Trata-se de Maria del Roser Golorons, a esposa do empresário Rodolfo Lax. Veja só, vai gostar muito de conhecê-la. Não deve ter medo de nada, não é nenhuma dama presunçosa nem insuportável, exatamente o contrário.

As visitas e as reuniões sociais ainda lhe davam medo. Horacio enviou seu cartão à casa da Pasaje Domingo e duas horas depois uma carruagem os esperava diante da porta para conduzi-los até o Passeig de Gràcia e ainda mais além, à zona onde as pessoas endinheiradas haviam resolvido se exibir.

— E eles não têm preguiça de viver tão longe de tudo? — perguntou você quando estavam a caminho.

— Tenho quase certeza que, quando se tem dinheiro, nada dá preguiça — respondeu o doutor.

A carruagem percorreu a rua Pi, chegou à Portaferrissa e virou à direita para pegar a praça de Catalunha a partir do Portal del Àngel.

— Preste atenção, já estamos fora das muralhas, e sem pagar nem um cêntimo — disparou o doutor, feliz, levantando a cabeça para recordar as torres que só existiam em sua imaginação. — Eis aqui uma consequência de ficar velho: de repente mudam todo o cenário, o argumento, o diretor da orquestra... e você insiste em continuar representando o mesmo papel.

A Sra. Maria del Roser Golorons causou-lhe uma forte impressão. Ela também parecia uma intrusa, como você, mas ao contrário. Era uma senhora que poderia se disfarçar de criada sem chamar atenção, de tão simples, franca e simpática que era. Ela mesma os recebeu, ao pé da grande escadaria de mármore pela qual se subia até sua nova casa. "Tenham cuidado com o *repámpano**", advertiu, apontando para uma das molduras da balaustrada, muito carregada para o seu gosto. Você segurou a saia tentando não deixar o tornozelo à mostra, e também para não tropeçar, e começou a subir, atrás da anfitriã.

A visita à casa — obrigatória, mas agradável — começou pelo pátio, onde a vegetação ainda era raquítica, e continuou pela grande sala da lareira, passando pela biblioteca, pela sala de costura e pelo quarto de brincar das crianças, onde esperavam, muito formais, dois jovenzinhos que se apresentaram como Amadeo e Juan e uma menininha de 1 ano que caminhava aos trambolhões, de nome Violeta. Também cumprimentaram a babá, uma tal de Concha. Depois, voltando ao andar principal, deram uma rápida olhada no gabinete do Sr. Lax e, já de saída, pararam diante de um pequeno quarto que ocupava o espaço sob a escada e onde estava o prodígio que deixava todos os visitantes admirados. "Colocamos

---

* Ornamento decorativo de inspiração vegetal. (*N. do T.*)

aqui o telefone", anunciou a Sra. Lax com certo triunfo. O doutor logo se interessou pela raridade e a anfitriã afirmou que era muito útil para falar com os administradores das fábricas de Mataró sem precisar viajar todas as vezes. Horacio assentia com a cabeça e repetia: "Mataró, claro, claro."

— E daqui se ouve bem o pessoal de Mataró? — perguntou você.

— Posso lhe garantir, minha senhora, que é como se estivessem aqui ao lado! — respondeu a anfitriã. — Eu também custei a acreditar na primeira vez em que vi este para-raios.

O chocolate foi servido na sala da lareira, uma peça pomposa para o gosto de quase todo mundo, exceto o de Rodolfo Lax, que em tudo tendia ao exagero. Apesar disso, o doutor, quer dizer, Horacio, tinha palavras de elogios para a peça.

— Gosta? — interveio Maria del Roser, sorvendo um pouco do chocolate da xícara que a criada tinha acabado de lhe entregar. — Eu acho um horror, mas o que posso fazer; é meu marido quem manda... Outro dia Antonio Sampons nos visitou, o empresário, e gostou muito. De fato, gostou tanto que contratou o escultor para que faça uma igual para a casa que acabou de comprar no Passeig de Gràcia. Pelo visto, será reformada por um desses arquitetos que agora todo mundo procura, Doménech y Cadafalch, Puig y Muntaner, um desses... Ai, Senhor! Deus queira que não seja desses que não erguem nem uma parede direito. Se não, pobre Antonieta, não poderá pendurar nem um quadro em toda a sua vida. São terríveis, acredite. Sabe o que andam dizendo sobre a marquesa de Vinardell? Que o arquiteto construiu para ela paredes tão tortas que o piano de cauda não cabia na sala de música. Quando ela reclamou, o descarado do arquiteto lhe disse: "Senhora, aprenda a tocar violino." Vê-se que estamos bem servidos.

O fato de a Sra. Lax ter abordado o assunto foi perfeito. Assim Horacio pareceu mais natural quando perguntou:

— Maria del Roser, a senhora me disse outro dia que Cándida Turull voltou a Barcelona?

— Sim, doutor. Dizem que vive num apartamento do Passeig de la Bonanova dada de presente pela mãe, que sempre cuidou dela. Nesta casa gostávamos muito da Sra. Hortensia, que descanse em paz. Creio que a neta se parece bastante com ela, pelo menos como boa pessoa.

A Sra. Hortensia foi o tema central da conversa durante alguns minutos, com toda a justiça. Vocês três recordaram com estima verdadeira seu caráter simples e a sinceridade com que ela se preocupava com os outros.

— Devo à Sra. Hortensia tudo o que sou — disse você, com lágrimas tão prestes a aflorar que teve dificuldades para controlá-las. — Sua morte me abalou muito.

— Imagino que a senhora sabe que minha querida esposa nasceu na casa dos Turull — disse Horacio adiantando-se, pois você não encontrava uma maneira de contar.

Maria del Roser Golorons deixou a xícara na mesa. Seus movimentos eram desprovidos de malícia, como suas palavras:

— Sei, doutor. Permita-me dizer que há um ano, quando vocês se casaram, ninguém falava de outra coisa. Foi a notícia da temporada. — Sorriu, olhou-os inclinando um pouco a cabeça. — As pessoas não suportam a felicidade alheia.

— Então não preciso lhe dizer que o interesse de Aurora por Cándida é muito pessoal. Cresceram juntas, sente por ela um amor de irmã.

— Prometi a dona Hortensia que sempre cuidaria de sua filha, tentando evitar que nunca lhe acontecesse nada — acrescentou você —, embora ache que também é por mim que desejo vê-la.

Maria del Roser Golorons era uma veterana de muitas guerras. Deixou o silêncio crescer depois destas palavras. Enrugou um pouco os lábios ao dizer:

— A Sra. Cándida não facilitou as coisas para que possa cumprir sua promessa. É muito nobre de sua parte que, apesar de tudo, deseje mantê-la, minha querida. Se puder ajudá-la, eu ajudarei.

— Só preciso do endereço, se está ao seu alcance consegui-lo.

— Claro, mas também darei um conselho, se me permite.

Você fez um gesto com a mão que significava "pode prosseguir". Foi muito convincente.

— Esteja preparada para o caso de ela não corresponder à nobreza de seus sentimentos.

Como você podia chegar a ser tão burra! Ainda lhe doía que falassem mal da Srta. Cándida. Da Sra. Cándida. De Cándida.

— Acho que ela não recebe visitas — continuou Maria del Roser. — Me disseram que vive sozinha e praticamente sem empregados. Pelo visto, mantém alguma relação com a filha, Antonieta. Não acho estranho, porque Antonieta é um anjo. Uma pessoa que tem um coração enorme. Mãe e filha só se reencontraram há poucos meses. São praticamente duas desconhecidas, imagine. No entanto, se não fosse a filha, Cándida estaria perdida.

— Quer dizer que... — Horácio parecia muito interessado.

— Quero dizer que a Srta. Sampons cuida para que não falte nada à mãe. Se não fosse isso, Cándida nem poderia pagar pelo próprio sustento. Disseram que aquele cantor italiano com quem fugiu a fez sofrer muito e, quando se cansou dela, trocou-a por outra mais jovem. Que história mais infeliz. Se o Sr. Estanislao levantasse a cabeça...

O doutor, quer dizer, Horácio, fez uma expressão de desgosto.

— Sim, senhora, como já disse: uma história infeliz, esta de Cándida Turull — concluiu.

A dona da casa ergueu a cabeça, como um bajulador que encontra algo interessante.

— Ouviram? Acho que Rodolfo está chegando. Ficará muito feliz de encontrá-los aqui. Permitam-me lhes servir mais um pouco de chocolate. E vamos mudar de assunto, por favor, histórias de amores infelizes afetam muito meu pobre marido.

Apesar de todas as explicações e de todas as dúvidas, você resolveu ir. Alugou uma carruagem e pediu que os levasse ao Passeig de la Bonanova. O doutor, Horacio, a acompanhou. Na porta voltou a lhe perguntar, pela enésima vez na mesma tarde:

— Tem certeza de que quer subir sozinha?

— Tenho.

— Bem. Então passo aqui para buscá-la dentro de uma hora. Você não acha que é muito tempo? E se não der certo?

— Vai dar — respondeu você. — Pare de se preocupar.

Levava um pacote nas mãos. Papel de seda amarelado amarrado com uma fita branca. Lembrava um pouco aquelas múmias de animais que de vez em quando são expostas em tumbas antigas.

Tocou a campainha duas vezes, antes de um mordomo baixinho e insignificante vir abrir.

— Quem devo anunciar? — perguntou ele ao mesmo tempo em que apontava o vestíbulo lúgubre, indicando que esperasse ali.

— Aurora. Se disser Aurorinha, ela há de se lembrar mais depressa.

Seu coração batia a toda velocidade, como quando era uma menina e a Sra. Hortensia a chamava para censurá-la e lhe dizia que "com tanta conversa" distraía a menina e não a deixava estudar. Como quando na casa dos Sampons raspava o chocolate do fundo da chocolateira, sempre sofrendo muito diante da possibilidade de alguém entrar na cozinha exatamente naquele instante. Como quando entrou no quarto de Cándida e encontrou a cama arrumada.

Ouviu vozes no fim do corredor. Uma conversa. Cándida devia ter pedido que repetissem seu nome. Talvez o mordomo tivesse lhe dito que "uma senhora" viera visitá-la. A pobre Cándida não devia estar entendendo nada. A espera já estava ficando um pouco longa quando o mordomo voltou e, com voz esmorecida, disse que podia entrar.

Você achou que seu coração ia explodir quando chegou ao fim do corredor. Olhou para a esquerda e tropeçou com a cara desagradável de um gato grande como um tigre que fazia "Bbbb-brrrrrrrfff". Deu um pulo de susto, seguido de uma gargalhada grosseira. Olhou para a sala, onde havia um sofá rasgado e sobre ele uma mulher gorda como um peru, que ria e se abanava com um *paipay** e a observava com um par de olhos emoldurados por rugas.

— Aurora? — disse ela, mastigando as sílabas, como se pronunciar seu nome devagar a ajudasse a acreditar no que estava acontecendo. — É você?

É claro que não se levantou. Também não a cumprimentou de nenhuma das maneiras que normalmente cumprimentaria a esposa de um doutor. Ficou olhando para você durante algum tempo com olhos de coruja enquanto você ainda estava em pé, plantada diante dela, deixando que a analisasse, e disse:

— Que vestido lindo! Ora, dê uma volta.

Ai, se Horacio a visse dando voltas diante dela! Como ficaria irritado. Por sorte, ele não tinha vindo. Até aquele momento você não tinha se dado conta de que Cándida era a única pessoa no mundo para quem você sempre seria a mesma.

— Mãe do céu! Que mudança! — exclamou.

— Posso me sentar? — perguntou você, mas por via das dúvidas não esperou pela resposta. Ocupou uma poltrona diante dela, de onde tinha uma perspectiva insuperável de toda a sala, com a anfitriã no meio, como uma gravura com a representação de Cristo.

---

* Leque de folhas de palmeira em forma de pá e com empunhadura, muito usado nas Filipinas. (*N. do T.*)

Você começava a se perguntar o que estava fazendo ali. E isso porque a conversa ainda nem tinha começado.

— Tinha muita vontade de ver a senhora — confessou, e não se surpreendeu nem um pouco ao ouvir a si mesma chamando-a de senhora. Nem por um momento lhe ocorreu tratá-la como uma amiga. — Pensei tanto na senhora ao longo desses anos. Fiquei tão feliz ao saber que tinha voltado!

— Pois é, Aurorinha. O mundo dá voltas.

— E como você está?

— Gorda e velha.

— Velha? Não diga isso, temos a mesma idade — brincou você.

— Então você está tão velha quanto eu.

O mordomo apareceu discretamente, como um fantasma. Era a aparição de praxe, para perguntar se as senhoras queriam tomar alguma coisa, mas Cándida não a deixou escolher e falou pelas duas.

— Não precisa trazer nada — disse. — Vá dar de comer aos gatos, que estão há um bom tempo esperando.

O mordomo, dócil, fez uma reverência, disse "Sim, senhora" e desapareceu. Você estava com sede, mas não se atreveu a dizer nada. Deu uma olhada ao redor. Havia alguns livros — poucos —, uma montanha de revistas, uma máquina de costura e um toca-discos. Era a primeira vez que via um e achou que era um bom pretexto para suavizar um pouco o clima.

— É maravilhoso poder ouvir música sem sair de casa — disse, indicando o aparelho com os olhos.

— Você agora gosta de música, Aurora? — perguntou ela.

— Estou passando a gostar aos poucos.

— Faz muito bem. As coisas devem ser feitas aos poucos. Eu quase não ouço nada. A música me deixa nervosa.

Na mesa, ao lado do fonógrafo, havia meia dúzia de cilindros, cada um em sua caixa. Você leu alguns nomes conhecidos: Wagner,

Rossini, Verdi. *Rigoletto's Quartet*, dizia a única que estava aberta e vazia. O cilindro devia estar dentro do aparelho, talvez tivesse tocado pela última vez havia pouco. Teve uma pena imensa ao imaginar Cándida ali, sentada no sofá estropiado, sozinha ou com um gato no colo, enquanto no fonógrafo alguém cantava *"Bella figlia dell'amore schiavo soi de'vezzi tuoi / Con un detto, un detto solo tu puoi le mie pene consolar"*. Enquanto você pensava nessas coisas tão tristes, o silêncio era absoluto e mais loquaz do que todas as palavras. Tantos anos e nenhuma das duas encontrava qualquer coisa para dizer.

— Não vai me contar nada? — perguntou Cándida, indicando suas roupas com o olhar.

O que aborrecia você era que as palavras saíssem em tom de desculpa, de travessura. Há pessoas que levam tudo para o lado ruim. Até aquele dia, não tinha reparado que Cándida era uma dessas pessoas.

— Quando a Sra. Hortensia foi morar com a sobrinha, mandou-me à casa do Dr. Volpi. Entrei como governanta. Servi-o durante 19 anos, até o dia em que ele me pediu em casamento. Bem, embora tenha recusado com todas minhas forças, acabei pensando melhor e, finalmente, disse a ele que sim. Continuo achando que é uma loucura.

— Que loucura que nada — disparou ela, com um tom neutro e indiferente. — Isso é o que a gente chama de esperteza. Você não parecia uma pessoa tão esperta, Aurorinha. E como andam as coisas com os homens?

— Eu sou mulher de um homem só — disse você.

— Ai, bendita, isso você não sabe — continuou ela enquanto fazia planar uma mão gorducha. — Os homens são escorregadios por natureza e, além disso, acabam se distraindo. Eles se distraem muito. Nunca se pode confiar neles. Por isso, se quiser um homem, tem de levá-lo com rédeas curtas e não deixá-lo sozinho nunca.

Tem de fazê-lo ver que os caminhos do seu coração são difíceis de encontrar, como a trilha correta dentro de um labirinto de espelhos. Aquele que conseguir compreender isso, terá a mulher para sempre. E o que não conseguir... o que não, coitado dele.

Você não concordava com aquilo, mas não respondeu. Mudou um pouco o rumo da conversa e funcionou. A última coisa que queria fazer era conversar sobre homens com Cándida.

— De fato, devo tudo a sua mãe, sabia? — continuou. — Se não fosse ela...

— Nem eu nem você estaríamos aqui.

— Isso mesmo. — Outro silêncio, quebrado pelos miados dos gatos, que talvez estivessem contentes cheirando a comida. — Penso muito na Sra. Hortensia, todos os dias. Quanto mais o tempo passa, mais me encanto com o que ela fez por mim e mais lhe sou grata.

— Do que você está falando, Aurora? — Quando franzia a testa, Cándida envelhecia uns dez anos.

— Falo da ama de leite. Sua mãe fez com que ela criasse nós duas, está lembrada? É natural que criasse você, é claro, era sua filha. Mas a mim? Fazer com que uma ama de leite me criasse? Ora, eu era apenas uma criatura insignificante, que não significava nada para ninguém.

— Que ama de leite, Aurora? Mas o que está dizendo?

— Não se lembra mais? — Você respirou, finalmente um assunto do qual podiam falar com naturalidade, sem que parecessem duas estátuas. — Quando éramos pequenas, você e eu falávamos muito nesse assunto da ama de leite. Era algo que me preocupava muito. A senhora perguntou um dia à Sra. Hortensia e ela lhe contou que nossa ama de leite vivia em Huertas de San Pablo. Sabe que eu fui até lá para ver se a encontrava?

De repente achou que via uma expressão feroz nos olhos de Cándida, que a agredia.

— Aurora, como você ainda consegue ser tão crédula, na sua idade? A história de Huertas de San Pablo fui eu que inventei. Não podia suportar a verdade nesse assunto. Ainda não amarrou as pontas soltas? Nunca houve nenhuma ama de leite. Foi minha mãe quem amamentou nós duas.

Você se sentiu como se tivessem acabado de esbofeteá-la. Uma escuridão momentânea nublou sua vista, como um véu. As palavras de Cándida vieram de longe, triunfais.

— Não posso acreditar que você nunca tenha suspeitado de nada! Minhas mentiras não se sustentavam em lugar nenhum. Você sempre descobria os pontos fracos, não se lembra mais? Que a ama de leite não tinha tempo de ir e voltar, que a cozinheira nunca a tinha visto... Parecia um policial, com tantas perguntas. E acreditava em tudo. Isso era o mais engraçado!

— A Sra. Hortensia? — balbuciava você, ainda sem acreditar no que tinha acabado de ouvir. — Sua mãe me amamentou? Mas por quê?

— Ah, você deveria ter perguntado isso a ela.

— É o mundo virado do avesso — sentenciou você. — As senhoras não amamentam os filhos das criadas. O mundo virado do avesso.

— Ora, mais ou menos como agora — cortou Cándida, falsamente risonha. — Veja. Parece que a filha dos Turull é você e não eu.

— E por que sua mãe nunca me contou nada? — insistiu você.

— Você está cansada de saber como minha mãe era. Nada a agradava mais do que cumprir com aquele preceito bíblico: que sua mão esquerda não saiba o que a direita faz. A boa samaritana. Veja, ela me deu este apartamento de presente. Comprou-o com as economias dela, um dinheiro que havia subtraído do meu pai sem que ele se desse conta, o que você acha?

Você não achava absolutamente nada. Só queria chorar.

— Trouxe isso para a senhora — anunciou para preencher o silêncio e a angústia com outra coisa, deixando em cima da mesa o pacote branco de papel de seda.

— O que é? Não quero nada que me recorde outros tempos, Aurora, aqueles que nós conhecemos. Há muito tempo eu e o passado nos ignoramos mutuamente.

— Não quer abri-lo? — perguntou você.

— Diga-me o que é. — A voz altiva, cortante como o aço.

— É a chocolateira de porcelana branca. A da inscrição em letras azuis.

Os gatos tinham parado de miar e agora o silêncio era tão incômodo como se o mundo tivesse se esquecido de repente de girar.

— Leve-a. Não quero nem vê-la. — Cándida fez uma pausa, talvez uma reflexão, antes de acrescentar: — Por favor.

O encontro terminou antes da hora, você foi para a rua e ficou esperando o doutor, quer dizer, Horacio, durante vinte minutos. Você estava arrasada, com a chocolateira nas mãos. A caminho de casa, ele a deixou chorar em seu peito até você recuperar a calma. Depois ele ouviu com paciência tudo o que você precisava dizer, que era muito, muitíssimo.

Antes de se deitar, guardou de novo a chocolateira no fundo do armário. Desta vez achou que apodreceria ali dentro, porque não pensava em tirá-la dali nunca mais.

— Como é possível, Aurora, querida, que de vez em quando todas as suas manias reapareçam? — perguntava Horacio.

E como ele tinha razão! Periodicamente você sentia algo inexplicável. Sobretudo quando se dava conta de que o tempo passava sem que pudesse fazer nada, ou quando tinha um dia ruim ou ficava triste. Como naquele mês de agosto de 1910, quando soube que Antonio Sampons havia morrido aos 59 anos.

Foi direto ao armário, remexeu um pouco as coisas em que não tocava havia séculos e resgatou o pacote com a chocolateira. O papel de seda estava mais do que amarelo, quase marrom. A velha fita de tecido branco, muito puída. Trocou-a por uma limpa. Escreveu um bilhete que dizia: "Por favor, suplico que aceite este objeto que sempre lhe pertenceu, em sinal de admiração e de pêsames. De sua Aurora". Depois chamou Clara e lhe disse:

— Leve isto à casa Sampons, no Passeig de Gràcia, e assegure-se de que a Srta. Antonieta Sampons vai recebê-lo. E diga de onde vem.

Você esperou que Clara voltasse, fingindo que costurava ao lado da janela. O doutor, Horacio, lia e tossia na biblioteca, e a cada tosse dele o ritmo de seu coração diminuía um pouco. Agora só pensava no passado, porque o futuro havia se recheado de uma névoa espessa.

Clara era jovem, andava depressa. Não demorou muito a voltar. Você esperava que ela trouxesse a chocolateira de volta novamente. Mas desta vez foi diferente.

— E o pacote? — perguntou assim que a viu entrar.
— A senhora me disse para entregá-lo a...
— Sim, sim, eu sei o que eu lhe disse. E o aceitaram?
— Claro.
— Quem a atendeu?
— Uma governanta.
— Jovem ou velha?
— Como eu, um ano a mais ou a menos. — "Sangue novo, graças da Deus!" — E me deram isto para entregar à senhora. — Entregou-lhe um envelope pequeno.

Dentro do envelope, um cartão. Num lado, um nome: Antonia Sampons Turull. No outro, palavras breves, mas redentoras: "Agradeço-lhe muito a delicadeza num momento como este. Quando tiver ânimo, gostaria muito que a senhora viesse lanchar em minha casa. Ofereça meus cumprimentos ao doutor e passem bem. Antonia."

Senhora. *Que viesse*. Você desabou na cadeira de balanço, sem parar de olhar para a rua. O chocolate que a cozinheira de Antonia Sampons preparava — negro, amargo, concentrado — tinha fama de ser o melhor de Barcelona.

— Posso me retirar, senhora? — sussurrou Clara.

— Sim, sim, desculpe-me.

Clara saiu da biblioteca. Você leu o bilhete mais seis vezes, imaginando o lanche prometido.

Bem poucas vezes é possível reconhecê-los com tanta clareza. O normal é que sejam fugidios, ambíguos, evasivos ou de hábitos noturnos. Desta vez não. Desta vez estava claro: aquilo era um ponto final.

Segundo Interlúdio
A Rachadura

E UMA MANHÃ MUITO abafada do verão de 1834. A cidade está
doente e meio deserta. Aqueles que puderam se permitiram
escapar. Ao campo, à beira-mar, ao pé de uma montanha, quanto
mais longe desta pestilência contaminada de morte, melhor. Nem
os pássaros, nem as árvores da Rambla se atreveram a ficar. Na
avenida mais animada do mundo reina um silêncio sepulcral. Ao
alvorecer, a carroça dos mortos passa todos os dias para retirar
os cadáveres das casas. Em alguns lugares encontra-se um corpo
seco, sem outra companhia além de um caixão dos mais baratos
esperando na porta. Os parentes fugiram e o deixaram ali, sozinho,
entregue a seu inevitável destino. Quando a cólera ataca, não há
nada a fazer. Em quatro dias, uma semana no máximo, você vira
cadáver. Infelizmente, neste caso, a morte não é igual para todos.
Quem tem outro lugar para ir, escapa.

Num canto escuro da rua Trentaclaus, protegida por uma parede
forrada com seda vermelha e em cima de uma cama forrada com
o mesmo pano, mais uma vítima agoniza. O sacerdote encarregado da extrema-unção acaba de chegar, olha tudo como se nunca
tivesse estado numa casa como esta (até deveríamos acreditar,
pobre homem) e pergunta à doente como ela se chama e quantos
anos tem. A mulher mal tem forças ou voz para responder. Só lhe
sai um fiozinho de sopro:

— Caterina Molins. 74.

Inés, que vive há 15 anos nesta casa e está há quatro noites sem dormir velando a moribunda, sentada numa cadeira ao lado da cama, toma um susto quando ouve este nome desconhecido. Nunca havia ouvido falar de Caterina Molins, mas pensa que talvez seja necessário cruzar a última fronteira sem disfarces e dizendo a verdade. E é pouca a verdade que cada um de nós guarda como tesouro. Caterina Molins poderia ser o nome de qualquer pessoa: uma pescadora, a mulher de um tecelão, uma camareira de uma casa de família. Inés só conhece a Madame Francesca — o tratamento pronunciado em francês e o nome em italiano —, que para ela e para as outras garotas sempre foi como uma mãe protetora. Ensinou-as a exercer com dignidade este ofício sujo e indigno, ajudou-as quando as coisas ficaram feias, protegeu-as dos homens que jamais querem entender nem se render, pagou-lhes bons salários, até cuidou delas quando adoeceram.

Nas noites de pouco trabalho, lhes contava uma porção de histórias de quando Francesca era o nome da puta mais famosa da cidade, mas só para homens com bolsos abastados, porque os outros não podiam nem cheirá-la.

— Você deve ter conhecido uma porção de coisas em sua vida, Caterina! — diz-lhe o sacerdote, com um sorriso de homem bom, prestes a lhe ministrar o último sacramento.

Caterina franze a testa quase sem forças. Assente com a cabeça de uma maneira quase imperceptível, dando razão ao servidor de Deus que, pela voz, parece muito jovem. Ela não o vê direito, porque sua vista se turvou há anos, como a memória, ou como o futuro. Se ainda tivesse as palavras tão leves como o pensamento, gostaria de lhe dizer: "Olha, meu bom moço, se eu lhe contasse as coisas que vi e, sobretudo, o que fiz, acho que o senhor desmaiaria."

Antes de ir embora, o sacerdote benze a porta do estabelecimento. Gosta de fazer isso sempre que dá a extrema-unção numa casa de tolerância, convencido de que alguém fará proveito da bênção. Embora agora a casa não lembre a que foi em outros tempos, ainda recentes: tudo são quartos vazios e silêncio. Os clientes fugiram, assim como algumas garotas. Quase todas as que restaram estão doentes. Só Inés resiste. O sacerdote também a abençoa, no umbral da porta principal.

— Deus lhe pagará o que está fazendo — diz a ela.

Depois parte, na companhia de seu triste sininho, deixando ao passar um séquito de beatas ajoelhadas.

Quando Inés volta a ficar ao lado da moribunda, encontra-a com os olhos fechados e seu coração dá um pulo. "Morreu! Velei-a tanto e partiu no único segundo em que a deixei sozinha", pensa. Mas está enganada. Madame Francesca não está morta: apenas descansa, tranquila, enquanto ouve como, pouco a pouco, o mundo se dilui à sua volta. É uma pena que esta sensação dure tão pouco. É tão prazeroso não ter de pensar em nada, não temer nada, não prever nada. Amanhã ela não será mais. Que delícia.

Quando volta a abrir os olhos, Caterina aponta alguma coisa com um gesto ambíguo. Tudo lhe custa um esforço horrível, até mesmo dizer a Inés que abra uma caixa de papelão que está debaixo da cama. Por sorte, sua cuidadora é uma garota muito esperta e a entende mesmo quando não diz uma palavra sequer. Agacha-se e, debaixo da cama, encontra a caixa, volta a se sentar.

Com mão trêmula e movimentos lentos, Caterina arranca a tampa.

— Procure — ordena a chefe, com o pouco fôlego que ainda lhe resta.

Inés faz o que lhe é pedido. Dentro da caixa há um rosário, um moedor de madeira daqueles que servem para mexer o chocolate, um lenço de seda, um pente de marfim e um pedaço de papel amassado. Caterina aponta o papel. Quer que preste atenção ao lê-lo.

É um recibo de uma casa de penhores. Tem o selo do Monte de Piedad, uma data de seis meses atrás, um número e um nome: Caterina Molins.

— Veja... — diz Madame Francesca, antes de voltar a adormecer.

E não acorda mais.

Inés espera sua vez diante do guichê do Monte de Piedad. Passaram-se quatro semanas desde que Madame Francesca morreu, mas o Monte de Piedad só abriu hoje. A epidemia de cólera começa a fazer parte da história e a normalidade, aos poucos, volta às ruas da cidade, começando pelos cafés e pelas lojas, que vão abrindo novamente.

Quando ouve seu nome, Inés entrega o recibo ao homem do guichê.

— São 64 reais — diz o sujeito.

Inés deixa o dinheiro sobre a madeira áspera do balcão. O homem desaparece com o recibo, remexe algo em algum lugar e volta com um objeto na mão.

— Uma cafeteira? — pergunta Inés, decepcionada.

— É uma chocolateira — explica ele, pegando o dinheiro. — Lembro-me bem da senhora que a trouxe. Disse que era um objeto especial, presente de alguém que partiu para sempre. Para ver se descobria algo sobre o valor da peça, perguntei de quem era o presente e ela me disse: "Da única amiga que tive na vida." "E partiu para longe?", perguntei. "Não quis me dizer. Nunca mais voltei a saber dela. Certamente já está morta. Assim como eu estarei daqui a pouco."

Para Inés, toda essa história não tinha nenhum valor. Ela não fora até lá para que lhe contassem histórias. Fora para buscar algo que imaginava ser um tesouro e dá de cara com aquilo, maldita perda de tempo. Gostaria de poder voltar atrás, que lhe devolvessem o dinheiro, mas já é tarde para isso.

— O senhor acha que tem algum valor? — pergunta.

— A porcelana é muito fina. E antiga; deve ter pelo menos 50 anos. Mas eu não sou nenhum entendido, vou avisando.

Inés leva a chocolateira com resignação, deixando que o próximo da fila se aproxime do guichê. Que lástima, isso tudo. A verdade é que esperava um anel, uma medalha, um par de botões de prata ou talvez um vestido de seda... Qualquer coisa, menos uma peça de porcelana. Que diabo vai fazer com uma chocolateira? Se soubesse, não teria ido até ali. Nem é necessário falar do dinheiro. Que lástima, sim, que lástima.

Assim que deixa para trás os pórticos da casa de penhores, pergunta-se: "E como poderia recuperar o dinheiro que gastei?" Então se lembra daquele chocolateiro que se instalou na rua Manresa antes da epidemia. Gabriel qualquer coisa, só consegue se lembrar do nome de batismo. Só esteve ali uma vez, mas o aroma que saía da loja tomava conta da rua Argenteria inteira e convidava a beber uma xícara de chocolate quente! O chocolate é bom para seu ofício, porque mantém os órgãos fortes e jovens e além do mais dá vontade de... de... bem, dá vontade de fazer aquilo que Inés faz pelo menos 12 vezes por dia.

A caminho dali, enquanto caminha a bom passo, pensa nas coisas perdidas que são encontradas. De quem são as coisas perdidas? Com quem ficam os objetos que alguém amou quando essa pessoa parte para sempre? Eles querem que outros fiquem com eles, que os valorizem e os considerem sua propriedade? Blasfema contra Madame Francesca, a responsável por tudo. Que tipo de cacareco legou a ela? Não podia tê-lo deixado onde estava, em vez de lhe dar tantas dores de cabeça? Se não lhe derem nada por ele, ficará ainda mais irritada. Avista o negócio do chocolateiro. Gabriel Sampons, está escrito na fachada, em letras douradas. Empurra a porta, decidida, e se vê imersa no aroma maravilhoso. O chocolateiro está na parte de trás da loja e sai imediatamente para atender a cliente.

Para de repente ao ver Inés. Não que a conheça, como poderiam afirmar muitos dos que bebem o chocolate desta casa. Ele ainda é um homem jovem, muito ocupado, recém-casado e nada amigo de liberdades. As rameiras não enriquecerão com as economias dele, que fique claro. É só que não quer vê-la ali, para não espantar a clientela distinta.

— O que deseja? — pergunta o chocolateiro.

— Quero lhe propor um negócio — diz ela, que em matéria de falar sem rodeios não tem rival.

Dom Gabriel treme vendo as pessoas que olham a vitrine. Pensa que alguém vai entrar na loja e vai encontrá-lo conversando com esta senhorita de maus costumes e talvez tire conclusões erradas.

— Estou ouvindo.

Inés apoia a chocolateira no balcão.

— Vou lhe propor uma permuta. Eu lhe entrego esta chocolateira. É de porcelana fina, tem mais de 50 anos.

Dom Gabriel encolhe os ombros.

— E o que quer em troca?

— O que pode me oferecer? — pergunta a garota com picardia.

Dom Gabriel, com expressão contrariada, examina a peça. A porcelana é, sem dúvida, de excelente qualidade. Tem uma marca na base, em francês, que indica com clareza que pertenceu algum dia a uma mulher nobre. Adélaïde? Não se lembra de ninguém com esse nome. Claro que ele não é nenhum expert em história, e quando se trata dessas coisas muito complicadas é preciso sempre perguntar a um entendido.

— Não tem moedor? — pergunta ele.

Inés não sabe do que ele está falando. Encolhe os ombros.

— O moedor! Um cilindro de madeira com cabo bem longo, que serve para mexer o chocolate.

Ah, sim! Inés lembra de repente que havia um desses na caixa que Madame Francesca guardava embaixo da cama. Pela primeira vez se dá conta de que as duas peças, moedor e chocolateira, são da mesma família.

— Tanto faz. Logo encontrarei outro que sirva — diz dom Gabriel, decidido. — Fico com ela. Em troca lhe ofereço quatro tabletes de chocolate.

Inés está bem habituada a negociar com homens. Desde que suas tetas cresceram não faz outra coisa.

— Que tal seis? — tenta.

Uma dama que saiu da rua da Carassa caminha muito decidida pela Argenteria em direção à loja. Dom Gabriel reconhece uma de suas melhores clientes.

— Sim, sim, como quiser. Está bem, seis. Tome, leve-os. E saia logo, eu imploro.

Inés olha através da vitrine e entende o que está acontecendo. Quando aparece uma mulher decente, todos os homens se transformam em desconhecidos. Faz muito tempo que sabe disso. Guarda os tabletes de chocolate, se despede com um sorriso maravilhoso e sai da loja bem a tempo de a mulher que se aproxima não reparar em sua presença.

Dom Gabriel esconde a chocolateira atrás do balcão, às pressas, um pouco atordoado, como se quisesse afastar uma coisa vergonhosa para não ofender o olhar de uma verdadeira senhora. Mas, ao escondê-la tem tanta falta de sorte que o bico esbarra numa das extremidades reforçadas com ferro da vitrine. Ouve-se um rangido seco, inequívoco, e alguns fragmentos pulam. A rachadura apareceu e vai ficar ali para sempre.

Agora a verdadeira senhora olha a vitrine, parece que está com dificuldade de se decidir. Dom Gabriel estala a língua, acaricia com a ponta do dedo a ferida recém-aberta. Percebe que é áspera como seus próprios sentimentos: o objeto mal chegou a suas mãos e já não pode ser vendido. Que contratempo, estava pensando em colocá-lo na vitrine, onde teria se destacado muito. A culpa de tudo é da pressa e de sua lerdeza. Irritado, atira a chocolateira na lata de lixo, para não vê-la, justo no momento em que a dama empurra a porta da loja.

A pobre chocolateira da Madame Adélaïde fica o dia inteiro na lata de lixo. Até que à noite, na hora de fechar, a esposa de dom Gabriel percebe algo parecido com uma asa de porcelana sobressaindo dos restos e futuca, cheia de curiosidade, para resgatá-la.

— O que isto está fazendo no lixo? Ora, é uma chocolateira linda! Está com algumas rachaduras, mas não importa. Ai, os homens, não conseguem nunca entender o que vale e o que não vale a pena conservar — resmunga para si enquanto fecha a porta da loja pelo lado de dentro e depois sobe as escadas, levando a sobrevivente.

Terceiro Ato

PIMENTA, CRAVO, CHICÓRIA

...você não está bem, quase não dormiu?
Vai se recuperar com um bom chocolate.

MARIE DE RABUTIN-CHANTAL, MARQUESA DE SÉVIGNÉ
Carta enviada de Versalhes em 2 de fevereiro de 1671

Um

Madame:

É com satisfação que informo que nossa delegação chegou a Barcelona na tarde de ontem, por volta das seis horas, depois de uma viagem de 14 dias em que encontramos mais poeira do que chuva e caras amarradas do que boas palavras. Estamos muito bem alojados na estalagem de Santa Maria, um estabelecimento que fica não muito longe do porto e ao lado de uma igreja magnífica, que todo mundo chama de Santa Maria del Mar e que é um dos edifícios que fizeram com que Barcelona seja conhecida como *a cidade das três catedrais*. Nosso hospedeiro é um italiano muito agradável de nome Zanotti que, assim que nos viu, informou-nos que havia recebido ordens discretas para nos tratar bem. "Ordens de quem?", perguntou-lhe o Monsieur Beaumarchais num italiano bastante correto. E o homem respondeu: "Se lhes dissesse, não seriam mais discretas. Basta que saibam que nesta cidade existem muitas pessoas que desejam satisfazer embaixadores de tão alto nível, *signore*."

Os três mestres chocolateiros que nos acompanham não acharam estranho ouvir essas palavras pela simples razão de que não entenderam nenhuma — já comentei que foram ditas em italiano —, mas notei que Monsieur Beaumarchais não ficou muito tranquilo ao saber que nossa presença ali não era tão secreta quanto tínhamos imaginado. E isso porque não nos anunciamos, nem ninguém nos espera. Sua inquietude durou a noite toda, desde o jantar, arruinando a conversa da sobremesa, e ainda o fez dormir com um sulco profundo esculpido na testa de tanto pensar. Não fechei os olhos até me assegurar de que ele dormia como uma pedra, o que não é difícil saber: quando consegue conciliar o sono, Monsieur Beaumarchais ronca como um javali irritado.

Como a janela do nosso quarto dá para a rua e fica bem em cima da porta principal, onde dois lampiões queimam até altas horas da madrugada, contamos com certa claridade nas horas noturnas. É por isso que resolvi investir um tempo todas as noites, depois que nosso Beaumarchais tiver adormecido, para lhe escrever em segredo esta crônica de nossas andanças nesta terra, exatamente como a senhora me pediu que fizesse. É a hora mais segura. A dos roncos (com perdão).

Começo, então, madame, informando que a delegação francesa é formada por cinco cavalheiros, três dos quais a senhora conhece bem: eu mesmo, que sou seu fiel servidor, Monsieur Beaumarchais, que serve aos interesses de seu sobrinho, Sua Majestade, e nosso Labbé, chefe de confeitaria do palácio, que se revelou um companheiro de viagem nada incômodo. Quando sobe na carruagem e se deixa balançar pela cadência dos caminhos, sofre um desejo incontrolável de dormir. Dorme aninhado em qualquer canto (a senhora sabe que se trata de um homenzinho do tamanho de um cogumelo) e só acorda quando chegamos ao destino. Os outros dois, selecionados — como a senhora bem sabe — pela excelência de seu trabalho, são Monsieur Delon, que representa a corporação de chocolateiros da mui ilustre (e doce) Cidade de Bayonne, e Monsieur Maleshèrbes, em nome do grêmio de chocolateiros de Paris. Este Maleshèrbes é uma espécie de primo de segundo grau — ou pelo menos é o que ele afirma — do ministro de mesmo nome que serve a seu sobrinho há alguns anos, mas além do sobrenome temo que os dois cavalheiros não tenham nada em comum, para nossa infelicidade.

Quanto a Delon, não deve ter mais de 50 anos. É um homem magro, que parece um pouco apático, embora não se deva confiar nesta aparência enganosa. Na realidade é agradável, tranquilo, de conversa inteligente e serena, excelente mediador em disputas e discussões, por mais acaloradas que sejam, sempre capaz de encontrar a palavra justa e o ânimo necessário para defender todas as partes por igual, sem que ninguém se ofenda. Foi uma sorte trazê-lo conosco, pois este Maleshèrbes que representa os chocolateiros parisienses é como uma dessas tempestades de trovões e relâmpagos que não deixam cair nem uma gota. Alto e corpulento como uma montanha, vermelho como um diabo e com temperamento de um cão raivoso. Seu mau gênio explode nos momentos mais imprevistos, e termina tudo dizendo grosserias e besteiras. Se anotasse todas as vezes em que, durante a viagem, resolveu negócios aos gritos, precisaria de quatro cifras. Na vila de Millau, fez um cavalo desmaiar ao ouvi-lo vociferar diante da boleia. Parece ter prazer em espantar as mulheres nas hospedarias: meia dúzia delas escaparam dele chorando, pobres benditas. Nosso Labbé, que tem a infelicidade de compartilhar o quarto com ele, afirma que até mesmo dormindo grita e provoca medo.

Só mais um detalhe, que aconteceu antes de sairmos de Paris, para que a senhora tenha uma ideia mais fiel do caráter do personagem. Monsieur Maleshèrbes se fez esperar durante mais de uma hora no dia da nossa partida e, quando chegou, vinha acompanhado por três baús tão grandes que mais pareciam três caixões. Beaumarchais disse que não podia viajar com tanta bagagem, ao que Maleshèrbes respondeu:

— Ah, não? E por que não? Quem está dizendo que não?

— Eu estou dizendo, meu senhor. — Beaumarchais estufou o peito.

— E quem sois vós, é possível saber?

— Pierre Augusto Caron de Beaumarchais, meu senhor, secretário do rei e chefe desta expedição.

O chocolateiro parisiense ergueu as sobrancelhas com desprezo.

— Beaumarchais? O autor de comédias? — inquiriu.

— Ele mesmo — disse nosso homem.

— E por que haverei de fazer caso do que um autor de comédias diz? — desafiou Maleshèrbes, que ia ficando vermelho e gritava como se quisesse amedrontar todos os passageiros.

— Porque, se não o fizer, a comédia poderá se transformar em tragédia — disse Beaumarchais, afastando um pouco a casaca e mostrando a espada, que levava bem camuflada sob suas roupas de viagem.

Maleshèrbes, cabisbaixo, subiu na diligência, saudou com um grunhido nós três, que já estávamos cansados de esperá-lo, e se refestelou no assento, ocupando dois lugares. Não o ouvi dizer uma única palavra ao longo das três horas seguintes e posso lhe assegurar que ficávamos muito melhor quando ele estava calado, porque este homem é daqueles que só abrem a boca para incomodar. Em dois dias de viagem já tinha brigado com todos.

Comigo também teve um bate-boca, quando paramos depois do segundo dia de estrada. Com um ar de superioridade muito próprio de quem está habituado a dar ordens, e sem me olhar no rosto, espetou:

— Ei, você, rapaz! Leve o baú ao meu quarto, depressa!

— Sinto muito, senhor, mas não sou nenhum lacaio, e sim o ajudante do Sr. de Beaumarchais. Com muito prazer procurarei alguém que possa levar seu baú.

Ficou muito surpreso.

— Ajudante do secretário do rei numa missão ao estrangeiro? Mas quantos anos você tem?

— Dezoito, senhor — respondi.

— E tem experiência suficiente para acompanhar o secretário do rei numa viagem como esta? — continuou.

— Com todo o respeito, creio que sim, senhor. — Como é natural, me abstive de dizer que eu já o havia feito outras vezes.

— Qual é o seu nome?

— Victor Philibert Guillot, senhor.

— Não ouvi falar do senhor. Vive em palácio?

— Sim, senhor. Sou o secretário pessoal de Madame Adélaïde e de sua irmã, Madame Victoria.

— Ah, caramba, caramba — resmungou, enquanto por dentro seus humores se revolviam, como um vulcão quando se prepara para entrar em erupção —, pois a mim me parece que não lhe cairia mal, tão insignificante que é, carregar algum baú. Serviria melhor aos vossos vários amos se sua compleição fosse mais robusta.

— Sirvo minhas senhoras com a força de meu intelecto, e não com a de meus músculos, senhor — resumi.

— Ah, o intelecto...! — zombou ele com voz empolada, levantando os olhos para os céus —, como nosso país chegaria longe se tivesse menos pessoas que pensassem e mais que carregassem baús! Afaste-se, rapaz, vou levá-los eu mesmo. Não gasto o intelecto.

Poderia lhe contar outros encontros desagradáveis, mas não quero cansá-la com episódios irrelevantes. Agora, com sua permissão, tentarei dormir um pouco, pois com as primeiras luzes da alba e depois de ter desjejuado, o Sr. de Beaumarchais decidiu que cumpriremos a tarefa que nos foi encomendada.

Despeço-me da senhora com uma reverência. Sempre seu,

VICTOR PHILIBERT GUILLOT

Dois
———

Madame:

Ontem o dia amanheceu revirado. Estávamos nos vestindo para descer e tomar o café da manhã quando recebemos o aviso de que três cavalheiros nos esperavam na rua, na frente da porta da pousada. Achamos muito estranho, pois não esperávamos ninguém. O Sr. de Beaumarchais e eu saímos imediatamente para desvendar o mistério, e Zanotti, o hospedeiro, fez as apresentações:

— Este senhor é o capitão da Quarta Região Militar, Francisco González y de Bassecourt, e estes que o acompanham são homens de sua confiança, ambos com cargos no governo municipal, que vieram saudá-los.

A primeira coisa que pensei foi: "Como vão bem-arrumados para a rua os políticos desta cidade!" A senhora deveria tê-los visto, usavam perucas longas, recém-empoadas, sapatos com fivelas reluzentes e casacas bordadas com muita abundância de ouro, como se pensassem em assistir a um ofício solene ou fossem a uma recepção principesca.

Este comandante é um homem grande e de musculatura proeminente — sobretudo os braços —, mas que tem uma voz fina, muito pouco militar, e um nariz de batata que dá vontade de começar a rir assim que o vê. Digo de batata, senhora, embora tenha notado que as pessoas daqui não sentem nenhum apreço pelas batatas e preferem morrer de fome a comê-las. Só as bestas a provam, pode acreditar? Acho que em algum momento terei de lhes explicar como estão enganados, como gostamos em Versalhes de ingerir esse tubérculo e quanta razão tem Monsieur Parmentier em elogiar suas virtudes. Não posso entender por que aqui eles não fazem isso.

Voltando ao nosso senhor comandante Nariz de Batata, perguntei-me: "Como este homem consegue dar ordens à tropa com semelhantes atributos? Será que algum soldado o leva a sério? Eis aqui um possível argumento de tragédia, minha senhora, que deixarei para uma melhor oportunidade." Mais tarde Beaumarchais me confessou que imaginava esse homem muito diferente, pois haviam lhe dito que se tratava de alguém instruído, protetor das artes cênicas. Veja a senhora o quanto as pessoas mudam quando são vistas de perto.

Também achamos estranho — e não pouco — que falassem conosco em inglês, ou que tentassem, porque o conhecimento que nossos anfitriões têm desse idioma de bárbaros é mais do que modesto. Dos três, só o menor abria a boca, e com muito esforço se encarregava de traduzir nossas palavras a seus acompanhantes, que assentiam com a cabeça como autômatos, mas creio eu que sem entender nada. É provável que a senhora se pergunte por que não trocamos de idioma, conhecendo o Sr. de Beaumarchais tão bem o castelhano, e eu lhe direi que no princípio, por cortesia, não achamos educado contrariar os desejos daqueles inesperados visitantes. Considerando que tanto eu como Beaumarchais conhecemos o idioma que é falado em Londres, devido às nossas viagens àquela cidade fedorenta, não vimos nenhum inconveniente em usá-lo durante um tempo.

Como entendemos depois de um tempo de trabalhoso palavreado, o capitão e os dois conselheiros municipais vinham nos convidar para fazer uma visita à sua cidade que, por algum motivo, não podia esperar. O Sr. de Beaumarchais tentou lhes explicar que tínhamos um trabalho a fazer antes de nos distrairmos com passeios, mas aqueles três cavalheiros pensavam de outra forma: primeiro o passeio, depois o trabalho — e assim nos fizeram saber, em seu estilo rude, mas com tal insistência que o Sr. de Beaumarchais se viu obrigado a ceder.

— Aceitaremos o convite, procurando não nos entretermos muito, e depois daremos continuidade aos nossos planos — disse-me em voz baixa, antes de me pedir que fosse chamar os três chocolateiros.

A visita, que era a pé e sob um frio cortante que não esperávamos neste país do sul, começou por uma rua bem pouco retilínea, mas muito alegre, que percorre a cidade de um extremo ao outro. Pela manhã ali se vendem víveres, à tarde se sai para tomar ar e contemplar o desfile das tropas, e a qualquer hora se veem surgir novos palácios ou se ouvem sinos de conventos. Eles o chamam de Rambla, e é o lugar onde se desenvolve boa parte da vida social da cidade. O Sr. de Beaumarchais se mostrou interessado em saber mais detalhes de sua urbanização — que não parece muito premeditada —, mas nossos cicerones não faziam nada além de sorrir, concordar com a cabeça e repetir em uníssono: "Yesh, yesh, yesh..."

Depois quiseram nos mostrar a paisagem marítima que se avista do passeio da muralha, onde soprava um vendaval úmido e pertinaz que nos deixou congelados. Ali, no alto, teve início um concerto de espirros que recordava o coro das divindades infernais daquela tragédia lírica que tanto lhe agrada... Qual era o título? Uma daquelas do maestro Lully, que fizeram tanto sucesso no palco. Tanto faz, todas se confundem da mesma maneira. Certamente a senhora sabe muito bem a qual me refiro. Havia um herói e um coro, como naquela nossa caminhada: Maleshèrbes fazia a voz cantante, e a cada explosão de seu nariz temíamos a chegada de um apocalipse. Labbé, Delon e eu mesmo imitávamos seu exemplo, espirrando polifonicamente. Beaumarchais, mais mal do que bem, suportava.

Nossos anfitriões concluíram que era preciso fazer alguma coisa para espantar o frio, e fomos levados a um café onde nos serviram algumas doses de um licor de cor parda com um nome difícil de lembrar que, conforme nos disseram, é feito com flores, ervas e nozes. Num instante demos conta de uma garrafa inteira, mas o dono do café não demorou a servir outra e ainda uma terceira, sem parar de nos incentivar a beber mais e mais, com um interesse que só depois da quarta taça começou a nos parecer suspeito. O secretário de Sua Majestade, que, como a senhora sabe, é um homem experiente, deu ordens para que toda nossa comitiva parasse de beber, mas temo que para alguns já fosse tarde demais. O pequeno Labbé não se aguentava em pé. Delon tinha a testa enrugada e o olhar fixo na poeira da rua. Eu mesmo percebia que minha cabeça dava voltas sem parar. Mas o pior veio de Maleshèrbes, que depois da proibição resolveu continuar bebendo e teve de se ver com Beaumarchais.

— E quem é o senhor para me dizer que não devo beber? Eu bebo quando acho oportuno, senhor.

— Não aqui, senhor. Vamos.

— Hospedeiro, outro copo!

— Não! Hospedeiro, guarde a garrafa!

— Traga-a agora mesmo! E que os copos sejam dois!

— Maleshèrbes, vá para a rua imediatamente!

— Leve-me o senhor, se se atreve! O senhor e o brutamontes que o ajuda!

— Maleshèrbes, não me irrite!

— Beaumarchais, não encha o meu saco!

Desta vez Beaumarchais não discutiu nem chamou à razão. Diria que estava muito tonto para gritar e só pensava em chegar à estalagem, deitar e dormir. Enquanto isso, o sábio e prudente Delon esvaziava o estômago sobre a casaca do comandante Nariz de Batata. Labbé, mais previdente, expulsava as tripas pela boca no tronco de um álamo preto, enquanto as duas autoridades municipais faziam cara de nojo, sentadas nessas cadeiras que são usuais na Rambla.

Como a senhora haverá de compreender, esse contratempo destruiu todos os nossos propósitos do dia anterior. Deixamos Maleshèrbes no café, pedindo mais bebida, e com muita dificuldade conseguimos chegar à hospedaria, onde fomos direto para a cama, sem vontade nem oportunidade de analisar o que havia acontecido. Labbé parecia mais tranquilo depois de muito vomitar e teve forças para nos desejar boa noite, mas ninguém respondeu. O Sr. de Beaumarchais enfiou a cabeça no vaso e de dentro dele saía um líquido azedo de derrubar qualquer um. Não soube mais nada de Delon, nem achei rastro nenhum. No que se refere a mim, a última coisa de que me lembro é a cara do comandante Nariz de Batata, sorrindo com muita falsidade enquanto me despia e me dizia em sua língua:

— Descanse, jovem, descanse.

A senhora já sabe, portanto, de que maneira ignóbil terminou nosso primeiro dia nesta cidade: curando a bebedeira na hospedaria. Em defesa própria, só posso dizer que nossos anfitriões eram tão traiçoeiros quanto o licor que nos deram para beber.

Não posso terminar sem advertir que amanhã terei de dar uma notícia terrível à senhora. Hoje minha dor de cabeça é tão intensa que mal me sustento sobre minhas pernas. Portanto, suplico-lhe que me dispense deste trabalho por algumas horas e a saúdo com uma reverência.

Três

Aqui está a notícia que ontem não me vi com forças para dar: o comandante Nariz de Batata e seus dois intendentes nos roubaram. Daí tanto interesse em nos acompanhar à hospedaria, daí sua preocupação em nos ver pegar no sono. Quando fechamos os olhos, eles se puseram a revistar nossos pertences, levando tudo o que era de seu agrado. Ou seja, o dinheiro, o ouro e algumas joias, deixando nossos bolsos vazios. Beaumarchais ficou tão desesperado quando descobriu o que tinha acontecido que por um instante tive medo de que fosse se atirar pela janela. Levaram tudo que tinha. E, por alguma razão, me parece que "tudo" é muito mais do que imaginávamos.

Eu, infelizmente, fui o único que os ladrões trataram de maneira diferente. Além do ouro e do dinheiro, levaram um objeto que fazia parte da minha bagagem. A senhora adivinhou qual foi? É claro, que imensa desgraça, foi aquele presente que a senhora queria que eu colocasse nas mãos do mestre Fernández, e que devia entregar junto com a sua carta. Não se angustie antes do tempo: a carta ainda está comigo. Só o presente desapareceu, mas Beaumarchais disse que não demoraremos muito a recuperá-lo. Com a finalidade de pedir explicações, programou uma visita ao escritório do comandante no palácio real. Enquanto isso, mandou-me acordar toda a delegação e dizer que estamos esperando para tomar o café da manhã.

A senhora pode imaginar que o nosso humor estava péssimo esta manhã, depois que descobrimos todos esses desastres. Delon foi o primeiro a descer ao refeitório, muito alterado com o assunto do roubo. Maleshèrbes e Labbé, no entanto, não apareceram. Por mais que batesse sem cessar na porta do quarto deles, que pronunciasse seus nomes a plenos pulmões e num tom de voz pouco discreto, não recebi de sua parte a menor resposta. Dentro do quarto reinava um silêncio tão sepulcral que por um momento pensei — tolo que sou — que haviam saído cedo para ir a algum ofício religioso. Mas mais tarde lembrei que Maleshèrbes não é amigo de padres: pedi ao hospedeiro a chave do aposento em nome do rei da França e entrei naquele santuário, disposto a verificar o que estava acontecendo.

O que acontecia era uma verdadeira vergonha. O quarto inteiro fedia a digestão alcoólica. Os dois companheiros dormiam de pança para cima, protegidos pela penumbra das cortinas fechadas. Maleshèrbes — que visão desagradável! — estava seminu. O Sr. Labbé ainda vestia suas roupas de sair. Atiradas sobre as lajotas do chão, contei seis garrafas daquele licor caseiro que haviam nos servido na noite anterior. Uma delas, ainda por terminar, tinha seu conteúdo todo derramado e o cheiro não ajudava a melhorar o ambiente. Muito envergonhado pelo comportamento daqueles dois súditos de Sua Majestade, tentei acordar Labbé, com quem tenho mais intimidade, dando-lhe uns tapinhas nas faces. Também tentei sacudi-lo, como se fosse uma árvore repleta de fruta madura. Só depois de insistir muito consegui que abrisse um olho e me espiasse, mas ainda não devia estar completamente acordado, porque me disse:

— Ave Maria Puríssima, vejam só, um bacalhau seco. — E voltou a desmaiar e continuou roncando.

Fiquei na dúvida, como é natural, se o bacalhau era eu ou se por acaso era um apelido que os membros da nossa comitiva me tinham dado. Percebi que as coisas de Labbé e o baú de Maleshèrbes também haviam sido revirados. Os ladrões pareciam ter um objetivo bem concreto e uma estratégia bem planejada para atingi-lo. Havíamos sido ingênuos ao facilitar tanto as coisas para eles. Recordei tudo isso a mim mesmo enquanto descia de novo a escada para informar ao Sr. de Beaumarchais sobre o estado dos nossos homens. Ele ficou bastante irritado, tomou um café da manhã leve e foi então para o palácio com o ânimo renovado.

— Espere-me aqui, Guillot — pediu —, para o caso desses dorminhocos acordarem. Aconteça o que acontecer, não permita que ninguém saia da hospedaria, entendido? Estarei de volta antes do almoço.

Corri para confiar ao mestre Labbé a responsabilidade que Beaumarchais tinha acabado de me atribuir. Ele prometeu que se esmeraria, mas me fez perceber que, se a montanha humana de Maleshèrbes pretendesse sair, ele não conseguiria impedir isso. Em seguida saí atrás de Beaumarchais, tal qual a senhora tinha me pedido que fizesse, temendo já tê-lo perdido no intrincado labirinto de becos. Tive muita sorte. Dei com ele e me grudei em seus passos como uma sombra, mas mantendo distância suficiente para não levantar suspeitas.

Em primeiro lugar ele foi ao palácio real, onde nos haviam dito que ficava o escritório daquele Sr. González tão bem arrumado do dia anterior. Perguntou por ele e se apresentou como "embaixador de Sua Majestade, o rei da França". Como sem dúvida a senhora imagina, foi recebido no ato. Desconheço o que aconteceu dentro daquela sala, pois não vi coisa alguma com meus próprios olhos (fiquei esperando na praça, admirando a grandeza e a imponência do lugar e tremendo de frio, pois a capa não me bastava para afugentá-lo). Vi-o sair mais sereno, caminhando devagar e com um sorriso de satisfação desenhado nos lábios, como se tivesse recebido boas notícias. Continuou seu caminho, virou à direita, percorreu uma rua longa e estreita como a lâmina de uma espada — onde, além do mais, vários espadeiros tinham suas lojas — e eu o segui sem o perder de vista por nenhum instante. Caminhava com tanta determinação que achei que estava voltando à hospedaria.

Fiquei surpreso quando o vi dobrar à direita no final da rua Espaseria, caminhar seguindo o muro lateral da igreja de Santa Maria del Mar e virar de novo, desta vez à esquerda, para se enfiar numa rua senhorial denominada Montcada. Procurei manter desperto o instinto de um espião que não está agindo pela primeira vez. Para isso, contei com a ajuda da alegria da rua, seu intenso movimento, pessoas que iam e vinham, mercadores que anunciavam seus produtos em sua língua nativa.

O Sr. de Beaumarchais só desacelerou o passo ao chegar à metade da rua. Parou, ergueu os olhos. Pareceu-me hesitar por um momento, sem saber em que porta deveria bater, e finalmente se decidiu. Fez soar a aldrava da entrada de um luxuoso palácio, e logo vieram recebê-lo e o convidaram a entrar. Achei que não era desconhecido na casa. Passei um bom tempo ao relento, procurando a caridade de um tépido raio de sol. Ouvi os sinos de Santa Maria baterem as dez e as onze horas e, quando já temia que o sol chegaria ao seu ponto mais alto sem que eu saísse do lugar, a porta voltou a se abrir e o Sr. de Beaumarchais se pôs de novo na rua, tão sério quanto havia entrado, mas com um novo mistério desenhado no rosto. Quero dizer que tinha a aparência, se é que se pode saber tal coisa, de quem tinha fechado algum negócio lucrativo.

Desta vez acertei que estava retornando à hospedaria e me apressei para ultrapassá-lo. Sou ágil, tenho pernas longas e sou 26 anos mais jovem do que meu objetivo, de modo que não precisei fazer muito esforço. Assim que cheguei, perguntei a Labbé se havia novidades e ele me informou que os dorminhocos continuavam em seu quarto. Sentei-me à mesa do refeitório, fingi que lia um jornal chamado *La Gazeta de Barcelona* e inventei uma expressão de imensa surpresa quando vi Beaumarchais entrando pela porta.

Ele nos explicou cada detalhe do que tinha descoberto no palácio real.

— Sabia, Guillot? — disse. — Como eu já suspeitava, os ladrões que nos deixaram ontem sem um tostão não têm nenhuma relação com o comandante, nem com a prefeitura. O verdadeiro Sr. González y de Bassecourt é um homem ilustre, como nos haviam informado, protetor do teatro desta praça e um grande admirador das minhas comédias, as quais conhece bem. Ficamos conversando sobre teatro (em particular sobre o meu), num francês fluente, e ele se mostrou muito comovido diante do meu relato dos fatos. Prometeu que dedicará todos os seus esforços na caça aos malfeitores.

— Então — perguntei —, quem eram aqueles homens?

— É o que eu também me pergunto, Guillot.

Tal como Beaumarchais havia anunciado, foi feita uma investigação. Os homens do comandante interrogaram Zanotti — "Só transmiti o que me haviam dito; o que eu poderia saber, pobre de mim, sobre aqueles embusteiros, se não os havia visto nunca?", defendia-se o hospedeiro — e fizeram um inventário dos bens roubados. Ficaram surpresos com o que lhes contei, quando me fizeram suas perguntas.

— Uma chocolateira?

— De porcelana branca. Saiu da fábrica real de Sèvres, mas não ostenta a marca característica da fábrica imperial, que são duas letras L entrelaçadas. Estava envolta num pano de veludo turquesa.

— E a chocolateira tem algum valor?

— Incalculável, senhor. É uma peça única.

— Permita-me uma curiosidade — disse um deles. — O senhor sempre viaja com a chocolateira?

— De fato, senhor — assenti —, nunca saio sem ela.

Já não confiava em mais ninguém na cidade toda. Não quis mencionar a senhora nem o Sr. Fernández a nenhum daqueles homens.

O melhor aconteceu quando os policiais despertaram os dois biriteiros. O interrogatório não brilhou por seu engenho, nem por sua lucidez. Quando os policiais se retiraram, Beaumarchais em pessoa derramou todo o conteúdo do jarro do quarto nas cabeças de Maleshèrbes e de Labbé, metade para cada um. Foi uma ótima ideia.

— Vamos ver se isso vai ajudar a acordá-los — disse, olhando as coxas de Maleshèrbes, que pareciam presuntos, coroadas por uma pança cheia de toucinho e, justo no meio, a salsichinha flácida que não sabia nem como se acomodar entre tanta abundância, e acrescentou: — E se cubra, homem de Deus! Façam o favor de se comportarem, cavalheiros, ou terei de lhes lembrar que são altos delegados de Sua Majestade, o rei da França, a maior nação que jamais se viu sobre a...

— Bem, bem, bem — interrompeu Zanotti —, posso lhes servir algo mais ou me permitem devolver o jarro ao seu lugar?

Ao final, tudo se ajeitou com um bom bule de café morno e repousado depois de seis ou sete fervuras. Como a senhora sabe, trata-se de uma bebida medicinal, embora de sabor bastante desagradável, que em nossos dias é recomendada por todos os doutores da Europa.

Quatro

Senhora, minha crônica do desastre ainda não terminou. Quando já estávamos afinal preparados, com a cabeça desanuviada e os pés ágeis, começou a nevar. Como no dia anterior já tínhamos tido uma boa amostra do efeito do frio sobre nossos pobres narizes, o Sr. de Beaumarchais começou a ficar inquieto, olhando para o céu.

— Este tempo é normal aqui, Zanotti? Eu achava que em Barcelona as pessoas ficavam mais aquecidas.

O hospedeiro encolheu os ombros e respondeu:

— O mundo está muito estranho, senhor.

Ficamos durante um bom tempo, os cinco, mudos e apalermados, olhando para o céu e esperando que a neve parasse de cair. Mas aconteceu exatamente o contrário. A nevasca estava ficando cada vez mais parecida com uma que testemunhei certa vez no palácio e que deixou os guardas da porta completamente enterrados na neve. Já começava a escurecer e Beaumarchais estava ficando desesperado ao ver mais um dia ir embora sem que tivéssemos feitos nada de útil. Aproximou-se do meu ouvido e disse:

— Guillot, você que é escorregadio por natureza e tem pés voadores, poderia ir à frente ao estabelecimento da rua Tres Voltes? É preciso avisar ao Sr. Fernández que amanhã nossa delegação lhe fará a honra de visitá-lo.

Concordei, é claro, feliz de me colocar em movimento. Corri até meu quarto para buscar a carta assinada com seu selo e sua rubrica e, com ela muito bem escondida dentro do meu embornal, apressei-me a sair da hospedaria sob uma nevasca inclemente. Fazia tanto frio que a capa não me ajudava muito, por mais que tentasse me aninhar dentro dela. Percorri com grandes passadas a distância que me separava de uma tranquila praça, onde todos os fios de cabelo da minha cabeça começaram a tremer.

Para chegar à praça — denominada l'Oli — perguntei a vários transeuntes. No passeio do Borne me disseram: "Ah, ainda está muito longe!" Na metade da rua do Rec me responderam: "Está perto." E por fim, na descida da penitenciária, me comunicaram: "Você está bem ao lado, olhe, aquela ruela se chama Bòria, pegue-a e vá até a praça onde desemboca e terá chegado." Dito e feito. Teria sido muito mais fácil se não fizesse aquele frio congelante, mas de qualquer maneira cheguei a uma porta de madeira na qual um letreiro desbotado dizia:

FERNÁNDEZ
MESTRE CHOCOLATEIRO
FORNECEDOR DAS PRINCESAS DA FRANÇA

Na rua não se via vivalma. As janelas estavam com as pálpebras baixadas, a neve começava a se amontoar pelas ruas escuras e eu já não sentia o nariz, nem as mãos, nem os dedos dos pés dentro dos sapatos. Bati na porta, que estava fechada, mas ninguém veio abrir. Cheguei a pensar que morreria congelado naquela porta se tivesse de passar muito tempo ali. Bati com mais insistência, quase com desespero. Não pense a senhora que me abriram logo. Tive tempo de rezar uma oração, envolto como podia na capa e sob aquela porta sem marquise, enquanto a neve começava a escorregar pelo meu nariz e a congelar minha peruca. Depois de esmurrar várias vezes a porta, com um desespero que era fruto das circunstâncias, gritei com a voz que me restava:

— Sr. Fernández, pelo amor de Deus, abra de uma vez ou morrerei como um cachorro na porta de sua casa. Sou Guillot, venho de Versalhes a mando de Madame Adélaïde, de quem lhe trago uma...

Deve saber, minha senhora, que seu nome funcionou como uma senha. No mesmo instante em que a neve começava a cair com ainda mais força, e não se enxergava nada a dois palmos de distância, uma fresta de esperança se abriu para mim na porta do chocolateiro e dois olhos negros como tições me observaram intensamente. Implorei:

— Sr. Fernández, estou congelando, suplico que me deixe entrar.

A porta se abriu por caridade. Finalmente me vi abrigado num aposento onde ardia uma lareira, havia um balcão enorme e se percebia um delicioso cheiro de chocolate.

Notei uma manta cair sobre meus ombros. Uma voz doce, feminina, me disse:

— Sente-se perto do fogo e logo estará recuperado.

Talvez a senhora esteja se perguntando em que idioma estas palavras foram pronunciadas. Bem, eu lhe direi que não tenho certeza. A senhora que tinha acabado de abrir a porta não desconhecia completamente os rudimentos de nossa bela língua, mas seria um exagero eu afirmar que a falava. Da mesma forma, sou capaz de usar umas poucas palavras em castelhano e menos ainda em catalão quando quero me fazer entender. A senhora sabe que tenho bom ouvido para as palavras que não me pertencem. Bem, como poderá constatar, aquele anjo salvador e eu nos comunicamos, não muito mal, numa mistura dos três idiomas, na qual se infiltravam uns vestígios de italiano.

Agrada-me outorgar a ela este apelido de anjo salvador não apenas pela história da manta que acabei de contar, nem pela xícara do delicioso chocolate que me ofereceu em seguida e me devolveu da morte à vida. Digo isso mais pela delicada expressão em seu rosto. Fiquei fascinado ao constatar que minha salvadora era uma mulher de pouco mais de 20 anos, tinha olhos escuros que brilhavam como safiras diante das chamas da lareira, faces delicadas, cabelos cor de cobre velho e lábios de veludo. Tamanha beleza me deixou tão ensimesmado que por um instante pensei que, se tivesse morrido na porta, os anjos do céu não teriam me agradado tanto.

— A senhora fala a minha língua...! — exclamei, admirando-a desde o primeiro instante.

— Não, não é verdade... — disse ela —, mas sou capaz de compreendê-la. Tenho muitos clientes que se expressam como o senhor. Os franceses gostam muito de Barcelona.

Lembrei-me do que Beaumarchais tinha me alertado quando estávamos saindo de Paris:

— Você vai ver, amigo Guillot, que Barcelona é a mais francesa das cidades estrangeiras.

Quando terminei o chocolate, a mulher perguntou:

— Disse que foi enviado por madame?

— *Oui* — respondi.

— Tem como provar?

— *Naturellement*.

— Mostre-me as provas.

— Vou mostrá-las ao Sr. Fernández. Ele não está em casa?

— Não neste momento.

— Vou esperá-lo.

— Não aconselho. Pode demorar.

— Não tenho pressa.

— Mas eu tenho. Deixe-me ver as provas. Eu as mostrarei ao Sr. Fernández.

— É a criada dele?

— Não, senhor.

— O Sr. Fernández é seu parente? Talvez seu pai?

— Também não.
— Vai me dizer ou terei de adivinhar?
— É meu marido. E agora, pode me mostrar o que traz para ele?

Reconheço que ela me fez hesitar e estive prestes a mostrar sua carta, mas lembrei-me a tempo daquele golpe que havíamos sofrido e me detive.

— Não consigo saber se posso confiar na senhora.
— Que curioso. Eu tenho a mesma dúvida.
— Onde está o Sr. Fernández?
— Mostre-me as provas da madame e eu lhe direi.
— Diga-me e eu lhe mostrarei as provas.
— Não tem acordo.
— Então da minha parte também não.
— Desconfia do que digo?
— Infelizmente.
— Eu lhe dei motivos para isso?
— Não me deu, mas eu os tenho de sobra.
— Por acaso eu o ofendi?
— A senhora, não. Foram outros.
— Então o senhor está me fazendo pagar por pecados que não cometi?
— Isso acontece eventualmente com todo mundo.
— Se me desse as provas, tudo se acertaria.
— Ou talvez não. É difícil saber.
— Pelo amor de Deus, senhor, não seja tão rígido.
— Não sou rígido, e sim cuidadoso. É bem diferente.
— Deixe-me vê-las!
— Estou lhe dizendo que não!
— Então vá embora!
— De maneira nenhuma!
— Tão jovem e já é teimoso como uma mula!
— E a senhora, para uma mulher, também é!

Neste instante bateram na porta de maneira nada amistosa. Pam, pam, pam!

— Estou perdida! É o pessoal do grêmio! Eles nos ouviram! Sabem que estou aqui! — exclamou meu anjo, e seu rosto se contraiu numa careta de autêntico pavor.

A batida se repetiu — pam, pam, pam — e toda a madeira tremeu com as investidas. Uma voz de trovão que falava em inglês disse:

— Abra a porta em nome do rei George!

— Seu marido faz negócios com ingleses? — perguntei a meia-voz, embora realmente consternado.

— Não que eu saiba, senhor — disse ela.

— Então o que essa gente quer?

O anjo encolheu os ombros.

— Abra em nome de Sua Majestade George III! — repetiu o inglês.

— O que vamos fazer?

— Abrir a porta, é claro — falei com a força de um titã, disposto a vingar sozinho a honra perdida na Guerra dos Sete Anos.

Ela me ouviu. Abriu a porta e nós nos vimos diante do nariz vermelho e da papada cheia de rugas de um barrigudo que lembrava um sapo. Estava mais agasalhado que um criado e era três vezes mais corpulento. Talvez por isso tremesse bem menos. Vinha acompanhado por dois soldados uniformizados, que o protegiam com as lanças em riste e o chamavam de *sir*.

— Saúdo-os, senhores, em nome de Sua Majestade, o rei George III, rei da Inglaterra, Irlanda, Menorca, Índia, Dominica, Granada, São Vicente, Tobago, Flórida...

— Sim, sim, sim, já sabemos. — Esses ingleses, sempre com todas as vitórias na boca, são insuportáveis! — Como posso servi-lo? — perguntei.

— A primeira coisa a fazer é nos deixar entrar — respondeu.

Abri caminho e indiquei à mulher que fizesse o mesmo. Os três homens entraram na loja com todo o seu aparato e fecharam a porta. Compartilhamos o alívio de deixar do lado de fora a escuridão e a neve. O inglês deu uma olhada ao redor e aprovou com um esgar quase imperceptível o ambiente agradável.

— Em nome de Sua Majestade, o rei George III, ordeno que nos mostrem a máquina que inventaram capaz de produzir chocolate — disse sir Sapo Inglês, que não parecia disposto a perder tempo com preâmbulos nem apresentações, enquanto sua papada tremia de tanta eficácia.

Ao meu anjo bastou só uma olhada para me dar a entender como a presença daqueles homens a assustava. Ao mesmo tempo, seus olhos me escrutavam, creio que esperando que eu fizesse alguma coisa.

— Eles pensam que o senhor é o meu marido — sussurrou ao meu ouvido.

— Percebi isso — falei.

— E o que querem?

— Ver a máquina.

— Impossível! Quero que saiam! — disse ela.

Devo reconhecer que aquela resposta, assim como sua aversão em relação ao inglês, encheram-me de satisfação.

— Quer mesmo que saiam?

— Claro.

— Então mostre a máquina.

Enquanto esta conversa transcorria a meia-voz, o Sapo perdia a paciência, sapateava no chão e começava a emitir uma espécie de grunhido. A mulher do chocolateiro Fernández resolveu me ouvir — eu já estava começando a temer que ela não o fizesse e o *sir* declarasse guerra ali mesmo — e nos levou à parte de trás da loja.

— Se me fazem o favor, senhores... — Fiz uma reverência com a finalidade de apaziguar um pouco o ego do Sapo, pois tenho por sabido que nada satisfaz mais o caráter inglês do que uma boa cerimônia.

Na parte de trás da loja, encontramos aquele prodígio mecânico que nestes dias desperta a curiosidade ou a admiração de todo o mundo civilizado. É uma máquina toda de madeira e metal, com seis pés, quatro grandes manivelas e cilindros de muita elegância, dentados e lisos. Neste invento, conforme pude deduzir das explicações do anjo — que me encarreguei de traduzir —, os grãos de cacau entram por um lado, misturam-se lá dentro com o açúcar e as especiarias, saindo do outro lado um produto totalmente acabado e de sabor prodigioso. Os ingleses o elogiaram muito, dizendo que semelhante portento só poderia ter surgido da imaginação de um gênio, e depois se interessaram por seu funcionamento, que ela foi explicando com muita riqueza de detalhes, dos quais eu traduzi só a metade, para não atiçar ainda mais o interesse de nossos concorrentes. É que a cada palavra do Sapo eu amaldiçoava nossa idiotice em deixar que aquela delegação de selvagens assumisse a dianteira.

Os súditos do rei também se interessaram pelas especiarias que são necessárias adicionar ao cacau para obter um bom produto. Meu anjo disse que podem ser as mais variadas, mas que nunca devem faltar 14 grãos de pimenta do reino preta, meia onça de cravo e uma boa pitada de chicória vermelha. Alguns boticários recomendam colocar também cardamomo, canela, uma vagem de baunilha, amêndoas ou até flor de laranjeira, mas ela disse ser muito mais partidária das receitas simples.

— Hoje em dia as pessoas não gostam tanto das comidas sobrecarregadas como antigamente. Importa muito mais que o chocolate não esteja adulterado e que seja da melhor qualidade.

Mas perdoai-me: estávamos admirando a máquina, que deixou os ingleses tão extasiados que por um momento não pronunciaram palavra alguma (comigo aconteceu a mesma coisa, mas me vi forçado a fingir). Os soldados tomavam suas medidas em palmos, sem nenhum pudor, e até se atreveram a avaliar seu peso, levantando-a cada um de um lado, como se precisassem saber quantos homens seriam necessários para carregá-la. O intendente olhava para o outro lado em silêncio.

— Posso saber qual é o motivo de tanto empenho? — perguntei.

— É claro que sim, Sr. Fernández. O rei George gosta muito de chocolate. Bebe-o todos os dias. É o que proporciona a ele a força de seis bois e desata os condutos do cérebro. Ouviu falar muito de sua invenção. Por isso quis lhes fazer a honra de que saibam de seu interesse.

Sorri, como se me sentisse elogiado por estas palavras. Não gostava nada daquilo tudo que estava acontecendo. Os homens tinham concluído suas medições quando o Sapo voltou a falar.

— Tenho uma curiosidade, Sr. Fernández, que só o senhor poderá esclarecer — disse.

Pensei: "Agora sou eu quem está perdido. Se ele me perguntar qualquer detalhe, por menor que seja, a respeito da construção da máquina, descobrirá a fraude, e sua ira há de me esmagar como se eu fosse um mosquito."

— Diga.

— A que se deve o fato de o senhor falar inglês com tanto sotaque francês? — Ele quis saber.

— Ah, isso... — sorri enquanto pensava numa resposta convincente. — É que tive uma tutora francesa.

— Mas, segundo me disseram, o senhor foi aprendiz do mestre Lloseras, que tem um negócio bem perto daqui.

— Sim, senhor.

— Quantos anos o senhor tem? Não sei por que, mas tenho a impressão de que os anos lhe fizeram bem até demais.

— Eu engano muito, senhor. É porque sou muito magro. Na verdade, acabo de completar 31.

— É mesmo?

— Juro!

O Sapo Inglês acariciou a barba.

— Deve ser o chocolate. Os conselheiros do rei George afirmam que é excelente para manter o vigor da juventude.

— Não vou lhe dizer que não!

Tinha acreditado. Ou dava essa impressão.

— Uma última pergunta.

Meu Deus, quanto sofrimento!

— Às ordens.

— Conhece meu país?

— Não, senhor — menti.

— Pois deveria saber que é repleto de gente hospitaleira e de muito bom gosto, que admira sobremaneira pessoas como o senhor, capazes de fazer com que o mundo avance com ideias inovadoras e úteis. E isso se aplica a Sua Majestade, é claro. Não faz muito tempo tive a honra de adquirir, em nome de nosso rei, uma máquina de mergulhar, muito útil para recuperar objetos perdidos durante um naufrágio. Ou uma máquina de tirar retrato de três pessoas ao mesmo tempo e em baixo-relevo. Sua Majestade o rei George tem uma grande confiança em tudo isso, e está convencido de que o progresso do mundo passa por uma dessas manivelas, pistões ou rodas dentadas que o senhor conhece tão bem. Por último, Sua Majestade gostaria de saber se o senhor e vossa gentil e bela esposa aceitariam seu convite para viver em Buckingham o tempo necessário para construir lá uma máquina igual a esta em tudo.

O discurso me deixou petrificado. Por sorte, consegui reagir o suficiente para responder:

— Preciso consultar minha esposa, *sir*.

— É lógico, compreendo.

— Compreende?

— Sim, senhor. Se eu tivesse uma esposa tão bela quanto a sua, não daria um passo sem consultá-la. Adiante. Esperaremos aqui.

O Sapo fez um movimento displicente com a mão, apontando meu anjo, e vi em seus olhos um brilho de admiração, ou talvez de cobiça, em relação a ela que não achei nem um pouco engraçado.

— O senhor nos permitiria trocar três palavras em particular? — perguntei.

E ele, resignado, disse:

— Façam o que tiverem de fazer.

Sir Sapo Inglês e seus dois homens saíram da parte traseira da loja, deixando tranquilas a máquina e sua proprietária, ao lado da qual eu estava. Traduzi tudo o que aquele homem dissera, sem ignorar nada. Quando ela começou a compreender, agitou a cabeça, como uma menina:

— Não, não, não, não quero. Meu marido não vai construir mais nenhuma outra máquina.

— Pense bem, mulher. É uma boa oportunidade de ganhar um bom dinheiro.

— Estou dizendo que não! Não pode ser!

— Não se precipite. Dê-se um tempo para pensar.

— Não há nada a pensar. Faça-o saber que recuso a oferta.

Como irritar o inglês com uma negativa categórica não me parecia conveniente, preferi ser prudente. Saí, com cara de marido molenga — entre os homens, isso sempre causa uma profunda impressão — e lhe disse:

— Minha esposa precisa pensar bem. Se me disser algum lugar aonde possa fazer chegar minha resposta, o senhor a terá dentro de poucas horas.

O inglês anotou um endereço num pedaço de papel e o entregou a mim. Estavam instalados na hospedaria Manresa, na rua de mesmo nome.

— Vou lhes conceder dois dias. Não me faça perder a paciência, Sr. Fernández.

— Não, senhor.

— Ah, Fernández — Virou-se para mim de repente. — Só mais um detalhe.

— Diga-me, senhor.

— O senhor viu por acaso uma delegação de franceses que anda pela cidade? — perguntou, arregalando os olhos tumefatos.

— Disse franceses? São tantos que não saberia lhe dizer...

— Estes são embaixadores do rei Luís e chegaram há uns dois dias. Estão instalados na hospedaria Santa Maria.

Reconheço que fiquei surpreso ao saber que ele estava assim tão bem informado sobre nossas andanças. Por um momento me pareceu óbvio que havíamos sido roubados por homens dele, mas logo recordei a maneira de falar daquelas serpentes e abandonei a ideia. Por menos destreza que os ingleses demonstrem em quase tudo, por enquanto ainda sabem falar nossa língua.

— Não, senhor. Não vi nenhum francês por aqui — eu lhe disse.

— Bem. Se por acaso encontrá-los, deve saber que Sua Majestade rei George desaprova que o senhor tenha com eles qualquer tipo de trato comercial. O senhor me entende, Fernández? Quero dizer... — corrigiu-se, olhando com olhos de robalo para meu anjo. — Sua Majestade saberá lhes agradecer com muita generosidade, se escolherem bem com quem devem tratar.

— Compreendo, senhor. Só farei negócios com os senhores — respondi a contragosto, muito imbuído de meu papel.

Se eu não acreditasse desde sempre que os únicos sentimentos que os ingleses possuem são a fome, o sono e a luxúria própria dos animais, diria que aquele anão olhava para a mulher de Fernández com olhos de batráquio apaixonado.

— Tudo está dito! — acrescentou ele, ainda comprazido. — Deus abençoe Sua Majestade. Até mais ver.

Os três fizeram em uníssono uma espécie de saudação militar e saíram da loja batendo a porta. Ficou claro para mim que o energúmeno também não gostava de despedidas longas.

E agora, com sua permissão, senhora, outorgarei à minha mão o privilégio de um descanso antes de prosseguir com a última parte daquela noitada tão proveitosa que passei na casa do Sr. Fernández e de sua linda e encantadora esposa.

Cinco

Servidor que o sou da senhora e de ninguém mais, depois de comer dois figos secos e beber um gole de água fresca já estou disposto a continuar a crônica dos fatos desde ali onde foi interrompida ao fim do capítulo anterior. Retomo no mesmo ponto: estamos na loja do chocolateiro Fernández e o Sapo Inglês tinha acabado de sair batendo a porta, seguido por sua escolta.

Com tanta atividade, meu anjo, pobre criatura!, ficou assustada. Estava em pé perto da máquina, aos prantos, não me pergunte por quê.

— Querem roubá-la. Todo mundo quer roubar minha máquina — dizia, soluçando.

Pedi-lhe que se acalmasse um pouco, acompanhei-a até a beira do fogo e tratei de explicar-lhe a parte boa daquele assunto enfadonho: se o marido dela fosse esperto e abandonasse os partidarismos políticos — que nunca levam a lugar algum —, poderiam tirar uma boa fatia dos ingleses e de seu rei, que dizem não estar bem da cabeça.

— O Sr. Fernández é um homem de sorte, de verdade — acrescentei, e devo lhe confessar que estava me referindo só em parte ao negócio.

Mas ela negava com a cabeça sem cessar, enquanto chorava, desconsolada.

— Já lhe disse que não é possível — sussurrava.

— Mas por que não? Qual é a vantagem de ser tão teimosa?

E chorava sem parar, sem me dar uma resposta. Eu não conseguia entender, nem por que tanto choro, nem por que o marido resistia tanto a ficar rico às custas do rei louco. Bem que gostaria de ter uma oportunidade como essa e me infiltrar no covil do nosso arqui-inimigo. Posso lhe assegurar que saberia aproveitá-la!

— Ainda não sei seu nome, senhor — disse de repente o anjo chorão.

— Victor Philibert, seu criado.

— O meu é Mariana.

Perdoe-me por contar-lhe uma intimidade, senhora, mas ao ouvir este nome pensei que poucas vezes a terra e o céu souberam fazer um acordo mais certo. Aquele nome fazia justiça em tudo no aspecto daquela criatura.

— É um nome bonito, Mariana — disse.

— Foi o padre Fidelinho quem me deu. Conhece o padre? É um santo homem. Devo a ele minha vida, minha sorte e tudo o que sou.

— O nome dele é mesmo Fidelinho?*

— Não é mesmo engraçado? Muita gente acha que é um apelido, porque adora sopa de cabelo de anjo. Mas é seu sobrenome verdadeiro! Veja como coisas muito estranhas acontecem. — Sorriu, e feliz era ainda mais bonita. — O padre Fidelinho é o pároco de Santa Maria del Mar. Eu pertenço à sua paróquia, sabe? Foi uma sorte tê-lo por perto. Mas em vez de ouvir a história da minha vida, que não é muito feliz, o senhor se importaria de me mostrar de uma vez por todas as provas de que foi enviado por Madame?

Achei justo. Remexi em meu embornal, procurando sua carta. Por desgraça, não poderia entregá-la com o presente que a carta prometia e teria preferido lhe dar primeiro.

---

* Em espanhol "fideo" é cabelo de anjo, a massa. (*N. do T.*)

— A senhora conhece a Madame? — perguntei enquanto continuava procurando.

— Não, claro que não. Mas de tanto ouvir falar dela é como se a conhecesse desde sempre. Seus pedidos chegam com tanta frequência! E ela demonstra ter tão bom gosto! O senhor sabe que o chocolate que lhe servimos é exclusivo, feito só para seu bom paladar?

— Aqui está — disse, finalmente entregando a carta.

Ela desdobrou-a, admirou a letra bem desenhada e a assinatura. Devolveu-a e me disse:

— Poderia lê-la para mim?

— A senhora não sabe ler?

Abaixou os olhos. Eu deveria ter imaginado. Não passava da esposa de um chocolateiro. A linda e encantadora mulher de outro homem.

— Tentaram me ensinar, mas minha cabeça é dura — explicou.

— Vou lê-la com muito prazer — falei —, mas a senhora tem de prometer que vai transmitir ao seu marido tudo o que eu disser.

— Pode ficar tranquilo.

E comecei a ler:

Prezado Sr. Fernández, a quem minhas irmãs e eu devemos tantas doçuras: coloco em suas mãos esta carta através de meu secretário, o Sr....

— Como é possível? Está escrita em castelhano — admirou-se a Sra. Mariana.

— Madame gosta de cuidar de cada detalhe — Sorri, orgulhoso de poder afirmar tal coisa.

— Ela também fala castelhano?

— Não acredito, embora os conhecimentos de Madame sejam vastíssimos e surpreendentes. Sou mais da opinião de que a mandou traduzir. Leve em conta que em Versalhes há tanta gente que você sempre encontra alguém que se ajuste ao que está procurando.

— Ah, claro, claro...

... através de meu secretário, o Sr. Guillot, que a entregará pessoalmente por ordem expressa de minha parte. Talvez o Sr. Guillot lhe pareça muito jovem, mas não deve se ater às aparências. É um homem honesto e merece toda a minha confiança e a de minha irmã, Madame Victoria.

— O senhor se dá conta das coisas lindas que diz a seu respeito? — perguntou Mariana emocionada, e ensaiei um gesto de modéstia, que significava: "Madame é excessivamente generosa." Não queria que minha anfitriã se distraísse, pois me parecia estar um pouco no mundo da lua. Continuei:

Quero lhe dizer que, no palácio, seu chocolate é o que a ambrosia foi para os antigos deuses. É tão solicitado que cheguei ao extremo de escondê-lo para que ninguém o encontre. Minha irmã e eu vivemos contando o tempo que falta para tomá-lo. Nós o degustamos no café da manhã e no lanche, e nos agrada tanto que até mandamos fabricar umas chocolateiras especiais para dosá-lo em frações de três xícaras, pensando que talvez assim dure um pouco mais. Temos pensado que talvez lhe agradasse possuir uma destas joias de porcelana, surgida da fábrica que o falecido rei, nosso pai, teve o acerto de construir na vila vizinha de Sèvres. Estou enviando uma que pertence ao meu enxoval pessoal e que está marcada com meu nome. Aceite-a como um sinal de admiração e fraternidade.

— O senhor lê muito mal meu idioma. — Riu Mariana dissimuladamente.

— A senhora entendeu o que diz a carta?

— Sim, que quer me dar de presente uma peça de porcelana.

— Não à senhora, ao seu marido.

— Sim, claro. E onde está a peça?
— Foi roubada, mas assim que eu recuperá-la será sua.
— Ah. Foram roubados?
— Sim, Mariana, uma infelicidade. Mas, ouça, que agora vem o mais importante.
— Leia.

Também me atrevo a lhe pedir em troca uma ínfima compensação. O comissário que lhe entregará estas palavras representa uma comissão de cavalheiros enviada pelo próprio rei, meu sobrinho, Luís XVI. Como o senhor sabe, nosso estimado monarca é um homem de ideias avançadas, a quem interessa qualquer indício de modernidade que possa surgir no mundo. É por isso que seu invento mecânico para fabricar chocolate despertou o mais vivo de seus interesses, e ele decidiu enviar o chocolateiro de nosso palácio, Monsieur Labbé, para aprender com o senhor todos os segredos do engenho. Suplico que o receba, com a consideração que merece um homem que adoça a existência do rei da França. E que faça o mesmo com o resto do séquito, a quem logo poderá conhecer. Se digo tudo isso, sabendo que o senhor é um homem honesto e justo, é para suplicar-lhe que receba todos estes meus amigos com o mesmo prazer com que receberia a mim mesma, se pudesse visitá-lo, e que os aju...

— E todas essas pessoas vieram com o senhor? Meu Deus, agora sim estou perdida! — Ela voltou a me interromper.
— Espere para falar, senhora, já estou terminando. Ouça com atenção o que segue — insisti antes de chegar ao fim da página.

... ajude a cumprir seu compromisso oficial. Da mesma maneira, vejo-me na triste obrigação de informá-lo de que temos notícias sobre uma delegação do rei inglês, o abominável George III, que, inteirada de nossos propósitos, decidiu ancorar em Barcelona, imaginamos que com a intenção de enfiar o nariz em seu estabelecimento. Não são gente em quem pessoas nobres possam confiar, senhor, e, como me considero sua amiga, devo

alertá-lo. Peço ao senhor, em nome de meu sobrinho, o rei, que não tenha conversa alguma com esses homens, a menos que deseje que o roubem ou o matem, ou que façam algo ainda pior.

Mariana franziu o cenho.

— Que coisas poderiam me fazer que seriam piores do que me matar? — perguntou Mariana.

— Psiu, agora só falta a despedida.

Como sei que me conceder tudo que peço irá lhe causar alguns incômodos, e como por nada deste mundo gostaria de ser a causa de seus problemas, pedi a meu secretário, Monsieur Guillot...

— Olhe! Fala outra vez do senhor!

— Sim, pois! Ouça!

... Monsieur Guillot, que deixe encomendado um grande pedido, para consolar os tristes e gélidos invernos do palácio durante os próximos anos. Assim que nossos embaixadores tiverem abandonado seu negócio satisfeitos, meu emissário dará os detalhes e pagará um bom preço por seu trabalho e disposição. Posso assegurar que a quantia é generosa e o compensará por todos os contratempos que possamos lhe causar. Terá, além do mais, a satisfação de ter oferecido um serviço de grande utilidade à coroa francesa.

Nada mais, meu senhor, salvo lembrá-lo da minha gratidão pelas tardes estupendas que sua bebida nos proporciona. Se soubesse como combinam bem seu chocolate, os exercícios de violino, a leitura no pequeno gabinete de minha irmã Victoria e as tardes cinzentas sobre o pátio de armas... de todos esses ingredientes são feitos os anoiteceres de Versalhes, nestes apartamentos onde vivemos. Receba um aperto de mão de sua sincera amiga,

Madame Adélaïde de France.

Fez-se um silêncio oportuno.

— É isso? — perguntou Mariana, e quando respondi que sim, de fato, deixou escapar um suspiro e acrescentou: — Então eu me perdi!

— Vejamos. Estou com um séquito de pessoas que desejam ver a máquina — expliquei.

— Entendi tudo, exceto a parte do negócio e da compensação.

Sorri, satisfeito de que fosse diretamente à parte mais interessante — para ela — do assunto.

— É fácil, Mariana. Madame deseja compensar o Sr. Fernández pelo incômodo.

— Compensá-lo muito ou pouco?

— Eu diria que muitíssimo.

— Em dinheiro?

— Em ouro.

— Logo?

— Estarão ricos antes que eu saia da cidade.

Omiti muito espertamente o detalhe de que não tínhamos nem um real, porque todo o nosso dinheiro havia sido roubado. Desejei que Monsieur Beaumarchais tivesse razão quando disse que recuperaríamos tudo o que nos haviam levado.

— E o senhor diria que nossa compensação é maior ou menor do que o negócio que os ingleses me ofereceram?

— Senhora, não me ofenda! Mesmo que a quantia fosse igual, negociar com a grande nação francesa é sempre muito melhor!

Os olhos de Mariana se acenderam de emoção. Eu diria que ela achou nossa oferta mais interessante do que suas palavras se atreveram a dizer. Não me pergunte como eu soube disso. Estava encolhida, como se escondesse alguma informação muito valiosa, ou como se, apesar de tudo o que acabara de ler, ainda desconfiasse de nossas intenções.

— Diga-me — me pediu —, essa comissão que o senhor representa poderia prescindir de ver meu marido e negociar apenas comigo?

— É claro que não, senhora — respondi com firmeza —, posto que seu marido é o objetivo de nossa visita.

— Ah. Eu achava que o objetivo da visita era a máquina — disse ela.

— Claro, claro, a máquina. Mas de pouco serve a máquina quando não aparece quem possa mostrar seu funcionamento. Queremos ver uma demonstração prática...

— Eu posso lhe fazer uma demonstração prática, monsieur. Conheço todos os segredos desse treco. Ajudei a pensá-lo, a desenhá-lo, a montá-lo. Faz meses que o utilizo sem a ajuda de ninguém.

— Não sei o que lhe dizer... Isso é estranho. Não tínhamos pensado dessa maneira — Hesitei antes de perguntar: — E por que a senhora tem de fazer isso? Está tão segura de que o Sr. Fernández não voltará? Não lhe parece que é uma imensa teimosia?

Depois de um silêncio eloquente vieram umas palavras tristes.

— Infelizmente, senhor, as pessoas não voltam do lugar para onde meu marido foi.

E, como ficou evidente que não a havia compreendido inteiramente, ela acrescentou, baixando a voz e se aproximando um pouco:

— Morreu, senhor. A maior teimosia de todas.

— Morreu? — A surpresa me forçou a levantar a voz além da conta, e ela me olhou com espanto.

— Psiu! Mais baixo! Ninguém do grêmio está sabendo.

— Há quanto tempo?

— Quase seis meses.

— Seis meses! E como é possível que ninguém saiba?

— Mantive em segredo.

— Por quê?

Naquele instante ouvimos novas batidas na porta, com um estilo e uma maneira que nos recordaram imediatamente os diplomatas ingleses. Uma voz desafinada e penetrante eliminou nossas dúvidas:

— Ei, você, mulher! Abra agora mesmo ou eu vou derrubar a porta!

Ela empalideceu. Tive a impressão de que começava a tremer.

— É Mimó! — disse.

Dei de ombros, como se quisesse lhe perguntar quem era aquele Mimó que demonstrava tão pouca civilidade. Ela explicou:

— Um miserável empenhado em me possuir seja lá como for. O senhor precisa se esconder, depressa!

Na porta, os gritos e os golpes continuavam tão fortes que nos faziam temer que tudo viesse abaixo: potes, estantes, paredes e também nossos corações.

— Mariana! Estou lhe dizendo que é para abrir! — gritava a voz desafinada.

Mariana apontou a parte baixa do balcão, onde havia um buraco do tamanho de um homem. Enfiei-me ali com muito esforço, retorcendo o quanto pude meus pobres membros, e consegui entrar a tempo de evitar que o selvagem cumprisse suas ameaças.

— Mariana! Ou abre agora mesmo ou...

— O que está acontecendo com você, Mimó? — Meu anjo abriu a porta.

Entrava da rua um frio intenso e úmido que dava vontade de gritar. Conversaram em catalão, mas entendi o que falavam sem dificuldade, como se meu ouvido fosse se adaptando àquela língua que em algumas palavras lembra a nossa. Das palavras que se seguiram, a senhora tem aqui uma transcrição feita de memória, mas com grande exatidão.

— Posso entrar?

— Não. O que você quer?

— Vim falar com seu marido.
— Ele não está em casa.
— E quando ele vai voltar?
— Eu aviso.

Aquela voz, senhora... Pode lhe parecer estranho, mas eu a reconheci na hora. Não deve haver muitas no mundo tão desagradáveis quanto aquela. Agucei o ouvido para ter certeza.

— Você sabe quantos dias faz que seu marido está fora de casa, Mariana?

— Não pretendo responder.

— Eu contei cinco meses, pelo menos. Foi abandonada? Precisa de um novo homem?

Claro! Não tinha a mínima dúvida! Era a voz do comandante Nariz de Batata. Ou, melhor, do mentiroso que havia nos visitado um dia antes na hospedaria, fazendo-se passar por outro.

— Se eu precisasse de outro homem, não seria de você, Mimó — respondeu ela, valente.

O tal do Mimó não se sentiu melhor depois de ouvir isso. Sua voz soava ainda mais desafinada quando disse:

— Eu, se fosse você, cacarejaria menos. Sabe muito bem que podemos fechar seu negócio.

— Você e mais quantos?

— Eu e os outros mestres. Do grêmio dos chocolateiros e dos outros, porque nisto estamos de acordo.

— Os boticários também?

— E os moleiros.

— Caramba, Mimó, vejo que tem trabalhado muito ultimamente.

— E como trabalharia se você me permitisse, Mariana! — Agora a voz se suavizou e se tornou rasteira como uma babosa.

Eu tinha vontade de sair de trás do balcão e dizer poucas e boas àquele homem.

— Vá embora e me deixe em paz. Já falamos disso muitas vezes.

— E por que você insiste? Não se dá conta de que seu marido a abandonou? Não sabe quanto posso lhe oferecer?

— Você? Não me faça rir!

— Claro que sim! Tenho dinheiro! E terei muito mais com a sua ajuda! Seremos os comerciantes mais ricos da cidade! Compraremos uma carruagem! Com seu talento para os negócios, sua máquina e seu sorriso atrás do balcão, não haverá ninguém capaz de concorrer com a gente...

Mariana suspirou de cansaço e tédio.

— Saia daqui, Mimó. Sempre a mesma ladainha.

Consegui puxar uma perna, com esforço, e ficar de joelhos atrás do balcão. Meu coração galopava, sabendo que estava arriscando o pescoço naquela manobra, mas precisava me garantir. Levantei-me, bem devagar, como um títere atrás de um palquinho, até que consegui vislumbrar quem era o homem que falava com tanto descaramento com meu anjo morto de frio. Acredite ou não, senhora, o instinto não me traía. Apesar da escuridão, vi com muita clareza: era ele! Seu nariz de batata foi a confirmação mais concreta, apesar de que agora ele tinha deixado em casa o disfarce de enganar estrangeiros e se vestia como comerciante. Tinha braços muito fortes, como é normal entre os chocolateiros, e uma cara de gente ruim que assustava. Olhava para Mariana como se ela fosse uma porção de creme e se aproximava com insolência, muito mais do que um homem decente teria se atrevido a tentar. Perdoe-me a rudeza de minhas expressões, senhora, mas ouso lhe dizer que estava tão fora de mim que até pensei em espancar o intruso — por tudo, por ela, pelo dinheiro, pela chocolateira de Sèvres —, e se não fiz isso foi para não sujar a reputação de Mariana (e talvez também porque ele teria me transformado em migalhas). Muito a contragosto, voltei ao meu esconderijo e me retorci como um verme na toca, enquanto procurava um sentido para tudo aquilo.

A conversa continuava na rua, tão viva quanto o frio penetrante. Agora o Nariz de Batata falava com despeito:

— Vejo que os clientes também a abandonaram.

— Sim, graças aos seus amigos. Acha que não sei o que andam dizendo a meu respeito?

— E não é verdade?

— Você é um miserável, Mimó. E um invejoso.

O Nariz de Batata estufou o peito e impostou a voz, como um cantor. Aproximou-se de Mariana, mas ela não recuou. Que mulher mais valente! Quanto mais ela encarava aquele personagem desprezível, mais crescia meu amor por ela.

— Não me provoque, mulher, ou não respondo por mim.

— Se não gosta de ouvir a verdade, não venha à minha casa.

— Venho porque sei que, mais cedo ou mais tarde, esta também será a minha casa. Só preciso esperar.

— É o que você pensa.

— As mulheres gritam muito no começo, mas depois se acovardam e procuram quem as defenda.

— Já terminou? Quero fechar a porta.

— Não pode. Ainda não lhe disse por que vim. Fui enviado pelo grêmio.

— Qual?

— O nosso.

— E qual é a mensagem?

— Nós, os mestres chocolateiros, queremos que seu marido pague o que nos deve.

— Não estamos devendo nada.

— Três meses de contribuição, mais os juros. É muito dinheiro. Queremos que seu marido compareça à próxima reunião, que será quarta-feira que vem, e nos traga o dinheiro e nos dê uma explicação convincente.

— Deixem meu marido em paz. É comigo que têm de falar. Eu levarei o dinheiro e as explicações para que nos deixem em paz.

— Você não nos serve. Isto é coisa de homem. É o que diz a lei.

— Quando a lei não serve, é preciso mudá-la.

— Mas por que insiste nisso? O que ganha com isso? Venha comigo, Mariana. Faremos uma frente comum, você, eu e a máquina. Todos os seus problemas acabarão. Teremos um negócio próspero.

— Eu já tinha um negócio próspero antes de vocês começarem a guerra. E ainda o tenho, apesar de vocês.

— Só até confiscarmos a máquina.

— Você é um sem-vergonha, Mimó! — disparou Mariana empurrando a porta.

O miserável do Mimó colocou um pé entre a porta e o batente. Pela fresta da porta entreaberta, entrava um vendaval gelado. E não estou falando da neve que continuava caindo do céu, mas do frio que suas palavras continham.

— Não quer mesmo entender? Você é mulher! As mulheres não podem ser mestras em nenhum ofício. Você sozinha não pode usar a máquina. Precisa de um homem.

— Como você sabe do que eu preciso? Vá embora, Mimó. Não há mais nada para ser dito.

— Você insiste em ser uma infeliz, quando poderia ter tudo.

— Vá, agora.

— Pois vou me encarregar de que seja infeliz de verdade.

— Deixe-me fechar a porta.

— Não se esqueça do que estou lhe dizendo. Minha paciência acabou. Você não me ouve, idiota?

— Claro que ouço, desgraçado. — Agora foi Mariana quem estufou o peito e tirou voz e vontade não sei de onde, e se defendeu sozinha, e não sei por que achei que não era a primeira vez que fazia aquilo. — Já o ouvi muito. Vou me arrepender? E o que você vai fazer comigo desta vez? Espalhar mais mentiras baixas, como as que andou inventando ultimamente? De quem foi essa ideia tão absurda de que eu estou adulterando o chocolate com sangue menstrual? Isso só pode ser ideia de um homem sujo e vil como você. Um miserável, um invejoso. O único aqui que contamina seu produto é você, Mimó, com o fel de seus pensamentos. É a única coisa que lhe resta: seu fel, seu veneno, sua solidão. Você sempre quis tudo o que meu marido tinha. A máquina, eu, sua visão dos negócios. Acha que não reparava que, até quando ele estava ao meu lado, você ficava me olhando? A maneira que você olhava para mim me dava nojo. E continua dando. Aceite de uma vez por todas. Nunca terá o que era dele. Nunca, por mais séculos que espere, por mais que venha gritar na minha casa. Entendeu? Vou repetir: nunca. Nunca, jamais. Antes morrer a ser sua.

Mimó deu um passo para trás, assustado diante da força daquelas verdades tão difíceis de aceitar. Conseguiu apenas balbuciar:

— Isso é o que nós veremos.

A porta se fechou diante do nariz perplexo e enorme do chocolateiro — pam! — e a pobre Mariana se encolheu de repente; nem parecia a mesma de um momento antes. Caiu no chão como um saco vazio e começou a chorar com o rosto escondido nas mãos. Eu queria falar com ela, perguntar sobre o que eu tinha ouvido, consolá-la com palavras afetuosas, mas ela não conseguia falar nem parava de chorar, e me fez um gesto ambíguo para dizer que nos veríamos outro dia, pedindo para que eu fosse embora.

Confesso, senhora, que fiquei atordoado, sem recursos para dizer nem fazer nada que aliviasse aquela dor que meus olhos viam, pensando que, quando as mulheres têm pena de si mesmas, nós, os homens, só conseguimos atrapalhar e fazer cara de inúteis.

Saí da chocolataria, pensando no tal do Mimó e em uma maneira de encontrá-lo. Percorri algumas ruas à sua procura, mas a escuridão era quase total, e naqueles bairros não brilhavam candeias nem lampiões. Até que, finalmente, parei para ouvir como rangiam os passos sobre a neve. Com aquele tempo tão inoportuno, havia pouca gente fora de casa. Só tive de seguir meu instinto e meu ouvido, como se fosse um animal selvagem.

De repente, ao dobrar uma esquina, vi uma claridade que caminhava e reconheci aquele filho da mãe do Mimó entrando num portal, com uma tocha na mão. Tomei nota do lugar onde estávamos para voltar mais tarde, talvez acompanhado. A rua se chamava Caputxes.

Voltando à hospedaria, sob aquela escuridão, tremendo de frio caminhando na neve, uma voz interna não parava de me advertir: "Hoje tudo está escorregadio, mas amanhã será pior."

Seis

M adame:

Em meu afã por terminar a crônica de ontem no momento mais oportuno, com a intenção de lhe proporcionar uma leitura mais agradável, deixei para hoje um detalhe de extrema importância. Ao chegar à hospedaria, depois daquela noite de sustos e neve, Beaumarchais não estava me esperando. Achei estranho. Perguntei por ele a Zanotti, que no ato me informou:

— Quando saiu por aquela porta só me disse que ia ao teatro, mas é mentira, *signore*.

— Como sabe disso?

— Porque a Casa de Comédias está fechada, *signore*. Faz dois anos que nós, os barceloneses, não podemos ver nenhum espetáculo, nem cantado nem declamado. Dizem que há uma crise, e que a ópera custa muito dinheiro. Não é de chorar que estejamos nesta situação?

Porém o mais estranho foi que Beaumarchais não apareceu durante a noite toda e, por isso, tive de dormir sozinho, depois de escrever durante um bom tempo sob a claridade das luzes da rua. Pela manhã, na hora do café, ele continuava desaparecido, e sua ausência deixava nossa delegação sem líder, e a todos nós perdidos.

— Não podemos ir até a casa do Sr. Fernández sem que ele esteja lá, seria uma grave descortesia — opinava Delon, sempre tão moderado.

— Pois eu não pretendo esperar eternamente por ele! — acrescentava Maleshèrbes, enquanto engolia três fatias de pão com queijo.

— Acham que deveríamos avisar o comandante? Talvez tenha sido sequestrado — assustava-se Labbé.

E Delon:

— Cale a boca, homem de Deus. Se o tivessem sequestrado, já saberíamos.

E Labbé:

— Ah, é? E como?

E eu:

— Senhores, não vamos nos precipitar. Faz apenas algumas horas que demos por sua falta. Vamos dar a ele a oportunidade de voltar por seus próprios pés, sem incomodar de novo o comandante.

— Sim, muito melhor, esse comandante é um zero à esquerda! — dizia Maleshèrbes com a boca cheia. — Ora, pois. E o dinheiro que nos roubaram? Você acha que ele está fazendo alguma coisa para recuperá-lo?

Depois de um instante de triste reflexão, Delon tomou a palavra:

— Decida você, Guillot, quais são os seus planos para hoje, e assim saberemos em quê nos concentrar.

— Eu? — questionei.

— Claro. Na ausência de Beaumarchais, o intendente terá de ser o senhor.

Pobre de mim! Careço completamente de talento para decidir. Nem quando se trata de mim mesmo, senhora. Quando preciso tomar uma decisão, começo a tremer. E depois que faço, fico ainda pior, pois sempre penso que deveria ter escolhido aquilo que rejeitei. É uma morte em vida, eu lhe asseguro.

Diante de tal situação, que mesmo não sendo desesperadora era bastante grave, decidi conceder um dia de folga a toda a comitiva.

— E o que você quer que a gente faça, com tanto tempo livre e sem um centavo? — perguntou Labbé, acho que com muita razão.

— Eu vou voltar para a cama — decidiu Maleshèrbes, que de tanto comer estava com uma cara de porco satisfeito. — Me avisem quando o almoço estiver pronto.

— Esse homem vive só para mastigar? — irritava-se Delon.

— Gostaria de dar um passeio pela estrada da muralha, senhor? — propôs Labbé a seu colega de Bayonne.

De modo que os deixei meio encaminhados, um na cama e dois a fresco, e dispus como quis de meu tempo livre. Acho que tirei bastante proveito, como lhe contarei a seguir.

Comecei visitando meu anjo chocolateiro. Dava gosto caminhar pela cidade naquela manhã. A prefeitura havia tirado os réus dos cárceres e ordenou que varressem as ruas. Em cada esquina havia montículos de neve limpa, esperando para ser retirada. Brilhava um sol alegre, mas frio, e tudo tinha cheiro de novo.

Na loja da rua Tres Voltes encontrei Mariana atrás do balcão, ainda mais bela que no dia anterior, sorrindo para uma cliente que tinha acabado de comprar uma libra de chocolate.

— Não há nenhum como o desta casa — dizia a mulher com a mercadoria nas mãos —, meu marido e eu não queremos outro.

Mariana assentia, satisfeita.

E a cliente, ao sair da loja, continuou:

— Agradeça seu marido por mim.

— Sim, de sua parte — respondeu ela com o olhar turvo.

Quando seus olhos encontraram os meus, Mariana alargou o sorriso, como se estivesse feliz em me ver.

— Está melhor? — perguntei.

— Muito melhor, obrigada.

— Fico contente em saber disso.

Entrou outra cliente. Parecia uma empregada de uma boa família. Mariana se esqueceu de mim por um momento e foi atendê-la.

— Meus senhores desejam saber se o chocolateiro poderia vir esta tarde à casa deles para preparar o chocolate.

— Meu marido está viajando — mentiu Mariana com aquele sorriso permanente que transformava as mentiras em verdades —, mas eu posso ir.

— Você? Você fará o chocolate?

— Claro. Tão bom como o do meu marido.

— E você se ajoelha no chão, como um homem?

— Claro. Será que não tenho joelhos?

— Joelhos você tem, sem dúvida. Mas força? Não sei.

— A senhora ficaria surpresa.

A empregada negava com a cabeça, sem se convencer com a novidade.

— Acho que não é uma boa ideia. Meus senhores não vão gostar de vê-la no chão. — Um olhar com os olhos entrefechados, pensativos. — E os homens da prefeitura permitem que ande pelas casas de gente honrada fazendo um trabalho de homem?

Mariana suspirou, resignada. Não lhe agradava ter de mentir. Começava a achar que sua luta era em vão. A empregada continuou:

— É melhor eu procurar um chocolateiro varão. A senhora não saberia onde eu poderia encontrar um?

Mariana se permitiu um sorriso de picardia ao responder:

— Não, senhora, sinto muito, não conheço nenhum varão o bastante.

A cliente a olhou com cara de quem tem toda razão num assunto muito simples e saiu do estabelecimento se fazendo de indignada.

— Está falando sério que a senhora usa o *metate*?* — Eu quis saber.

— Claro. Não há nada mais simples.

---

* Pedra sobre a qual são moídos, manualmente, com um cilindro de pedra, o milho e outros grãos. Na Espanha, era usada para fazer o chamado "chocolate no braço". (*N. do T.*)

— Eu achava que era preciso ter muita força nos braços para isso.

— Eu tenho muita força. Sobretudo quando fico irritada.

— Talvez eu possa ajudá-la. Poderia me ensinar como se faz?

— Chocolate? Não me faça rir! Já viu seus braços? — perguntou, soltando uma gargalhada. — Mas você é franzino! Não poderia nem com a pedra de moer. E sujaria a roupa. Não, vê-se a léguas de distância que você nasceu para lidar com livros e papéis. E para pensar! Deixe o chocolate para outros.

— A verdade é que eu faria qualquer coisa para vê-la feliz. — Ouvi outro suspiro de resignação de sua parte. — E para poder estar ao seu lado sujaria até minha alma, sabia? Sou seu mais fervoroso admirador, Mariana.

— Ultimamente me aparecem admiradores de toda parte, de todas as compleições! — declarou ela, acho que zombando um pouco de mim, embora logo depois tenha acrescentado num tom mais sério: — Mas eu lhe agradeço de coração por querer me ajudar.

— Ontem tive vontade de quebrar o nariz do tal do Mimó!

— Não ia adiantar de nada. Para minha desgraça, ele tem razão. Faça o que eu fizer, terei de fechar as portas. E eles roubarão minha máquina, como tanto querem.

— Como, está se entregando? A senhora?

Encolheu os ombros.

— Cansei de lutar contra gigantes.

— E como vai viver?

— Não vai me restar outra saída a não ser voltar ao lugar de onde saí, a Casa de Misericórdia. Ainda tenho ali pessoas que gostam e se lembram de mim. Conversei com o padre Fidelinho e ele prometeu me ajudar.

— A Casa de Misericórdia?

— Saí de lá para me casar, também graças àquele homem santo. Um dia vou lhe contar com calma, é difícil acreditar na minha história. Tive muita sorte em conseguir me casar e amei meu marido com toda a minha alma. Mas de repente minha sorte acabou, como se tivesse chegado ao fundo do poço. — Ficou em silêncio apenas o tempo necessário para recuperar novamente aquele sorriso que sempre a iluminava, e acrescentou: — Mas pelo menos não serei de Mimó. Isso já me consola.

E voltou a rir. Deixei-a, porque havia outra cliente esperando e eu não queria atrapalhar. Disse que voltaria em outro momento, talvez em companhia da comissão que eu continuava representando, e fui à pracinha, onde me fixei num homem que, acotovelado na esquina da frente, não tirava o olho da loja nem por um instante. Teria lhe perguntado, com prazer, o que estava fazendo ali, quem o tinha enviado, e por que, com que intenções, mas preferi não chamar atenção, por enquanto, e continuar com meus assuntos.

Afinal, como tinha o dia livre e um dia tem uma porção de minutos para se aproveitar, resolvi investigar um pouco a história de Mariana e fazer uma visita àquele santo homem do qual meu anjo falava tanto e tão bem. Pus-me a caminho de Santa Maria del Mar, aquela enorme nave de pedra amarrada à vida de todo um bairro, que já começava a ser o meu. Talvez a senhora ache que me falta juízo, madame, mas naquele momento tive a certeza de que, por mais que o tempo passe, por mais voltas que o mundo dê, este lugar será sempre meu, mais do que qualquer outro. Sempre haverá uma parte de mim aferrada a estas ruas estreitas e a estas praças pequenas, sempre uma parte de minha alma percorrerá com melancolia este burburinho de sotaques distintos e vozes apressadas que se ouvem a qualquer hora, uma parte que sempre levará dentro do coração os nomes simples desse labirinto, que evocam ofícios de gente simples de outros tempos: Vidraçaria, Cestaria, Espaseria,* Queijaria... São estranhos os desígnios do coração, mas é ele e só ele quem decide a que lugar pertence.

---

* Em catalão, lugar onde se fabricam espadas. (*N. do T.*)

Meu coração declarou há pouco que é barcelonês, e do bairro da Ribera, e eu só consigo compreender que não posso negar isso.

Durante o caminho, também tive tempo de pensar nessa confusão em que me vi mergulhado sem querer, e em como poderia resolvê-la. Não costuma lhe acontecer que, quando move os pés, os pensamentos também se movem, lá em cima? Eu penso muito melhor com os pés em movimento, madame, e já faz muito tempo que descobri isso. Assim, quando preciso resolver algum problema ou meditar sobre alguma coisa importante, saio para dar um passeio pelos jardins de Versalhes. Meu Deus, não há pesar que não encontre solução em toda aquela vastidão. Até ousaria dizer que a metade já seria suficiente. Que imensidão! Os jardins parecem feitos para que indecisos como eu tenham tempo de clarear as ideias.

Mas retornemos aos pensamentos que tive enquanto caminhava por Barcelona: ocorreu-me que com a senhora talvez aconteça como acontece comigo, e precise de uma explicação para entender melhor tudo o que contei. Então, no tempo de que preciso para ir de Tres Voltes à porta da sala do pároco, vou lhe dizer que o Grêmio de Chocolateiros de Barcelona é ainda uma criatura recém-nascida. Depois de 48 anos de disputas e litígios, a antiga confraria de fabricantes de chocolate, sob a proteção de Santo Antonio de Pádua, conseguiu, há sete anos, que o Tribunal a reconhecesse como grêmio autônomo. A senhora deve saber que aqui, até aquele momento, só os boticários tinham permissão para vender chocolate e que o Colégio de Boticários e Açucareiros da cidade fez o possível — dentro e fora da lei — para manter o privilégio. E, como se não bastasse, os moendeiros de chocolate também começaram a reclamar seu direito de vender o produto da moenda, e isso também lhes foi negado por culpa dos boticários, que durante anos tiveram muita influência sobre as sentenças judiciais.

Desde a criação do novo grêmio, os chocolateiros têm suas próprias regras, reunidas num estatuto: só os mestres chocolateiros podem se agremiar; quem não for agremiado não pode vender chocolate, nem no varejo nem no atacado; para ser chocolateiro, é necessário ter aprendido o ofício, primeiro como aprendiz durante seis anos — ao longo dos quais deve pagar religiosamente as cotas do grêmio e está proibido de trocar de mestre mais de uma vez —; também é necessário passar por um exame. Os exames têm fama de serem muito difíceis e contam com uma parte teórica e outra prática. A prática costuma consistir em moer o chocolate diante do tribunal com um *metate*. Cada aspirante deve se encarregar, também, de acender o fogo, e sua capacidade de fazer isso é muito valorizada. Os aspirantes também devem analisar diversos grãos de cacau, separando-os de acordo com sua espécie, origem e qualidade. Depois de superar essas provas, só falta pagar as cotas para poder se considerar um chocolateiro. Quando se deixa de pagar quatro cotas, perde-se a condição de agremiado, mas não a de mestre. As mulheres não podem prestar exame e, portanto, nunca poderão ser mestres chocolateiras, nem agremiadas. Como diz aqui a voz popular, chocolate é coisa de homem.

E em meio a tantas explicações, que desejo que tenham ajudado a esclarecer alguma dúvida, já chegamos à porta do senhor pároco de Santa Maria, de nome autêntico padre Fidelinho. Espero que não a aborreça saber agora das coisas interessantes que ele me contou a respeito de nossa querida Mariana, e contarei no capítulo seguinte, porque minha pobre mão começa a precisar de descanso (e meu estômago grunhe só de lembrar os figos secos).

Só mais uma observação.

É provável que a senhora esteja pensando que tanto interesse pelos problemas dessa mulher não se justificam só pela diligência com que costumo atender aos negócios que me encomenda. Talvez acredite, pois sou perspicaz para estas questões, que, se movo tanto as pernas pelas ruas gélidas de Barcelona e se faço perguntas a desconhecidos e me incomodo tanto, é porque outro afã me inspira.

Pois sim, Madame, acertou. Quero confessá-lo antes de ser descoberto. É verdade que há um bom tempo a senhora reconheceu este desejo. Talvez se decepcione ao saber disso, talvez Monsieur de Beaumarchais me castigue ao se inteirar dele. Aceitarei qualquer castigo com agrado e ainda oferecerei a outra face, pois a causa é insolúvel, e além disso vale a pena.

Reconheço: Mariana ocupa todos os meus pensamentos, dia e noite (com perdão de Sua Majestade e também da senhora mesma).

Estou apaixonado por ela como um demente, senhora.

(Talvez possa me reprovar por descuidar de minhas responsabilidades. Mas nunca, nunca poderá dizer que não sei como terminar um capítulo.)

Sete

Peço-lhe humildes desculpas pelo rumo inesperado que esta crônica tomou, e eis que agora me disponho a lhe servir mais um capítulo, correspondente à conversa que mantive na sala paroquial de Santa Maria com o santo homem padre Fidelinho. Depois das apresentações (breves) e das cortesias (necessárias), comecei a falar diretamente de Mariana. Disse a ele sem rodeios que tanta beleza tem me cativado, porém bem mais ainda sua coragem, da qual fui testemunha enquanto estava espremido debaixo do balcão. O religioso me ouviu como se durante todo o dia não tivesse outra coisa a fazer, com um meio sorriso desenhado nos lábios e as mãos em cima da mesa. Vendo-o ali, vinha-me à cabeça uma daquelas imagens de ermitãos tocados pelo dedo de Deus que ilustram as hagiografias.

Atrevi-me a lhe expor meus interesses. Disse que se vivesse nesta cidade, ou pensasse em me estabelecer nela, sem dúvida proporia matrimônio a uma mulher como Mariana, com quem me agradaria formar uma família a mais numerosa possível. Mas como, infelizmente, são muito altas as obrigações que me ligam à minha nação, ao palácio de Versalhes e a servir minha senhora, vejo-me obrigado a levar em conta outras soluções, na esperança de que também sejam satisfatórias. Por nada neste mundo gostaria que Mariana voltasse a viver numa casa de beneficência e menos ainda que caísse nas garras daquele animal do Mimó e de outros como ele, que só procuram enriquecer e olhar para as... as... Bem, talvez não seja necessário lhe dizer o que eles estão olhando, porque eu acho que a senhora entende perfeitamente.

O padre Fidelinho aprovou com um movimento de cabeça tudo o que tinha acabado de ouvir.

— O senhor faz muito bem em se preocupar com ela, monsieur. Eu já sou um homem velho e logo chegará a hora de prestar contas a Deus Nosso Senhor. Quando me pergunta por Mariana, gostaria de poder dizer que está em boas mãos.

— Para isso estou aqui, padre. Embora necessite da sua colaboração e de seu conselho para levar a cabo certos planos que alimento. Mariana ouve o senhor e o admira. Diz que o senhor a conhece desde sempre. Portanto, não há ninguém melhor que o senhor para me contar algumas coisas que preciso saber antes de dar o primeiro passo. Se não achar inconveniente, é claro...

— O senhor quer saber, se não me engano, se a garota é honesta, e se pode confiar nela.

— O senhor adivinhou.

— Quer dizer que veio até aqui atrás de uma história. — Tamborilava na mesa com as ponta dos dedos, lentamente, como se encontrasse prazer nisso. — A história de Mariana, a chocolateira, é isso?

Não havia nenhum desgosto em sua voz. Na verdade, parecia até satisfeito.

— Se for possível...

— Com todo o prazer. Acomode-se na cadeira, que a coisa bem que merece. Contarei tudo o que quiser ouvir. Vamos começar pelo dia em que Mariana ficou órfã de pai e mãe. Ainda nem andava. Alguém a levou à Casa de Misericórdia, onde recolhem as crianças desamparadas. Ali cresceu, saudável e tão bem alimentada quanto podiam se permitir as freirinhas terciárias. Eu a conheci, assim como às outras criaturas da casa, em meu papel de confessor. A pequena Mariana chamava atenção por sua bondade e candura, e também porque tinha rosto fino e traços vistosos. Mesmo muito pequena, já era uma beleza. Além do mais, todo mundo gostava dela e elogiava suas imensas virtudes. As freiras a consideravam uma menina esperta, e dona do coração mais generoso que já haviam conhecido.

"Talvez o senhor, que é estrangeiro, ignore as coisas que os reis da Espanha fazem por estas terras quando lhes sobram quatro reais e estão de bom humor. O bom Carlos III, muito feliz porque seu neto (infeliz, não completou nem 3 anos) tinha acabado de nascer, quis organizar um concurso em nossa cidade destinado às donzelas pobres em idade de se casar. Prometeu 6 mil reais de dote para três garotas entre 15 e 35 anos, pobres, órfãs e honestas. As petições deviam ser feitas por escrito e avaliadas por um ministro do Senhor.

"Assim que fiquei sabendo da convocatória, que prometia escolher três felizardas entre todas as aspirantes, pensei em Mariana. Não havia outra igual a ela em toda a cidade, e, infelizmente, se ninguém reparasse nela, nunca sairia das quatro paredes onde morava. Já se viu alguma vez destino tão injusto para uma criatura tão perfeita? Louvados sejam Carlos III e todas as suas ideias, que este homem não parece filho de seu pai; a não ser na mania de querer que todo mundo fale castelhano, como se não continuássemos falando o que tivermos vontade, diga ele o que disser! Enfim, tudo aquilo foi uma bênção do céu para Mariana. Corri para reunir toda a documentação necessária: atestado de óbito de pai e mãe, certificado de boa saúde, um outro conforme determinam os preceitos da Igreja, mais um certificado de pobreza aviltante (que coisas mais estranhas!), e fui redigindo uma carta na qual dizia que a garota era donzela, devidamente honesta e sem acidentes no rosto que lhe tirassem a bondade. Assinei eu mesmo, "porque ela não sabia escrever", e apresentei tudo junto.

"Mariana arregalou os olhos quando lhe contei o que havia feito, garantindo-lhe que não havia ninguém melhor do que ela para merecer a generosidade de nosso rei. Tinha apenas 16 anos, mas era esperta. Já estava resignada a vestir o hábito terciário, a única saída digna pela qual podia optar para não morrer na miséria. E aí de repente, depois de me ouvir falar da papelada, me perguntou: "E com quem vou me casar, pobre de mim, se só conheço órfãos, velhas e freiras?"

"Então me dei conta de que não bastava lhe arranjar um dote. Era preciso também encontrar um homem bom o bastante para merecê-la, e isso levaria mais algum tempo. Comecei a procurar imediatamente. Tenho fama de tranquilo e bonachão, meu senhor, mas posso lhe afirmar que estou sempre atento e nada me escapa. Comecei a observar com muita atenção todos os homens solteiros da cidade. No entanto, nenhum me parecia suficientemente bom para a minha Mariana. Alguns eram desbocados, outros muito insípidos ou muito espertos, muito peludos ou muito brincalhões, e cheguei até a descartar um só por ser oriundo de Morón de la Frontera. Já estava começando a achar que não conseguiria ninguém quando conheci Fernández, o chocolateiro. Que homem mais formidável! E sagaz! Era um bom cristão, não tinha nada de bobo, nem medo de trabalhar. Nós nos conhecemos por acaso, numa tarde em que entrei em seu estabelecimento e cedi a um capricho da gula ao deixar que ele me convidasse para uma pequena xícara de um chocolate muito temperado e muito doce. Pelo visto, aqueles índios incivilizados do outro lado do mundo o chamam de *manjar dos deuses*. Não acho estranho que seja tão difícil convertê-los à fé verdadeira, caramba! O cristianismo fez bem em conquistar uma beberagem como essa e dá-la a suas legiões. Fernández, como eu lhe dizia, serviu-me uma xícara e me acompanhou com outra igual, fechou por um momento as portas da loja e me abriu sua alma, pois precisava confessar suas mais íntimas inquietações. O senhor sabe que nós, sacerdotes, somos autoridades nessa coisa de escutar.

"Fiquei sabendo assim que aquele homem sofria. Sofria muito e trabalhava ainda mais, porque cada vez mais clientes batiam em sua porta e ele não dava conta de servir todo mundo. Além disso, ia preparar chocolate nas melhores casas, como sempre se fez. Poderia ter admitido um aprendiz, mas não confiava muito nos pró-gremistas, nem nos boticários e menos ainda nos moleiros. Preferia não ter de compartilhar seus segredos com desconhecidos e reservá-los para o dia em que pudesse dividi-los com alguém de sua confiança. Percebi que sua voz fraquejava de desespero ao pronunciar essas palavras, e lhe perguntei em que estava pensando.

"O chocolateiro Fernández sonhava com uma companheira. Estava solteiro havia 33 anos e não tinha parentes na cidade. Desde que chegou, caminhando de Mataró e carregando sozinho a pedra de moer, não tinha feito outra coisa a não ser trabalhar de sol a sol. Às vezes, quando levantava a vista dos grãos de cacau recém-tostados, ainda sonhava em encontrar uma mulher que resolvesse todas as angústias da solidão, que eram muitas (algumas o assediavam de dia, outras à noite). Não tinha o hábito de flertar, nem dispunha de tempo para nada que não fosse fazer chocolate e mais chocolate, e agora que tinha chegado aos 33 anos, a idade em que os deuses morrem e os antigos se sentem na metade do caminho, ficava desesperado só de pensar que aquele chocolate que adoçava a vida dos outros estava recheando a dele com uma amargura irreparável.

"Enquanto me contava todas essas penúrias, eu o olhava como agora mesmo estou olhando para o senhor, e por dentro explodia de felicidade. Deixei-o terminar, porque essas coisas surtem mais efeito se são ditas quando o outro desabafou, e então falei: 'Talvez ache estranho, mas vou lhe dizer que tudo isso que está acontecendo com o senhor me deixa muito alegre.'

"Achou estranho, como eu suspeitava. Perguntou o motivo da minha alegria, se só havia me contado tristezas. 'É que tenho uma solução para seus tormentos, Sr. Fernández. Deixe-me agir e saberá do que estou falando.'

"Não gostaria que o senhor achasse que manipulei o resultado do concurso. Limitei-me a conversar com duas ou três pessoas influentes, que costumam me ouvir com muita atenção (sobretudo quando lhes imponho a penitência). Não exagerei em absoluto e, quando lhes contei das verdadeiras prendas de minha candidata, todos me deram razão. Depois fiquei sabendo que se apresentaram nem mais nem menos do que 1.880 donzelas, 309 das quais foram descartadas por não se ajustarem às bases do edital de convocação. Ficaram 1.571. O fato de terem escolhido minha Mariana foi um ato de justiça quase divina, posso lhe garantir. E sua união com Fernández, o chocolateiro, foi a melhor ideia que tive em toda a minha vida.

"Montei uma equipe fantástica. Ela encontrou proteção, e ele, alegria. Com a ajuda de Mariana, aquele pobre homem conseguiu por fim pensar em outras coisas. Um dia os dois vieram me visitar (e faziam isso com frequência) para me dizer que havia lhes ocorrido fabricar uma máquina de fazer chocolate. À noite, quando fechavam seu negócio, conversavam sobre manivelas e mecanismos e faziam muitos planos para o futuro, segundo me disseram. 'Quando fecham a loja, vocês deveriam pensar em trazer filhos para o mundo', eu os censurava, e me sentia como se tivessem de me transformar em avô. Mas nada, eles só pensavam em construir tudo o que passava pelas suas cabeças. E construíram! Não havia nada que aquele casal não conseguisse fazer junto, o senhor me entende? Eram como uma tempestade de verão: quando eles começavam, nada conseguia pará-los, e levavam tudo adiante."

Os olhos do padre Fidelinho se enchiam de lágrimas quando ele se lembrava de Mariana ao lado do chocolateiro.

— De maneira que esta máquina que o senhor conheceu é como se fosse o filho ou a filha que nunca tiveram, porque estavam muito distraídos com outras coisas. Esses dois formavam um bom time e mereciam outro destino. Nosso Senhor às vezes escreve com uma péssima letra, veja o senhor.

Deixei passar aquele momento de emoção e lágrimas e perguntei se tinha absoluta certeza de que Fernández havia morrido.

— É claro que morreu! — vociferou imediatamente. — Eu mesmo o enterrei aqui ao lado, numa horta de couve-flor que pertence à paróquia.

— O senhor o enterrou?

— Mariana me pediu que a ajudasse a dar uma sepultura cristã ao infeliz e guardasse em segredo a notícia de sua passagem, para que o pessoal do Grêmio não quisesse fechar a loja. E eu, Deus que me perdoe, como não consigo negar nada a essa criatura, cedi. De vez em quando ela visita o pedaço de terra onde seu homem descansa; só eu e ela sabemos onde está. É um pouco estranho ver uma mulher jovem e bela como ela derramando lágrimas diante de brócolis e couves-flores, mas quando a sacristã pergunta eu lhe digo que de tanto sofrer a pobrezinha ficou com a cabeça pelo avesso.

— E de que o chocolateiro morreu?

— De sarampo. Que infelicidade! Num dia ruim, teve febre e duas semanas depois já estava debaixo da terra.

Fiquei emocionado ao saber da história completa do meu anjo e de seu chocolateiro. Ao mesmo tempo, fiquei feliz ao comprovar que o padre Fidelinho era perfeito para meus propósitos.

— Veja, padre — falei —, acho que o senhor não gosta muito da ideia de Mariana se tornar freira e entrar na Casa de Misericórdia para não sair nunca mais.

— É claro que não gosto! — disse ele no ato. E com a voz um pouco mais pausada, acrescentou: — Mas o que posso fazer? Já lhe disse que não sou tão jovem como antes, nem tenho estímulo...

— Deixe-me falar, eu imploro. É verdade que vim até aqui procurando uma história. Mas o senhor ainda não sabe que preço pretendo lhe pagar por ela.

— Preço? — Arregalou os olhos, fazendo sua testa ficar sulcada de rugas.

— Um final.

Ele mostrou-se bastante interessado. Mas, antes de lhe dar explicações mais detalhadas, acrescentei:

— O senhor tem alguma coisa para fazer às cinco horas da tarde de depois de amanhã?

Oito

Quando cheguei na tarde de ontem à hospedaria de Santa Maria, Zanotti estava me esperando.

— Talvez esteja metendo o nariz onde não sou chamado, *signore*, mas me disseram que Beaumarchais foi visto no porto em companhia de um soldado uniformizado.

— Uniforme daqui ou de lá? — perguntei, intrigado.

— Francês, senhor. Da Real Ordem Militar de São Luís.

Puxa vida! Aquilo me deixou sobressaltado. O que Beaumarchais estaria fazendo em semelhante companhia? Considerando que a paixão ainda me permitia raciocinar um pouco e não havia aniquilado o profundo senso de dever que sempre foi o meu forte, perguntei como poderia chegar ao porto e me pus a caminho sem perda de tempo, só na companhia de uma lamparina a óleo que o amável hospedeiro me emprestou.

Pelo caminho, não ia fazendo nada além de recordar as palavras da minha senhora.

É como se pudesse vê-la neste exato momento, madame, sentada em sua sala de estar, com o violino no colo e diante da bandeja com o serviço de chocolate, já frio. Suspira. Abre a boca marmórea e diz, muito severa: "Talvez ache exagerado, Monsieur Guillot, mas minha irmã e eu temos razões muito fortes para suspeitar que Monsieur de Beaumarchais carrega na cabeça algum disparate, e é por isso que se apressou a viajar a Barcelona com a desculpa de proteger a delegação de chocolateiros. Tanto Madame Victoria quanto eu mesma temos quase certeza de que aproveitará sua estada naquela bela cidade do sul para se encontrar com alguém que não pode ver em Paris e, quem sabe, fechar algum negócio. Ignoramos se fará esses movimentos por ordem do rei ou por vontade e interesses próprios, mas, em qualquer um dos casos, nós nos sentimos na obrigação de pedir ao senhor que o vigie de perto e nos informe sobre tudo o que vier a fazer."

Naquele momento suas suspeitas me pareceram um pouco exageradas. No entanto, na noite de ontem, enquanto atravessava a praça do Palácio no meio da escuridão, eu me perguntava como podia ter duvidado de sua infinita perspicácia. Como a senhora tinha razão, madame! E que penoso seria se suas suspeitas se confirmassem, e me ver obrigado a duvidar da palavra do secretário do rei, por quem tenho um respeito e uma admiração enormes.

Já vislumbrava o Portal do Mar, por onde devia sair antes que as sentinelas fechassem as portas da muralha, quando ouvi o zumbido de vozes masculinas às minhas costas. Virei-me para olhar seguindo o instinto que nos torna mais suspeitos e rápidos depois do escurecer. A senhora nem imaginaria com quem dei de cara!

A uma distância de uns 25 passos, um grupo de amigos, ou é o que pareciam, voltava para casa muito alegre, como se tivesse saído para comemorar alguma coisa. Um deles, que era baixinho e se dava ares de sapo, estava tão bêbado que nem conseguia ficar em pé. Dois homens o carregavam. Os carregadores, certamente, vestiam-se com extrema elegância, usavam perucas novas, casacas com abotoaduras de ouro e fivelas brilhantes nos sapatos. Um deles ia traduzindo o que diziam num inglês tão desastroso que provocava risadas. No grupo, um homem se destacava, mais garboso que os demais, e que também se vestia com muito luxo e muitos bordados e muito ouro, exibindo no meio do rosto uma proeminência nasal tão abatatada que mais de uma vez me flagrei me perguntando por que razão as pessoas desta terra acham tão horrível comer batatas — como se ver aquele homem e ter essas dúvidas fossem tudo uma coisa só. Dos dois indivíduos que faltam, um vomitava num tronco raquítico de uma árvore recém-plantada e o outro o observava com cara de quem dizia: "Acabei logo, que agora é a minha vez."

A senhora também se espanta ao saber que eu tropecei com tão seleta companhia? Pois é, senhora, estava acontecendo de novo. O chocolateiro Mimó, disfarçado novamente de comandante, resolvera sair para praticar aquela diversão de roubar estrangeiros inocentes, algo do qual parecia tanto gostar. Desta vez as vítimas seriam o Sapo Inglês e seus companheiros, que, por terem saído para beber, tinham optado por deixar as lanças em casa. Quando eu os encontrei, deviam carregar entre o peito e as costas pelo menos cinco garrafas daquele licor terrível e caminhavam em direção à sua hospedaria, situada na rua Manresa, onde eu sabia que seriam depenados quando fechassem os olhos para curar o porre.

Reconheço que esta certeza me apresentou um dilema moral bastante incômodo. Será que eu deveria evitar o mal que alguns homens (que eu considerava inimigos da minha nação e do meu rei) iriam sofrer? Não estaria prestando um serviço melhor ao meu país se ficasse ao lado dos ladrões? Mas, se ficasse do lado dos ladrões, não estaria traindo a mim mesmo, que também tinha sido uma vítima inocente daqueles desalmados? Um homem que se considere homem não deve ajudar sempre os mais necessitados? E não é humano — e de senso comum — enfrentar a adversidade? Será que eu deveria servir à França, e não ao meu bom senso?

E, como não conseguia me decidir e os homens já estavam quase se perdendo naquela malha de ruas, tomei uma decisão precipitada (a senhora já sabe que tomar decisões não é o meu forte). Corri até o grupo e abordei o Sapo. Ele se esforçava para me olhar, mas não conseguia. Seus olhos mal se abriam e também pareciam não ter foco. Pelo menos não ao mesmo tempo. Apesar de tudo, me reconheceu e perguntou com sua voz pastosa:

— O senhor, Fernández?

— Sim, senhor. Estou aqui para lhe dar a resposta sobre a história da máquina que deixamos pendente no outro dia — falei, num inglês bem afiado.

Percebi que Mimó me dirigia um olhar cheio de interrogações. Não sabia de onde eu tinha saído e muito menos o que eu pretendia. Também não era capaz de entender minhas palavras, pois eram pronunciadas em autêntico inglês.

— E tem de ser agora? Não pode esperar? — perguntou meu inimigo.

— Estou muito impaciente — menti.

— Está bem. — Fez um extremo esforço. — E então? O que o senhor decidiu com a ajuda de sua bela mulher? — abaixou a voz para dizer, mastigando as sílabas: — Fale em voz baixa, não quero que ninguém saiba dos nossos negócios.

— Iremos com o senhor.

— E o aparelho?

— Vamos levá-lo.

— E sua esposa? Vai nos acompanhar?

— É claro!

Na boca do Sapo se desenhou um sorriso de merluza satisfeita. Quis dizer: "São magníficas notícias", mas só conseguiu balbuciar: "*Mafníquitas no...*", antes que seu estômago proclamasse o fim da reunião e deixasse em farrapos a casaca do Sr. Nariz de Batata.

Quando voltou a si e ajeitou a peruca, retomou a conversa, suando, pálido, mas cheio daqueles trejeitos que os ingleses costumam confundir com boa educação.

— Amanhã irei ao seu estabelecimento para fechar o negócio — disse.

— Preferiria que fosse depois de amanhã, se não se importa.

— Não vejo por que não. Decida a hora.
— Às cinco da tarde em ponto?
— Combinado. Levarei papel timbrado.

O licor de ervas e nozes emanava dos estômagos ingleses como se eles fossem fontes humanas. O Sapo estava contente e deixou isso bem claro com um discurso exaltado, mas pastoso:

— Que cidade a sua, meu senhor! Quantas delícias! Que gente mais amável! Aqui um homem pode se sentir como se estivesse no paraíso! Boas bebidas, boas comidas, bons amigos. — Deu um tapa bastante sonoro no ombro de seu companheiro. — E boas mulheres! Quer saber? — Abaixou a voz de novo, para fazer confidências: — Hoje à tarde, enfiou-se em minha cama uma dama muito distinta que conheci há poucas horas. Está hospedada em minha hospedaria, é partidária da Armada inglesa e jura que me acha fofo. Que hospitalidade a dela! Que prazer inimaginável! Em seus braços me vi transformado num filhote. Até dormi! Nunca havia experimentado nada igual, nem com as putas com quem ando há muitos anos. Aqui descobri a doçura inaudita de acordar com a cabeça apoiada num colo feminino, enquanto ela brincava de desembaraçar meus cabelos com os dedos. Quanto desejo! Que mulher admirável! Desculpe-me por um momento, me faça o favor.

Enquanto o oficial inglês se virava para vomitar de costas — com mais privacidade —, o imbecil do Mimó não tirava o olho de cima de mim. Devia estar se perguntando de que maneira minha presença prejudicava seus interesses. Apenas um segundo antes de partir me aproximei do inglês com a desculpa de retirar de sua casaca um pedaço de filé maldigerido e lhe sussurrei no ouvido:

— Tenha uma noite magnífica.

Mimó ficou muito desconfiado, e era exatamente isso o que eu pretendia.

Sim, já sei que poderia ter lhe dito uma coisa bem diferente. Poderia tê-lo alertado, como um bom companheiro. Senhora, dou-

-lhe razão de antemão. Queria avisá-lo do roubo, mas no último instante pensei melhor. Nunca acerto nas decisões.

O Sapo não mexeu nem a sobrancelha, certamente esperando de meu gesto palavras mais solenes. Severo como se estivesse num cadafalso, prestes a dar a vida pela honra, exclamou:

— Igualmente.

Depois me virei para o asno do Mimó e o saudei com uma reverência, chapéu na mão, muito teatral. E disse a ele, em meu catalão ainda jovem:

— Senhor comandante, foi uma alegria voltar a vê-lo.

E comecei a correr através da praça do Palácio, temendo que o tempo tivesse desabado em cima de mim sem perdão.

Nove

Alcancei o Portal del Mar no momento em que os grandes portões da muralha se fechavam com muito escândalo. Por mais que tivesse pedido às sentinelas que me permitissem sair em nome do rei francês e do castelhano e de sua honra e de minha palavra e das mães que depositaram todos nós no mundo, não houve maneira de convencê-los. Acho que não usei argumentos bastante convincentes. Olharam para mim como se eu fosse um cachorro sarnento e continuaram como se nada estivesse acontecendo.

Não me restou outro jeito a não ser escalar a calçada ao pé da muralha por aquela ladeira que fica ao lado do convento de São Sebastião, e dali tentar ver alguma coisa. O cais começava ao pé do muro, mas se estendia até muito longe, e tudo estava imerso numa escuridão dramática. Para não ser visto, apaguei o lampião e deixei que minha sombra se confundisse com as outras sombras da noite. O frio fazia as coisas gemerem. A senhora não pode imaginar o vendaval gelado que soprava lá em cima naquelas horas intempestivas. À primeira lufada, eu já estava com o nariz congelado. Segurava o chapéu e a peruca, obstinados em deixar minha cabeça desamparada. E, como se as desgraças não fossem suficientes, a noite era negra e sem lua.

Preciso de um pouco de paciência, pensei. A paciência é uma árvore de raiz amarga, mas de frutos muito doces, sentenciou o poeta clássico. Quem terá dito isso? Não conseguia lembrar.

Talvez Ovídio? Horácio? O grande Petrarca? De repente, recordei a biblioteca de seu pai, aquelas tardes deliciosas — e quentes, ao lado da lareira — organizando os livros, separando os que deviam ser enviados ao encadernador, deixando-me levar pelo som rangente das páginas e pela sábia palavra dos poetas italianos, que sempre me agradaram tanto. Como seria feliz se pudesse viver eternamente na biblioteca do palácio, minha senhora. Se esta missão terminar como a madame deseja, talvez me atreva a lhe pedir que me recomende para o posto de bibliotecário. Estou convencido de que o exerceria bem, pois ali não é necessário tomar decisões difíceis, além de classificar *A divina comédia* pelo D de Dante ou pelo A de Alighieri, e porque meu caráter casa bem com a quietude das coisas inertes. A senhora concorda que os livros são as melhores companhias? As sábias e belas palavras que coletamos neles nos transformam em pessoas melhores. Eis aqui a diferença entre uma pessoa que leu e outra que não tocou num livro em toda a sua vida. O primeiro pode dizer que estudou uma grande variedade de almas, enquanto o segundo jamais saiu de si mesmo, pobre miserável. Se tivesse de apontar mestres, sem dúvida para mim os primeiros seriam os poetas italianos. Não é um milagre que um completo desconhecido nascido há trezentos anos lhe diga ao ouvido coisas a seu respeito que você mesmo ignorava? Naquela noite, enquanto ia me transformando num bloco de gelo humano trepado num muro, os versos vieram em meu auxílio. Primeiro foi o grande Petrarca, claro, que tão bem vinha ao caso:

> *Só e pensativo nos mais ermos prados*
> *medindo vou a passo tardo e lento*
> *e nessa fuga espreito, muito atento,*
> *a areia que um homem tenha pisado.*

Mas depois me lembrei de alguns poemas de amor que não havia compreendido plenamente e que de repente ganharam um novo sentido, intenso, comovente. Mariana, seu rosto e sua voz estavam em todos os lugares. *Só de vê-la, pois era o primeiro dia, dispus-me a adorá-la lealmente. Em toda parte com as pupilas e a mente, mulher, eu te procuro... Oh, meu primeiro amor!* E, como se tivessem sido atraídos pelo anzol das lembranças, outros versos também compareceram, todos eles enrolados e em desordem, mas tão autênticos quanto o sentimento que crescia dentro do meu peito. *Um instante basta ao coração para se tornar amante. Todos os meus pensamentos falam de amor... tenho no coração só um tremor...* Agora compreendia todas aquelas angústias e temores dos poetas antigos. Não lhe acontece que, quanto mais a senhora canta, mais vontade tem de cantar? Pois foi o que aconteceu comigo durante aquela noitada. Uma vez que tinha começado a louvar meu amor com palavras alheias, não conseguia mais parar. E sussurrava, enquanto meus dentes rangiam: "*Desejo falar e o desconcerto me amarra... Mas se foi a vontade do destino, o que posso fazer se não penalizar a alma? O amor é meu guia... E sei que antes me caberá morrer a adoçar este mal que carrego dentro.*"

Para minha desgraça, a vida transcorre em prosa e os arrebatamentos do amor não aquecem nada. De repente, entre tremores, vislumbrei uma luz muito fraca que se movia pelo cais e tive de interromper contra minha vontade aquele recital poético que estava oferecendo a mim mesmo. Entrefechei os olhos e tentei não perder de vista a pequena claridade.

Era como seguir com o olhar uma lanterna que não tem pressa. No cais, alguém caminhava lentamente. Era uma pessoa, ou eram duas, e estavam indo a algum lugar ou talvez viessem de lá... Aos poucos desvendei o mistério. A luz avançava em minha direção, mas estava longe. A lanterna acompanhava uma conversa. Eram duas pessoas. Talvez dois amigos? Ou dois amantes? As sombras sempre nos enganam. Só quando se aproximaram mais um pouco, o vento — que soprava a meu favor — me permitiu distinguir suas vozes. Uma delas era mais fina e nasalada, não saberia dizer se de homem ou de mulher, pois era bastante desafinada. Quanto à outra, poderia descrever à perfeição sua consistência e tonalidade, mas não será preciso: basta que lhe diga que se tratava da voz do nosso querido Sr. de Beaumarchais.

"Temos aqui o secretário do rei em companhia de seu amigo, o comandante da Ordem de São Luís", disse a mim mesmo, antes de me dar conta de que Beaumarchais segurava com delicadeza a mão de seu acompanhante. Lembrei que, como é sabido, Beaumarchais é excêntrico, mas nem tanto para andar por aí beijando a mão de um oficial do exército. Então reparei que a sombra da voz desafinada usava saia e tinha a cabeça cheia de cachinhos muito bem arrumados. Não vi seu rosto, embora tivesse achado que tinha um maxilar proeminente e um queixo muito quadrado e desprovido de qualquer delicadeza. Emitiu um risinho — muito malsonante, como tudo o que saía de sua garganta — e desapareceu na direção de uma silhueta parada que esperava mais além: uma dessas carruagens pequenas, de duas rodas e um único assento, destinadas a transportar só uma pessoa ou excepcionalmente duas, que chamam de tílburi. Subiu nela segurando com muita graça a saia e se despediu de seu companheiro agitando a mão como numa dança. Então se afastou, com um trote ligeiro de seu cavalo. Beaumarchais esperou durante alguns minutos antes de seguir a mesma trilha. Subiu em outra carruagem — de aluguel, deduzi — e também desapareceu da minha vista.

Então isso era tudo, pensei. Um encontro de amor.

Ri discretamente só de pensar que as flechas do amor também haviam ousado arranhar o coração de Beaumarchais, o homem frio, o negociador, o imperturbável, o estrategista. Éramos dois insensatos irmanados pelo mesmo mal. Fui assaltado por uma vontade de abraçá-lo como a um colega, dizendo-lhe: "Estou disposto a compartilhar com o senhor e sua amiga meus poetas italianos." Mas toda uma muralha se erguia entre nós.

Pensei que seria melhor voltar à hospedaria e tentar dormir um pouco. Enquanto caminhava pelas ruas desertas, em minha cabeça só havia uma pergunta: o que tem esta cidade de Barcelona que até os espíritos mais sublimes encontram aqui o que não achavam que estavam procurando?

Dez

Beaumarchais chegou à hospedaria quando já estava clareando, tirou os sapatos, as meias e as calças e se deitou de comprido na cama.

— Prezado senhor — falei. — Estou pensando que amanhã, às cinco horas da tarde, será um bom momento para nos dirigirmos com toda a comitiva à loja do chocolateiro Fernández com o objetivo de conhecer a máquina que é motivo de nossa viagem. Dessa maneira, o senhor terá podido descansar e os...

Mas Beaumarchais devia estar esgotado — e talvez também satisfeito — e, como resposta, limitou-se a emitir um ronco.

Levantei, nervoso. Fui até a bacia e lavei o rosto. O espelho me devolveu minha expressão boba de sempre, mas muito piorada pela presença de bolsas azuis embaixo dos olhos. Mal havia dormido. Apesar disso, precisava ver logo Mariana. Meu coração não aguentava mais a distância.

Minha roupa, diferentemente da do secretário do rei, tinha sido dobrada com muito cuidado e estava em cima de uma das cadeiras. Vesti-me empurrado pela pressa e, quando me dispunha a me calçar, tive uma boa surpresa.

Um pano de veludo azul-turquesa, muito familiar aos meus olhos, havia aparecido na mesa, como por mágica. Confirmei com cuidado: era o invólucro de nossa chocolateira, aquela que a senhora me entregou com a carta. Afastei o tecido e topei com a delicadeza da porcelana branca, a asa elegante, a tampa, o bico, a inscrição azul na base: "Je suis à Madame Adélaïde de France." Não havia dúvida, era sua chocolateira. A mesma que me tinha sido subtraída por Mimó, aquele homem sem escrúpulos disfarçado de comandante. Mas como podia estar ali, misturada com os outros objetos de Beaumarchais?

Sacudi sem nenhum escrúpulo meu companheiro de quarto. Precisava com urgência de uma explicação.

— Por que o senhor está com a chocolateira da madame? De onde a tirou?

Mas não havia nada a fazer contra o sono do secretário do rei. Só consegui lhe extrair umas palavras:

— A chocolateira... Ah... Sim... Pegue-a... eu a trouxe...

E se virou na cama, depois de emitir um ronco semelhante a um trovão.

Ficou claro para mim que não era um bom momento para explicações. Mas isso já não me importava muito, pois a chocolateira tinha acabado de me dar um pretexto perfeito para visitar minha Mariana e entregar — por fim — sua encomenda.

Enfiei a jarra no meu embornal e desci as escadas como um possuído, tão depressa quanto minhas ossudas mas ágeis pernas me permitiram. A última coisa que eu queria era ter de encarar de novo algum dos três chocolateiros franceses. Mas, como costuma acontecer com os pensamentos inoportunos, a providência logo me condenou a vê-los materializados. Na porta da hospedaria tropecei, infelizmente, com Malesherbes, que estava muito irritado.

— Está me evitando, Sr. Guillot? Está brincando de gato e rato?

— Não, senhor, de maneira nenhuma.

— E então? Aonde vai a esta hora, sem tomar o café da manhã?

— Tenho alguns assuntos importantes para resolver.

— O senhor também? Foi exatamente isso que Beaumarchais me disse ontem quando o vi sair com a mesma pressa. Quais são os assuntos importantes que os senhores podem ter numa cidade que não é a sua e com os bolsos vazios? Meus colegas e eu estamos começando a ficar cansados de tanto mistério.

— Não há mistério nenhum. Seu encontro já está marcado.

— Ah, sim? E para quando?

— Amanhã, às cinco da tarde em ponto. Vamos todos nos encontrar na loja do Sr. Fernández.

Aquele homem era como uma montanha, e ocupava toda a saída. Apesar de eu ter-lhe dito tudo o que queria saber, não me deixava passar.

— E agora, o que mais você quer? — perguntei.

— Por que eu deveria acreditar em alguém como o senhor?

— Porque não há ninguém mais, senhor.

Eu estava começando a ficar cansado. A única coisa que me ocorreu para pôr um fim àquela conversa absurda foi ficar de quatro e passar pelo buraco entre suas pernas gorduchas, enquanto lhe dizia:

— Faça-me o favor de dar a notícia aos outros, monsieur. Inclusive a Beaumarchais!

Caminhei depressa pelas ruas, que ficavam mais seguras à medida que a neve ia derretendo. Ainda estava longe da bonança que esperava encontrar numa cidade mediterrânea, mas pelo menos já sentia a capa.

Cheguei à rua Tres Voltes em quatro passadas e fiquei surpreso ao encontrar a porta guardada por duas escoltas armadas. Minha Mariana conversava com o senhor comandante, o de verdade, aquele González de Bassecourt que ainda não havia resolvido nosso maior problema. Logo me dei conta de que ele não havia ido à loja para comprar chocolate.

A doce Mariana estava sentada numa cadeira diante do balcão, e ele dava voltas sobre si mesmo fazendo muito barulho com os sapatos e sem parar de fazer perguntas em tom inquisitorial.

— Eu lhe suplico que não me faça perder tempo, minha senhora. Tenho assuntos muito mais importantes e irritantes para resolver hoje. Contrabando de armas, nem mais nem menos! Não posso me permitir perder tempo com a senhora falando de chocolate. Mas acontece que ultimamente recebemos muitas denúncias contra o seu estabelecimento, e isso eu também não posso tolerar. O rei é seu cliente. Se a senhora o estiver envenenando e eu não fizer nada para evitar isso, serei enforcado. Não permitirão nem que eu me defenda. Então responda de uma vez por todas. E me diga a verdade!

— Já lhe disse, senhor. As denúncias são infundadas. Comprove o senhor mesmo.

— E como é possível que sejam tantas? E tão de repente?

— Porque são muitas as pessoas que me querem mal, senhor.

— Então, portanto, a senhora jura que nunca adulterou o chocolate que vende, só para baratear seus custos?

— Nunca, senhor.

— Nem adicionou nenhum produto terrível com a finalidade de se vingar de alguém ou de fazer algum malefício?

— Claro que não, senhor. Sou chocolateira e não alquimista. Nem bruxa, como querem que o senhor acredite.

— Sabe qual é o tipo de porcaria que, segundo as denúncias, a senhora estaria adicionando ao seu chocolate?

— Sei, senhor. Infelizmente.

— Se fosse necessário, a senhora juraria diante de um juiz que as acusações são falsas?

— Juraria diante de Deus. E poderia provar, além do mais.

— A senhora disse que lhe querem mal. Fala de alguém em particular?

— De todo o Grêmio de Chocolateiros. E também dos boticários, dos açucareiros e dos moleiros.

— Caramba, minha senhora! É muita gente! E o que a senhora fez a todos esses senhores?

O comandante, visto assim de perto, parecia uma pessoa bastante medrosa. Olhava para Mariana como se sondasse uma bola de cristal, esperando algum resultado mágico. Dentro dele se agitava um dilema dos grandes: deveria levar a sério as denúncias e cuidar da saúde — por causa do rei, grande bebedor de chocolate — arriscando-se a cometer alguma injustiça, ou deveria ouvir seu coração e deixar em liberdade aquela bela criatura? O Sr. González se perdia nas brumas da própria hesitação.

— Senhor, se me permite a ousadia — intervim. De outra maneira, acho que teria explodido. — Vou confessar em nome da senhora, que é extremamente modesta para lhe dizer a verdade, o motivo pelo qual todos esses homens sem caráter querem arruinar seu negócio. Não poderia ser mais simples: Mariana é a melhor chocolateira de Barcelona. Eu disse Barcelona? Da Catalunha! Da Espanha! Da Europa! Do mundo civilizado! — Fiz uma pausa para respirar. — O senhor gosta de chocolate?

— Muito — disse com cara travessa.

— E já provou algum dia o desta casa?

— Não. Nunca. Infelizmente.

— Levante-se, Mariana, deixe o senhor comandante se sentar, que hoje ele está tendo um dia muito difícil e precisa recuperar as forças. O senhor disse traficantes de armas! Que responsabilidade mais terrível! Fique à vontade, senhor. — Conduzi-o até o assento segurando-o pelos ombros, que a tensão havia endurecido e pareciam de pedra. Ajudei-o a se sentar, diante do olhar de viés das duas escoltas que esperavam na porta. — Permita-me lhe oferecer uma pequena degustação, para que saiba em primeira mão o que tanto agrada a Sua Majestade, o rei Carlos, embora seu gosto não coincida com o de seu parente, Luís XVI da França. É sabido que nas famílias sempre há desavenças. Depois de prová-lo, o senhor poderá dizer de que lado está.

— Não sei, senhor... Não sei... Talvez não... Bem, quem é o senhor?

— Victor Philibert Guillot, senhor, às suas ordens, o maior admirador do chocolate do Sr. Fernández e de sua esposa. Vim de Versalhes para cantar suas qualidades. — Creio que esta apresentação o impressionou, mas não tanto quanto o que eu disse em seguida: — Creio que há alguns dias o senhor teve a oportunidade de conhecer o chefe da nossa delegação, o célebre autor de comédias Caron de Beaumarchais, que o visitou para falar de um acontecimento muito desagradável do qual fomos vítimas inocentes. O senhor se lembra?

O comandante arregalou os olhos só de lembrar de Beaumarchais.

— Ah, como admiro esse homem! — disse. — Se soubesse como ri vendo *As bodas de Fígaro*! Creio que nunca foi escrito nada melhor. — Ficou em silêncio, como se quisesse permitir que a recordação de Fígaro chegasse e se diluísse no ambiente. Menos nostálgico, prosseguiu: — Por isso mesmo lamento tanto ainda não ter sido capaz de resolver a história do roubo. Tivemos muito azar, tudo aconteceu ao mesmo tempo.

— Não se preocupe, senhor! Com a cidade cheia de contrabandistas de armas, não é de se estranhar que não tenha tempo para nada! — Desculpei-o, para conquistar sua confiança.

Ele soltou um longo suspiro de alívio e eu poderia arriscar dizer que se sentiu compreendido.

— E não são apenas os mercadores ilegais de armas, senhor! Lido com coisas ainda piores!

— Que espécie de coisas?

— Infelizmente, não posso lhe dizer.

— Ah, que pena. Reconheço que despertou minha curiosidade. Mas agora não pense nesses assuntos malignos. Prove um pouco da beberagem mais reconfortante que existe, elaborada por mãos de fada e servida numa *mancerina*, como ainda é hábito nas Américas. A *mancerina* é de faiança da Ligúria, a mais delicada que existe em nossos dias, trazida *ex professo* a Barcelona para satisfazer aos mais exigentes, que na cidade são legião. Está vendo a quantidade de espuma, senhor? Percebe o sabor dos grãos de pimenta? É assim que o rei Carlos quer todas as tardes. E também é assim que o papa de Roma gosta. Sem dúvida, o senhor sabe que o chocolate era, no início, um prazer aristocrático, monárquico e vaticano, que acaba de chegar às mãos gordurosas e peludas do povo. E agora, faça-me o favor de limpar os bigodes, caso não queira que todos saibam onde esteve.

O comandante cheirou o conteúdo da xícara antes de beber o primeiro gole, ainda com desconfiança. Depois, não conseguiu parar mais. Mariana desapareceu no fundo da loja à procura de alguma coisa.

— Está vendo, senhor? Este mesmo chocolate, misturado com fatias de pão ou com fruta fresca recém-colhida, é o que toma duas vezes por dia o barão de Maldà, um dos muitos clientes notáveis desta casa. O senhor o conhece, não é mesmo? Claro que sim! Que pergunta mais imbecil! É claro que todas as pessoas de qualidade são velhos amigos. Agora experimente esta delícia que a senhora da casa acaba de lhe trazer e verá como depois não vai querer outra coisa.

— O que é, exatamente?

— Um chocolate sólido como o senhor jamais provou.

— Sólido? Não sabia que existia.

— Agora já sabe. Existe porque o marido da senhora é um gênio. Posso lhe assegurar que, se o Sr. Fernández estivesse aqui agora, teria o maior prazer em lhe falar das teóricas filosóficas, econômicas, gastronômicas e inclusive astrológicas que levou em consideração ao inventar a máquina que propicia esta maravilha. É uma pena que esteja viajando e que ainda não se saiba quando vai voltar. Certamente aqueles que desejam o fracasso da senhora Mariana lhe contaram alguma mentira a seu respeito...

— Certamente. Disseram-me que não vai voltar.

— Mentiras e mais mentiras! Está em Versalhes. O senhor acha que Versalhes é um lugar de onde não se volta? Olhe para mim, entro e saio quando quero. O Sr. Fernández voltará quando tiver terminado o trabalho secreto que lhe foi encomendado por Sua Majestade, o rei Luís.

— Trabalho secreto?

— Pelo amor de Deus, guardemos segredo. — Baixei a voz. — O Sr. Fernández recebeu uma encomenda das filhas do rei. Desejam ter só para elas um aparelho como este que pode ser visto aqui. Os sujeitos do Grêmio de Chocolateiros estão se mordendo de inveja. O talento dos outros é imperdoável.

— Ah, como tem razão, Sr. Guillot! Eu sofro o mesmo problema todos os dias. — O comandante bufava com a boca cheia.

— Imagino, senhor, imagino. Gostou do chocolate?

— Delicioso!

— O senhor está se sentindo mais tranquilo?

Todas aquelas confissões tinham enternecido o visitante, que correspondeu, finalmente, com seus próprios segredos.

— Ah, meu senhor, é impossível me tranquilizar! Estou cercado de inúteis e de iletrados que não sabem nem onde fica a América!

— Está falando sério, senhor? — perguntei, fingindo estranheza.

— O senhor se lembra dos mercadores ilegais de arma de quem falei? — Ficou calado até que concordei com a cabeça. — Ora, são partidários da independência americana.

— A independência? E para que aquela corja de selvagens quer ser independente?

— Eu não sei, senhor, não me explicaram. São uns ingênuos. Em nenhum lugar estarão melhores do que sob o amparo da civilização. Eles mesmos se governarem? Mas que estupidez! E para quê? E como? Se nem sequer têm um rei! Quando tiverem fracassado, voltarão com o rabo entre as pernas, pedindo que algum governo de verdade os ampare. E então veremos quem manda no mundo, e qual é o preço de tanta ambição e de tanta petulância.

— Estou de acordo do início ao fim!

— Bem, estes delinquentes que estou perseguindo pretendem enviar dinheiro e armas aos rebeldes da América para que lutem contra o Império britânico. E, para minha desgraça, pretendem fazer isso daqui, do porto de Barcelona. Que chateação!

— Estou vendo. E os senhores revistaram os barcos?

— Todos, do primeiro ao último, mas não encontramos nada.

— Os indesejáveis são muitos?

— Impossível saber. Às vezes, parecem dezenas, e às vezes, um único homem.

— Que história! Coma, coma, trate de se fortalecer. Mariana, por favor, sirva outro prato ao comandante.

— Estou desesperado, Sr. Guillot!

— Compreendo, meu amigo. Talvez o senhor precise de alguma ajuda.

— Não. Já disponho de uma, muito valiosa. Um *commandeur* da Ordem Real e Militar de São Luís, nem mais nem menos, que está passando um tempo em Barcelona. Foi ele quem se encarregou de revistar as embarcações, uma por uma. É um homem muito rigoroso.

— Da Ordem de São Luís? — sobressaltei-me.

— De nome Charles. O senhor o conhece?

— Charles. — Precisei pensar. — Não, não sei quem é.

Aquela conversa estava me dando mais informações do que eu esperava. Para que relaxássemos um pouco, voltei ao chocolate. É bom permitir que o ambiente relaxe, principalmente quando não ocorre nenhuma ideia melhor.

— Experimente este, senhor. É feito com o mesmo cacau que Hernán Cortés trouxe do México para a Europa em sua terceira viagem. Aqui eles não sabiam o que fazer com ele e o enviaram a um convento de freiras, perto do rio Piedra. Foram elas que tiveram a ideia de misturá-lo com açúcar. E depois ainda dizem que as ordens religiosas não servem para nada.

— Naturalmente.

— Não seja tímido, senhor! Coma. Este alimento lhe dará ânimo para resolver esse assunto trabalhoso, tenho certeza. Este doce é muito energético, é o que dizem todos os médicos. Tem efeitos milagrosos. Por acaso o senhor tem a sorte de conhecer a Sra. Rosa Catalina Font?

— Rosa Catalina... Não. Quem é?

— É uma senhora que mora na rua da Vidrieria, bem perto da praça das Olles, e, embora seja difícil de acreditar, está prestes a completar 102 anos e tem a saúde de um cavalo.

— É verdade? Mas como?

— Aos 85 começou a trabalhar numa casa da qual se ocupou sozinha até os 93. E tudo por quê? Porque todos os dias comia umas tantas verduras da horta e tomava duas xicrinhas de chocolate da casa Fernández. Posso lhe assegurar que nunca sofreu um desmaio, por mais ligeiro que fosse. Quando completou 100 anos, teve um ataque de erisipela e se recuperou em pouco tempo. Nem as sangrias a debilitaram. Hoje em dia, nessa idade, ainda tece e costura e faz as tarefas domésticas. O senhor não acha formidável? Pois é isso que se vende aqui, neste balcão.

— Acho tudo muito interessante. Os senhores não sabem como sou grato por terem me alimentado. Mas agora preciso ir. Os contrabandistas...

— É claro, Sr. González de Bassecourt, primeiro os contrabandistas! Mas me faça o favor de levar com o senhor este pedacinho de chocolate que deixou no prato. E volte sempre que achar necessário, que para este mal não há nada melhor que o chocolate.

Quando o comandante partiu com seu ânimo no ponto, sentei-me e tentei resolver aquele quebra-cabeças que me parecia cada vez mais complicado.

Perguntei a Mariana se havia uma xicrinha de chocolate para mim também e nesse momento recordei que ainda estava com a sua...

Mas espere um instante, senhora. Antes de continuar será melhor pararmos um pouco, para o caso de alguém ter algo importante ou urgente a fazer antes de se dispor a engolir palavras e mais palavras.

Onze

— Mariana, isto é para a senhora. Pegue. É um presente de Madame Adélaïde que ainda não havia conseguido lhe entregar — falei, tirando do meu embornal o invólucro de veludo turquesa.

— O senhor o recuperou.

— Por sorte.

Mariana sorriu, timidamente.

— E o que é? — perguntou, começando a desembrulhar o presente.

Enquanto ela desembrulhava, deixou escapar risinhos nervosos. Não devia estar muito habituada a ganhar presentes. Afastou o tecido com cuidado — havia duas camadas — até que a peça de porcelana ficou visível. Parecia nova, como recém-cozida.

— Uma chocolateira! É linda! — disse, olhando o presente por todos os ângulos. Ao ver as letras azuis na base, me interrogou com o olhar.

— Aqui diz "Sou propriedade da Sra. Adelaide de França" — traduzi. — Posso dizer a ela que gostou do presente?

Seus olhos brilhavam.

— Claro que sim! Quer estreá-la? Posso servir aqui seu chocolate.

— Acho mais oportuno que a senhora mesma a estreie.

— Então estrearemos juntos.

As palavras, que enigma! Aquela que Mariana tinha acabado de pronunciar, *juntos*, fez meu coração acelerar.

Talvez fique envergonhada de mim, senhora, mas perdi o fio. Não da conversa, mas da existência. Fiquei petrificado, olhando para Mariana. Aqueles olhos, aqueles lábios, aqueles seios de estátua grega. E, como se meu coração e meu corpo decidissem por eles mesmos, notei que minha cintura se arqueava para ela bem devagar, como um junco inclinado pelo peso de algum animal, e que olhava seus lábios com uma insistência inédita, como se quisesse fundi-los com os meus. Não sei o que teria feito se sua voz doce não tivesse me devolvido à realidade com uma pergunta:

— O senhor está passando bem? Está respirando?

O susto me fez despertar do encantamento com um pulo. Peguei sua mão e depositei sobre ela um beijo mínimo, insuficiente, que de maneira alguma abarcava o que sinto quando ela está perto (e mesmo quando está longe). Então, como se o mundo pronunciasse meu nome aos gritos, ouvi na rua o som inequívoco da passagem de um veículo: o rangido de um eixo, o trote de um animal... Olhei por um momento para fora e cheguei a tempo de reconhecer Beaumarchais trepado na boleia de um tílburi — talvez o mesmo da noite passada — em companhia da dama dos cachinhos.

Posso lhe assegurar, senhora, que nunca teve tamanho mérito obedecer às ordens da senhora. Deixei Mariana — com pesar, mas também com o senso do dever —, saí da loja depois de uma despedida apressada, olhei para todos os lados e me dispus a seguir o rastro daquele rangido, porque da carruagem não restava nem um vestígio. Não é fácil seguir um carro a pé, mas já disse aqui que tenho pés rápidos e sentidos despertos.

Cheguei bem a tempo de ver Beaumarchais atravessando, em companhia de sua dama, o portal da hospedaria de Manresa.

Doze

Não sei como, corri atrás do casal escada acima sem ser visto, encolhendo-me em cada patamar e observando entre as grades do corrimão. Quando alcancei o segundo andar, a dama tirou uma chave do decote e a girou na fechadura. A porta se abriu suavemente e ela entrou. Depois de olhar para todos os lados, Beaumarchais a seguiu e depois fechou a porta.

Aproximei-me com precaução e olhei pelo buraco da fechadura. Não se via nada. Beaumarchais era um gato velho, certamente tivera a precaução de tapá-lo com alguma coisa. Tentando manter todos os instintos em estado de alerta, fiz a única coisa que podia fazer naquelas circunstâncias: confiar em meus ouvidos. Estava preparado para ouvir a espécie de estrépito que costuma acompanhar o encontro clandestino de um casal como aquele numa hospedaria, quando percebi que ali nada soava como deveria soar. Não havia rangidos de pés de móveis, nem gemidos acalorados, nem roncos de ferros, nem sequer miados, absolutamente nada. A única coisa que ouvi foi uma conversa que transcrevo agora de memória, embora com grande fidelidade:

— Você preparou tudo? — perguntou a voz de Beaumarchais.
— Não esqueci nenhum detalhe.
— A embarcação se chama...
— *Libertas*. Nome latino. Não vai anotar?
— Prefiro guardar na memória. É menos arriscado.

— Você é um verdadeiro expert.
— O navio é um bergantim?
— De bandeira espanhola. Negocia cacau da Venezuela.
— O esconderijo perfeito.
— É o que desejo, senhor.
— Então... Nos encontramos amanhã às quinze para as cinco?
— Estarei esperando no cais.
— Levarei tudo o que combinamos.
— Acho que hoje à noite a ansiedade não vai me deixar dormir.
— Eu diria que a mim também não.
— Não chegue tarde. O *Libertas* vai zarpar às sete horas em ponto.
— Não se preocupe. Sou homem de confiança. Minha palavra é de lei.
— Você já me demonstrou de sobra.
— Até amanhã, então.
— Até amanhã.

Quando a porta foi aberta novamente, eu estava escondido numa curva do corredor e só esticava um pouco o nariz para farejar as novidades. Vi o Sr. de Beaumarchais sair muito tranquilo e descer a escada sem pressa. Seus movimentos me lembraram os de um homem que acabou de tomar uma decisão transcendental. Depois, tudo ficou em silêncio.

Aproveitei a extrema quietude para deixar meu coração se acalmar. Com tantos sobressaltos, não conseguira parar havia um bom tempo. Enquanto isso, eu dava voltas naquilo que acabara de descobrir. Beaumarchais nos abandonava para ir às Índias com aquela dama de cabelos cacheados e voz desafinada. Então eram essas suas intenções quando se uniu à nossa comitiva! A senhora fez muito bem em não confiar nele. Quem poderia suspeitar de uma coisa dessas de um homem tão firme?

Perguntei-me também quantas pessoas iriam lamentar a partida de nosso Beaumarchais. Quantos na corte iriam chorar a sua ausência... Lembrei-me daquela infortunada dama, acho que se chamava Marie Therése de Willer. Estava tão apaixonada por ele! Salvo ela e uns quatro ou cinco puxa-sacos que sempre gravitavam em torno dele, com a intenção de lhe roubar ideias para as próprias comédias, não me ocorreu mais ninguém. O Sr. de Beaumarchais não cultivou muitas amizades em Versalhes, e me pergunto por quê. Será que para alguém de seu extraordinário talento é mais difícil forjar amizades verdadeiras? Às vezes suspeito, Deus me perdoe, que nem mesmo seu sobrinho o aprecia muito e, se o envia a todas essas missões no exterior, é para o perder de vista. Talvez seja verdade aquilo que se cochicha no palácio, que ele faz coisas abomináveis, como falsificar documentos ou dilapidar o dinheiro do rei. Senhora, meu coração se enche de tristeza só de pensar que não o verei nunca mais. Até quando acho que são verdadeiros os falatórios que o injuriam.

Por outro lado, existe a tal dama. Pergunto-me quem será ela. Em suas maneiras se supõe a posição e, em seu invólucro, a riqueza. Não é jovem, muito pelo contrário. Entre suas virtudes, a beleza não ocupa uma posição de destaque. Fala de uma maneira delicada, como uma mulher culta, embora com uma voz desagradável, discordante, como pude perceber na noite passada quando estava no alto da muralha. É uma voz que confunde quem a ouve, mesmo de perto. Não há maneira de saber se é emitida por uma garganta masculina ou feminina, por mais estranho que isso possa parecer. É claro, imagino, que ela e Beaumarchais se conhecem há muito tempo. Ninguém planeja uma fuga para um continente distante com alguém que não conhece, a senhora não acha? E quanto tempo faz que...? Em que ocasião anterior terão firmado seu...?

Afirmo, senhora, que minha cabeça parecia uma sopa fervendo, de tanto ruminar as respostas para aquelas perguntas indiscretas. Agora que finalmente havia dado trégua ao meu coração, era a razão que me martirizava.

Não havia chegado a nenhuma conclusão quando a porta do quarto se abriu de novo e alguém apareceu no corredor. Por sorte eu não havia me movido do meu esconderijo e consegui dar uma olhada para investigar. Esperava ver a dama misteriosa girando a chave na fechadura. Tive uma tremenda surpresa quando vi em seu lugar um comandante da Ordem de São Luís com uniforme completo, inclusive uma espada de lâmina longa e estreita, de aparência muito leve, ideal para escaramuças na cidade. Não pude contemplá-lo durante muito tempo, mas achei que era um homem nem jovem nem velho, de boa aparência, atlético, de olhos claros, mandíbulas quadradas, faces de boa cor e lábios finos. Tinha um bigode preto e mínimo, que acariciava com um dedo, como se temesse que ele fosse cair. Tudo nele denotava boa saúde e, ao mesmo tempo, tinha algo de familiar que me fez duvidar se o havia visto alguma vez, em algum outro lugar. Também me perguntei, com razão, por que não tinha ouvido sua voz durante a conversa de Beaumarchais com sua dama, se afinal de contas estava no mesmo quarto. Será que ele também estava escondido? Emboscado? E se fosse um criminoso, um ladrão, um assassino, um espião? Mistérios e mais mistérios!

Depois de ter fechado a porta, o comandante guardou a chave dentro da casaca, recolocou o chapéu de três chifres, cingiu bem a espada e desceu a escada apressado.

Treze

A senhora poderia pensar que o episódio da escada do hotel acaba onde o interrompi. Estaria enganada. Infelizmente, ainda devo lhe contar a parte mais importante, e que aconteceu depois. Eu segurava o corrimão, preparando-me para descer, ainda mais confuso por culpa daquela meada de pensamentos que não conseguia desembaraçar, quando ouvi algo que parecia um exército inteiro subindo os degraus de madeira. Corri para me esconder novamente na curva do corredor e até ali me chegou a voz do Sapo Inglês, que ordenava:

— Rápido! Este é o momento! Derrubem a porta!

Os soldados que sempre acompanhavam aquele cogumelo seboso se atiraram como vândalos contra a porta do quarto e conseguiram derrubá-la na segunda tentativa. O método lembrava uma tropa de conquistadores chegando a algum território estratégico. Fiquei inquieto só de pensar na mulher que ainda estava lá dentro. Sozinha e sem defesa alguma diante daquele pelotão de selvagens.

Não seria obrigação de qualquer cavalheiro que se considere um cavalheiro correr em defesa de uma dama que é atacada de maneira tão brutal? Pela primeira vez, não hesitei nem um segundo. Saí do meu esconderijo e também me atirei, muito decidido, na direção do quarto, com a intenção de evitar a todo custo o ultraje à dama do Sr. de Beaumarchais. Não carregava armas de nenhuma espécie, mas a razão que me amparava me pareceu suficiente quando gritei:

— Parem agora mesmo! Não permitirei que se comportem desta maneira!

Os três homens pararam no ato e se viraram para me olhar. Antes de me reconhecerem, achei que vi raiva em seus olhos. Como o caçador que relaxa diante da presa inofensiva, assim que seus olhos se fixaram em mim, eles começaram a rir. O Sapo disse:

— Ah, é o senhor, Fernández. Pode-se saber o que está fazendo aqui?

Dei uma rápida olhada ao meu redor. O quarto estava vazio. A cama, perfeitamente arrumada e sem rastro da dama (nem de ninguém mais). A janela, fechada. Os baús, abertos. Seu conteúdo, espalhado pelo chão. Reconheci casacas de várias cores — bege, grená —, uma saia de seda amarela muito vistosa, meias brancas que me pareceram de homem e duas perucas: uma feminina e outra masculina. Acho que nem se tivesse tempo para pensar teria conseguido descobrir o significado de tudo aquilo. Mas quando tenho dois soldados armados diante de meu nariz, meus pensamentos não conseguem fluir como é devido.

— Para quem você trabalha? — perguntou o Sapo num tom um pouco menos amistoso do que o da noite anterior, quando nos encontramos na praça do Palácio.

— Eu? Para ninguém, senhor. Só para mim mesmo.

— Então o que está fazendo aqui? O que procura?

— Sou amigo da senhora que ocupa este quarto — disparei a primeira coisa que me veio à cabeça, sem medir as consequências.

— É mesmo? — Sir Sapo Inglês adotou uma expressão maliciosa, sem dúvida porque conferiu um significado muito concreto à palavra *amigo*. — Então temo que o senhor tenha muitos concorrentes, meu jovem.

Apontou com o nariz os uniformes espalhados pelo chão. Não havia nenhuma dúvida de que viajavam nos mesmos baús da saia de seda. Também estava claro que não eram de Beaumarchais. Eu não estava entendendo nada.

— E me diga... — prosseguiu o Sr. Sapo. — Por acaso sua amizade com a senhora que vive neste quarto é muito estreita?

— Um cavalheiro jamais responde a uma pergunta dessas — disse, erguendo exageradamente o queixo para me fazer de ofendido.

Neste instante, senti entre o queixo e o pomo de adão a fisgada fria e metálica da ponta de uma lança.

— O senhor não acha que poderia abrir uma exceção? — perguntou o Sapo, que indicava com a mão ao soldado que não enterrasse o aço. Ainda.

— Não sei. Trata-se de uma amizade muito estreita — menti outra vez, achando que a mentira me salvaria.

Logo me dei conta de que havia escolhido a pior opção.

— Bem, bem, bem... Isso convém muito aos nossos interesses. — O inglês esfregava as mãos, como se isso o ajudasse a pensar melhor em algo muito complexo. — Deve saber que o senhor e eu temos algo em comum, nesse caso...

Compreendi o significado dessas palavras e comecei a suar de pânico. Então o Sapo Inglês também era amante da amante de Beaumarchais? Mas quantos amantes uma mesma mulher pode chegar a ter na mesma cidade? Sei que ainda sou jovem e um pouco abobalhado, senhora, mas aquilo não entrava na minha cabeça. Ao mesmo tempo, para tentar sossegar um pouco o humor daquele inglês cornudo, suavizei um pouco minha própria mentira:

— Eu nem a toquei, senhor. Ela não quis. Só pensa no senhor, sabe? O tempo todo!

Mas era muito tarde, ou talvez a mentira tivesse me saído muito exagerada. O Sapo me dirigiu um olhar de resignação que não pressagiava nada de bom e disse:

— Pare de dizer besteiras, Fernández. Aquela prostituta me roubou até meu último real. Enfiou-se na minha cama, me drogou para que eu dormisse e tirou um molde de cera das chaves da minha bagagem. Depois, aproveitando aquela noite de licor em que eu e o senhor nos encontramos na praça, deixou-me sem nada. Quando cheguei à hospedaria, meus baús estavam vazios de joias, sedas, tinteiro e qualquer objeto de valor que ela encontrou. Inclusive o dinheiro, é claro! Já estava resignado a acreditar que não poderia fazer nada para recuperar o que é meu, mas agora a sorte me oferece, através do senhor, uma oportunidade de ouro. O senhor será o remédio para o meu mal. Não poderia ter chegado num momento mais oportuno. — Fez uma pausa, pigarreou e ordenou a seus homens com voz retumbante: — Amarrem-no com força, para que não escape! O Sr. Fernández será nosso refém. Vamos ver se a dama gosta tanto do senhor a ponto de pagar o resgate que estou pensando em pedir.

— Refém? De quem? Por quê? Eu? Não, o senhor não pode pedir um resgate por mim. Ela nunca... — Me ocorreram muitas coisas a dizer e também uma porção de perguntas, mas meus sequestradores não pareciam muito dispostos a me ouvir.

Muito pelo contrário, ali todo mundo cumpria ordens com a maior diligência e ninguém me ouvia. O Sapo escrevia, enquanto em seus lábios se desenhava um grande sorriso de satisfação, um bilhete informando meu sequestro com pouquíssimas palavras e exigindo como resgate tudo o que havia sido roubado duas noites antes.

Enquanto isso, os dois soldados me amarraram com grande perícia. As mãos, os pés, toda a minha estrutura esquelética. Fui transformado num salame humano. Tentei em vão convencê-los de que tudo o que tinha dito era mentira, que só estava querendo salvar minha pele, que não conhecia a dama do quarto, que nem mesmo era Fernández... mas eles não queriam ouvir. Fizeram seu trabalho. Um deles se aproximou com um lenço engordurado nas mãos, sem parar de olhar para minha boca.

A um único gesto da mão do Sapo, o lenço se deteve.

— Antes que o amordacem, Fernández, esclareça uma dúvida — disse o Sapo. — Tendo uma mulher tão preciosa como a sua, por que é imbecil a ponto de se deitar com essa vaca velha?

Encolhi os ombros enquanto o soldado me colocava finalmente a mordaça, tão apertada que senti que minhas mandíbulas se desencaixavam. Suspirei com resignação, enquanto aqueles dois homens rudes me envolviam num lençol dos pés à cabeça e me transportavam escada abaixo como se eu fosse um tapete. Ao passar diante do hospedeiro, ouvi lhe desejarem que tivesse uma boa tarde. Ele lhes devolveu a saudação, feliz em servi-los.

Penso que esta cidade seria ainda melhor se não fosse possível comprar tudo e todo mundo com dinheiro.

Quatorze

Se a senhora me perguntar de que cor foram as horas que se seguiram à minha transformação em salame humano, eu lhe diria que negras, e bem negras. Os homens do Sapo Inglês me carregaram a pé durante um bom tempo, depois me colocaram em cima de uma carruagem e então seguimos caminho. Não conseguia adivinhar para onde estavam me levando, mas soube que havíamos cruzado a muralha quando ouvi a voz do vigilante, que os deixou passar sem revistar nenhuma mercadoria — acho que o subornaram — e porque as rodas pararam um pouco de tamborilar quando chegamos à ponte levadiça de madeira. Depois vieram vários giros em todas as direções e várias ordens em diferentes idiomas e dialetos, emitidas por vozes diferentes.

Minha triste posição, somada aos buracos do caminho, fez com que eu chegasse todo moído. E, quando achava que me libertariam de todas aquelas cordas que me apertavam por todas as partes, descobri que não pensavam em tirar nem o lençol. Um dos homens me jogou em seus ombros como se eu fosse um saco e me desceu por uma escadinha estreita até algum lugar que fedia a umidade, e onde os passos ressoavam com eco. Seria um esconderijo secreto? Um porão? Os homens falavam um inglês de subúrbio que eu tinha dificuldade em entender. Deixaram-me ali, na companhia de um vigilante que não era nenhum dos dois. Durante todas as horas em que fiquei ali, não me deram nem água.

Movi-me um pouco, arrastando-me pelo chão como um verme, pedi algo de beber para chamar sua atenção, embora a mordaça não me permitisse falar. Em vez de água, me deram um chute nas costelas que acabou com minha vontade de pedir qualquer outra coisa. Depois eu os ouvi indo embora e começaram para mim as horas mais negras do tédio.

No início senti curiosidade de decifrar os sons. Tinha necessidade de saber onde estava. Infelizmente, foi muito fácil. Só precisei de dois minutos, naquela solidão, para descobrir. Percebia um movimento lento, como se alguém agitasse o quarto. E um "glub-glub" de garrafa ou de aquário. Haviam me deixado no porão de um barco do porto. Tudo fazia sentido: a distância que havíamos percorrido, a escada estreita, as vozes dos estivadores... E, se por caso ainda tivesse alguma dúvida, de repente ouvi um pequeno chiado e senti um animalzinho caminhar sobre meus pés. Afastei-o com um golpe seco como uma chibatada, tendo a certeza de que era um rato, e posso lhe afirmar que não foi meu último encontro naquela noite com uma besta tão nauseabunda.

Não sei como consegui entreter as horas do meu cativeiro. Esgotei todo o meu repertório de versos italianos, tentei dormir um pouco — mas a postura não era muito confortável e a companhia, pouco desejável —, pensei muito em Mariana, recitei declinações latinas, dei voltas no segredo de Beaumarchais, sua amante e o comandante da Ordem de São Luís, para ver se conseguia amarrar os fios e compreender alguma coisa, recordei meus companheiros de viagem e fiquei muito triste ao pensar que podiam sentir a minha falta. Fiz planos para o caso de aquela embarcação zarpar comigo em seu bojo e que nosso destino fosse a América. Depois veio um silêncio impenetrável, que só era rasgado por uns roncos tonitruantes. Os roncos me fizeram pensar em Beaumarchais, e quase me sufoquei quando derramei uma lágrima e meu nariz ficou cheio de mucos indesejáveis.

Se alguma vez a amordaçarem, senhora — que os deuses não permitam! —, nem pense em chorar. Não é nem um pouco prático. Os mucos ficam amontoam entre o nariz e o cangote e formam uma bola que não vai a nenhum lugar. Eu me vi em sérios apuros para encontrar uma forma de respirar, como tenho por hábito de fazer desde a mais tenra infância. Enquanto isso, meu guardião dormia, e os ratos estavam muito acordados. Foi a noite mais horrível que já vivi. E espero sinceramente poder dizer a mesma coisa no dia em que estiver morrendo de velhice.

A manhã seguinte foi igual. Não parecia haver nenhuma mudança à vista: ninguém se importava comigo, o barco continuava ali, os ratos passeavam e vozes distantes chegavam do cais. Perguntei-me por mais quanto tempo eu deveria permanecer naquele buraco, com o corpo inteiro intumescido, padecendo de uma sede atroz e com o coração cheio de incerteza. O que seria de mim se ninguém pagasse meu resgate? Iriam me atirar no mar sem tirar sequer o lençol que me amortalhava em vida? Seria um cadáver misterioso flutuando nas águas nauseabundas do porto? Não seria uma pena morrer assim, com apenas 18 anos? Lembrei-me de minha mãe, coitadinha: se tivesse previsto este final, não teria se incomodado tanto em me alimentar quando eu não passava de um moleque mimado.

Mas minhas horas escuras estavam contadas, senhora. Calculei que já devia ser o meio da tarde quando pensei ter ouvido gritos estridentes que vinham de fora, e todo o barco estremeceu intensamente. Houve golpes, gemidos, correrias, e de repente a voz desafinada de uma dama se impôs para dizer:

— Levem-me até o prisioneiro, se não quiserem que eu corte suas cabeças agora mesmo.

Não me pareceu um comportamento muito feminino, mas a estranheza não foi nada se comparada com a alegria de ouvir uma voz conhecida. Havia mais gente ali, eu podia ouvir as pessoas caminhando pelo convés, mas não diziam nem meia palavra. Talvez a dama tivesse vindo com um exército de soldados armados, como a heroína de uma dessas comédias onde tudo é mentira e sempre se chega a um final feliz.

Senti umas mãos me balançando para afrouxar os nós dos lençóis e agradeci aos céus (apesar de ser um descrente). No início, não consegui ver o rosto da minha salvadora. Tantas horas de escuridão haviam deixado meus olhos inúteis. Depois, quando aos poucos me acostumei com a nova situação, enquanto aquelas mãos hábeis me livravam das cordas, virei-me para ver quem estava me salvando.

Caramba! Que surpresa!

Ali estava, como me parecia quando ouvia sem ver, a dama de Beaumarchais. Estava com seus impecáveis cachinhos e aquele vestido de seda amarela que vi no chão de seu quarto, combinando com umas luvas de veludo da mesma cor. Sobre a saia do vestido, bem presa à cintura pequena, via-se uma espada. Vista de perto, admirei seus olhos claros, de um azul quase transparente, seus lábios finos, suas faces rosadas. Movia-se com delicadeza, mas suas mãos eram fortes e seus braços, robustos.

— Está bem? Consegue caminhar? — perguntou-me com sua voz desafinada.

— Acho que sim — respondi.

— Fique em pé, então. Vou ajudá-lo. Apoie-se em mim.

Antes de sair dali, percebi com imensa satisfação que não havia me equivocado em nada. Estávamos, como supus, no porão imundo e úmido de um barco. Ao sair — pela escada estreita que também havia imaginado — vi que se tratava de uma fragata de bandeira inglesa e que, no convés, estavam os dois soldados do Sapo amordaçados e com os pés e as mãos amarrados. Não vou negar que me causou uma profunda satisfação encontrá-los na mesma postura incômoda em que eles tinham me deixado durante tanto tempo. Havia também um terceiro homem, tão rude que parecia ainda precisar ainda ser civilizado, que vestia só uma camisa e uma calça de marinheiro e que também havia sido amordaçado e amarrado. Suspeitei que podia ser meu vigilante noturno, aquele que roncava enquanto eu enfrentava os ratos. Meia dúzia de soldados, não sei se franceses ou catalães, vigiavam os prisioneiros, e no cais esperavam outros.

— Gostaria de saber o nome da minha salvadora — atrevi-me a dizer, já mais valente, quando pisei em terra firme.

— Para o senhor, Mademoiselle d'Eon — respondeu com um sorriso enigmático e encantador.

Sem dúvida, não seria possível dizer que era uma mulher bonita, mas vista de perto tinha um magnetismo que atraía como um canto de sereia.

Ainda restava alguma luz do dia. Calculei que não seriam mais de quatro horas, talvez quatro e meia. Com um pouco de sorte, ainda seria possível acompanhar os senhores chocolateiros à loja de Mariana, como estava previsto. Eu só precisava me apressar.

Os soldados carregaram os prisioneiros até o cais e se detiveram diante de Mademoiselle d'Eon, à espera de instruções. Ela disse:

— Levem-nos ao porão do *Libertas* e perguntem ali ao Sr. de Beaumarchais onde devem deixá-los.

Dei um pulo. Beaumarchais também estava ali? Lembrei-me da conversa clandestina da hospedaria, antes do começo das minhas desgraças. Haviam marcado às quinze para as sete, a hora em que o buque americano deveria zarpar. O acaso queria me fazer testemunha do segredo mais íntimo de um dos homens que mais admiro no mundo.

Vi-o de longe. Beaumarchais estava no cais diante de um bergantim de bandeira espanhola. Tinha postura de homem satisfeito, a quem a vida tinha acabado de conceder seus últimos desejos. Olhou para os prisioneiros e disse:

— Levem-nos ao porão da popa. No outro está seu comandante, e não quero que eles se olhem no rosto, nem que possam conversar até que o barco chegue a Boston. De qualquer maneira, quando souberem aonde vão, perderão a vontade de dizer qualquer coisa.

Foi assim que fiquei sabendo que o Sapo Inglês também havia sido capturado e que Beaumarchais tinha algum objetivo que eu não conseguia compreender. Talvez pretendesse vendê-lo como escravo? Ou pedir também um resgate? Torturá-lo para conseguir informações confidenciais sobre o inimigo?

Enquanto eu me entretinha com esses pensamentos, diante dos meus olhos atônitos se desenrolava um espetáculo difícil de digerir. Mademoiselle havia levantado a saia e enfiava suas pernas torneadas em calças masculinas de camurça bege. Tinha se livrado dos sapatos delicados e calçava botas militares de couro preto. Tirava a blusa e o espartilho e completava o conjunto com uma casaca grená toda debruada com fios prateados. Ia tirando a roupa de uma trouxa escondida na boleia do tílburi. Também usava uma peruca masculina, que substituiu os cachinhos de sua cabeça. Em vez das luvas de veludo amarelo, outras de napa escura. No lugar das joias, uma faixa que cruzava seu peito e da qual pendia uma condecoração militar em forma de cruz. Os cílios postiços tinham sido substituídos por um bigodinho também falso, que colou sobre o lábio superior com muita prática. Para rematar a transformação, o chapéu de três chifres com galão prateado e roseta de laço branco. Quando acabou, a única coisa que restava em seu lugar era a espada.

— Por que está com essa cara, Guillot? Ficou assustado ao ver como uma mulher tira a roupa e como um oficial se veste? — perguntou a mademoiselle, enquanto apertava o bigode com a ponta de um dedo.

Num abrir e fechar de olhos, com a perícia de quem já tinha feito aquilo mil vezes, havia se transformado naquele *commandeur* da Ordem Real e Militar de São Luís que outros haviam visto em companhia de Beaumarchais. O mesmo que eu tinha visto saindo do quarto da hospedaria de Manresa. E eu compreendia agora que ele e a dama misteriosa eram a mesma pessoa. Teria gostado de ter tempo para esclarecer algumas questões, mas estava mudo por conta da mais perplexa admiração. Além do mais, de algum ponto começava a vislumbrar o sentido de tudo aquilo. No entanto, ainda estava longe de compreender de verdade o que estava acontecendo.

— O senhor parece uma mulher de verdade — disse.

— Claro. Porque isso é o que sou.

— Mas agora é homem.

— Também, também. Permita-me que me apresente: Charles de Beaumont, mais conhecido como Chevalier d'Eon, leal servidor de nosso rei e seu amigo, se não o desagrada. — Acompanhou estas palavras com uma batida de calcanhar, bem militar.

— Eu achava que não fosse possível ser homem e mulher ao mesmo tempo. É claro que estava enganado.

— Foi o senhor quem disse. Isso me vem de nascimento. Quando me viram, meus pais ficaram tão desconcertados que me batizaram com três nomes de homem e três de mulher, para não se verem obrigados a escolher. O fato é que eu também não sei por qual me decidir, de maneira que durante um tempo sou um e durante um tempo o outro.

— Na realidade, como se sente, como mademoiselle ou chevalier? — perguntei.

— Depende do dia. E das necessidades.

— De acordo — insisti, insatisfeito. — Mas quem é?

— Alguém que fica muito nervoso com aqueles que acham que o mundo é simples.

— Ora, estou muito desconcertado — admiti.

— Sim, senhor, eu o compreendo. O desconcerto é o efeito mais leve que eu provoco. Vai passar.

— É verdade que seduziu o Sapo?

— O Sapo? Entendi! O apelido é ótimo! — Riu, exibindo dentes brancos e perfeitamente femininos. — O senhor é perspicaz, Guillot, e isso me agrada. Sim, eu o seduzi. Às vezes, convém fazer grandes sacrifícios pela França.

— E também o roubou?

— Claro que sim. Uma coisa tão asquerosa não pode ser feita de graça. Foi tão fácil...

— E naturalmente também ajudou o comandante a encontrar os contrabandistas de armas.

— Ajudá-lo? Não diria tanto. Na verdade, eu o distraio... Faço com que olhe na direção adequada.

— Porque... — Vinha agora a mais arriscada das minhas deduções. — Porque o senhor também é o contrabandista de armas, claro.

Sorriu com picardia.

— O senhor pergunta muito, Guillot. Assim chegará longe. Se antes não fatiarem seu pescoço, claro. — Ajustou a espada no cinto com um gesto decidido, bem masculino, e deu meia-volta, deixando-me ali plantado sem resposta à última pergunta e com a cara no chão.

As manobras de carregamento do bergantim continuavam. Depois dos prisioneiros, agora os estivadores carregavam caixas de madeira, grandes, escuras, aparentemente muito pesadas. Cada uma requeria quatro homens para ser transportada à barriga do veleiro. Era uma manobra lenta e delicada, que Beaumarchais vigiava com o máximo de cuidado. Quando tudo ficou organizado, os homens se despediram ruidosamente e se afastaram da embarcação. Para vigiar a carga bastavam dois marinheiros muito bem armados, que já estavam em seus postos. Só então Beaumarchais se permitiu relaxar um pouco. Aproximou-se de mim e me perguntou com um olhar penetrante:

— O senhor suspeita do que pode haver no bojo desse bergantim?
— Os reféns ingleses? — respondi.
— Mais nada?
— Eu não vi nada, senhor.
— Sabe qual é o destino do barco?
— Ouvi dizer que se dirige à Venezuela, mas agora há pouco acho que ouvi o senhor mencionar outro porto. Não me dizia nada e logo o esqueci.
— O que tem contado a Madame Adélaïde nestas crônicas que vive lhe escrevendo?
— Limito-me a escrever o que vejo e ouço, senhor. É o que sempre faço.
— Acrescente então que, se alguém quiser saber mais detalhes sobre este navio, sua carga e seu destino, pode perguntar ao rei, a cujos interesses todos nós que estamos aqui servimos.
— Farei isso se me exigir, senhor.

Fiquei disperso em minha própria insignificância, enquanto os homens concluíam seus negócios de suas respectivas torres de grandeza:

— Eu diria que isso é tudo, Beaumarchais.
— Eu também acho, Beaumont.
— O senhor esperará no cais pela hora de zarpar?
— Só me moverei daqui quando perder de vista o bergantim mais além da linha do horizonte.
— Quando voltaremos a nos ver?
— É difícil saber. O senhor tem planos para o futuro?
— Quero escrever duas ou três comédias que guardo na imaginação. O rei quer que as estreie na comemoração de seu aniversário. E os seus?
— Talvez visite a corte. Faz tanto tempo que estive lá pela última vez... Tenho saudade das fileiras perfeitas das árvores dos jardins. Fora de Versalhes tudo parece tão desordenado... Ou talvez passe

uma temporada em Londres, incógnito, saboreando as delícias da sociedade inglesa, que é a melhor do mundo, como o senhor sabe.

— Não entendo como o senhor pode suportar o fedor de Londres, meu amigo.

— Um nariz habituado não é ofendido pelo fedor. Paris também não cheira exatamente a rosas.

— Se o vento me levar a Londres, prometo visitá-lo.

— Tomara que sopre com força.

— É sempre um prazer trabalhar ao seu lado, Beaumont.

— Ia lhe dizer o mesmo, Beaumarchais.

A conversa tinha me enfeitiçado só de imaginar as coisas que aquela dupla de veteranos havia compartilhado. O que eles teriam visto. Minha imaginação já voava como uma gaivota quando a voz de Beaumarchais me trouxe de volta à terra:

— Vamos, Guillot, tire essa cara de idiota e faça o favor de subir no tílburi. Temos um encontro com uns chocolateiros e não quero me atrasar.

Quinze

(*Estamos na loja do chocolateiro Fernández. Mariana organiza os potes nas estantes perto do balcão enquanto cantarola uma toada. Parece feliz. Num campanário próximo soam as cinco horas da tarde. Coincidindo com a última badalada, a porta se abre e entram Guillot, Labbé, Delon e Maleshèrbes.)*

GUILLOT: Finalmente estamos aqui, senhores! Entrem, entrem! (*Para Mariana.*) Querida, eu lhe apresento os melhores chocolateiros da França, que vieram conhecer os produtos que seu marido inventou.
MARIANA: (*Inclinando a cabeça numa saudação.*) Sejam bem-vindos.
DELON, LABBÉ, MALESHÈRBES: (*Respondendo com o mesmo gesto.*) Senhora...
MARIANA: (*Mostrando a chocolateira de porcelana branca que está em cima do balcão.*) Aceitam uma xicrinha de chocolate? Acabei de prepará-lo.
LABBÉ: (*Mais relaxado.*) Não vou lhe dizer que não.
DELON: Eu também não. Com este frio, faz bem.
MALESHÈRBES: (*Para Guillot.*) Por que não nos disse que estávamos sendo esperados por uma ninfa? Que beleza! Que sorte que o marido esteja ausente!
MARIANA: Os senhores terão de me perdoar, só disponho de uma cadeira. Ficarão com as pernas cansadas de ficar em pé.

MALESHÈRBES: Aqui eu ficaria até de cabeça para baixo.
MARIANA: (*Coloca três xícaras no balcão e serve o chocolate, esvaziando completamente a chocolateira.*) Três xicrinhas, nem mais nem menos. Como o deseja, Monsieur Guillot?
GUILLOT: Passei por umas horas difíceis e meu estômago está no pé. Como a senhora quiser servi-lo estará bem.
MARIANA: (*Para os três chocolateiros.*) A chocolateira é um presente de Madame Adélaïde. Não é linda?
LABBÉ: Eu já ia dizer que me pareceu familiar.
MARIANA: (*Sorrindo, encantadora.*) Provem o chocolate, cavalheiros. E digam-me se gostaram.
LABBÉ: (*Bebe.*) O sabor é muito interessante.
DELON: (*Bebe.*) Está ótimo.
MALESHÈRBES: (*Termina a xícara de um gole.*) Delicioso! Sublime! Muito doce! O melhor chocolate que já provei!
MARIANA: E agora que já enganaram um pouco suas barrigas, devem querer ver a máquina, imagino.
LABBÉ: Foi exatamente para isso que percorremos uma distância tão longa, senhora.
MALESHÈRBES: Mas ver a senhora também teria sido um motivo estupendo.
DELON: Se me permitem, eu gostaria de dedicar algumas palavras à nossa anfitriã. A senhora é muito amável querendo nos mostrar o engenho na ausência de seu esposo, senhora.
MARIANA: O Sr. Guillot lhes contou que...?
DELON: Que está viajando.
MARIANA: Ah, tanto melhor. (*Dirige-se ao fundo da loja.*) Por aqui, senhores.
MALESHÈRBES: Sempre atrás da senhora.
GUILLOT: Eu também vou.

(*Mariana e os quatro homens desaparecem no fundo da loja. Mimó entra, gritando como um energúmeno, acompanhado por dois guardas.*)

MIMÓ: (*Gritando.*) Mariana! Há alguém aí? Mariana! Apareça e receba como se deve!
MARIANA: Quem é? (*Com cara de espanto quando vê Mimó e os outros.*) Ah, é você! Se soubesse, nem apareceria.
MIMÓ: Saia do caminho. Viemos levar a máquina.
MARIANA: O que foi que disse?
MIMÓ: Vamos levá-la.
MARIANA: É claro que não.
MIMÓ: É claro que sim. Está confiscada.
MARIANA: Nem pensar.
MIMÓ: Será melhor você não resistir. O aparelho agora é nosso.
MARIANA: Vosso de quem?
MIMÓ: (*Com orgulho.*) Do ilustre Grêmio de Chocolateiros da Cidade de Barcelona.
MARIANA: Nem sonhando!
MIMÓ: Não partirei com as mãos vazias. A lei está do meu lado.
MARIANA: Já falamos sobre isso muitas vezes. A lei me ignora, e eu a ela.
MIMÓ: (*Com um sorriso cínico.*) Sabia que você não facilitaria, porque ousou rejeitar ofertas muito melhores. Por isso, desta vez eu não vim sozinho.

(*O comandante González de Bassecourt entra na loja.*)

MARIANA: Comandante González? O senhor?
COMANDANTE: Lamento muito. Não me resta outro jeito.
MARIANA: Mas como?! Há apenas dois dias o senhor estava aí mesmo, tomando chocolate às minhas custas e se deliciando!

COMANDANTE: Sim, sim, tem razão. Sou um grande admirador do seu chocolate e de sua pessoa.

MARIANA: Então o senhor tem uma maneira muito estranha de demonstrar isso.

COMANDANTE: Não posso ir contra a lei. Mimó tem razão, não posso fazer nada: as regras dizem que uma mulher não pode administrar um negócio.

MARIANA: De que maneira posso lhe dizer que não sou uma mulher sozinha? Sou casada! Meu marido está viajando.

MIMÓ: (*Com ironia.*) Ele deve ter ido ao fim do mundo.

COMANDANTE: Lamento de verdade, Mariana. Terei de fechar a loja até que seu marido volte.

MARIANA: Já estou vendo. E vai permitir que me eles roubem a máquina.

MIMÓ: Está con-fis-ca-da. Não está me ouvindo? A máquina está confiscada como garantia. Quando pagarem o que devem ao Grêmio, talvez a devolvamos.

MARIANA: (*Para Mimó, em voz baixa.*) Você é um homem mau, Mimó. Meu marido sempre soube disso. Por isso nunca confiou em você. Embora seja ainda pior como chocolateiro do que como pessoa. Por isso tem de recorrer a expedientes tão maus.

MIMÓ: É minha imaginação ou está falando de seu marido no passado? Está vendo? Você também sabe que ele não vai voltar.

MARIANA: (*Para o comandante.*) E o senhor não diz nada? Estas pessoas entram na minha casa, me atropelam, e o senhor permite isso? Ou foi subornado? Não se importa que eu fique sem meios de subsistência? Vou viver de quê, se me deixarem sem a loja e sem a máquina?

MIMÓ: Vá pedir esmola. Com suas virtudes, não terá problemas para encontrar quem a mantenha.

MARIANA: (*Apertando os punhos.*) Saia da minha casa!

Mimó: Desta vez você não vai me expulsar, mulher. Vim para levar o que me pertence. Deixe-me passar.
Mariana: Não!
Mimó: Como queira. Está me obrigando a fazer o que não quero fazer.

(Mimó afasta Mariana com péssimas maneiras e vai para os fundos da loja.)

Voz de Mimó: Cavalheiros, o que fazem aqui? Onde está a má...?
Voz de Maleshèrbes: *(Muito alterado.)* Vocêêêê? Uma bênção dos céus! Era exatamente você que eu queria encontrar! Tome! E tome mais!

(Ouvem-se golpes e muito barulho de porcelana se transformando em cacos. Mimó sai com a mão no nariz, que jorra sangue.)

Mimó: *(De agora em diante, com voz anasalada.)* O que aquele homem está fazendo aqui? E onde está a máquina?
Maleshèrbes: *(Saindo dos fundos da loja, apontando para Mimó.)* É ele! É o ladrão que roubou tudo da gente! Sem-vergonha! Imbecil!
Comandante: De quem está falando? Do pró-gremista?
Maleshèrbes: *(Para o comandante, mas com o punho pronto para dar outro soco em Mimó.)* Prenda-o ou vou esquartejá-lo!
Labbé: *(Saindo dos fundos da loja, assustado, para Maleshèrbes.)* Amigo, seja razoável. Ele é menor que você.
Maleshèrbes: E daí? Se isso fosse um argumento, eu nunca poderia bater em alguém.
Delon: *(Também saindo.)* Santo Deus! É um espetáculo bastante desagradável.
Comandante: *(Levantando a voz.)* Senhor, acalme-se, eu lhe suplico.
Maleshèrbes: *(Dando outro soco em Mimó.)* Onde está nosso dinheiro? Confesse, cretino, ou vou esmagá-lo como se fosse um grão de cacau!

Mimó: Por favor! Eu não fiz nada!
Maleshèrbes: (*Dá outro soco no mesmo lugar.*) E ainda mente! Vou triturá-lo!
Comandante: Senhor, estou ordenando que pare.
Mimó: Socorro! Sr. González, tire este animal de cima de mim! Ele quer me matar!
Comandante: (*Desembainhando a espada.*) Todo mundo quieto!

(*Todos obedecem-no. Mimó geme, tombado no chão, com o nariz quebrado. Mariana observa a cena escondida nos braços de Guillot. Labbé e Delon são observadores expectantes. Maleshèrbes está vermelho como um tomate e quer bater em Mimó mais uma vez.*)

Maleshèrbes: Diga onde estão nossas coisas. Onde escondeu nosso dinheiro, seu verme?
Mimó: Eu não tenho nada, senhor. Juro.
Maleshèrbes: Não jure em vão, ladrão. (*Atirando-se em Mimó.*) Vou fazer farelo de você! Transformá-lo em manteiga!
Mimó: (*Morto de medo.*) Por piedade, ouça-me. Tenho uma coisa para lhes dizer, mas não vou conseguir se ficar me batendo o tempo todo.
Maleshèrbes: Não estou interessado em ouvi-lo.
Comandante: (*Para Maleshèrbes.*) Senhor, devo pedir que se contenha e permita que o lad... quero dizer, o Sr. Mimó, se expresse.
Maleshèrbes: Não me interesso bulhufas pelo que este sujeito possa dizer.
Comandante: Senhor, se não se contiver, serei obrigado a mandar prendê-lo.
Labbé: (*Segurando o companheiro.*) Maleshèrbes, amigo, acalme-se um pouco.
Maleshèrbes: Não posso! Não consigo!
Delon: Assim é difícil se entender.

Mariana: (*Com voz trêmula, para Maleshèrbes.*) Faça isso por mim.

Maleshèrbes: (*A contragosto.*) Está bem. Já que está me pedindo.

Comandante: (*Para Mimó.*) Você tem a oportunidade de se explicar, Mimó. Estamos ouvindo.

Mimó: A verdade é que dois colegas do Grêmio e eu mesmo roubamos tudo o que eles tinham. (*Exclamação de fúria geral.*) Mas fizemos isso por engano. Um diplomata anônimo, de quem não voltamos mais a ter notícia, nos disse que uma delegação inglesa havia chegado à cidade com a intenção de levar a máquina de Fernández. Deu-nos o endereço da estalagem onde estavam hospedados, que era a de Santa Maria, só que a delegação hospedada lá era francesa, mas só soubemos disso muito tarde. Fizeram uma armadilha para a gente, senhor. Nós só queríamos evitar que outros levassem a máquina. Os estrangeiros sempre se apaixonam por tudo, e seus bolsos transbordam de dinheiro. Eram uma ameaça que não podíamos permitir. Esta máquina tem de ser nossa, pelo menos até que Fernández pague o que nos deve.

Mariana: (*Para Mimó, com raiva.*) Homem ruim! Por que não lhes diz também que quer me possuir, como se eu fosse um objeto? Que está levando a máquina porque eu não concordei em me entregar a você?

Maleshèrbes: (*Outra vez exaltado, vai até Mimó.*) Vou esmigalhá-lo! Vou trinchá-lo! Vou picar você no pilão!

(*Três homem seguram Maleshèrbes para que Mimó possa terminar.*)

Mimó: Roubamos os senhores, é verdade, já reconheci. Depois de embebedá-los com *ratafía*.* Só que, alguns dias mais tarde, nós também fomos roubados e os ladrões levaram todo o butim.

---

* Licor tradicional catalão feito por maceração em álcool de nozes verdes. Pode levar também cerejas ou ginjas. (*N. da A.*)

Deve ter sido coisa daquele informante anônimo, sobre o qual não sabemos nada. Fomos usados por ele, isso é tudo. É por isso que não temos nada do que roubamos, senhores. Acreditem ou não, esta é a verdade.

MALESHÈRBES: (*Lutando para se livrar dos homens que o seguram.*) Eu não acredito nem em meia palavra!

COMANDANTE: Um momento, Monsieur Maleshèrbes. Eu acredito, sim. (*Para Mimó.*) Está confessando que é ladrão?

MIMÓ: É ladrão quem rouba uma única vez e para salvar os seus?

COMANDANTE: Sim, senhor, como todos os outros ladrões.

MIMÓ: É claro que não! Aqueles ingleses queriam a máquina e ela só pode ser dos chocolateiros barceloneses. O senhor não entende que agi pelo bem do comércio e da indústria da cidade?

COMANDANTE: Mimó, você está preso.

MIMÓ: Como? O senhor não pode...

COMANDANTE: Eu acho que posso! Sou a autoridade, por isso você me pediu para vir. (*Para seus homens.*) Levem-no.

MIMÓ: O que o senhor está fazendo? É uma manobra sua, Mariana. Onde está a máquina. Escondeu-a? Não está no lugar de sempre...

MARIANA: O que vai contar para mim? Estava aqui ontem quando fui para a cama. Talvez você e seus comparsas a tenham roubado, como ameaçou fazer tantas vezes.

MIMÓ: Claro que não. Confesse onde está!

MARIANA: Não acredito em você, homem mau. E os juízes também não vão acreditar.

MIMÓ: Não diga besteiras.

MARIANA: Você acaba de reconhecer que é um ladrão. Quem vai acreditar em você a partir de agora?

COMANDANTE: (*Concordando com expressão grave.*) A senhora tem toda a razão. Quando o juiz souber que você confessou um crime diante de mim e de todas estas testemunhas, não vai achar que é inocente. Os crimes costumam vir acompanhados de outros crimes, e os criminosos costumam achar prazeroso que seja assim. Os juízes costumam saber disso.

MIMÓ: Nunca tive de ouvir um punhado de sandices maior. Eu não estou com a maldita máquina!

MARIANA: Ah, então os ingleses devem tê-la roubado. Não têm muita paciência para negociar.

MALESHÈRBES: E também poderíamos ter sido nós, não é? Também a queremos. Tudo isto é muito engraçado!

COMANDANTE: Temos aqui um complicado caso de suspeitos múltiplos. Era só o que me faltava!

MIMÓ: (*Gritando.*) Mariana, você vai se lembrar disso pelo resto de sua vida!

MARIANA: Eu também acho. Não é fantástico que uma vez na vida estejamos de acordo?

COMANDANTE: Levem esse escandaloso, façam-me o favor. Levem-no ao cárcere da praça Ángel.

(*Os dois guardas saem arrastando Mimó, seguidos pelos homens que o acompanhavam, e todos se perdem de vista.*)

GUILLOT: Um nariz de batata a menos! (*Pensativo.*) É irritante ter de partir antes de descobrir por que as pessoas desta terra não querem comer batatas. O senhor tem alguma explicação, González?

COMANDANTE: Não tinha pensado nisso. Mas, conhecendo os catalães, não acharia estranho que fosse porque os franceses insistem muito em que devem fazê-lo.

GUILLOT: Ah, talvez, talvez. Só para contrariar.

COMANDANTE: Contrariar aqui é uma religião.

GUILLOT: É mais do que interessante. Alguém deveria estudar o que o senhor diz.

COMANDANTE: (*Para Mariana.*) Querida, você não sabe como tudo isso que está acontecendo com você me perturba.

MARIANA: Ainda quer fechar minha loja?

COMANDANTE: (*Tristonho.*) Não quero, mas, infelizmente, vou ter de fazer isso. Existem muitas denúncias contra vocês. E as acusações são graves. Vocês têm inimigos entre os pró-gremistas de três grêmios: os chocolateiros, os moleiros e os boticários. Todos contra vocês! E você é provedora da Casa Real! Temo que, a menos que seu marido consiga dar um jeito, não terei outra saída a não ser agir de acordo com o previsto.

MARIANA: (*Pensa.*) Bem, suponho que era previsível. E tem de ser agora mesmo?

COMANDANTE: Imediatamente.

MARIANA: Está bem. Então, tome. (*Entrega-lhe uma chave.*) Saia e feche por fora. E faça o que tiver de fazer.

COMANDANTE: Você não sabe como lamento...

MARIANA: Sim, isso o senhor já disse, comandante González. Feche de uma vez.

COMANDANTE: E você? E seus convidados?

MARIANA: Sairemos agora mesmo pela porta de trás.

COMANDANTE: (*Parece hesitar, mas se decide.*) Ah, bem. Então, com grande pesar, cumpro meu dever. Já vão bater as sete horas e ainda preciso ir ao porto procurar movimentos suspeitos. Mariana, eu lhe desejo boa sorte.

MARIANA: Eu também ao senhor.

COMANDANTE: (*Agitando a mão.*) Adeus a toda a equipe.

(*O comandante vai para a rua e começa a descer os postigos da loja. Primeiro se ouve a chave girando na fechadura. Depois, alguns homens do comandante vão tapando tudo com tábuas de madeira, que cravam com pregos e martelos. A partir de agora, toda a cena se desenvolve no meio do repicar de martelos. Lá dentro, vai escurecendo aos poucos.*)

Labbé: Não sabia que sua loja tinha uma porta traseira.
Mariana: Não tem.
Labbé: Então... Como é que você... Estamos presos? Pode-se saber como vamos sair daqui se fecharam a única porta?
Mariana: Sairemos. Não se preocupem. Tudo foi armado. Não é mesmo, Sr. Guillot?
Guillot: Até o último detalhe. Como numa comédia.
Maleshèrbes: (*Com cara de bobo.*) Confio plenamente em você, Mariana. E tudo isso me parece muito divertido e bastante original.
Mariana: Obrigada, Monsieur Maleshèrbes, o senhor é mais do que amável.
Maleshèrbes: Por favor, me chame de Augusto.

(*Dos fundos da loja chega de repente uma claridade. Sai o padre Fidelinho, com uma caixa na mão cheia de lampiões acesos.*)

Padre Fidelinho: Boa tarde e que Deus os abençoe. (*Para Guillot.*) A comédia saiu como devia sair?
Guillot: Até melhor! Aconteceram alguns imprevistos estupendos. González prendeu Mimó.
Padre Fidelinho: Então esperem, que ainda falta o desenlace. Estão todos preparados?
Guillot: Preparados e às suas ordens.
Padre Fidelinho: (*Entregando os lampiões aos chocolateiros.*) Senhores, façam o favor de segurar esta luz para iluminar seus passos. Monsieur Guillot, que conhece o caminho e foi bem treinado, irá na frente. Eu irei encerrando a comitiva, mas antes ocultarei a passagem secreta que leva ao túnel. Os senhores tinham imaginado que iriam acabar entrando em bueiros? Estão vendo que os romanos deixaram toda a cidade esburacada. Não sei para que eles queriam todos esses caminhos secretos, por mais que nos sejam úteis. Peguem, senhores, peguem uma luz. Não

esqueçam seus pertences. Não tropecem. Mais vale levantar as bainhas das capas. Às vezes os passadiços subterrâneos não estão muito limpos e poderiam sujá-las. Não temam: do outro lado o Sr. de Beaumarchais os espera com uma carruagem pronta para partir. Adiante, adiante, eu vou em seguida.

(Todos saem de cena. Nesta ordem: Guillot, Labbé, Delon, Maleshèrbes. Mariana pega a chocolateira e a embrulha no pano de veludo turquesa em que a recebeu. Segura-a com muita delicadeza, como se fosse um bebê. Mariana e o padre Fidelinho ficam a sós.)

MARIANA: *(Parece prestes a chorar.)* Padre... Como é possível? Está salvando minha vida de novo.
PADRE FIDELINHO: Marianinha, minha filha, não diga besteiras! Isso só Deus pode fazer. Eu só o estou ajudando um pouco.
MARIANA: Como poderei lhe pagar?
PADRE FIDELINHO: Eu lhe direi como. Quando estiver vivendo longe, e todo mundo se apaixonar por você e elogiar suas virtudes e todos quiserem conhecer a bela chocolateira que trocou Barcelona por Versalhes, quando você for a mais admirada e desejada e elogiada de todas as mulheres do palácio, nesse mesmo instante quero que pense no lugar de onde saiu e lembre-se de que, neste cantinho insignificante do mundo, teve seu primeiro admirador, um pobre pároco velho com um nome de dar risada.
MARIANA: Ah, padre, que coisas o senhor diz. O que poderei encontrar que seja melhor do que isto? Quem melhor que o senhor? Eu me lembrarei do senhor a cada dia que passar longe da minha verdadeira casa. E voltarei quando puder, lhe juro que...
PADRE FIDELINHO: Psiu! Não jure, que é feio! E vamos, estão nos esperando.

(Mariana sorri, enxuga uma lágrima e sai. O padre Fidelinho fica sozinho, iluminado por uma lâmpada a óleo. Seu rosto, na mais absoluta escuridão, produz um efeito fantasmagórico. Os homens do comandante terminaram seu trabalho. Lá fora, param as batidas.)

PADRE FIDELINHO: Já passam das sete horas, e no porto zarpa um barco. O comandante ainda não se deu conta de que a loja não tem porta traseira. No fim do túnel subterrâneo há um carro esperando a comitiva. Dentro do carro, desmontada em 22 pedaços, viaja a máquina de fazer chocolate. Amanhã a essas horas os homens e a máquina estarão a caminho de Versalhes. Mariana irá com eles, ainda convencida de que algum dia voltará. Guillot, o jovem apaixonado, será um homem feliz. Beaumarchais... Ah, não me atrevo a fazer um comentário a respeito de Beaumarchais. Este homem tem muitos segredos, e todos são importantes. Gostaria apenas que respondesse a esta pergunta: senhor autor, ao apagar das luzes a comédia acaba ou, no meio da escuridão, ainda devemos esperar que alguma coisa aconteça?

(O padre Fidelinho sai. A luz tênue que chega da boca da passagem subterrânea se apaga.)

(ESCURIDÃO)

Dezesseis

Madame:

Tenho o prazer de lhe informar que nossa delegação sairá de Barcelona às sete da manhã de amanhã, na mesma hora em que os portões da muralha se abrem. Se todo mundo estiver se sentindo bem-disposto e não encontrarmos no caminho pedras, buracos ou ladrões que nos atrasem, acreditamos que poderemos chegar a Hostalric na hora do jantar. Da mesma maneira, e contando que numa viagem tão longa sempre surgem imprevistos que jogam os planos no lixo, chegaremos ao palácio em não mais do que 14 dias.

A delegação francesa que fará a viagem de volta é formada por cinco cavalheiros e uma dama. Estou convencido de que, se tiver lido com atenção esta crônica, a senhora poderá afirmar que os conhece. Apesar de tudo, detalho que se trata de mim mesmo, que sou seu servidor; de Monsieur Beaumarchais, que serve aos interesses de seu sobrinho; de nosso Labbé, chefe confeiteiro do palácio; de Monsieur Maleshèrbes, pró-gremista do Grêmio de Chocolateiros de Paris; e de Monsieur Delon, representante dos de Bayonne. A dama se chama Mariana, é a melhor chocolateira de Barcelona, e viaja a Versalhes pela primeira vez com muita vontade de conhecê-la e de mostrar a pessoas sofisticadas suas muitas habilidades. Todos estão convencidos de que, com ela entre os passageiros, a viagem de volta será mais curta do que a de ida e muito mais agradável. Comungo dessa opinião com fervor.

As últimas horas nesta cidade vieram carregadas de surpresas, todas elas extraordinárias. A primeira delas foi encontrar, dentro do túnel aonde o padre Fidelinho nos levou, uma espécie de trem feito de carrinhos de mina pequenos (mas com rodas grandes) carregados com a máquina de fabricar chocolate do Sr. Fernández, só que tão esquartejada que ficava difícil reconhecê-la. Cada um de nós, com a única exceção da gentil Mariana, carregou uma parte do invento através dos estreitos túneis, e desta forma conseguimos que ela saísse da loja, do bairro e até da cidade.

No final daquele percurso subterrâneo, encontramos Beaumarchais trepado no banco de uma carruagem, esperando por nós. Estava acompanhado por dois homens muito robustos, que se vestiam como estivadores do porto e nos ajudaram nas tarefas que requeriam mais força, deixando o aparelho numa carroça mais resistente que também estava com eles. O padre Fidelinho os acompanhou, alegando que um ministro de Deus abre muitas portas. Despedi-me do religioso quase entre lágrimas, e antes de nos separarmos ele me olhou nos olhos e murmurou:

— Alguma coisa me diz que você voltará, Guillot. Não demoraremos muito para recebê-lo de novo nestas ruas úmidas.

Saímos à luz do sol num ponto que ficava extramuros. E assim, todos juntos na carruagem e com expressões de amigos que regressam depois de passar um dia no campo, penetramos na cidade pelo Portal Nou, sem levantar suspeitas. Todos se maravilharam diante da lucidez com que aquela manobra havia sido pensada, e ainda mais quando souberam que seus autores foram o padre Fidelinho e um funcionário, eu, embora não tivéssemos conseguido sem a ajuda de Beaumarchais.

— Aqui estão os planos misteriosos do nosso líder — disse Delon, sempre conciliador.

E, como parecia ter chegado a sua vez de tomar a palavra, o secretário do rei inclinou um pouco a cabeça, olhou para nós do banco e opinou que sim e que não, que suas maquinações secretas nem sempre haviam tido a ver com a salvação de Mariana e sua máquina, e sim com alguns negócios secretos que não podia revelar e que eram extremamente confidenciais. Aproveitou a oportunidade para nos dar uma notícia estupenda. Criou-se na carruagem uma expectativa tão monumental que até as mulas pararam para ouvir do que se tratava.

— Recuperamos o que nos roubaram aqui naquela maldita noite. Quando chegarem à hospedaria, encontrarão tudo.

Houve uma explosão de alegria que sobressaltou as pobres mulas.

— Tudo? O dinheiro também? — Quis saber Maleshèrbes, que de tão bem-humorado estava irreconhecível.

— Tudo!

Ainda nos restava uma tarde inteira em Barcelona e os chocolateiros, vendo-se de repente com alguma coisa nos bolsos, fizeram planos para se despedir da cidade. Ouvi-os dizendo que iriam de novo àquele café onde provamos a *ratafía* pela primeira e quem sabe a última vez. Até o moderado Delon apostou quantas garrafas seria capaz de esvaziar sozinho antes de perder a sobriedade.

Beaumarchais não o censurou por esta conduta. Afinal de contas, estávamos numa terra estranha e já se sabe que ninguém se comporta em casa da mesma maneira como fora dela. Não havia nenhum mal no fato de que alguns homens honestos saíssem para se divertir um pouco.

Quando fiquei sozinho com Beaumarchais, ele se aproximou de mim para me falar, em tom confidencial:

— Devo voltar a lhe perguntar, amigo Guillot. Pode me dar sua palavra de que não vai contar a ninguém o que me viu fazer?

— Já a tem. Com a única exceção da crônica que escrevi a pedido de madame, pode ter certeza de que eu não...

— É exatamente dessa crônica que estou querendo lhe falar. Temo que terá de entregá-la a mim.

— Ao senhor?

— É muito perigoso deixá-la nas mãos da madame. Suponho que tenha escrito sobre Mademoiselle d'Eon.

— Claro.

— E de nossas andanças no porto.

— Também.

Beaumarchais balançava a cabeça.

— Entregue as folhas escritas.

— Impossível. Dei minha palavra de que estas folhas só teriam uma dona.

— Guillot, se você resistir, terei de roubá-las.

— Seria capaz de tamanha baixeza?

— Cumpro ordens.

— De quem? Do rei?

— Isso não é da sua conta.

— É tão importante assim o que tem na mão?

— É. Pelo menos até que recebamos notícias.

— Claro. Notícias de Boston, não é mesmo? Ouvi dizer que lá as pessoas têm sede de liberdade. De fato elas acreditam que a França as ajudará a consegui-la?

Olhou-me fixamente.

— O senhor disse...

— Que não me lembrava do nome da cidade à qual o navio se dirigia. Eu sei.

— Mas se lembra.

— Minha memória está vazia.

— O que mais sabe?

— Ah, não muito, de verdade. Sei que Monsieur Beaumont é um espião a serviço da França, talvez o melhor e mais qualificado.

Também sei que no palácio fortunas estão sendo apostadas sobre qual é seu verdadeiro sexo, que por enquanto ninguém sabe com certeza.

— O senhor me surpreende.

— Além disso, desconfio que não seja apenas em nome do rei que o senhor apoia os rebeldes americanos. Também sei que o senhor investiu nisso sua própria fortuna, que não é pequena.

— São muitos os cavalheiros da França que apoiam a luta contra os grilhões ingleses, em nome da liberdade.

— Compreendo. Assim os novos homens livres ficarão em dívida com o senhor. Uma variante inteligente do jogo de apostas.

— Muito bem, Guillot.

Achei que a paciência de Beaumarchais estava começando a se esgotar e que ele estava querendo terminar a conversa.

— Pensava em aproveitar a tarde livre para corrigir a última cena de uma comédia em que estou trabalhando. Você se importa em me dizer se pretende me fazer alguma proposta?

— Vou lhe entregar as folhas nas quais escrevi para Madame Adélaïde.

— Fico feliz em ver que resolveu ser razoável.

— Quando chegar ao palácio, direi à minha senhora, e o senhor confirmará, que foram roubadas por ladrões numa hospedaria do caminho.

— Bem pensado.

— Reproduzirei a crônica de viva voz, se me pedirem para fazê-lo, mas evitarei fazer qualquer referência aos assuntos que o preocupam.

— Você é um homem esperto.

— Então não falemos mais nisso. Amanhã lhe entregarei. Dou minha palavra.

— Amanhã? E por que não agora mesmo?

— Porque ainda não está terminada. Um autor jamais faria isso com uma obra sua, por ínfima que seja, o senhor deveria saber disso. Nós, que juntamos palavras, nunca podemos saber que olhos cairão sobre nossos parágrafos. Por isso, hoje à noite, assim que terminar e polir a parte que falta, o caderno será todo seu.

— É razoável.

— Em troca, preciso lhe pedir algo.

— Já desconfiava! Tenha cuidado, a qualquer momento posso desembainhar a espada e dar as negociações por encerradas.

— Não é nada difícil. Só quero que o senhor fale com o rei a meu respeito. Que me indique para um cargo.

— Um cargo? Vai me dizer agora que quer ser ministro!

— Muito melhor. Bibliotecário.

Seus olhos brilharam de emoção ou de alegria ao ver que tudo terminava sem mais sobressaltos.

— Bibliotecário do palácio?

— Exato.

— Você sabe das pilhas de livros que existem nas bibliotecas do palácio?

— Quantos mais, melhor.

— E de como estão desorganizados?

— Assim meu trabalho estará garantido por anos e anos.

— E da quantidade de poeira que se acumula sobre eles todos os dias?

— Aprenderei a manejar o espanador.

— Bibliotecário? — Afastou-se um pouco, como se quisesse me ver melhor. — Combina com você, é evidente. Está bem, Guillot, pode contar com isso!

Foi assim que fechamos aquele pacto de cavalheiros. Em nenhum momento me atrevi a confessar a admiração que tenho por ele. Disse-lhe que, se lesse minha crônica, logo veria que certa parte foi escrita seguindo o roteiro de uma de suas comédias.

Pensei que ele se sentiria tão adulado quanto eu me sentiria feliz por tê-lo como leitor.

Usei o resto da tarde, mais além do pôr do sol, cumprindo uma promessa que fiz à bela Mariana.

— Você poderia me fazer o favor de me acompanhar à Casa de Misericórdia? Quero visitar uma pessoa antes de partir e tenho medo de andar sozinha pelas ruas escuras.

A Casa de Misericórdia fica num prédio grande e escalafobético da rua Carme. A pessoa com quem Mariana queria se encontrar se chamava Caterina Molins e era uma garota de pouco mais de 15 anos, que quase não consegui vislumbrar por culpa da densa escuridão. No entanto, ela me pareceu uma criatura bem formada e de traços agradáveis. Depois fiquei sabendo do motivo da visita, que não era outro além de presenteá-la com a chocolateira que ela também tinha recebido de presente, embrulhada no mesmo pano de veludo turquesa. Talvez Mariana não quisesse correr o risco de que a peça se quebrasse durante uma viagem tão longa quanto a que faremos a partir de amanhã. Ou talvez essa Caterina seja uma pessoa por quem ela sente uma estima tão grande que não quer se despedir sem deixar alguma coisa em suas mãos.

As duas garotas choravam, abraçadas, e falavam aos sussurros. Sei que não é correto, mas agucei o ouvido para saber o que estavam dizendo.

— Mas quando você pretende voltar? O que vou fazer sem você? — perguntava a menina.

— Caterininha, eu lhe suplico para não tornar as coisas mais difíceis para mim. Estou lhe dizendo que voltarei, embora não saiba quando. Quando voltar, quero encontrá-la transformada numa pessoa útil. Obedeça as irmãs em tudo. Procure uma casa para trabalhar. Confie no padre Fidelinho, está me ouvindo?

A menina Caterina concordava com a cabeça, e Mariana acariciava seus cabelos.

— Você é a única pessoa que me resta no mundo, é uma boa amiga. Tem de prometer que ficará bem, que não desperdiçará sua vida em nada de ruim. Não quero carregar uma pedra no coração.

Caterina abriu os olhos, parou de chorar.

— Prometo — disse.

— Trouxe algum dinheiro para você. Não gaste tudo de uma vez. Também quero que fique com isto. É uma chocolateira. Acho que é valiosa. Se um dia precisar de dinheiro, pode empenhá-la e lhe darão por ela pelo menos 50 reais. E, se não a empenhar, quero que a tenha sempre por perto para se lembrar de mim. Você fará isso?

— Sim — respondeu, desconsolada, aferrada à chocolateira.

A conversa se prolongou por mais alguns instantes, até que Caterina sorriu um pouco e Mariana sentiu que tinha forças para ir embora. Quando atravessamos a porta do centro beneficente, a rua Carme estava deserta e ao longe soava o toque de fechar portas.

E eis que chega até aqui, madame, esta crônica que a senhora nunca lerá, a menos que aconteça alguma confusão que mude o curso dos acontecimentos, colocando-a em suas brancas mãos.

Saiu do punho e da imaginação de seu leal servidor com a intenção de ser fiel à senhora e aos fatos, na cidade de Barcelona, durante o inverno gelado do ano de 1777.

Beijo sua mão com afeto perpétuo.

Victor Philibert Guillot

Final

MADAME ADÉLAÏDE

Q UERIDA VICTORIA, MINHA irmã:
Ontem venci finalmente a preguiça e visitei a fábrica de porcelana, como prometi. Desde que nosso pai mandou que fosse transferida para a vila vizinha de Sèvres, eu vinha adiando esse momento. Apesar de minhas reticências, devo dizer que foi uma visita muito agradável. Fui recebida com todas as honras pelo seu diretor, um homem tagarela, empenhado em me mostrar até o último canto do edifício. Desde a cancela de ferro forjado que a rodeia até as oficinas ocultas sob o telhado do terceiro andar. Admito que fiquei muito impressionada. Todos os artesãos que trabalham lá — escultores, torneiros, reparadores, gravadores, pintores, douradores... — fazem um trabalho magnífico, que tenho medo de não ter elogiado o bastante durante minha visita, pelas razões que você e eu conhecemos. Afinal de contas, eles são súditos de nosso pai e não merecem o desprezo de ninguém. Não quero que achem que desaprovo sua presença tão próxima do palácio. Na verdade, eu a aprovo. Fico feliz em ter uma indústria tão sofisticada ao lado de casa. Gosto que a França a possua. Sou, como você, minha irmã, admiradora da arte sutil da porcelana; celebro o fato de que finalmente nós, europeus, tenhamos conseguido entender seu mistério e não precisemos mais comprá-la no Oriente, como acontecia antes. Considero um avanço que existam pratos, jarras e lâmpadas fabricados com delicadas argilas francesas. Ninguém jamais poderá me acusar de não amar nosso país.

Durante a visita, que foi longa e esgotou os pés das minhas damas de companhia, mas não os meus, eu me obriguei a sorrir de vez em quando. Não era fácil, porque em todos os momentos tinha em mente o fantasma de você sabe quem. Ah, que raiva enorme! Eu desejava não me lembrar dela, havia jurado a mim mesma com afinco, repeti logo antes de entrar, e apesar de tudo... Não, nem penso em escrever seu nome neste papel. Escrever alguma coisa é torná-la presente, palpável, devolvê-la à vida. Seu nome não deve perdurar em nenhum lugar, embora saiba muito bem que ele há de perdurar, talvez mais do que o nosso, irmã. Se você tivesse me perguntado ontem quais são os méritos dessa mulher, eu teria respondido no ato: "Nenhum." Ou talvez, pior ainda, teria lhe dito uma baixeza envenenada de ironia: "Ah, mas teria ela méritos que possa exibir fora da cama de nosso pai e coberta por alguma roupa?"

Ontem, no entanto, depois da visita à fábrica de porcelanas, pedi que me deixassem a sós por um momento dentro da carruagem. Eu precisava pensar. Ali, diante de mim mesma, reconheci que quem se empenhou na existência de um lugar como este guarda, sim, algum mérito. Pelo menos o mérito do bom gosto. Você sabe que um alquimista da fábrica inventou uma cor só para ela? É um rosa pálido nada feio. Os pintores o aplicam em todos os objetos que ela encomenda. E, pelo visto, ela encomenda muitos. Tive a impressão de que os artesãos se orgulham de estar sob suas ordens, e isso me pareceu o indício de que é uma senhora generosa. Nunca teria acreditado que diria algo assim, mas acho que Madame Pompadour fez um bem à nossa nação. Bom, acabei escrevendo seu nome. Já sabemos: basta não querer pensar em alguma coisa para não conseguir parar de pensar nela. Já lhe disse que a carreguei na mente durante todo o tempo, enquanto caminhava por aquele lugar. E agora que não estou lá, também penso nela. Não pense, no entanto, que aprovo as voluptuosidades que manteve e mantém com o rei.

Isso eu nunca aprovarei. Sou da opinião de que, para favorecer as artes, não é necessário fornicar com ninguém, embora tenha de reconhecer que há muitas mulheres que fornicam sem fazer nada de útil depois. É melhor me calar, ou ainda acabarei perdoando-a.

A visita terminou no andar térreo, onde ficam armazenadas as terras e as outras matérias-primas. Querendo me lisonjear, o diretor da fábrica pegou um prato numa bacia descascada e o colocou diante de meus olhos, enquanto me convidava:

— Será que a Madame gostaria de escolher as argilas que darão forma a algum objeto de sua predileção? Se nos disser do que se trata, nós o cozeremos de acordo com sua vontade.

Não precisei pensar:

— Gostaria muito que me fizessem uma chocolateira — disse.

— Ah, claro — concordou o diretor —, é conhecida em toda a França a sofisticação com que as madames bebem chocolate em Versalhes.

— Gostamos muito, sim. É coisa de família.

— Naturalmente. Não foram suas antepassadas que o colocaram na moda em Versalhes?

— Acertou. Ana da Áustria, a mãe de minha bisavó, mandou trazer chocolate da Espanha quando todos aqui ainda ignorávamos seu sabor. Era filha do rei espanhol Felipe II, e naquele momento o país vizinho era o único que conhecia as virtudes de tão estranho manjar. Mais tarde minha bisavó Maria Teresa o popularizou no palácio. Não era uma mulher muito brilhante, embora fosse a esposa do Rei Sol. Mas foi a dama mais triste que jamais pisou nos salões de Versalhes. Jamais gostou da vida da corte, embora tenha sido a primeira a viver ali. Antes que seu marido tivesse a brilhante ideia de reformá-lo, aquele lugar era apenas um pavilhão onde os utensílios de caça eram guardados. Creio que os únicos momentos de felicidade que minha bisavó teve ao longo de sua vida foram, exatamente, os que o chocolate lhe proporcionou. Bebia-o em sua salinha privada, escondida do cerimonial e da grandiloquência dos costumes que a deixavam tão deprimida. Dizem que, na primeira vez que olhou para os jardins do balcão da Galeria dos Espelhos, sentiu uma enorme vontade de pular e se matar. Infelizmente, não demorou muito para morrer, carcomida por uma doença misteriosa. Eu digo que era tristeza. A tristeza de Versalhes é mortal, quando não se encontra o remédio.

— Estou surpreso, madame. A senhora é um poço de sabedoria — disse o diretor.

— Procuro estar informada, só isso.

— Será um prazer fabricar para a senhora uma chocolateira que honre a grande linhagem feminina que acaba de enumerar. E que também sirva para sua felicidade, se for possível. Qual é a cor que lhe agrada?

— Branca. O branco me acalma.

— Muito bem escolhido. Quer que a decoremos?

— Prefiro lisa. Com a asa grande, para maior comodidade.

— Vejo que a senhora tem ideias muito claras. Algo mais? Quanto ao tamanho?

— Nem muito grande nem muito pequena. Que caibam três xícaras nela. São as que tomo toda tarde na hora do lanche.

— Será um prazer servi-la.

— Mais uma coisa. Sem marcas. Sei que é costume imprimir as iniciais do rei nas peças.

— Sim, senhora. Foi assim que Madame de Pompad...

— Pois eu preferiria não vê-las. O senhor acha que é possível?

— Claro, senhora, assim será feito. Colocaremos em seu lugar uma inscrição que a reconheça como sua propriedade. Se concordar com isso, é claro.

— Concordo.

— Estou certo em pensar que para as letras a senhora preferiria o azul ao rosa?

— Muito certo. Azul.
— É uma boa escolha. O azul é muito vistoso.
— Penso como o senhor.
— Então, madame, só falta a senhora escolher as matérias-primas. Quer me dar a honra?

O diretor apontou algumas caixas cheias de argila e arenito e me indicou a proporção exata de cada um: quatro punhados de caulim, um punhado e meio de pó de quartzo, mais um punhado de certa pedra moída que tem em latim o nome de *albus*.

No prato havia se formado um montículo de terra.

— Aqui está sua chocolateira, madame. Espero que a acompanhe por muitos anos — disse meu amável guia, mostrando a terra amontoada. — Em poucas horas já poderá estreá-la.

E agora eu encerro. Acabou de chegar a chocolateira, e ardo de vontade de provar seu conteúdo. Você já sabe o que dizem: a paixão pelo chocolate não deve ser adiada nem reprimida. É preciso saber quando convém cair em tentação.

Um beijo, com amor verdadeiro. Sua,

ADÉLAÏDE

ÍNDICE DE PERSONAGENS

ADÉLAÏDE, MADAME: (1732-1800) Personagem real. Sexta filha (quarta mulher) do rei Luís XV da França e de Maria Leszczynska, tataraneta de Maria Teresa da Áustria, tia de Luís XVI, de quem além disso foi madrinha de batismo. Culta, inquieta, envolvida ativamente na política de seu tempo, permaneceu solteira durante toda a vida, que transcorreu no palácio de Versalhes, onde ela e suas irmãs eram conhecidas como *Les Mesdames*. Opôs-se duramente à relação de seu pai com Madame de Pompadour, a favorita. Depois da Revolução — que resultou na morte na guilhotina de seu afilhado e sobrinho, de grande parte de sua família e da corte — viu-se obrigada a fugir e a começar uma peregrinação pela Europa que finalmente a levaria a Trieste, onde morreu aos 67 anos.

AURORA: Criada da casa dos Turull. (*II*)

BEAUMARCHAIS, PIERRE AUGUSTE CARON DE: (1732-1799) Personagem real. Cortesão, político, estrategista, espião e autor de famosas obras teatrais, como *As bodas de Fígaro* e *O barbeiro de Sevilha*. Interveio ativamente financiando (em seu próprio nome ou no do rei da França) a Guerra de Independência americana a favor dos sublevados. (*III*)

BEAUMONT, CHARLES GENEVIÈVE LOUIS AUGUSTE ANDRÉ THIMOTEÉ D'EON (CHEVALIER / MADEMOISELLE D'EON):

(1728-1810) Personagem real. Espião francês a serviço do rei Luís XV, cujo sexo constituiu um enigma durante toda a sua vida, pois alternou ao longo dos anos duas personalidades, a masculina e a feminina. O aventureiro Giacomo Casanova garantiu que era mulher, depois de seduzi-la em 1771. Uma junta médica enviada pelo monarca francês se pronunciou na mesma direção. Viveu 33 anos como mulher nos ambientes cortesãos de Londres. Quando morreu, se descobriu que tinha atributos masculinos, embora nunca tenha tido barba. À luz dos conhecimentos atuais, acredita-se que pode ter sido um caso de hermafroditismo.

BULTERINI, AUGUSTO: (1835-1923) Tenor ligeiro italiano especializado em Verdi. (II)

CARLOS III, REI DA ESPANHA: (1716-1788) Personagem real. Terceiro filho de Felipe V, o primeiro que teve com Isabel de Farnesio. Foi rei de Nápoles e Sicília, e rei da Espanha de 1759 até sua morte. Entre suas políticas, tipicamente iluministas, destacam-se a reforma econômica, a importância dada ao urbanismo e o gosto pela cultura. O nascimento que quis celebrar em 1771 com a criação de um concurso público dedicado a donzelas honestas da cidade de Barcelona (de tanta importância na trama deste romance) foi o de seu neto Carlos Clemente Antonio (1771-1774), primeiro filho do futuro Carlos IV, que, se tivesse sobrevivido, teria sido rei da Espanha. Infelizmente, quem ocupou o trono foi seu irmão Fernando VII.

DELON, ENRIQUE: (1741-1805) Chocolateiro de Bayonne (França). Fez parte da comissão que visitou Barcelona em 1777. (III)

ENRIQUETA: Criada da casa Sampons. (II)

FERNÁNDEZ: (?-?) Personagem real. Chocolateiro de Barcelona, membro do Grêmio de Chocolateiros e provedor da corte de Versalhes. Fabricou uma máquina capaz de processar chocolate que despertou a admiração do Grêmio de Chocolateiros de Paris, razão pela qual em 1777 uma comissão da capital francesa decidiu visitá-lo. A máquina, da qual nada se sabe, foi aparentemente exposta na sede do Grêmio de Chocolateiros de Barcelona, situado na rua Sant Silvestre. Desconhece-se qualquer outra informação, inclusive quanto à sua utilidade. (*III*)

FIDELINHO, PADRE: (1715-1791) Pároco da paróquia de Santa Maria del Mar, protetor de Mariana. (*III*)

FONT, ROSA CATALINA: Personagem real. Viveu na Barcelona do século XVIII. Seu portentoso caso de longevidade foi tornado público pela *Gazeta de Barcelona*. (*III*)

FREY, MAX: (n. 1971) Químico, marido de Sara. (*I*)

FREY ROVIRA, AINA: (n. 1998) Filha de Max Frey e Sara Rovira.

FREY ROVIRA, POL: (n. 2001) Filho de Max Frei e Sara Rovira.

GOLORONS, MARIA DEL ROSER: (1866-1932) Esposa do industrial Rodolfo Lax, acaba de se mudar para o Passeig de Gràcia. É amiga do Dr. Volpi. (*II*)

GONZÁLEZ DE BASSECOURT, FRANCISCO (MARQUÊS DE GRIGNY E PRIMEIRO CONDE DO ASALTO): (1726-1793) Personagem real. Nascido em Iruña, mas de origem flamenga. Lutou em Havana contra os ingleses, foi comandante da Catalunha de 1777 a 1789 Sua gestão se caracterizou pelas ações urbanísticas e seu apoio às artes, especialmente ao teatro.

GUILLOT, VICTOR PHILIBERT: (1759-1832) Secretário — e espião — de Madame Adélaïde de France, membro da delegação que visitou Barcelona em 1777. Vive em Versalhes, onde aspira ao cargo de bibliotecário do palácio. (*III*)

HORTENSIA, SRA.: Esposa do inventor Estanislao Turull e mãe de Cándida. (*II*)

LABBÉ: Chocolateiro real, primeiro de Luís XV e mais tarde de seu neto, Luís XVI. Vive no palácio de Versalhes e faz parte da delegação que visita Barcelona em 1777. (*III*)

Luís XV rei da França: (1710-1774) Personagem real. Chamado por seu povo de *Le bien aimé* ("O bem-amado"), foi lembrado por seus excessos carnais e seus escândalos. Duas de suas favoritas são os personagens mais conhecidos e influentes da história da França: Madame de Barry e a Marquesa de Pompadour. Casado com a polaca Maria Leszczynska, teve dez filhos, entre eles o delfim Luís da França, pai de Luís XVI, que morreu sem reinar. Entre as filhas mulheres, que em sua maioria morreram solteiras, destacam-se Madame Adélaïde e Madame Victoria.

Luís XIV, rei da França: (1754-1793): Personagem real. Reinou de 1774 a 1789. Viveu toda sua vida em Versalhes. Morreu na guilhotina em 21 de janeiro de 1793.

Madrona: Governanta da casa dos Sampons. (*II*)

Maleshèrbes: Chocolateiro francês, chefe do Grêmio de Paris. (*III*)

Mariana: (1754-1824): Comerciante de chocolate, esposa do chocolateiro Fernández, administradora viúva de uma loja da rua Tres Voltes de Barcelona que todos cobiçam. (*III*)

Mimó: Chocolateiro barcelonês, membro do Grêmio da cidade. (*III*)

Ortega, Jesús: Chocolateiro, mestre de Oriol Pairot.

Pairot, Oriol: (n. 1970) Chocolateiro autodidata. Amigo de Max Frey e de sua mulher. (*I*)

Pompadour, madame de (Jeanne-Antoinette Poisson): (1721-1764) Personagem real. A amante mais célebre de Luís XVI, grande incentivadora da cultura e das artes durante seu período de influência. Fundou a fábrica de porcelana de Sévres.

Rovira, Sara: (n. 1969) Esposa de Max Frey, filha de chocolateiros. Dona de uma loja na rua Argenteria. (*II*)

Sampons, Gabriel: (1806-1870) Artesão chocolateiro da velha escola. Dono de uma loja na rua Manresa, em Barcelona. Pai de Antonio Sampons. (*II*)

SAMPONS, ANTONIO: (1851-1910). Filho de dom Gabriel Sampons, chocolateiro no bairro de Born, de Barcelona, proprietário de um império do chocolate. *(II)*

SAMPONS, ANTONIETA (OU ANTONIA): (1873-1965) Filha única de Antonio Sampons e Cándida Turull. *(II)*

TURULL, ESTANISLAO: (1799-1873) Inventor barcelonês, projetista de maquinário industrial durante o período da industrialização do século XIX. *(II)*

TURULL, CÁNDIDA: (1854-1951) Filha única de Estanislao Turull e da Sra. Hortensia. Casada com Antonio Sampons. *(II)*

VICTORIA, MADAME: (1733-1799) Personagem real. Filha de Luís XV da França e de Maria Leszczynska.

VOLPI, HORACIO (OU DOUTOR): (1820-1911) Médico, amigo da Sra. Hortensia, amante da ópera e frequentador do Grand Teatro del Liceu de Barcelona. *(II)*

NOTA DA AUTORA

Os versos que Guillot recita no nono capítulo da terceira parte pertencem a obras de Francesco Petrarca, Angelo Poliziano, Pietro Metastasio e Benedetto Gareth, e foram traduzidos livremente pela autora a partir da antologia *Poesia italiana* da Edicions 62 (Barcelona, 1985). A conversa entre Aurora e Cándida do capítulo "Il trovatore" usa algumas réplicas do libreto de Francesco Maria Piave para a ópera homônima de Verdi.

AGRADECIMENTOS

A autora agradece a algumas pessoas e instituições com as quais contraiu uma dívida de gratidão: Xavier Coll, Núria Escala, Enric Rovira, Txell Forrellad, Claudi Uñó, Manel Carque, Francisco Gil, Santiago Alcolea, Nicole Wildisen, Raquel Quesada, Míriam Vall, Francesc Gràcia Alonso, Ángeles Prieto, Montserrat Blanch, Trinitat Gilbert, Claudia Marseguerra, Clàudia Torres, Deni Olmedo, Ángeles Escudero, Xocolates Simon Coll, Arxiu Història de la Ciutat de Barcelona, Arxiu Històric de la Diputació de Barcelona, Museu de la Xocolata de Barcelona, Museo Choco-Story de Paris e Institut Amatller. Estas páginas também devem muito a certa bibliografia de autoria de Roger Alier, Laura Bayès, Chantal Coady, Albert Garcia Espuche, Néstor Luján, Ramon Morató e Montserrat Carbonell i Esteller.

Para encerrar, quero agradecer de coração a Sandra Bruna pelo tempo investido. E a Berta Bruna pela confiança. Sem elas, esta história não teria nascido.

Este livro foi composto na tipologia Palatino
LT Std, em corpo 11,5/16, e impresso em
papel off-white no Sistema Cameron da
Divisão Gráfica da Distribuidora Record.